10|18
12, avenue d'Italie — Paris XIIIe

Sur l'auteur

Née en 1972 en Irlande du Nord, Maggie O'Farrell a grandi au pays de Galles et en Écosse. Après des études littéraires à Cambridge, elle se lance dans le journalisme. Actuellement rédactrice en chef adjointe des pages littéraires de l'*Independant on Sunday*, elle vit à Londres. Son deuxième roman, *La Maîtresse de mon amant*, a paru aux Éditions Belfond.

QUAND TU ES PARTI

PAR

MAGGIE O'FARRELL

Traduit de l'anglais
par Marianne VÉRON

10 18

« Domaine étranger »
dirigé par Jean-Claude Zylberstein

BELFOND

Tous les personnages de ce roman sont fictifs et toute ressemblance avec des personnes réelles, vivantes ou mortes, serait pure coïncidence.

Titre original :
After you'd gone
publié par Review, an imprint of
Headline Book Publishing, Londres.

ISBN 2-264-03311-8

À ma mère,
pour la remercier
de n'être pas comme celle d'Alice.

Quoi qu'il arrive arrive toujours.
Andrew GREIG

Le passé s'ouvre au hasard.
Michael DONAGHY

Prologue

Le jour où elle allait essayer de se tuer, elle s'aperçut que l'hiver revenait. Elle était couchée en chien de fusil ; elle avait poussé un soupir et la chaleur de son haleine avait projeté de la buée dans l'air froid de la chambre. Elle expulsa une fois encore l'air de ses poumons et observa. Une fois, deux fois. Puis elle rejeta violemment les couvertures et se leva. Alice détestait l'hiver.

Il devait être à peu près cinq heures du matin ; elle n'avait pas besoin de regarder son réveil, elle le voyait à la clarté derrière les rideaux. Elle était restée éveillée presque toute la nuit. La faible lueur de l'aube couvrait les murs, le lit et le dallage de granit bleu-gris, et son ombre, lorsqu'elle traversa la chambre, dessina sur le sol une tache floue et grenue.

Dans la salle de bains, elle tourna le robinet et se pencha pour boire. Elle avança la bouche sous le jet glacial et pressurisé, le souffle coupé par le choc du froid. Tout en s'essuyant le visage du dos de la main, elle remplit le verre à dents et arrosa les plantes sur le rebord de la baignoire. Elle les négligeait depuis si longtemps que la terre desséchée n'absorba pas l'eau, mais la laissa s'accumuler à la surface en gouttes accusatrices qui ressemblaient à du mercure.

Alice s'habilla rapidement, avec les vêtements qu'elle trouva éparpillés par terre. Elle se posta un moment à la fenêtre pour regarder dans la rue, puis descendit, son sac passé à l'épaule ; elle referma la porte derrière elle et partit, tête baissée, en ramenant les pans de son manteau contre elle.

Elle marcha dans les rues. Elle passa devant des magasins aux volets tirés et cadenassés, des camions de balayage qui récuraient les trottoirs avec de grandes brosses noires circulaires, un groupe de chauffeurs de bus qui fumaient en bavardant à un coin de rue, les mains serrées autour de leurs gobelets en polystyrène remplis de thé brûlant. Ils la dévisagèrent au passage, mais elle ne s'en rendit pas compte. Elle ne voyait que le mouvement de ses pieds, qui disparaissaient et réapparaissaient sous elle à un rythme régulier.

Il faisait presque grand jour quand elle s'aperçut qu'elle avait atteint King's Cross. Un ballet de taxis entrait et sortait de la cour, et une foule de gens passaient les portes. Elle entra dans la gare avec la vague idée de boire une tasse de café, peut-être, ou d'acheter quelque chose à manger. Mais à l'intérieur, dans le hall baigné de lumière blanche, elle fut fascinée par l'immensité du tableau des départs. Des chiffres et des lettres basculaient les uns par-dessus les autres ; des noms de villes et des horaires se composaient et se recomposaient avec des lettres cachées sur des glissières électroniques. Elle lut les noms – Cambridge, Darlington, Newcastle. Je pourrais aller n'importe où. Si je voulais. Alice tâta son poignet, la bosse de sa montre sous sa manche. Elle était trop grosse pour elle, en vérité, le cadran était plus large que son poignet, mais elle avait percé des trous supplémentaires sur le bracelet usagé. Elle y jeta un coup d'œil et baissa automatiquement le bras avant de se rendre compte qu'elle n'avait pas retenu ce qu'elle avait lu. Elle approcha de nouveau la montre de son visage, en se concentrant cette fois. Elle pressa même le petit bouton sur le côté qui illuminait le minuscule écran gris – où des cristaux liquides en perpétuel mouvement indiquaient l'heure, la date, l'altitude, la pression de l'air et la température – d'une lumière bleu-vert éclatante. Elle n'avait encore jamais porté de montre numérique. Celle-ci avait appartenu à John, et elle lui disait qu'il était six heures vingt du matin, et qu'on était samedi.

Alice leva à nouveau les yeux vers le panneau des départs. Glasgow, Peterborough, York, Aberdeen, Édimbourg. Elle cilla. Relut : Édimbourg. Elle pourrait rentrer chez elle. Voir sa famille. Si elle voulait. Elle regarda l'heure du train – six heures trente. Le voulait-elle ? L'instant d'après, la voilà qui se hâtait vers le guichet et signait le reçu d'une main froide et crispée. « Le pullman écossais pour Édimbourg », annonçait le panneau lorsqu'elle monta, et elle faillit sourire.

Dans le train, elle dormit, la tête appuyée contre la vitre qui vibrait. Ce fut presque une surprise de voir ses sœurs qui l'attendaient au bout du quai à Édimbourg. Mais elle se souvint alors d'avoir appelé Kirsty, du train. Kirsty portait son bébé dans un sac kangourou et Beth, la plus jeune sœur d'Alice, tenait par la main Annie, la fille de Kirsty. Dressées sur la pointe des pieds, elles la cherchaient des yeux et elles agitèrent les bras quand elles l'aperçurent. Kirsty cala Annie sur sa hanche et elles coururent à sa rencontre. Puis Alice les serra toutes les deux en même temps contre elle et, alors qu'elle savait que leur agitation masquait de l'inquiétude et qu'elle voulait leur montrer qu'elle allait bien, pas de problème, la pression des mains de ses deux sœurs dans son dos l'obligea à détourner la tête et à soulever Annie pour faire mine d'enfouir son visage contre le cou de l'enfant.

Elles l'entraînèrent vers le café de la gare, la débarrassèrent de son sac et posèrent devant elle un café orné de crème fouettée et d'une pincée de chocolat. Beth avait passé un examen la veille, elle parla des questions qu'on lui avait posées et de l'odeur du surveillant. Kirsty, traînant avec elle des couches, des biberons, des puzzles et de la Plasticine, tenait le bébé, Jamie, au creux de son bras, tout en attachant Annie, d'une main experte, avec un harnais. Le menton dans les mains, Alice écoutait Beth et regardait Annie gribouiller sur un morceau de journal avec un feutre vert. Les vibrations du vigoureux crayonnage d'Annie parcouraient la table. Alice les sentit se propager le long des os jumeaux de ses avant-bras, puis se répercuter dans son crâne.

Elle se leva et sortit du café pour chercher les toilettes, laissant Kirsty et Beth discuter du programme de la journée. Elle traversa la salle d'attente et franchit le tourniquet d'acier pour pénétrer dans les SuperToilettes de la gare. Elle n'avait pas pu s'absenter plus de quatre minutes de la table du café où étaient assises ses sœurs avec sa nièce et son neveu, mais pendant ce temps elle vit quelque chose de tellement étrange, inattendu et répugnant que ce fut comme si elle avait découvert, d'un coup d'œil dans le miroir, que son visage n'était pas celui qu'elle croyait avoir. Alice regarda, et il lui sembla voir voler en éclats tout ce qui lui restait. Et tout ce qu'elle avait déjà perdu. Elle regarda encore, et encore. Elle était sûre, mais aurait voulu ne pas l'être.

Elle sortit précipitamment des toilettes, s'élança dans le tourniquet. Au milieu du hall, elle s'immobilisa un instant. Qu'allait-elle dire à ses sœurs ? Impossible d'y penser maintenant, se dit-elle, impossible ; et elle enfouit sa découverte sous quelque chose de gros, lourd, plat, elle en scella les bords, aussi hermétiquement que ceux d'une huître.

Elle retraversa le café d'un pas rapide, se pencha pour prendre son sac.

« Où vas-tu ? demanda Kirsty.

— Il faut que je parte », dit Alice.

Kirsty la dévisagea. Beth se leva.

« Partir ? répéta Beth. Partir où ?

— Rentrer à Londres.

— Quoi ? » Beth se pencha et agrippa le manteau qu'Alice enfilait. « Mais tu ne peux pas. Tu arrives à peine.

— Il faut que j'y aille. »

Beth et Kirsty échangèrent un bref regard.

« Mais... Alice... qu'est-ce qui s'est passé ? s'écria Beth. Qu'est-ce qui ne va pas ? Je t'en prie, ne pars pas. Tu ne peux pas t'en aller comme ça.

— Il le faut », dit Alice, et elle s'éloigna pour voir à quelle heure était le prochain train pour Londres.

Kirsty et Beth ramassèrent les enfants, leurs sacs et le fouillis des affaires du bébé, et s'élancèrent à sa poursuite.

Un train était justement sur le point de partir, découvrit Alice, et elle courut vers le quai, suivie de ses sœurs qui criaient son nom, inlassablement.

Sur le quai, elle les serra toutes les deux contre elle. « Au revoir, murmura-t-elle. Je regrette. »

Beth fondit en larmes. « Je ne comprends pas. Dis-nous ce qui se passe. Pourquoi pars-tu ?

— Je regrette », répéta-t-elle.

En montant dans le train, Alice se sentit soudain mal coordonnée. L'espace entre la marche du train et le bord du quai paraissait s'ouvrir jusqu'aux rails en une énorme crevasse béante, infranchissable. Son corps ne semblait pas recevoir de son cerveau la bonne information spatiale. Elle tendit la main vers la poignée pour se hisser par-dessus la crevasse, mais elle la manqua, oscilla et chavira vers un homme debout derrière elle.

« Attention », dit-il en lui prenant le bras pour l'aider à monter.

Beth et Kirsty se collèrent à la vitre dès qu'Alice fut assise. Kirsty pleurait aussi, à présent. Elles agitèrent frénétiquement les bras au moment où le train s'ébranla et coururent à son côté jusqu'à ce qu'il prenne de la vitesse et qu'elles ne puissent plus suivre. Alice était incapable de répondre à leurs gestes, incapable de les regarder et de voir leurs quatre têtes blondes courir à côté du train, encadrées dans la fenêtre comme dans une vue en super-huit tremblée.

Son cœur cognait si fort dans sa poitrine pendant le voyage que sa vision latérale battait au même rythme. La pluie fouettait la vitre. Alice évitait le regard du reflet qui fonçait à côté d'elle dans un wagon jumeau fantomatique, mais inversé, et si penché qu'il semblait effleurer les champs dans leur course vers Londres.

Il faisait un froid glacial dans la maison quand elle rentra. Elle manipula la chaudière et le thermostat, lut à voix haute les instructions incompréhensibles, scruta les tableaux hérissés de flèches et de cadrans. Les radiateurs toussèrent, hoquetèrent, digérant la première chaleur de l'année. Dans la salle de bains, elle enfonça ses doigts dans la terre des plantes. Ça avait l'air humide.

Elle allait redescendre tout de suite, se dit-elle, mais elle s'assit simplement là où elle était – sur la marche du haut. Elle regarda la montre de John, et s'étonna de constater qu'il n'était que cinq heures de l'après-midi. Elle vérifia trois fois : 17 h 02. Ça voulait vraiment dire cinq heures. Son voyage à Édimbourg lui paraissait irréel à présent. Était-elle vraiment allée jusque là-bas et revenue ? Avait-elle vraiment vu ce qu'elle croyait avoir vu ? Elle ne savait pas. Elle serra ses mains autour de ses chevilles et laissa tomber sa tête sur ses genoux.

Quand elle la redressa, la pluie avait cessé. Il y avait quelque chose d'étonnamment immobile dans la maison, et la nuit semblait être tombée d'un seul coup. Elle avait mal aux articulations et, en les faisant jouer, elle provoqua des craquements secs qui résonnèrent dans la cage de l'escalier. Elle se releva en s'accrochant à la rampe et descendit à pas lents, s'appuyant de tout son poids contre le mur.

Dans le salon, elle se campa à la fenêtre. Les réverbères s'étaient allumés. De l'autre côté de la rue, un téléviseur clignotait derrière des rideaux en filet. Elle avait le palais enflé et meurtri, comme si elle avait sucé des bonbons acidulés. Lucifer, surgissant de quelque part, bondit sur l'appui de la fenêtre et vint frotter sa tête contre les bras croisés d'Alice. Elle caressa du bout des doigts le velours de sa gorge et sentit la vibration de son ronronnement.

Elle alluma une lumière et les pupilles du chat se rétrécirent, comme un éventail qui se referme. Il sauta à terre et tourna autour de ses chevilles en miaulant fort. Il s'aventura dans la pièce en lui lançant des regards obliques et en fouettant l'air de sa longue queue noire. À la lumière du plafonnier, on pouvait apercevoir le fantôme d'un chat de gouttière dans l'éclat monochrome de son pelage. Un recoin de son esprit disait à Alice : il a faim. Le chat a besoin d'être nourri. Nourris le chat, Alice.

Elle se dirigea vers la cuisine. Le chat s'élança, la devança et alla se dresser contre la porte du frigo. Il n'y avait rien dans le placard où elle rangeait ses aliments, sauf une boîte de croquettes en carton défraîchi, et les ronds jaunes de rouille de conserves depuis longtemps mangées. Elle renversa le carton. Trois croquettes tombèrent sur le lino. Après les avoir reniflées un moment, Lucifer les croqua délicatement.

« Est-ce que je t'ai négligé ? » Elle le caressa. « Je vais aller t'acheter à manger. »

Lucifer lui emboîta le pas, horrifié qu'elle ait pu changer d'avis et décider de ne pas le nourrir. À la porte, elle prit dans son sac ses clés et son portefeuille. Le chat se glissa dehors avec elle et s'assit sur le perron.

« Je reviens tout de suite », murmura-t-elle, et elle referma la grille derrière elle.

Était-ce le rythme de ses pas heurtant l'asphalte, ou bien le fait de se retrouver dehors parmi des foules de gens plutôt que dans la maison hermétique et fraîche ? Mais, comme elle prenait Camden Road en direction du supermarché, tout commença à lui revenir. Elle se voyait dans la cabine des toilettes en mélamine blanche, aux parois gravées de cœurs transpercés et de légendes amoureuses. Elle se voyait se laver les mains dans le lavabo en inox éclaboussé de perles d'eau argentées. Elle voulut s'empêcher d'y penser. Essaya de s'emplir la tête d'autre chose, de penser à Lucifer, à ce qu'elle pourrait acheter au supermarché. Elle avait appuyé sur le distributeur de savon étincelant ; du savon d'un rose indécent avait coulé dans sa paume mouillée, pour mousser sous l'eau en bulles lisses. Derrière elle, dans les W-C, deux adolescentes parlaient d'une robe que l'une d'elles allait acheter ce jour-là. « Tu ne trouves pas qu'elle me boudine un peu ? » cria l'une. « Ouais, maintenant que tu le dis. – Va te faire foutre ! » Que s'était-il passé à ce moment-là ? Ce qui s'était passé quelques instants plus tard était si troublant qu'elle avait du mal à ordonner les choses dans sa tête... Avait-elle besoin d'autre chose ? Du lait, peut-être ? Ou du pain ?... Alice s'était retournée vers le sèche-mains et avait pressé le bouton chromé, en se frictionnant les mains. Un petit miroir était collé sur la façade de l'appareil. Alice n'avait jamais vraiment compris pourquoi. On est censé pouvoir se sécher les cheveux en retournant le bec souffleur vers le haut, mais elle n'avait jamais vu l'intérêt de se sécher les cheveux dans des toilettes publiques... Qu'allait-elle faire en rentrant ? Et si elle lisait quelque chose ? Elle pourrait acheter un journal. Depuis combien de temps n'avait-elle pas lu un journal ?... L'endroit semblait tout entier fait de surfaces réfléchissantes – le carrelage brillant, les lavabos en inox, le miroir mural, et celui du sèche-mains... Peut-être devrait-elle appeler Rachel. Elle ne se rappelait plus quand elle lui avait parlé la dernière fois. Rachel lui en voulait sans doute... Les voix des filles rebondissaient sur les murs. L'une d'elles s'était hissée au-dessus d'une cabine pour regarder son amie. Alice s'était rapprochée du sèche-mains, sans bien savoir pourquoi – pourquoi ? Pourquoi avait-elle fait ça ? – et de ce nouvel angle de vision, dans le petit miroir carré, elle avait vu quelque chose derrière elle... Peut-être que Rachel ne voulait plus lui parler. Ça aurait été étonnant. Elles ne s'étaient jamais fâchées avant. Peut-être qu'elle prendrait un panier au magasin, ou un chariot, oui, un chariot, ce serait bien. Elle pourrait le remplir de tout ce dont elle avait besoin. Et elle n'aurait plus à ressortir avant un moment. Mais comment rapporterait-elle tout ça chez elle ?... Les mains toujours sous le jet d'air chaud, elle avait regardé fixement le miroir et puis, très lentement, si lentement que cela avait paru durer plusieurs minutes, elle s'était tournée vers les filles.

Alice était maintenant au passage pour piétons. La silhouette verte aux jambes écartées dans un mouvement de marche résolu était éclairée sur le panneau d'en face. De l'autre côté de la rue, elle pouvait voir le supermarché, les gens à l'intérieur qui avançaient le long des allées éclairées au néon. Il lui sembla que sa vie était en train de se réduire à un point de fuite. Les gens circulaient autour d'elle, traversaient la rue, marchaient. Mais elle resta immobile.

Quelqu'un la bouscula par-derrière et la poussa vers le bord du trottoir. La silhouette verte clignotait. Les derniers traînards se hâtaient de traverser avant le changement de feu. La silhouette rouge apparut, et il y eut un moment de calme provisoire avant que les voitures à l'arrêt ne repartent en trombe. Tandis qu'elles démarraient en vrombissant et en lui soufflant des gaz d'échappement au visage, leur solidité lui parut soudain enviable – des constructions d'acier sans angles, tout en verre et en chrome. Les semelles d'Alice glissèrent sur l'asphalte, elle descendit du trottoir.

Première partie

De son père, Alice ne distingue que les semelles de chaussures. Elles sont d'un brun passé, striées par les débris et les irrégularités des chaussées qu'il a foulées. Alice a le droit de courir à sa rencontre sur le trottoir devant leur maison quand il rentre de son travail le soir. L'été, elle court parfois en chemise de nuit, dont les plis pâles s'entortillent autour de ses genoux. Mais maintenant c'est l'hiver – novembre, peut-être. Les semelles des chaussures sont recourbées sur la branche d'un arbre au bout de leur jardin. Alice renverse la tête le plus en arrière possible. Le feuillage bruisse et s'agite. La voix de son père jure. Elle sent un cri s'enfler comme des larmes dans sa gorge, puis la corde orange rugueuse descend des branchages, ondulant légèrement, tel un cobra.

« Tu l'as ? »

Elle attrape de sa main emmitouflée l'extrémité cirée de la corde. « Oui. »

Les branches tremblent tandis que son père redescend dans un balancement. Il pose brièvement la main sur l'épaule d'Alice, puis se penche pour ramasser le pneu. Elle est fascinée par les sinuosités qui creusent la surface, et la trame sous le lourd caoutchouc noir. « C'est ce qui le maintient », lui a dit l'homme, au magasin. La soudaine plaie éraflée au milieu des sillons la fait frémir, mais elle ne sait pas bien pourquoi. Son père passe la corde orange autour du pneu et fait un gros nœud compliqué.

« Je peux y aller maintenant ? » Sa main agrippe le pneu.

« Non, il faut d'abord que je l'essaie. »

Alice regarde son père se démener sur le pneu, afin de s'assurer qu'il est assez solide pour elle. Elle lève les yeux et voit la branche s'agiter ; elle les reporte vite sur son père. Et s'il tombait ? Mais il redescend et la soulève pour l'y mettre, avec ses os menus, blancs, souples comme ceux des oiseaux.

Alice et John sont assis dans un café dans un village de la région des Lacs. C'est le début de l'automne. Elle tient en l'air un morceau de sucre entre le pouce et l'index, et dans la lumière ses cristaux ressemblent aux cellules agglutinées d'un organisme complexe vu au microscope.

« Savais-tu, dit John, que quelqu'un a fait une analyse chimique des morceaux de sucre dans les sucriers des cafés, et qu'il a trouvé d'importantes traces de sang, de sperme, de fèces et d'urine ? »

Elle garde un air sérieux. « Je ne le savais pas, non. »

Il soutient le regard pince-sans-rire d'Alice jusqu'à ce que les commissures de sa bouche trahissent un sourire. Alice attrape le hoquet et il lui montre comment le faire passer en buvant par le bord opposé du verre. De l'autre côté de la devanture vitrée, un avion trace une fine ligne blanche dans le ciel.

Elle regarde les mains de John, qui rompt un petit pain, et soudain elle sait qu'elle l'aime. Elle détourne les yeux et voit pour la première fois la ligne blanche tracée par l'avion, maintenant distendue en peluches laineuses. Elle songe à le faire remarquer à John, mais ne le fait pas.

Le sixième été d'Alice était chaud et sec. Leur maison avait un grand jardin et un patio sur lesquels donnait la fenêtre de la cuisine, et lorsque Alice et ses sœurs jouaient dehors elles pouvaient en levant la tête voir leur mère qui les surveillait. La terrible chaleur avait asséché les réservoirs, du jamais vu en Écosse, et elle allait avec son père chercher de l'eau à la pompe au bout de la rue, dans des récipients ronds et blancs. L'eau tambourinait sur les fonds vides. À mi-chemin entre la maison et le bout du jardin se trouvait le potager, où dans l'épaisse terre noire poussaient des petits pois, des pommes de terre et des betteraves. Par une journée particulièrement belle, cet été-là, Alice ôta ses vêtements, ramassa des mottes de cette terre et se barbouilla tout le corps d'éclatantes rayures de tigre.

Elle effraya les enfants pieux et sensibles de la maison voisine en rugissant à travers la haie, jusqu'à ce que sa mère cogne à la vitre et lui crie de cesser immédiatement. Elle se replia dans les buissons pour ramasser des brindilles et des feuilles afin de construire une tanière en forme de wigwam. Sa petite sœur pleurnichait devant la tanière pour pouvoir y entrer. Alice dit : « Seulement si tu es un tigre. » Beth regarda la terre, puis ses vêtements, puis le visage de leur mère à la fenêtre de la cuisine. Alice était assise dans la pénombre humide avec ses rayures, grondant et contemplant le triangle de ciel visible à travers le haut de la tanière.

« Tu te prenais pour un petit Africain, hein ? »

Elle est assise dans le bain, ses cheveux plaqués en épis ruisselants, et sa grand-mère la savonne de ses mains rugueuses. L'eau est gris-brun, pleine de la terre de jardin qui s'est détachée de sa peau. Dans la pièce à côté, elle entend bourdonner la voix de son père, qui parle au téléphone.

« Ne te recouvre plus de terre, Alice, veux-tu ? »

Sa peau paraît plus claire sous l'eau. C'est à ça que ressemble la peau quand elle est morte ?

« Alice, promets-moi de ne pas recommencer. »

Elle acquiesce, en éclaboussant les parois de porcelaine de la baignoire jaune.

Sa grand-mère lui essuie le dos. « Petites ailes d'ange, dit-elle en séchant les omoplates d'Alice. Tout le monde a été un ange, pour commencer, et c'est là qu'étaient nos ailes. »

Alice tourne la tête pour voir le triangle isocèle qui se

tend et se détend sous sa peau, comme pour se préparer à un envol céleste.

Par-dessus la table, au café, John regarde Alice qui regarde par la fenêtre. Aujourd'hui, elle a tiré en arrière sa volumineuse chevelure, et son visage dégagé lui donne l'air d'une *niña* espagnole ou d'une danseuse de flamenco. Il l'imagine ce matin-là en train de brosser la masse brillante de ses cheveux avant de l'attacher sur sa nuque. Il tend la main au-dessus des tasses vides et retient dans sa paume la chevelure rassemblée. Elle tourne les yeux vers lui, surprise.

« Je voulais juste savoir l'effet que ça fait. »

Elle se passe la main sur les cheveux avant de dire : « Je pense souvent à les faire couper.

— Ne fais pas ça, dit John très vite. Ne les coupe jamais. » D'étonnement, elle écarquille les yeux. « Ils contiennent peut-être toute ta force », plaisante-t-il, sans conviction. Il a envie de les libérer de leur barrette d'argent et d'y enfouir son visage. Il a envie d'inhaler leur odeur jusqu'au fond de ses poumons. Cette odeur l'a déjà effleuré. La première fois qu'il a rencontré Alice, elle se tenait dans l'encadrement de la porte de son bureau avec un livre à la main, et sa chevelure oscillait d'un mouvement si net jusqu'à sa taille qu'il avait presque imaginé entendre tinter une clochette. Il a envie de se glisser le long des courbes et des détours de cette chevelure dans l'obscurité et de se réveiller parmi ses mèches.

« Tu veux un autre café ? » dit-elle, et comme elle se retourne pour chercher des yeux la serveuse, il voit les petits cheveux qui frisent sur sa nuque.

Un peu après ce café, John tendit les bras par-dessus la table et lui prit la tête entre ses deux mains. « Alice Raikes, déclare-t-il, je crains d'être obligé de t'embrasser.

— Obligé ? dit-elle d'une voix égale, même si son cœur battait à grands coups dans sa cage thoracique. Alors tu penses que ce serait le bon moment ? »

Il fit mine d'y réfléchir en roulant des yeux et en fronçant les sourcils. « Je pense que ce serait sans doute le bon moment, oui. »

Puis il l'embrassa, d'abord très doucement. Ils s'embrassèrent longuement, les doigts entrelacés. Au bout d'un moment, il s'écarta et dit : « Je crois que si nous ne partons pas bientôt, nous risquons d'être priés de sortir. Je doute qu'ils apprécient de nous voir faire l'amour sur la table. » Il tenait sa main si serrée qu'elle commençait à avoir mal aux jointures. Elle tâtonna sous la table à la recherche de son sac, mais ne trouva que les jambes de John. Il lui prit la main et la coinça entre ses genoux.

Elle se mit à rire. « John ! Lâche-moi ! » Elle se débattit pour dégager ses mains, mais il ne fit que resserrer sa prise. Il lui souriait, l'air perplexe.

« Si tu ne me lâches pas, nous ne pourrons pas partir ni faire l'amour, » lui fit-elle observer.

Il la libéra aussitôt. « Tu as absolument raison. »

Il repêcha lui-même le sac d'Alice par terre et l'aida vite à mettre son manteau. Comme ils franchissaient la porte, il la pressa contre son flanc, respirant ses cheveux.

Les rideaux de leur salon étaient en lourd damas violet foncé, doublé d'une mince épaisseur d'éponge jaunissante. Enfant, Alice s'en prenait souvent à ces rideaux. Détacher de larges plaques et mettre à nu la trame de l'étoffe violette, avec la lumière qui brillait à travers, lui procurait une incroyable satisfaction. Un jour, pour Halloween, alors qu'elles venaient de creuser une citrouille – elles l'avaient vidée de toute sa chair molle et avaient découpé des yeux carrés et une bouche en dents de scie dans son écorce –, Beth et Alice restèrent seules à contempler respectueusement son éclat scintillant et démoniaque. Kirsty avait mangé trop de morceaux de citrouille et on la soignait quelque part dans la maison. Alice n'aurait pas su dire si elle avait vraiment décidé de brûler les rideaux, mais elle était bel et bien là, avec une allumette enflammée serrée entre ses petits doigts, approchant sa flamme ronde du bord du rideau. Ils prirent feu à une vitesse stupéfiante ; le damas se recroquevillait à mesure que les flammes montaient. Beth se mit à hurler, des grandes langues de feu léchaient le plafond. Alice bondissait de ravissement et d'excitation, battant des mains et criant. Puis sa mère arriva en trombe dans la pièce et les traîna dehors. Elle referma la porte et elles se retrouvèrent toutes les trois gelées dans le couloir, les yeux écarquillés.

Ann dévale l'escalier. Les hurlements de Beth redoublent. Ce sont de vrais hurlements, emplis de terreur. Le salon est plein de fumée et les rideaux sont en feu. Beth se jette en sanglotant contre les genoux d'Ann et s'y agrippe de toutes ses forces. Ann est un instant immobilisée, et c'est alors qu'elle voit Alice. Qui contemple les flammes, ravie, le corps tout entier tordu de plaisir. De la main droite elle tient une allumette éteinte. Ann se précipite et attrape sa fille par l'épaule. Alice se débat sous sa poigne comme un poisson pris à l'hameçon. Ann est frappée par la soudaine force de sa fille. Elles s'affrontent, Alice crache et gronde jusqu'à ce que Ann parvienne à lui saisir les deux mains et à la traîner, gesticulante, jusqu'à la porte. Elle enferme ses trois enfants dans le couloir et court chercher de l'eau à la cuisine.

John a sombré dans un profond sommeil. Le rythme de sa respiration est celui d'un plongeur de fond. Sa tête repose sur le sternum d'Alice. Elle hume ses cheveux. Une légère odeur de bois, comme celle des crayons fraîchement taillés. Une sorte de shampooing. Citron ? Elle inhale encore. Un vague reste de la fumée de cigarette du café. Elle pose les mains sur sa cage thoracique et sent ses poumons s'enfler et se vider. Le tic-tac chuchoté de son propre sang résonne contre son oreille.

Elle se dégage, remonte et serre ses genoux contre sa poitrine. Elle est tentée de le réveiller. Elle a envie de parler. Il a tout le corps bronzé d'un or blond à l'exception de son bas-ventre, qui est d'un blanc pâle et vulnérable. Elle pose la main sur son sexe niché contre sa jambe, et qui réagit par un frémissement. Elle rit et couvre de son corps celui de John, enfouit son nez et sa bouche dans l'arrondi de son cou. « John ? Tu es réveillé ? »

C'est ma mère qui a éteint le feu en l'aspergeant d'eau. Les traînées noires de suie allaient marquer le plafond pendant des années. Mes parents parlaient souvent de repeindre la pièce, mais le feu n'a jamais été mentionné, jamais raconté. Jamais ils ne m'ont demandé ce qui m'avait poussée à mettre le feu aux rideaux.

Ann cherche à tâtons ses cigarettes sur sa table de chevet. En allumant son briquet, elle jette un coup d'œil à Ben pour voir si elle l'a dérangé. Il dort avec une expression de vague surprise. Elle tire sur sa cigarette et sent la fumée âcre lui emplir les poumons. Un rêve de la pension où on l'avait envoyée l'a réveillée et maintenant elle n'arrive plus à se rendormir. Elle a de nouveau sept ans et porte d'inconfortables chaussures à lacets. Debout à la porte de l'école, elle regarde la voiture de ses parents s'éloigner dans l'allée de gravier, trop choquée même pour pleurer. La religieuse à côté d'elle extirpe de ses doigts crispés la petite valise. « Nous y voici donc », dit-elle.

Ann ne sait pas ce qu'elle entend par « nous » : elle ne s'est jamais sentie aussi seule de sa vie. Je ne vous le pardonnerai jamais, pense-t-elle, et à cet instant son amour pour ses parents bascule irréversiblement vers quelque chose proche de la haine.

Elle passe les onze années suivantes à la pension, où les religieuses leur apprennent à manger correctement des fruits à table. Vingt-sept filles se mettent en ligne avec vingt-sept pommes et vingt-sept couteaux à fruit pour regarder sœur Matthews éplucher habilement la mince surface de la pomme en un serpentin vert qui tombe sur l'assiette. Elles se remettent en ligne dehors dans la cour où les religieuses conservent une moitié de vieille automobile parfaite pour apprendre à descendre de voiture sans montrer sa combinaison. Lorsque vient son tour d'y monter, Ann est troublée par le trou béant sur sa droite ;

l'habitacle de la voiture s'arrête juste au ras du siège sur lequel elle est assise, et au-delà s'étend la lande humide et brumeuse de Dartmoor. Sœur Clare frappe à la vitre. « Allons, Ann. N'y passez pas la journée. »

Ann jette un coup d'œil dans le rétroviseur. Son comportement, ce n'est pas de la rébellion, mais un défi intérieur. Elle se dégage gracieusement du siège, et sa jupe retombe comme elle doit retomber, en plis bien ordonnés.

« Bien, Ann. Mesdemoiselles ? Avez-vous vu Ann ? »

Ann s'arrête avant d'atteindre l'extrémité de la file. « Sœur Clare ? Que se passe-t-il quand on est à la place du conducteur ? C'est la même méthode ? »

Sœur Clare est interloquée. Quelle drôle de question. Elle réfléchit un moment, puis son visage s'éclaire. « Ne vous inquiétez pas. Ce sera votre mari qui conduira. »

Les religieuses distribuent des livres lourds et les filles les posent en équilibre sur leur tête. Celles qui portent les cheveux relevés se font gronder. Elles doivent défiler dans le gymnase en traçant un huit. Ann déteste cela plus que tout ; elle n'aime pas cette géométrie restrictive, d'avoir à finir là où elle a commencé. Néanmoins, elle est volontaire pour passer en premier, et exécute un tour parfait. Les religieuses applaudissent et les autres filles aussi, mais avec moins d'enthousiasme. Elle ôte le livre et, pendant que les autres élèves passent, Ann l'ouvre et se met à lire. C'est un livre plein de schémas et de coupes de plantes. Ann suit du doigt le chemin de l'eau dans les plantes depuis les racines éparpillées, le long de la tige, jusqu'aux pétales. Elle poursuit sa lecture et apprend comment se fertilisent les plantes. Elle est réconfortée par le doux effleurement du pollen sur les étamines et espère que c'est pareil pour les hommes et les femmes, et pas comme les chuchotements qui circulent dans les dortoirs. Elle a passé des heures plongée dans un exemplaire interdit de *L'Amant de Lady Chatterley* et ne s'est pas retrouvée plus avancée pour autant. N'était-ce pas aussi une histoire de fleurs et de semences, après tout ?

À la totale surprise de ses parents, des religieuses, de l'école et d'Ann elle-même, elle passa brillamment ses examens et obtint une place à la faculté de biologie de l'université d'Édimbourg. Édimbourg convenait à Ann ; elle aimait les hautes bâtisses nobles en pierre grise, les journées brèves qui s'enfonçaient dès cinq heures dans la nuit éclairée par les réverbères, la double personnalité de la grand-rue, avec ses boutiques scintillantes d'un côté et la verte étendue de Princes Street Gardens de l'autre. Elle aimait le petit appartement dominant les Meadows qu'elle partageait avec deux autres filles ; il était situé au dernier étage d'un immeuble modeste et l'on y accédait par un escalier glacial et plein de courants d'air ; elles avaient un salon tout aussi glacial, où elles se réunissaient le soir pour boire du thé.

La vie universitaire ne lui convenait pas. Chaque jour semblait dévoiler encore de nouvelles choses qu'elle ignorait. Elle trouvait les conférences déroutantes et les cours humiliants ; elle était l'une des rares femmes de son année en biologie, et les hommes la traitaient de haut ou l'ignoraient. Ils la trouvaient réservée et vieux jeu et préféraient la compagnie des élèves infirmières, plus libérées. Elle s'ennuyait et avait trop de fierté pour solliciter l'aide d'aucun des professeurs. Le jour des résultats, Ben Raikes lui demanda sa main.

Elle le connaissait depuis exactement six mois. Deux jours après leur première rencontre, il lui annonça qu'il l'aimait ; c'était un aveu surprenant et, allait-elle découvrir par la suite, d'une spontanéité très inhabituelle. Ne sachant que répondre, elle ne répondit rien. Il ne parut pas s'en formaliser et continua à lui sourire, là, sur la place de la cathédrale St Giles. Il commença à l'emmener danser – ce qu'elle n'avait jamais fait ; il la tenait fermement de sa main posée au creux de ses reins et il pressait sa joue contre ses cheveux. Il avait tendance à improviser sur les pas si rigoureusement enseignés par les religieuses. Cela la faisait rire. Il avait des yeux bleu-vert limpides et un charmant sourire. Un jour qu'il était venu la voir chez elle, il lui avait apporté des fleurs – des roses jaunes, aux pétales recourbés et froncés en étroites bouches. Après son départ, elle avait taillé les extrémités des tiges sous l'eau et mis le bouquet dans un pot à confiture sur son bureau. Chaque fois qu'elle entrait dans la pièce, ce jaune d'or éclatant attirait son regard.

Il lui demanda sa main aux Meadows. En disant oui, elle se rendait compte que c'était uniquement parce qu'elle ne pouvait pas supporter l'idée de retourner vivre chez ses parents. Depuis qu'elle connaissait Ben Raikes, elle avait compris qu'une partie vitale d'elle-même lui faisait sans doute défaut, une partie que l'amour ne pourrait jamais entièrement activer. Il lui prit la main, l'embrassa et dit que sa mère allait être contente. Sur le chemin du retour elle tâta l'empreinte de son baiser. La bague qu'il lui offrit lançait une multitude d'éclairs au plafond quand elle n'arrivait pas à dormir, la nuit.

La sonnerie perçante du téléphone retentit. Des profondeurs de son sommeil, Ben sentit Ann se glisser hors du lit. Par la suite il essaiera de se convaincre qu'il s'est tendu dans l'effort d'écouter ce qui se disait. Mais il saura qu'il est retombé dans le sommeil, parce qu'il se souviendra de s'être réveillé avec la main d'Ann sur sa poitrine, ses doigts lui effleurant la gorge. Ses paupières se relevèrent comme des herses. Il ne pouvait pas voir les traits de son visage, brouillés par l'obscurité, mais les mots lui parvenaient tels des sons distincts encore dénués de sens : « Accident, lui disait Ann, inlassablement, accident », et « Alice ». Alice est sa fille. Accident.

« Réveille-toi, Ben, il faut qu'on se lève. Alice est dans le coma. Ben, réveille-toi. »

Est-ce ma voix que j'entends ? On dirait que je vis dans une radio, ondulant dans les airs au gré des ondes, chacune avec ses voix différentes – j'en reconnais certaines et pas d'autres. Je ne peux pas choisir la fréquence.

Cet endroit a l'air propre. L'odeur d'antiseptique me picote les narines. Je distingue des voix qui me sont extérieures – ce sont celles qui semblent les plus éloignées, comme filtrées par une masse d'eau. Et puis il y a celles de l'intérieur – toutes plus ou moins spectrales.

Pourquoi la vie n'est-elle pas mieux conçue et ne vous avertit-elle pas quand des choses terribles sont sur le point de se produire ?

J'ai vu quelque chose. Quelque chose d'affreux. Qu'en aurait-il dit ?

Ann prend Alice par le menton et scrute son visage. Peu accoutumée à ce traitement, Alice lève les yeux vers sa mère, attentive.

« Où as-tu appris cette chanson ? »

Alice chantait dans le jardin en cherchant des fleurs pour un jardin miniature qu'elle créait dans une vieille boîte à chaussures.

« Hum. Je ne sais pas. J'ai dû l'entendre à la radio », invente-t-elle, nerveuse. Va-t-elle se faire gronder ?

Sa mère continue à la dévisager. « C'est une chanson d'une cassette que j'ai achetée hier seulement. Tu n'as pas pu l'entendre autrement. »

Ann semble parler toute seule, à présent. Alice se tortille, impatiente de retourner à son petit jardin. Elle veut chiper quelques piques à cocktail pour une rangée de haricots grimpants.

« J'ai l'impression que tu as une très bonne oreille, Alice. Mon père était un grand musicien et tu as dû hériter de ses dons. »

Une inhabituelle sensation d'effervescence envahit Alice. Sa mère lui sourit avec admiration. Alice jette ses bras autour de sa taille et la serre contre elle.

« Il va falloir que tu prennes des leçons pour cultiver ce talent. Il ne faut pas le gâcher. Figure-toi que mon père pouvait reconnaître à l'oreille n'importe quelle note. Il avait l'oreille absolue et il a joué dans beaucoup d'orchestres à travers le monde.

— Tu y allais avec lui ?

— Non. » Ann se dégage brusquement des bras d'Alice, qui s'éloigne dans le jardin, rêveuse, sans plus penser à sa boîte à chaussures transformée en jardin. Elle est musicienne ! Qu'est-ce que ça peut faire qu'elle ne soit pas jolie comme ses sœurs ? Elle a quelque chose qui la différencie, qui la distingue. Oreille absolue. Cultiver. Elle enroule ces mots nouveaux autour de sa langue.

Sa grand-mère sort dans le jardin pour dépendre le linge et Alice la rejoint en sautillant. « Grand-Maman, devine quoi ? Je suis musicienne ! Je vais prendre des leçons.

— Ah oui ? dit Elspeth. Eh bien, ne commence pas à te hausser du col. »

Une fois par semaine, on me faisait prendre des leçons de piano chez une dame au bout de la rue. Grande et incroyablement mince, Mrs Beeson avait de longs cheveux gris généralement enroulés sur des pinces au sommet de sa tête, et parfois déployés en un rideau gras sur ses épaules. Elle portait de longs cardigans orange tricotés au crochet, et de la salive s'accumulait aux commissures de ses lèvres quand elle parlait. Pendant les cours, dans la pénombre de son salon sur rue, son gros chat tigré restait allongé sur le piano en ronronnant.

J'ai appris à poser la main sur le clavier comme si je tenais une orange, et à traduire les points noirs de la page sur les touches blanches plates ou sur les touches noires aussi fines que des doigts. Mi sol si ré fa, la do mi sol. J'ai appris les flamboyants phrasés italiens et la façon de modifier mon doigté en conséquence.

Je m'exerçais beaucoup. Chez nous, le piano était juste à côté de la cuisine, et ma mère ouvrait la porte pour m'écouter jouer. Mes doigts devenaient forts et musclés, je me coupais les ongles bien court, je gardais en tête le nombre exact et les différents types de dièses et de bémols de chaque clé, et dans les moments de tension, je pianotais des gammes sur la première surface venue.

Je passai un examen après l'autre, travaillant les trois mêmes morceaux pendant des mois pour les jouer dans une église à l'odeur de renfermé devant un examinateur au visage de glace. Je croyais vraiment avoir du talent : mes certificats, encadrés par ma mère, ne le disaient-ils pas ?

Alice était à la soirée depuis trois quarts d'heure. Mario l'avait coincée près de lui pendant la première demi-heure, mais dès qu'il avait été assez ivre elle s'était dégagée pour fuir à l'autre bout de la pièce. C'était une chambre d'étudiant en deuxième année, tapissée d'affiches des Stone Roses et des Happy Mondays, et bourrée de monde ; le lit ployait sous le poids de six personnes et une fille en combinaison blanche moulante dansait sur la table, en criant à quelques garçons aux yeux exorbités de la regarder.

Alice trouvait les garçons bizarres, ici : ou bien ils étaient incroyablement introvertis, et débordaient de connaissances pour les matières ésotériques, ou alors ils étaient d'une arrogance stupéfiante, mais totalement incapables de parler avec elle. C'était la première fois qu'elle se trouvait mêlée à des Anglais en grand nombre. Le premier jour, un garçon prénommé Amos lui avait demandé d'où elle venait.

« D'Écosse.

— Ah ! Et tu as mis combien de jours à venir jusqu'ici ? » s'était-il enquis avec le plus grand sérieux.

Elle parcourut du regard la pièce enfumée et décida de patienter encore cinq minutes. Ensuite, elle s'en irait. Mario lui adressa un signe de la main de l'autre côté de la chambre, et Alice vida d'un trait sa tasse de vin tiède et sirupeux avant de lui retourner un mince sourire.

Mario était un New-Yorkais italo-américain, très riche et très beau. Il passait un an à l'université, aux frais de son père. Quand Alice lui avait demandé comment il s'était débrouillé pour obtenir une année d'échange, il avait répondu : « Mon père a sorti son chéquier », avant d'éclater de rire. Elle l'avait rencontré la première semaine, alors qu'elle errait dans les couloirs de la bibliothèque universitaire. Le voyant sourire, elle lui avait demandé le chemin pour rejoindre l'aile nord. Il avait proposé de l'y conduire, mais en fait il l'avait emmenée à la cafétéria, où il lui avait offert du thé et des gâteaux. Il lui envoyait des fleurs qui imprégnaient sa chambre de lourds effluves sucrés, il passait la voir à toute heure du jour et de la nuit. Il voulait devenir comédien et lui récitait d'interminables tirades dans des lieux publics. Il avait de longs cheveux noirs bouclés et rebelles qui touchaient presque ses épaules bien dessinées. Elle n'avait jamais connu une personne comme lui et il lui paraissait d'un pittoresque grandiose en comparaison de tous ces gens bien élevés et bêcheurs qu'elle avait rencontrés jusqu'à présent. En outre, les attentions de Mario la flattaient : il y avait tellement de filles qui lui couraient après.

La veille au soir, ils avaient flâné dans les rues désertes du centre-ville après avoir vu un film. Brusquement, Mario l'avait plaquée contre le montant métallique d'un étal de marché et l'avait embrassée avec violence. Elle était stupéfaite. Il avait le corps dur et brûlant et ses mains la palpaient. Il pressait son pelvis contre elle et le poteau métallique s'enfonçait dans son dos.

« Bon Dieu, Alice, lui souffla-t-il dans le cou. J'ai la trique du siècle.

— La quoi ? parvint-elle à articuler.

— Trique. Érection, quoi. Tu veux voir ? »

Elle rit, incrédule. « Quoi ? Ici ?

— Ouais. Pourquoi pas ici ? Il n'y a personne. » Il ouvrit sa chemise et se mit à lui mordiller les seins.

« Mario, ne sois pas ridicule. Nous sommes en pleine ville. »

Elle le sentit remonter sa jupe et chercher sa culotte à tâtons.

« Mario ! » Elle se débattit et le repoussa. « Enfin quoi ! »

Il l'empoigna aux hanches et voulut l'embrasser encore, mais elle parvint à se dégager. « Mais qu'est-ce qui te prend, bon Dieu ? cria-t-il, le visage empourpré par l'effort.

— Moi ? rien. Nous sommes en pleine ville. Je n'ai pas envie d'être arrêtée, c'est tout. »

Elle commença à s'éloigner, mais Mario la saisit par le bras et lui fit faire volte-face. « Bon Dieu, mais je suis un homme, Alice. Tu ne trouves pas que j'ai été patient ? J'ai acheté des préservatifs aujourd'hui, si c'est ça qui t'inquiète. Je me disais qu'on allait bien finir par en arriver là.

— Ah ! oui, tu te disais ça, hein ? répliqua-t-elle. Eh bien, tu te trompais.

— Mais quoi, bordel ! À croire que tu es une bon Dieu de pucelle. »

Ils se défièrent du regard, Mario haletant et Alice raide de fureur. « Eh bien, pour ton information, je le suis », dit-elle doucement, et elle s'en alla.

Mario la rattrapa devant la vitrine éteinte d'une librairie.

« Alice, je suis désolé.

— Va-t'en.

— Alice, s'il te plaît. » Il la retint et l'entoura de son bras, l'étouffant, l'empêchant d'aller plus loin.

« Laisse-moi tranquille. Je veux rentrer.

— Alice, je regrette. J'ai été con de dire tout ça. Je n'avais pas idée. C'est vrai, pourquoi tu ne l'as pas dit ?

— Comment ça, pourquoi je ne l'ai pas dit ? Qu'est-ce que je devais dire ? “Bonjour, je m'appelle Alice Raikes et je suis vierge ?”

— C'est juste que je n'avais pas idée. Tu as l'air tellement... je ne sais pas... C'est-à-dire, ça ne se voit pas.

— Ça ne se voit pas ? » La colère lui revenait.

« Et comment tu vois ça, d'habitude ? » Elle se débattait, mais il la tenait fort. « Lâche-moi, Mario.

— Je ne peux pas. »

Elle le sentait trembler de tout son corps et s'aperçut avec horreur qu'il pleurait. Il la serra contre lui et se mit à sangloter bruyamment dans ses cheveux. « Alice, je regrette tellement. Je t'en prie, pardonne-moi. Je t'en prie, pardonne-moi, Alice. »

Elle éprouvait un mélange de dégoût et de honte. Elle n'avait encore jamais vu un homme pleurer. Il y avait des gens qui passaient, et qui les dévisageaient. Elle lui mit les mains sur les épaules et le secoua. « Ce n'est pas grave, Mario. Ne pleure pas. »

Il la laissa enfin se dégager et, la tenant à bout de bras, scruta son visage. Il avait l'air désespéré et ses joues étaient striées de larmes. « Dieu, que tu es belle. Je ne te mérite pas. »

Elle refoula une envie de rire. « Allons, Mario, partons d'ici. Les gens nous regardent.

— Je m'en moque. » Il se jeta contre le mur. « Je t'ai froissée et je ne peux pas me le pardonner.

— Mario, tu es ridicule. Je m'en vais. »

Il lui prit les mains. « Ne t'en va pas. Dis-moi que tu me pardonnes. Tu me pardonnes ?

— Oui.

— Dis : “Mario, je te pardonne.”

— Ne sois pas idiot.

— Dis-le ! S'il te plaît.

— D'accord. Mario, je te pardonne. Bon. Maintenant je m'en vais. Au revoir. »

Elle le laissa affalé contre le mur dans une attitude de profond chagrin et se remit en marche. Elle allait tourner au croisement quand elle l'entendit crier son nom. Elle se retourna. Il se tenait au milieu de la rue, les bras grands ouverts dans un geste théâtral.

« Alice ! Tu sais pourquoi j'étais si troublé ce soir ?

— Non.

— Parce que je suis amoureux de toi ! Je t'aime ! »

Elle secoua la tête. « Bonne nuit, Mario. »

Le lendemain, Alice lisait un texte de théorie critique lorsqu'il frappa à la porte. Il lui fit un sourire radieux et lui offrit un bouquet de chrysanthèmes défraîchis.

« Mario, je t'ai dit que je ne pouvais pas te voir aujourd'hui. J'ai du travail.

— Je sais, Alice. Mais il fallait que je vienne. J'ai passé toute la nuit dehors, à marcher le long de la rivière. » Il lui prit la taille à deux mains et l'embrassa profondément. « C'était sérieux, ce que je t'ai dit hier soir, tu sais.

— Ah ? Bon. Mario, il faut que tu t'en ailles. J'ai une dissertation à faire.

— Pas de problème. Je ne te dérangerai pas, c'est promis. » Il lui caressa les hanches.

« Tu me déranges déjà. »

Il traversa la pièce et s'assit sur le lit. « Je ne le ferai plus. Promis. »

Elle reprit sa lecture. Il se fit une tasse de thé dans le coin-kitchenette de sa chambre. Il feuilleta deux ou trois livres et les reposa avec un claquement. Il tripota sa chaîne, examina sa collection de CD puis se mit à faire des pompes.

« Arrête.

— Quoi ?

— De souffler comme ça. Je ne peux pas me concentrer. »

Il roula sur le dos et leva les yeux vers elle. « Tu travailles trop, tu sais. »

Elle l'ignora. Il commença à lui caresser la cheville.

« Alice », murmura-t-il.

Elle le repoussa d'un coup de pied. Il agrippa sa cheville.

« Alice.

— Mario, tu commences à me casser sérieusement les pieds.

— Viens sur le lit. » Il glissa la main jusqu'en haut de sa cuisse et posa la tête sur ses genoux.

« Bon. Ça suffit. Sors d'ici.

— Non. Pas avant d'avoir eu ce pour quoi je suis venu. »

Il eut un sourire séducteur. « Tu sais pourquoi je suis venu aujourd'hui ?

— Non. Franchement, je n'en sais rien.

— Je suis venu... » Il s'interrompit pour embrasser son sein gauche. « ... pour te ravir ta virginité. »

Je tenais à deux mains la dernière balustre et je me balançais d'un côté puis de l'autre. Je n'avais pas le droit de faire ça parce que ça faisait travailler le bois, mais ma mère avait de la visite et j'écoutais en douce.

« Mon père était très musicien – elle avait pris sa voix mondaine – et ça a toujours été mon plus grand désir qu'une de mes filles hérite de son talent.

— Et ce n'est pas le cas ? demanda la visiteuse.

— Je croyais que ce serait Alice. Elle joue du piano, mais elle n'a pas spécialement de talent. Elle se donne du mal, mais son jeu est vraiment très moyen. »

Je quittai le couloir et traversai la cuisine. De la main droite j'exerçai la souplesse de mon petit doigt. Il me paraissait frêle, friable. J'aurais pu le casser d'un seul coup cruel.

C'était comme si un grand récipient de liquide chaud que j'aurais porté en moi s'était cassé. Toute cette chaleur s'échappait. J'étais furieuse contre moi d'être si crédule, et contre ma mère qui semait des idées pareilles pour les détruire ensuite par de sots bavardages avec une voisine ennuyeuse. Il faisait presque nuit dehors, mais je dévastai le jardin en arrachant les feuilles des plantes jusqu'à ce que mes mains saignent.

Ma grand-mère entra dans la salle de bains avec une pile de serviettes propres au moment où je me trempais les mains dans de l'eau tiède. Elle posa les serviettes sur le bord de la baignoire quand elle me vit et se mit à me caresser les cheveux, en glissant des mèches folles derrière mes oreilles.

« Alice Raikes, comment se fait-il que tu sois tellement en colère contre la vie ? »

Je ne répondis rien. Des larmes amères ruisselaient sur mes joues.

« Peux-tu me dire ce qui te fait pleurer ? Ou bien ne veux-tu pas ? Il s'est passé quelque chose à l'école aujourd'hui ? »

Je levai les yeux vers elle et vis nos deux visages encadrés dans le miroir. « C'est juste que je suis si laide et horrible, éclatai-je. Et je ne suis bonne à rien. » Mes sanglots commençaient à m'étouffer.

« Je dois dire, ma chérie, que je t'ai connu meilleure mine. »

Je me regardai et me mis à rire. J'avais les yeux enflés et injectés de sang, et les joues zébrées de terre et du suintement vert des feuilles. Ma grand-mère me pressa les épaules de ses mains puissantes.

« Tu ne sais donc pas comme tu es jolie ? Ce sont des boucles blondes comme tes sœurs que tu veux ? » Je baissai la tête. « Je vois que c'est ça. » Elle me tourna vers elle. « Alice, je vais te dire un secret. Ici – elle posa la main sur mon plexus solaire –, juste ici, tu as un réservoir d'amour et de passion à offrir à quelqu'un. Tu as une grande capacité d'amour. Tout le monde ne l'a pas, figure-toi. »

J'écoutais solennellement. Elle me tapota le nez. « Mais prends garde à ne pas tout donner à un homme qui ne le mériterait pas. » Elle reprit les serviettes. « Et maintenant, au lit. Tu dois être épuisée d'avoir tant pleuré. »

Je ne renonçai pas. J'allais toujours une fois par semaine dans le salon infesté de puces de Mrs Beeson pour suivre mon apprentissage des gammes et des doigtés. Mais la déclaration de ma mère me libérait. Je cessai de galoper de concours en concours, pour jouer ce que je voulais. Mrs Beeson téléphona à ma mère, l'informant que j'avais perdu ma motivation et que je pourrais « jouer gentiment » si je me donnais un peu plus de mal. Mais ça ne m'intéressait plus.

Alice baissa les yeux vers le visage rouge et rayonnant de Mario. Elle avait déjà pris la décision de coucher avec lui, mais elle était convaincue que ce ne serait pas bon pour l'ego déjà considérable du garçon si cela se faisait le jour où *lui* avait décidé que c'était le bon moment. Pour l'instant, il avait les mains sous son chemisier et se débattait avec l'agrafe de son soutien-gorge. Elle essaya de lui saisir les bras. Ils luttèrent.

« Mario, arrête. Je ne coucherai pas avec toi aujourd'hui. C'est sûr. »

Il se frappa la tête avec la main et cria : « Alors quand ? Il faut que je couche avec toi ! Il le faut !

— J'ai du travail. J'ai cette dissertation à rédiger. »

Il se jeta à plat ventre et commença à se rouler par terre en grognant.

« Je coucherai avec toi. » Alice remarqua que Mario s'immobilisait soudain. « Mais pas maintenant.

— D'accord. Mais fais vite. J'ai les couilles comme des pastèques. »

Elle rit et retourna à ses livres. Peu après, elle remarqua qu'il s'était endormi. Plus tard, ils allèrent à la soirée.

John montait l'escalier quatre à quatre. Comptez sur Alice pour travailler dans un bureau tout en haut d'un immeuble de cinq étages. En arrivant, il vit par la porte vitrée que la salle était déserte, à l'exception d'Alice. Elle était assise, le dos bien droit, la main sur le téléphone comme si elle venait de raccrocher. Il entra vivement, lui passa les bras autour des épaules et, soulevant la lourde natte, lui embrassa la nuque. « Je me demandais si tu voudrais déjeuner avec moi », chuchota-t-il.

Il la sentit raide entre ses bras, remarqua son profil pâle et crispé.

« Qu'est-ce qui ne va pas ? »

Elle ne répondit pas. Il s'accroupit à côté d'elle et lui prit la main. « Alice ? Qu'est-ce qu'il y a ? »

Elle le regarda pour la première fois. Ses pupilles étaient tellement dilatées que ses yeux paraissaient presque noirs. Il lui caressa la main et l'embrassa. « Dis-moi. »

Elle lui enfonça les ongles dans le dos de la main,

rassemblant ses forces pour parler. « Ma grand-mère est morte. »

Il l'entoura de ses bras. « Alice, je suis vraiment désolé. » Et il la serra contre lui tandis que les premières larmes éclaboussaient la table.

Alice avait interdit à John d'accepter l'invitation qu'elle était sûre que sa mère lancerait après les obsèques.

« Mais je veux voir la maison où tu as grandi, avait-il protesté.

— Tant pis », avait-elle répliqué sombrement.

Aussi, lorsque Ann pressa John de venir ensuite à la maison, il tenait prête l'excuse de devoir retourner à leur auberge. Mais les précautions d'Alice n'avaient pas empêché sa mère de la coincer dans les toilettes du crématorium. « John a l'air très gentil.

— Oui. Il l'est.

— Tu le vois depuis longtemps ?

— Environ deux mois.

— D'où est-il ?

— Londres.

— Je veux dire, à l'origine.

— À l'origine ? Comment ça, à l'origine ? Il est né à Londres. Ses parents aussi.

— Il pourrait être italien ou grec ou je ne sais quoi. Il est tellement foncé.

— Foncé ?

— De teint.

— Eh bien, moi aussi, au cas où tu ne l'aurais pas remarqué.

— Est-ce qu'il est juif ? »

Alice explosa. « Qu'est-ce que ça a à voir, bon Dieu ?

— Alors il l'est, dit Ann calmement.

— Ouais, il l'est. Ça te pose un problème ? Tu es tellement hypocrite, quelquefois. Tu te prétends chrétienne, tu organises ce spectacle ridicule quand tu sais que Grand-Maman n'était même pas croyante. Est-ce que les chrétiens ne sont pas censés être tolérants et aimer leur prochain ?

— Alice, il n'y a pas de quoi prendre la mouche. Je posais simplement une question. »

Une autre femme entra dans les toilettes et pénétra dans une cabine. Alice se lava les mains sous l'eau brûlante et sa mère lui tendit une serviette en papier.

« Je crains simplement que ça ne te cause des problèmes un jour, c'est tout.

— Comment ça ? siffla-t-elle. Quels problèmes ? Il n'y a aucun problème. C'est toi qui fais des problèmes.

— Ses parents sont au courant ? »

Alice eut une hésitation fatale. « Sa mère est morte, pour ton information. »

Ann leva les yeux au ciel. « Alors, son père est au courant ? »

Alice garda le silence.

« A-t-il dit à son père qu'il fréquente une chrétienne ?

— Je ne suis pas chrétienne, merde !

— Alice, pas de gros mots ici ! » Ann se retourna pour voir si l'autre femme avait pu entendre. « Disons, goy, murmura-t-elle.

— Non, il ne le lui a pas dit. »

Ann se rapprocha du miroir pour vérifier son maquillage. « Je vois. »

Alice était renfrognée, agressive, la bouche serrée en un trait crispé. Ann soupira et, d'un geste inaccoutumé, saisit la main de sa fille. « Alice, je ne veux pas t'embêter. Tu peux fréquenter qui tu veux, en ce qui me concerne. Tu devrais le savoir, depuis le temps. C'est juste que je ne peux pas supporter de voir la passion aveugler ton jugement. Ton instinct de conservation ne doit pas se laisser étouffer par des considérations sentimentales.

— Qu'est-ce que tu veux dire ?

— Je ne veux pas... Je ne veux pas que tu sois blessée.

— Je ne vais pas être blessée. John n'est pas comme ça.

— Tu n'en sais rien. Les hommes n'ont pas l'esprit de décision des femmes. Et le judaïsme est réputé pour la pression qu'il exerce sur les hommes afin de les empêcher de se marier en dehors de la communauté. » Ann voulait faire entrer ça dans la tête d'Alice mais ne savait pas comment s'y prendre sans la fâcher davantage. « C'est connu, insista-t-elle lamentablement. Interroge n'importe qui.

— Qu'en sais-tu ? rétorqua Alice. Et de toute façon, je ne sors avec lui que depuis deux mois. Nous ne parlons pas de mariage ni rien. »

Beth passa la tête par la porte. « Qui se marie ? Pas toi, Alice ?

— Oh ! Seigneur ! » Alice se prit la tête d'un air théâtral. « Non, je ne me marie pas.

— John est juif, expliqua Ann à Beth avec véhémence.

— Et alors ? » Beth était déconcertée.

« Là ! dit Alice. Tu vois ? Tout le monde ne réagit pas comme toi. »

Le regard de Beth alla de sa sœur à sa mère. Elle les prit chacune par un bras. « Allons. Ce n'est pas le moment de discuter de ça. »

Elles ressortirent. John était avec Ben et Kirsty.

« John, j'essayais de convaincre Alice de revenir à la maison et elle est très têtue. Vous venez, n'est-ce pas ? » Ann pressa le bras de John.

« Ça s'appelle la Loi, dit Alice.

— La Loi ? C'est un drôle de nom.

— Quelquefois on l'appelle la Loi de Berwick. C'est l'un des trois culots volcaniques. Les deux autres sont le Trône d'Arthur et la Roche Basse. Ils sont tous constitués de la même roche.

— Hé, j'ai entendu parler de la Roche Basse.

— Elle est très célèbre. Il y a une importante colonie d'oies sauvages.

— On peut la voir d'ici ?

— D'habitude on la voit facilement, mais aujourd'hui c'est un peu brumeux. »

Ils plissaient les yeux, essayant de distinguer quelque chose, et Alice désigna à John le contour d'une roche déchiquetée qui surgissait de la mer comme une colonne.

« Le truc blanc, c'est de la roche ou du guano ? »

Elle eut un rire bref. « Je ne sais pas. Du guano, sans

doute. L'été, on peut y aller en bateau, depuis le port. » Elle pivota à quarante-cinq degrés. « Voilà mon école. »

John baissa les yeux vers les bâtiments gris et marron rassemblés au pied de la Loi, les grands H blancs des poteaux de rugby plantés dans le terrain voisin. « C'est tout petit ! »

Elle rit. « Tu trouves ? Bon, évidemment, ce n'est pas une école du nord de Londres. Il doit y avoir dans les six cents élèves, je crois, et pas tous de North Berwick. Les gens des autres villes et villages des environs y envoient leurs enfants. Le petit bâtiment, c'est l'école primaire, et le plus grand, le collège.

— Tu es allée à l'école primaire aussi ?

— Oh ! oui, et Beth et Kirsty aussi. » Ils poursuivirent lentement leur chemin sur la pente herbeuse, Alice agrippée à l'urne qui contenait les cendres d'Elspeth. Des mouettes se balançaient sur des trapèzes invisibles dans l'air salé et brumeux. Ben avait volontiers consenti à la proposition d'Alice de les disperser sur la Loi. Ann avait été moins disposée à croire qu'Elspeth ait vraiment pu dire une chose pareille à Alice, et elle aurait préféré fertiliser un rosier. Mais, pour une fois, Ben avait déclaré que, si c'était le souhait de sa mère, il fallait l'exaucer. Les sœurs avaient été surprises. John avait choisi ce moment pour converser dans l'angle opposé de la pièce avec une amie d'Elspeth, âgée et, comme il le découvrit rapidement, sourde.

« Bon, voilà un bon endroit », dit-elle, et elle s'arrêta. Elle tendit à John le couvercle et jeta pour la première fois un coup d'œil à l'intérieur. John l'observait.

« On dirait du sable », dit-elle platement, sans vraiment savoir ce qu'elle avait imaginé. Elle y enfonça la main.

John chercha dans sa poche le petit déplantoir que le type des pompes funèbres leur avait donné. « Tiens. Tu peux le faire avec ça.

— Non », fit Alice d'un ton farouche, en se cuirassant. Le vent était fort, et ce n'était pas la peine de lancer les cendres comme elle l'avait craint. Elle n'eut qu'à desserrer les doigts et la brise les emporta.

« Le vent souffle au nord ! cria-t-elle. Vers North Berwick ! Là où elle est née ! »

Elle laissa partir au vent une poignée de cendres après l'autre. John la regardait d'un peu loin, entourée d'un voile de cendre et de poussière. Sa solennité s'était évanouie ; elle était excitée, elle dansait presque en renvoyant Elspeth là d'où elle était venue.

Mario descend maladroitement du lit et commence à fouiller ses poches de pantalon.

« J'en ai un là, marmonne-t-il. Putain, mais il est où ? »

Alice soulève à peine sa tête de l'oreiller et regarde son corps, presque comme si elle ne l'avait encore jamais vu. Quand elle est couchée comme ça sur le dos, les os de ses hanches saillent à la façon de deux serre-livres et ses seins s'étalent vers l'extérieur, les pointes dressées vers le plafond. Mario tempête à travers la chambre, il s'arrache les cheveux, il jette par terre leurs vêtements dispersés, tandis que son érection s'estompe. Il ne peut quand même pas l'avoir oublié, si ? Il en trimballe un depuis des semaines. Alice glisse une main sous sa tête et pose l'autre sur son ventre, où elle sent les murmures de sa digestion. Quand elles étaient petites, Beth suppliait Alice de la laisser coller l'oreille à son ventre pour écouter sa « tuyauterie ». Alice se demande vaguement comment va Beth, puis cesse de se le demander car Mario remonte dans le lit à côté d'elle. « Bon Dieu, ces lits ne sont pas faits pour ça, hein ? se plaint-il.

— Voyons, c'est une résidence réservée aux femmes. Il y a cinquante ans, si tu avais un visiteur masculin, le concierge venait, sortait le lit de la chambre et le mettait dans le couloir. »

Mario rit. « Ce n'est pas vrai, dis ?

— Si, parfaitement. Et les femmes n'avaient pas non plus le droit de passer des diplômes. »

Il décide que ce n'est ni le lieu ni l'heure pour une diatribe d'Alice sur le féminisme et il la prend dans ses bras. Elle tressaille en réalisant qu'il est complètement nu.

« Tu as trouvé un préservatif ? » demande-t-elle, un peu crispée. Elle ne fait pas entièrement confiance à Mario.

« C'est réglé.

— Je ne t'ai pas vu le mettre », dit-elle. Elle soulève le drap et regarde. « Tu ne l'as pas mis. »

Ils examinent tous deux le pénis flasque de Mario.

« Tu as beaucoup à apprendre, hein ? » Il soupire. « Quand un type doit s'interrompre pour retourner la chambre en quête d'un préservatif, il n'est pas rare qu'il perde son érection. Et sans érection, impossible de mettre un préservatif. » Il lui saisit la main et la guide vers son sexe. « Et voilà ce qu'il faut faire pour que ça revienne. »

Ils recommencent à s'embrasser. Elle sent le pénis enfler dans sa main. Elle s'écarte et rit. « C'est effarant. » Elle rabat le drap pour l'examiner, et se remet à rire.

« Qu'est-ce qu'il y a de si drôle ?

— C'est comme un de ces films accélérés sur la nature, tu sais, où on voit les fleurs pousser en cinq secondes. »

Mario la dévisage. « Mais à quoi pensaient les garçons de North Berwick ? Comment est-ce possible que tu aies raté ça quand tout le monde le faisait ? »

Elle hausse les épaules. « Je ne crois pas. Que les gens le faisaient, je veux dire. North Berwick n'est pas comme ça. Ce n'est pas New York. C'est une petite ville. Tout le monde l'aurait su et l'aurait sans doute dit à ma mère, si on m'avait seulement vue tenir la main d'un garçon. Il n'y en avait pas un qui en vaille la peine, à dire vrai. »

Elle saisit le pénis et le tourne de-ci de-là, comme pour inspecter les défauts.

À ce contact, Mario sent son abdomen se contracter de désir. Alice ne porte qu'une petite culotte noire et elle est penchée au-dessus de son bas-ventre, lui chatouillant les cuisses avec ses cheveux, l'effleurant de ses seins penchés. De ses mains fébriles il déchire hâtivement l'emballage du préservatif et le déroule sur son sexe. Redressée, elle regarde avec cette même expression d'intérêt scientifique. Mario l'empoigne par le bras pour la recoucher. « Bon. » Il est allongé sur elle maintenant, les mains cramponnées à ses fesses. « Détends-toi, Alice. »

Elle a du mal à respirer. Mario semble soudain

incroyablement lourd. Il se débat avec la petite culotte, il tire dessus, ses mains sont partout, tandis qu'elle a les bras bloqués le long du corps. Elle se tortille pour se dégager un peu. Il geint : « Oh ! Alice. »

Il a le souffle rapide, haletant, et elle sent soudain son pénis couvert de latex la heurter. Le choc la fait tressaillir. Mario s'arrime à ses épaules comme pour se hisser au sommet d'un mur. Son pénis, dur et glissant, lui lance des coups dans le bas-ventre.

« Mario. » Elle essaie de parler, mais il l'étouffe avec son épaule. Elle détourne à grand-peine la tête. « Mario ! »

Aussitôt son visage est là, sa bouche couvre celle d'Alice, chaude et haletante. Elle arrive à dégager un bras et lui repousse l'épaule. Il resserre encore son étreinte, puis lui empoigne le pelvis à deux mains pour le soulever du lit et le caler au bon angle. Elle lui saisit une poignée de cheveux et tire. « Mario, s'il te plaît, arrête. »

Soudain elle le sent pénétrer de force en elle, et une seconde plus tard une violente douleur lui envahit le bas du corps. Elle se débat et le frappe. « Mario ! Non ! Tu peux t'arrêter ? Tu me fais trop mal !

— Ne t'inquiète pas. Ça fait toujours mal la première fois. Détends-toi, mon cœur. Tu te débrouilles bien. »

À chaque poussée rêche et brusque, il lui enfonce son épaule dans le menton. Elle a des élancements de douleur dans tout le bas-ventre et ses jambes écartelées lui font mal. Le vide se fait dans sa tête. Elle commence à compter les coups pour tenter de refouler la perception de ce corps palpitant et haletant qui se démène sur elle. À soixante-dix-huit, elle le sent arquer le dos et à soixante-dix-neuf il a une sorte de long frisson rigide, puis s'écroule sur elle en respirant très fort.

Pendant cinq bonnes minutes ils restent comme ça, puis Mario se soulève sur un coude, avec un sourire béat. Il remarque qu'Alice est un peu pâle et qu'elle a les yeux cernés, mais il se rassure en se disant que c'est normal, la première fois chez une fille. Il commence à se demander pourquoi elle ne le regarde pas, puis il trouve quelque chose : « Tu as joui ? »

En redescendant de la colline, Alice prit la main de John. Elle la trouva froide et la frictionna entre les siennes. Le bleu du ciel prenait une teinte plus sombre, d'encre, et les lumières de North Berwick apparaissaient en contrebas.

« Tu n'as plus jamais pleuré, après ça, non ? dit John.

— Elle n'aimait pas que je pleure. »

Le Dr Brimble plissa les yeux pour voir l'étudiante de l'autre côté du bureau. Il fallait absolument qu'elle aille se faire examiner les yeux. La fille n'avait pas l'air en trop mauvaise forme, un peu fatiguée peut-être. « Quel est le problème... euh... » Elle consulta la fiche devant elle. « ... Alice ? »

La fille regardait droit devant elle, évitant son regard. « Vendredi dernier, j'ai eu un rapport sexuel pour la première fois, et depuis je saigne toujours.

— Je vois. Avez-vous une sensation de brûlure quand vous urinez ? »

La fille acquiesça.

« Avez-vous eu de la fièvre ?

— Je ne crois pas.

— Ça ressemble à une cystite de jeune mariée. C'est très répandu, mais désagréable et, malheureusement, une fois qu'on l'a eue, on risque d'avoir des récurrences. Il vaudrait mieux que je jette un coup d'œil. Voulez-vous passer derrière ce paravent pour ôter votre jupe et votre culotte ? Appelez-moi quand vous serez prête. »

Le Dr Brimble vit avec satisfaction qu'il n'y avait pas de dommages internes, mais elle fut déconcertée par la profusion de contusions sur les hanches et les cuisses de la fille. Elle lança un nouveau coup d'œil vers son visage fermé, tendu, puis regarda subrepticement sa montre. Elle avait déjà dix minutes de retard. Une fois la fille rhabillée et assise en face d'elle, elle décida de poser délicatement la question. « La personne avec qui vous avez eu ce rapport sexuel, commença-t-elle, c'était... ? » Elle attendit que la fille complète.

Alice la regardait, impassible.

« C'était un ami ? »

La fille parut réfléchir un moment, puis elle dit : « Oui.

— Bon. » Soulagée, la doctoresse lui tendit une ordonnance. « Ce traitement antibiotique devrait arranger ça. En cas de problème, revenez. »

En regagnant sa chambre en fin d'après-midi, Alice trouva un mot de Mario épinglé sur la porte, demandant où diable elle était passée et disant qu'il reviendrait dans deux heures. Elle s'assit un moment sur son lit, puis se leva et descendit son sac à dos du placard. Une heure plus tard elle était dans le train, en route vers l'Écosse.

Elspeth prit une profonde inspiration. « C'est merveilleux, Ben, mais quand vais-je faire sa connaissance ? » Elle espérait que sa voix suggérait plus de sincérité qu'elle n'en éprouvait. N'était-ce pas un peu soudain ?

« Bientôt, je l'amènerai à North Berwick pour le thé.

— Bien. » Elle se sentait plus calme à présent, la voix maîtrisée. « J'ai déjà hâte de la rencontrer. Comment s'appelle-t-elle ?

— Ann. Elle est anglaise.

— Bien. Je suis ravi, mon chéri. Toutes mes félicitations. Que dirais-tu de jeudi ?

— Je demanderai à Ann, et je te rappellerai demain.

— Parfait. Nous en reparlons demain. Au revoir. »

Elspeth replaça l'écouteur sur son support en bakélite noire et se lissa nerveusement les cheveux. Cela ressemblait si peu à Ben, qui était le plus jeune et le plus circonspect de ses deux fils. Elspeth avait cependant pu entendre au son de sa voix qu'il était heureux. S'ils venaient jeudi, elle devait commencer aujourd'hui à préparer un gâteau, ce qui lui donnerait le temps de passer d'abord les fruits dans une mousseline. Elle descendit les marches de pierre jusqu'à la cuisine, en vérifiant au passage son aspect dans le miroir du salon.

Elspeth était née à North Berwick, une petite ville de bord de mer à l'est d'Édimbourg, en 1912 – l'année où le *Titanic* avait coulé. Son père était un pasteur de l'Église d'Écosse, et ils vivaient dans une petite maison humide de Kirkports, l'une des rues étroites qui serpentaient près de la plage. C'était la grande époque de North Berwick, villégiature à la mode pour les gens riches, et de vastes maisons neuves poussaient en bordure de la ville. Lorsqu'il faisait doux, sa mère l'emmenait faire de longues marches sur la grève, et le dimanche elles se rendaient à l'église, au centre de High Street, pour écouter son père enfler la voix jusqu'aux chevrons. Elle allait à l'école primaire sur le front de mer, et chaque jour sa mère l'attendait à la grille pour la ramener à la maison. Elles revenaient souvent à pied le long d'East Beach, Elspeth suppliant sa mère de lui raconter encore une fois l'histoire de la gigantesque baleine qui s'était échouée sur le sable. Son père l'avait emmenée au musée de Chambers Street, à Édimbourg, pour voir le squelette de la baleine, suspendu au plafond comme un immense cerf-volant. Il l'avait soulevée pardessus la balustrade du balcon pour qu'elle le touche ; c'était tiède et friable et elle n'arrivait pas à associer ces ossements poussiéreux avec l'énorme animal rejeté par la mer et qui avait recouvert toute la plage.

Elspeth avait sept ans quand ses parents furent envoyés comme missionnaires en Inde. Elle ne sut jamais si c'était leur idée ou s'ils agissaient sur le conseil de quelqu'un, mais ils décidèrent qu'il valait mieux pour l'enfant ne pas lui dire qu'ils partaient. Ils revêtirent Elspeth de ses plus beaux habits et l'emmenèrent se promener sur la grève, la tenant chacun par une main. Puis, tandis qu'elle jouait avec les galets et les algues au bord de l'eau, ils s'éclipsèrent. Quand elle se retourna, ils avaient disparu. À leur place se dressait la silhouette rigide d'une surveillante de l'école de filles St Cuthbert, qui la prit par le bras et l'emmena en train jusqu'à Édimbourg, et à la pension. Elle ne les revit pas pendant sept ans, non plus que North Berwick.

« Quel dommage que Kenneth, le frère de Ben, n'ait pas pu venir ! Il souhaitait tellement faire votre connaissance, Ann. »

Ann acquiesça et se servit une nouvelle tranche du gâteau d'Elspeth.

« Son travail semble l'occuper beaucoup. » Il y eut un silence, pendant lequel Elspeth espérait qu'Ann dirait quelque chose. Elle avait à peine entendu le son de sa voix. « Il est médecin », ajouta Elspeth.

Elle était décontenancée par cette jeune femme et espérait que son visage ne le révélait pas. Ann avait une beauté fragile, anglaise, avec des poignets fins et des façons charmantes. Elle avait les cheveux lisses, d'une blondeur de lin, et la peau d'une pâleur transparente. Ses yeux bleus étaient très clairs, bordés de cils délicats. Tout en elle était menu et frêle. Quand Elspeth lui avait serré la main, elle avait eu l'impression de pouvoir lui broyer les os d'une seule pression légère. À côté du teint coloré et sain de Ben, de ses cheveux couleur de sable, elle paraissait d'une autre race. C'était visiblement une fille intelligente, mais Elspeth n'arrivait pas à déterminer si son silence était dû à la timidité. Cela semblait peu probable. Ann avait l'air assuré, assise bien droite sur son siège et donnant à Ben des instructions claires sur la façon dont elle prenait son thé, et elle regardait autour d'elle avec une curiosité à peine voilée.

« Où séjournez-vous, Ann ?

— Pardon ? »

Ben intervint. « Elle veut dire, où habites-tu. » Il caressa sa petite main pâle et rit. « Il va falloir t'habituer aux idiomes écossais. Nous disons "séjourner" pour "habiter".

— Ah ! je comprends. J'habite près des Meadows, Mrs Raikes.

— Appelez-moi Elspeth, je vous en prie. C'est ainsi que tout le monde m'appelle. » Ann inclina gravement sa fine tête blonde. « Parlez-moi, reprit Elspeth, s'adressant à eux deux, de vos projets pour le mariage. Pour quand le prévoyez-vous ? Qu'en pensent vos parents, Ann ? »

Elle les vit échanger un regard embarrassé. Ben s'éclaircit la gorge. « Ann ne l'a pas encore annoncé à ses parents. »

Elspeth sentit s'imprimer sur son visage la surprise et

elle tenta, en vain, de prendre une expression d'intérêt mesuré.

« Oh ! je vois.

— Nous ne tenons pas vraiment à de longues fiançailles, n'est-ce pas ? » Ben se tourna vers Ann, qui avait porté la main à son visage et la pressait sur sa bouche d'un geste curieux. Le fait que cette femme n'aimait pas son fils devint soudain clair pour Elspeth. Elle ressentit un élan aigu de compassion pour Ben, qui, lui, vouait à Ann une adoration si manifeste. « Alors nous pensions nous marier à l'automne, disait Ben. Peut-être en octobre. » Il rit avec une excitation évidente. « Je commence en septembre à l'université et ce n'est pas la peine d'attendre, non ?

— Avez-vous une idée de l'endroit où vous allez habiter ? »

Le visage de Ben se rembrunit. « Non, pas vraiment. Quelque chose de petit. Mon traitement universitaire ne sera pas bien gros.

— J'y ai un peu réfléchi, dit Elspeth. Et, voyez-vous, cette maison est beaucoup trop grande pour moi seule. Je ne sais pas ce que vous penseriez de vivre à North Berwick, mais le trajet ne prend qu'une heure par le train. J'aimerais beaucoup que vous veniez vivre ici, très sincèrement, mais seulement si vous le souhaitez. »

Ben hésita, les yeux fixés sur Ann. « Je ne suis pas sûr...

— C'est une très belle maison, Mrs... je veux dire, Elspeth. Depuis combien de temps l'habitez-vous ? dit Ann.

— Quasiment depuis la naissance de Ben. Elle appartenait à mes beaux-parents. À la mort de mon mari, les garçons étaient encore très petits, Ben n'avait qu'un an, et ils m'ont proposé de venir vivre avec eux.

— De quoi votre mari est-il mort ? »

Elspeth sourit pour montrer qu'elle ne s'offensait pas d'une question aussi directe. « De la malaria. Il était missionnaire, comme mon père, et nous vivions en Afrique. Tout le monde avait la malaria, là-bas, et à l'époque on n'avait pas tous les médicaments qu'on a maintenant. Il a dû être atteint par un virus particulièrement mauvais. Il est mort deux semaines plus tard. Ce n'était pas une situation très facile pour moi. Nous n'étions mariés que depuis deux ans, j'avais deux petits garçons à élever et nulle part où aller. J'ai eu beaucoup de chance que les parents de Gordon proposent de m'accueillir.

— Et vos parents ?

— Mon père était missionnaire, comme je le disais. Il ne gagnait pas grand-chose, et ma mère et lui n'auraient pas eu les moyens de nous entretenir tous les trois. Ils ne nous auraient certes pas repoussés, bien sûr, mais nous aurions eu une vie très difficile. Les parents de Gordon ont été très bons pour nous, alors qu'ils n'avaient même pas approuvé notre mariage.

— Et vous ne vous êtes jamais remariée ? »

Ben s'agita sur son siège, en se demandant si sa mère ne prenait pas ombrage des questions directes d'Ann.

Elspeth était simplement heureuse qu'Ann parle enfin.

« Non, ma chère enfant. Gordon était l'homme de ma vie.

— Alors les parents de Gordon vous ont laissé la maison ?

— C'est cela. Ils me l'ont laissée dans l'espoir que je la transmettrais aux garçons, ce que je ferai un jour.

— Eh bien, j'adorerais vivre ici. » Ann sourit, et Elspeth se sentit soulagée.

« Alors voilà qui est réglé. Pensez-vous que vous vous plairez à North Berwick ? »

Le souvenir dominant d'Elspeth, en pension, était d'avoir eu faim ou froid, ou souvent les deux. St Cuthbert accueillait surtout les filles des familles prospères d'Édimbourg, qui retournaient chaque soir chez elles, à Morningside ou à La Grange. L'internat était juste derrière l'école, et vingt pensionnaires y habitaient, âgées de huit à dix-huit ans. Elspeth se souvenait d'avoir été constamment enrhumée ; les manches de son cardigan étaient bourrées de mouchoirs humides, brodés au nom de « E. A. Laurie ». Ses parents l'aimaient, elle en était certaine, et ils lui écrivaient chaque semaine, lui envoyaient des chutes de soie aux couleurs vives, des éléphants sculptés dans l'ébène ou des cartes postales sépia représentant des rues poussiéreuses. Jamais elle ne leur demandait quand elle les reverrait, ni pourquoi ils ne lui avaient pas dit qu'ils s'en allaient.

Le plus difficile, c'étaient les vacances. Même les autres internes, de malheureuses filles maigres, avaient des endroits où aller pendant les congés, mais les parents d'Elspeth n'auraient jamais eu les moyens de faire venir leur fille en Inde. Elle passa les premières vacances à espérer et attendre une lettre affectueuse de sa grand-mère ou de sa tante à Glasgow, mais la lettre n'arriva jamais. Elles désapprouvaient le mariage de la mère d'Elspeth et, a fortiori, la fille qui en était issue.

Ses parents et North Berwick lui manquaient désespérément. Le climat d'Édimbourg différait du tout au tout de celui de North Berwick, même s'il n'y avait guère plus de quarante kilomètres de distance. Édimbourg baignait dans une brume humide et poisseuse ; chaque fois qu'Elspeth essayait d'évoquer son enfance là-bas, elle voyait des rues mouillées et glissantes au crépuscule, voilées par une pluie duveteuse, et des bâtisses grises. Chaque hiver elle souffrait de crises d'asthme et, couchée sans parvenir à dormir, elle respirait à grand-peine, en imaginant son retour dans l'air marin, sec et vif, de sa ville natale.

Elspeth devint une enfant particulièrement indépendante et ingénieuse, imperméable aux vexations que lui infligeaient les autres filles plus riches. La troisième année, une sortie scolaire fut organisée à Kirkcaldy ; Elspeth portait son uniforme de pension, tandis que les autres arboraient des chandails de couleurs vives et des bonnets assortis. Dans le train, une fille nommée Catriona MacFarlane chuchota à la ronde qu'Elspeth Laurie n'avait pas d'autres vêtements que son uniforme. C'était Catriona la meneuse cette année-là, de sorte que même les camarades d'Elspeth furent obligées de se joindre aux gloussements complices. Elspeth regardait résolument par la fenêtre les abords d'Édimbourg noyés de pluie. Piquée par cette indifférence, Catriona chuchotait de plus en plus ostensiblement, puis elle finit par se lever et s'avancer dans l'allée centrale pour tirer sur la manche du cardigan rouge d'Elspeth. « Dis, pourquoi tu portes ton uniforme, Elspeth ? Tu n'as pas d'autres vêtements ? »

Elspeth se retourna pour lui faire face. « Non, je n'en ai pas. »

Catriona fut décontenancée. Elle s'était attendue au silence ou à un déni. Les autres filles regardaient, muettes et tendues.

« Et pourquoi n'as-tu pas d'autres vêtements, Elspeth ? »

Elspeth se détourna pour regarder à nouveau par la fenêtre. « Mon père est missionnaire et il n'a pas beaucoup d'argent.

— Alors comment as-tu les moyens d'être dans cette école ?

— L'Église paye pour moi. » La voix d'Elspeth était très douce, et elles devaient tendre l'oreille.

Une maîtresse déboula soudain dans l'allée. « Catriona MacFarlane, que faites-vous loin de votre place ? Rasseyez-vous, je vous prie. Nous sommes presque arrivées. »

Elspeth invite Ann à voir le jardin.

« Ben m'a dit que vous étiez biologiste, dit Elspeth tandis qu'elles sortent par la porte de derrière. Dans quel domaine vous spécialisez-vous ? » Elspeth espère qu'Ann, maintenant qu'elles sont seules, va s'ouvrir un peu plus. Elspeth aime beaucoup les femmes. Elle trouve très intéressants leur esprit et leur vie, et elle prend plaisir à leur compagnie, surtout celle des jeunes femmes intelligentes et instruites. Elle est toujours attristée de n'avoir pas pu concevoir de fille après ses deux garçons.

« La vie des plantes, je suppose. Ma thèse relevait davantage de la botanique que de la biologie.

— C'est merveilleux. Il va vous falloir prendre en main ce jardin, quand vous vivrez ici. Il est bien trop grand pour que je puisse m'en occuper, comme vous pouvez voir. »

Le jardin est en effet très grand, avec une pelouse verdoyante qui descend vers Westgate et un gazon de croquet sur la gauche de la maison. Le vaste horizon de la mer scintille entre les arbres. Ann s'éloigne vers le fond du jardin. Le blanc lumineux de sa robe blesse les yeux d'Elspeth. Elle remarque Ben penché à la fenêtre de la cuisine et fait mine de ne pas le voir.

« D'où êtes-vous, Ann ? » lance-t-elle.

Ann répond sans se retourner. « Mes parents vivent à Londres, maintenant, mais j'ai longtemps vécu en pension, en plein centre du Dartmoor.

— J'ai passé une grande partie de mon enfance dans un pensionnat de jeunes filles à Édimbourg. C'est surprenant le nombre de gens à qui c'est arrivé. Est-ce que vos parents vivaient à l'étranger ?

— Mon père était musicien et ma mère l'accompagnait à travers le monde.

— Ah ! Et vous-même, êtes-vous musicienne ? »

Ann secoue la tête. « L'école où j'allais n'enseignait rien d'autre que les bonnes manières.

— Je vois. Les pensionnats sont de drôles de choses. J'ai refusé d'y envoyer les garçons, et pourtant les parents de Gordon y tenaient beaucoup. Je voulais qu'ils grandissent ici, à North Berwick.

— D'abord, les gens qui envoient leurs enfants en pension n'auraient jamais dû les avoir », dit Ann avec amertume, en arrachant les feuilles de la branche qu'elle tripote. Elspeth commence à comprendre un peu mieux sa future belle-fille.

Ben et Ann se marièrent dans l'église de la rue principale où le père d'Elspeth avait naguère officié, à North Berwick. La ville entière était postée sur le trottoir d'en face pour voir sortir de l'église en grès rouge la pâle mariée de Ben Raikes, dans sa robe scandaleusement courte et moulante. C'était la mère d'Ann qui l'avait choisie dans l'espoir d'imprimer un peu de classe au mariage de sa fille. Ann avait refusé de se marier dans une mairie londonienne et tenu à venir au bout du monde, dans ce malheureux village en plein vent. Pendant la séance de photos, la mère d'Ann se cramponnait à sa coiffure crêpée qui chancelait, l'œil rivé sur les austères cheveux gris d'Elspeth et ses chaussures lacées. Le père d'Ann essaya d'allumer une cigarette dans la brise piquante d'octobre, en s'efforçant d'ignorer tous les badauds de l'autre côté de la rue.

Ils passèrent une semaine en voyage de noces dans les Alpes françaises, où les cheveux d'Ann se décolorèrent en un blanc éclatant. Ben n'en croyait pas sa chance et, pendant qu'elle dormait, il restait assis à côté d'elle et suivait du doigt l'entrelacs de ruisseaux violets gelés juste sous la peau d'Ann.

Ann voulait des enfants tout de suite et Ben ne discuta pas, de même qu'il n'allait jamais rien discuter avec elle. Pendant les deux ou trois premiers mois de mariage, Ann ne s'inquiéta pas particulièrement de ne pas concevoir. Mais, après six mois d'efforts infructueux, elle commença à s'impatienter. « Ne t'inquiète pas, ma chérie, dit Ben en lui voyant l'air découragé quand elle allait chercher dans l'armoire les serviettes hygiéniques qu'elle fixait aux attaches d'une ceinture élastique autour de sa taille. Ça prend du temps, tu sais. »

Ben quittait la maison vers huit heures et Elspeth allait et venait généralement dans North Berwick pendant la majeure partie de la journée, vaquant à ses œuvres de charité ou voyant ses innombrables amies. Ann errait de pièce en pièce dans la maison qui était censément son foyer, mais qui lui donnait toujours l'impression d'être une invitée qui aurait prolongé indûment son séjour, en pressant son ventre de ses poings crispés comme pour l'inciter à une conception miraculeuse. Si elle avait un enfant, se disait-elle, elle se sentirait chez elle de plein droit dans cette maison qui résonnait d'échos, avec ses chaises à dossier droit, ses livres reliés de cuir et ses aquarelles d'oiseaux de mer.

Au bout de neuf mois de mariage, Ann était tour à tour froide et passionnée. Parfois, quand Ben rentrait de l'université, elle l'attendait là-haut sur le lit, embrasée de désir, sans rien sur elle que son jupon. En bas, Elspeth montait le son de la radio tandis qu'Ann le saisissait de ses mains brûlantes, se pressait contre lui et l'attirait vers le lit.

Lorsqu'ils avaient fini, Ann s'agrippait à Ben, pour qu'il reste en elle le plus longtemps possible, et elle gardait une immobilité complète, en imaginant le sperme qui se frayait un chemin à l'intérieur de son corps. Mais chaque mois, sans faute, elle avait des crampes douloureuses dans les reins, et elle sentait venir l'écoulement lent et chaud entre ses jambes. Alors elle se détournait de Ben au lit. Désemparé, il essayait de caresser son dos rigide et d'embrasser son visage impassible et crispé, en lui murmurant : « Ann, mon amour. Je t'en prie, Ann. Ne t'angoisse pas, mon amour. »

Cela dura un an. Ce fut finalement Elspeth qui craqua. Un matin au petit déjeuner, après le départ de Ben, elle contempla le visage pâle et contrarié d'Ann et dit : « Ça ne peut plus durer comme ça, non ? »

Ann ne répondit rien, mais Elspeth vit une chose qu'elle n'avait encore jamais vue : une larme d'argent, unique, qui coulait sur la joue de porcelaine d'Ann.

« Je pense que nous devrions prendre rendez-vous avec le médecin. »

Un sanglot déchirant jaillit de la frêle jeune femme. « Je ne peux pas. Je ne peux pas le supporter.

— Supporter quoi ?

— Qu'on me dise que je ne pourrai pas avoir d'enfants. »

Elspeth prit Ann dans ses bras pour la première et dernière fois de leur vie commune. Ann se raidit un instant, puis pressa son visage contre l'épaule d'Elspeth et sanglota.

« Là, là. Pleurez bien. Évacuez tout ça. Pleurer n'a jamais fait de mal à personne, disait Elspeth. Nous allons arranger ça. Ne craignez rien. »

Le médecin de la famille prit le pouls et la tension d'Ann, lui palpa l'abdomen à travers sa jupe, posa quelques questions discrètes sur son cycle menstruel et ses « relations conjugales », tout en prenant des notes de son écriture élégante et nette. « Ni vous ni votre époux n'avez de problème particulier, Mrs Raikes. Je suis certain que vous allez concevoir très bientôt. Faites de l'exercice, prenez l'air. » Il lui donna aussi une ordonnance.

À la pharmacie de la grand-rue, Elspeth examina l'ordonnance en la tenant tout près de ses yeux. « Qu'est-ce que c'est que ça ? demanda-t-elle au pharmacien.

— Ce sont juste des comprimés », répondit-il jovialement.

Mais Elspeth ne se laissa pas décourager. « Je le sais bien, jeune homme, mais à quoi servent-ils ? Que font-ils ? »

L'homme consulta à nouveau le papier. « Ce sont des tranquillisants. »

La bouche d'Elspeth se crispa. « Dans ce cas, nous n'en avons pas besoin. Venez, Ann. Au revoir. »

Grâce aux relations médicales de Kenneth et à la détermination d'Elspeth, Ann et Ben obtinrent un rendez-vous avec le gynécologue le plus réputé d'Écosse, Douglas Fraser. Pendant cinq mois, Ann se rendit une fois par semaine à Édimbourg pour subir des prises de sang, des examens avec de longs instruments métalliques et froids, et des interrogatoires sur son régime alimentaire, son passé médical, son cycle menstruel et ses habitudes sexuelles. Ben et elle s'étaient démenés avec une maladresse d'adolescents derrière des paravents blancs opaques pour produire un échantillon de sperme, tandis qu'Elspeth, assise à quelques mètres de là, lisait une revue. Puis, près de deux ans après leur mariage, le Dr Fraser les convoqua pour leur communiquer son diagnostic définitif. Assis sur des sièges de cuir rouge, ils regardèrent le médecin brasser des papiers sur son bureau. C'était un homme corpulent et doux, aux yeux perpétuellement humides. En les regardant, il fut frappé par leur jeunesse, et trouva presque indécent de leur parler d'avoir des enfants.

« Vous n'avez rien ni l'un ni l'autre. Vous êtes tous deux des êtres humains fertiles et fonctionnant normalement. »

Ann poussa un soupir larmoyant, et Ben demanda : « Alors comment se fait-il que nous n'ayons pas réussi à concevoir ?

— Le problème réside dans l'association entre vous. Le

fond de l'histoire, c'est que vous, Mrs Raikes, rejetez les spermatozoïdes de votre mari. »

Ann secoua la tête. « Qu'entendez-vous par "rejeter" ?

— Disons, si vous le voulez bien, que vous êtes allergique au sperme de Ben. Votre organisme a une réaction allergique et rassemble toute son immunité contre lui – et le rejette. »

Ann regarda le médecin. « Vous voulez dire que, si j'avais épousé un autre homme, par exemple, il n'y aurait aucun problème ?

— Eh bien, on pourrait l'exprimer ainsi. Ce qui vous est arrivé à tous les deux, c'est un cas sur un million. Oui, si vous aviez épousé un homme différent, il n'y aurait sans doute pas eu de problème. C'est juste une incompatibilité individuelle entre les anticorps de Ben et les vôtres.

— Mais que pouvons-nous faire ? demanda Ben en prenant la main d'Ann.

— Actuellement, il n'existe pas de traitement sûr, dit prudemment le Dr Fraser. Mais il y a une possibilité que j'aimerais essayer sur vous deux. Je ne vois pas pourquoi ça ne marcherait pas.

— Qu'est-ce que c'est ?

— Ce que je vous propose de faire – et c'est une chose qu'on étudie déjà depuis un certain temps –, c'est de prendre un échantillon de votre peau ici... (Il désigna le haut du bras de Ben.) ... pour le greffer là. (Il indiqua le haut du bras d'Ann.) Les anticorps d'Ann s'adapteront à la greffe et cesseront de rejeter votre sperme. C'est aussi simple que cela.

Leurs visages reflétaient, comme il l'avait prévu, un mélange d'effarement et d'espoir.

« Ce sera une opération très facile. Vous pourrez repartir le jour même.

— Mais ça paraît si... si... » Ann cherchait le mot juste.

« Moyenâgeux ? Oui, je sais. Mais un problème fondamentalement physique requiert une solution fondamentalement physique. Cela dit, je ne vous promets rien.

— Est-ce... est-ce l'unique solution ? s'enquit Ben.

— Oui, répondit doucement le Dr Fraser. C'est votre seul espoir. »

Elspeth va les chercher en voiture à l'hôpital général d'Édimbourg. Ils se tiennent par la main en traversant le parking, et ils ont au bras gauche des pansements assortis. Ben a une cicatrice froncée et translucide, et Ann un carré de cinq centimètres sur cinq de peau plus foncée, qui va bientôt se développer et respirer comme si elle avait toujours fait partie d'elle. Et puis, dans le mois qui suit, elle est enceinte.

Le premier accouchement d'Ann fut long et difficile. Elle commença à comprendre la sémantique du mot « travail ». Un jour et demi durant, le dôme de son ventre se contracta et fit rage, et elle vit les battements du cœur de son enfant se répercuter dans les ondulations d'une ligne rouge électronique. Lorsque la ligne devint plate et que l'appareil se mit à geindre sur une note monocorde, ils l'ouvrirent d'un coup de scalpel et tirèrent cruellement le bébé par la tête avec un forceps d'acier. Quelques secondes plus tard, la petite fille et elle se regardaient dans les yeux, suffoquées. Elle ne s'écarterait jamais vraiment d'Ann. Le moment venu, elle aurait une fille et lui donnerait le nom d'Ann.

Dans la deuxième heure de la vie de sa deuxième fille, Ann l'emmaillota dans un châle. Et le bébé cramoisi parvint à se libérer à force de gesticulations furieuses, crispant ses petites mains en étoiles de mer dans un défi rageur. Ils l'appelèrent Alice – un nom bref qui ne sembla jamais contenir en entier son tempérament. Le mot commence loin au fond de la gorge, pour s'achever sur une expulsion d'air par les lèvres. À la naissance, elle avait les cheveux et les yeux noirs. Les gens qui se penchaient au-dessus du landau jetaient un coup d'œil à Ann et à l'aînée angélique, puis regardaient encore le bébé aux yeux couleur d'olive. « On croirait que les fées l'ont échangée, n'est-ce pas ? » dit une femme. Les doigts d'Ann se crispèrent sur la poignée du landau. « Pas du tout. » Lorsque Alice était encore assez jeune pour paraître une enfant aux yeux d'Ann, elle s'en alla parcourir le monde. Elle agita le bras par la vitre d'un train, avec des perles tressées dans ses longs cheveux noirs et des jupes arc-en-ciel qui traînaient jusqu'à terre. Elle revint les cheveux ras, en pantalon de cuir moulant, avec un majestueux dragon oriental sur l'omoplate. « Comment était le monde ? demanda Ann. – Plein », répondit-elle.

Sa troisième fille était attentive et aimée. Elle s'enchantait de la vue de ses deux grandes sœurs et était comme les deux à la fois, c'est-à-dire ni comme l'une ni comme l'autre. Elle observait, copiait, imitait. Elle était prudente, ne commettait aucune erreur car ses aînées les avaient toutes faites pour elle. Lorsque Ann allait la voir, elle lui préparait du thé avec les herbes qui poussaient dans ses jardinières.

Jamie hurle et frappe le plateau de sa chaise haute avec sa tasse en plastique. Annie se joint joyeusement aux lamentations, laissant ses corn-flakes ramollir dans le lait, écœurants.

« Silence ! » rugit Neil de derrière le *Scotsman*.

Les enfants l'ignorent. Kirsty enfourne une cuillerée de riz au lait en pot dans la bouche de Jamie, dans l'espoir d'étouffer le bruit. « Finis ton petit déjeuner, Annie, ou tu vas être en retard au jardin d'enfants.

— Je déteste le jardin d'enfants.

— Mais non. Tu l'aimais la semaine dernière.

— Je le déteste aujourd'hui.

— Tu n'y as pas encore été, alors comment peux-tu savoir que tu le détestes ?

— Je le déteste, na. » Annie agite sa cuillère dans son bol, faisant danser le lait.

« Ne joue pas avec la nourriture, dit Kirsty. Mange. » Jamie choisit cet instant pour cracher son riz, qui éclabousse la chemise de Kirsty. « Ah, merde ! s'exclame-t-elle en bondissant pour prendre un torchon.

— Tu as dit un gros mot ! Tu as dit un gros mot ! »

Neil surgit de derrière son journal. « Mange ça tout de suite, jeune demoiselle ! tonne-t-il.

— Non, j'en veux pas, j'aime pas ça ! » crie Annie.

Neil lui tape sur la main. « Fais ce que je te dis ! »

Annie se met à pleurer de bon cœur. Par-dessus le vacarme, Kirsty entend le téléphone sonner. « J'y vais. »

Elle décroche d'une main en essuyant sa jupe de l'autre.

« Kirsty, c'est papa.

— Salut, comment va ? Écoute, je peux te rappeler ? C'est le repas des fauves, comme tu dois l'entendre, et l'heure est grave.

— J'ai de mauvaises nouvelles à t'apprendre. »

Kirsty se détourne de la cuisine et saisit l'écouteur à deux mains. « Qu'est-ce qu'il y a ? C'est maman ? Qu'est-ce qui se passe ?

— Ta mère va bien. Elle est ici avec moi. C'est Alice.

— Alice ?

— Elle a été renversée par une voiture. Elle est dans le coma.

— Quoi ? Mais quand ? »

Un silence de mort s'est abattu sur la cuisine.

Annie serre sa cuillère contre elle, les yeux rivés sur sa mère, bouche bée. Neil rejoint Kirsty, il écoute. Et, sentant l'atmosphère s'assombrir, Jamie se met à pleurnicher.

Ben écoute les sanglots de sa fille au téléphone. Ann va et vient dans la pièce, mettant des choses dans des valises.

« C'était hier soir. On nous a appelés ce matin de bonne heure. Nous avons préféré attendre maintenant pour t'appeler. Il était inutile de vous réveiller tous.

— Mais, mais... je ne comprends pas. Je l'ai encore vue hier.

— Hier ?

— Oui. Elle est venue à Édimbourg par le train. Complètement par surprise. Beth et moi l'avons retrouvée à la gare. Elle paraissait très bien. Au début en tout cas. Mais ensuite elle est devenue toute bizarre et elle a dit qu'il fallait qu'elle parte. Et puis elle est montée dans un train et elle est partie.

— Ah ! bon ?

— Oh ! mon Dieu, mon Dieu, c'est trop affreux ! Je n'arrive pas à y croire.

— Je sais, ma chérie, je sais, dit Ben. Ta mère et moi

partons pour Londres aujourd'hui même. J'ai demandé si on pouvait la transférer dans un hôpital d'Édimbourg, mais ils disent qu'elle est intransportable. » Pour la première fois, la voix de Ben se brise. Il se tait un moment, essayant de se dominer. Il ne veut pas bouleverser davantage Kirsty en pleurant lui-même. « L'autre chose, c'est qu'il faut contacter Beth.

— Quoi ? Comment ça ?

— Eh bien, je l'ai appelée sur le téléphone public de sa résidence, mais apparemment elle n'y est pas. Je ne veux pas laisser un message pour dire... ça.

— Bien sûr, bien sûr.

— Elle est quelquefois difficile à joindre. »

Neil prend l'écouteur des mains de Kirsty. « Ne vous inquiétez pas pour ça, Ben. Allez là-bas avec Ann. Je m'occupe de trouver Beth.

— C'est gentil à vous, Neil. Nous allons prendre le train maintenant. Je vous rappellerai ce soir. »

Deuxième partie

Le soleil avale la brume, révélant les roches déchiquetées qui hérissent par intervalles la grève de Broadsland à North Berwick. Sur la plage se trouve un assortiment curieusement incomplet de ma famille – ma sœur aînée est à l'université avec l'homme qu'elle épousera par la suite, ma grand-mère est allée voir des amis à Glasgow, et Mario est là.

Je suis partie sans l'avertir et je n'ai donné à mes parents aucune explication pour justifier mon retour à la maison huit jours avant la fin du trimestre. Mario s'est présenté chez nous le lendemain, après avoir extorqué l'adresse à la directrice du foyer en faisant jouer tout son charme. Ma famille a accepté son arrivée avec une égalité d'âme inattendue et sans précédent, et nous sommes tous là, à jouer les familles heureuses sur la plage de Gullane.

Ma mère s'est blottie contre un rocher avec le *Sunday Scotsman* pour protéger sa jupe de l'eau qui imprègne le sable. Tout autour d'elle sont disposés un sac à main noir en peau de serpent, ses chaussures, lacets repliés sous la languette, le livre de mon père sur les oiseaux du bord de mer, et un certain nombre de boîtes en plastique blanc contenant le pique-nique que Beth et moi avons préparé. À côté d'elle, sur un siège de plage, mon père dort la bouche ouverte.

Beth tortille ses cheveux en rouleaux blonds et soyeux dont elle coupe les extrémités fourchues avec les ciseaux à ongles qu'elle a pris dans le sac de ma mère. Les ciseaux scintillent à la lumière et elle lance de longs regards obliques vers Mario qui pioche dans les boîtes et engloutit résolument les sandwiches, près de ma mère. Il mange avec une concentration grave, ouvrant la bouche avec un clappement et la refermant avec un clappement. Il ne parle pas. Ses yeux scrutent l'horizon qui émerge lentement. Dans environ deux heures, je lui dirai que je ne veux plus jamais le revoir et il repartira pour l'Amérique. Mais nous ne le savons pas encore. Pour le moment, il n'y a que la plage et les mouettes qui crient au-dessus de nos têtes.

Les contusions de mes cuisses et de mes hanches ont viré au jaune, et je viens seulement de cesser de saigner. Au-dessus du sein gauche j'ai une trace de morsure, ronde et rouge, profondément incrustée dans la chair. Chaque soir, en blêmissant, je la tamponne avec de l'hamamélis à l'âcre senteur, mais sa couleur vive refuse de s'atténuer. C'est à ça que je pense lorsque ma mère accroche mon regard. Je détourne les yeux.

Mon père se réveille et commence à demander à ma mère quelle heure il est. Elle l'ignore, et il tend le bras pour prendre le journal, dont il replie les pages suivant un carré méthodique avant d'entamer sa lecture.

« Avez-vous assez mangé, Mario ? » questionne ma mère d'une voix tellement acerbe que je lève les yeux. Ce nom la déroute. Elle ne peut pas le dire sans se renfrogner. Il opine, la bouche pleine, et lève le pouce en signe d'acquiescement. Beth étouffe un petit rire. Je me lève. « Tu viens te baigner ? » dis-je à Beth.

Elle se dresse d'un bond et m'aide à ouvrir le dos de ma robe. Nous nous contorsionnons pour ôter nos vêtements et les jetons en tas désordonné – nous sommes en maillot de bain par-dessous. Le mien est noir, le sien blanc à rayures bleues. Je rajuste les bretelles en faisant claquer l'élastique sur ma peau. Je vois ma mère regarder les ecchymoses sur mes jambes et s'empourprer de confusion. Je me retourne. « La première à l'eau ! »

Nous courons ensemble vers la mer, laissant Mario avec mes parents. Les rides dures du sable meurtrissent les parties tendres de mes pieds. Derrière moi, Beth me crie d'aller moins vite.

Je m'arrête brutalement au bord de l'eau, effarée, hors

d'haleine : c'est plein de méduses, leurs corps visqueux palpitent comme des cœurs, avec leurs tentacules près de s'accrocher et de piquer. Pas un mètre carré d'eau qui ne contienne une masse de gélatine frissonnante et gluante, et on dirait que ces créatures ont spontanément surgi des éléments par pure malveillance.

« Je n'y vais pas avec ça dedans », déclare Beth, et elle en fouaille une du bout d'un bâton. La méduse se convulse sous le choc, rentre ses tentacules et se projette au loin à une vitesse surprenante. J'attrape Beth à bras-le-corps et fais mine de la jeter à l'eau. Elle braille et se débat en riant, et je suis momentanément aveuglée par ses cheveux que le vent m'envoie au visage.

Nous nous couchons à plat ventre dans une flaque peu profonde et creusons des sillons dans le sable avec nos pieds. Je pose mon menton sur mes mains. Quelques dernières volutes de brume se replient lentement sur la plage. Beth siffle en tortillant ses cheveux. J'ai conscience d'une chose qui m'oppresse et que je veux lui dire, mais quand j'ouvre la bouche pour parler je me rends compte que je ne sais pas ce que c'est. Un chien passe, avec sa langue rouge qui pend comme un chiffon. Il nous observe brièvement, mais sans interrompre ses bonds, trop occupé pour s'arrêter.

« Hou hou ! Hou hou ! »

La voix de notre mère nous parvient par-dessus les cris des oiseaux. Tordant le cou, je regarde par-dessous le creux de mon bras et je la vois courir comme seule peut courir une femme de son âge – avec une gaucherie pudique, les genoux serrés, l'air de n'aspirer qu'à marcher. Elle brandit un appareil photo. Beth et moi sourions obligeamment au soleil pendant le clic-clac. Je vais garder cette photo épinglée au mur de ma chambre jusqu'en dernière année, lorsqu'elle disparaîtra au cours d'une soirée chez moi, piétinée avec des mégots ou volée par quelqu'un qui aime notre allure.

Mon père se hâte de nous rejoindre, pour ne pas être abandonné seul avec Mario. Et Mario ferme la marche. Il a ôté sa chemise. Il a le torse bronzé et fait jouer les muscles de ses bras. Si je le maintiens hors de mon champ de vision, je peux presque faire comme s'il n'était pas là. Tout en haut de la plage, le journal de ma mère volette sur le sable.

« Tu vas nager ou non ? » Il me dévisage durement.

Je me relève. Mon maillot de bain est humide, froid et incrusté de sable.

« Il y a trop de méduses », lui dit Beth. Mario referme la main sur mon poignet et court vers l'eau en me traînant derrière lui, les os de mon poignet craquent et ploient sous la pression. De l'écume gicle sous mes jambes qui se débattent, les méduses tournoient dans l'agitation de l'eau et j'entends un hurlement qui ne vient pas des mouettes. Il s'immobilise brusquement tandis que l'eau glacée clapote sur ma cage thoracique et, plaçant ses mains sur mes épaules, il m'enfonce. Mes genoux cèdent et l'eau se referme sur ma tête. Je me tords et me démène sous sa poigne, je cherche à le frapper et j'avale de grandes goulées d'eau amère. J'ai la peau qui fourmille, tant je suis terrorisée par le frôlement vénéneux des tentacules des méduses, et je sens dans ses doigts le frémissement de son rire. Soudain je suis libérée. Ma tête remonte, crève la surface de l'eau et la lumière du soleil m'assaille. Le bruit de la plage me gronde aux oreilles et je tente de reprendre mon souffle, avec des haut-le-cœur et des quintes de toux. Je m'essuie les yeux et nous nous dévisageons une fraction de seconde avant qu'il ne me renfonce dans le silence de la mer. Cette fois je ferme la bouche. La lumière danse dans l'eau. Ses doigts creusent des petites contusions circulaires dans mes épaules. Les méduses sont en suspens, par grappes, juste au-dessous de la surface, comme des parachutes. Au-delà, j'aperçois les silhouettes de mes parents, lointains et flous, debout au bord de l'eau.

Je sais où je suis. J'en sais plus qu'ils ne croient. Tout à l'heure, quelqu'un a dit d'une voix tendue, près de mon oreille : « Si jamais elle reprend conscience, ce sera vraiment ric-rac. » Ric-rac. Ça me fait l'effet d'un jeu d'enfants.

Aujourd'hui je suis préoccupée par l'histoire du roi

Canut. (Je dis « aujourd'hui » par habitude – je n'ai aucune idée si c'est le jour ou la nuit ni même depuis combien de temps je suis ici. Le plus curieux, c'est que j'ai parfois du mal à me rappeler le nom des choses. Hier, ou je ne sais quand, je ne pouvais pas me souvenir du nom de la structure en bois pour s'asseoir, avec quatre pieds. Je me suis creusé la tête et j'ai découvert que je pouvais me rappeler la théorie sémiotique de Saussure, de grands extraits du *Roi Lear* et la recette de l'omelette norvégienne, mais que je n'avais absolument aucun souvenir de ce mot.) Je parlais donc du roi Canut. L'histoire veut qu'il ait été un chef tellement arrogant et despotique qu'il se croyait le pouvoir de tout contrôler – même la marée. On le voit sur la grève, entouré de ses sujets, qui brandit son sceptre et ordonne aux vagues indifférentes de se retirer – autrement dit, ridicule. Mais si on s'était complètement trompés ? Qu'en vérité il ait été un roi si bon et si grand que son peuple commençait à l'élever au statut de dieu, et à le croire capable de tout ? Et que, pour leur prouver qu'il n'était qu'un simple mortel, il les ait emmenés sur la grève pour ordonner aux vagues de se retirer, et leur faire voir que les vagues continuaient à venir se briser sur le rivage ? Quelle horreur, si nous nous étions à ce point leurrés, si nous nous étions tout ce temps mépris sur ses actions !

Ce serait peut-être une bonne chose que je ne revienne pas. Mais dans ce cas je ne pourrai jamais rien savoir, jamais poser de questions à personne. Mais est-ce que je veux vraiment savoir ?

« Voulez-vous rester en ligne un instant ? » Susannah pressa la touche de mise en attente. « Alice, c'est un emmerdeur de journaliste. Tu peux lui parler ? J'ai mille choses à faire aujourd'hui et c'est bien la dernière dont j'aie besoin. »

Alice était perchée au sommet d'un escabeau avec des livres plein les bras. Elle les flanqua au hasard sur une étagère. Le Fonds de littérature traversait une grande crise : non seulement il était en cours de déménagement, quittant une immense bâtisse XVIIIe à Pimlico, glaciale et en ruines, pour s'établir dans une maison bien compacte et serrée entre d'autres à Covent Garden, mais on venait en plus d'apprendre que le principal bienfaiteur réduisait sa dotation et licenciait le directeur. Son remplaçant était déjà nommé et devait prendre ses fonctions dès le lendemain. Tout en s'efforçant de digérer la nouvelle, Alice et Susannah déballaient les cartons de Pimlico.

« Oh ! non ! gémit Alice. Les vautours sont déjà à l'affût. Qu'est-ce qu'il veut ? Il te l'a dit ? » Elle s'essuya les mains sur sa salopette, dessinant sur ses jambes d'épaisses traînées de poussière.

« Non. Il a juste demandé le service de presse.

— Le service de presse ? répéta Alice. Pour qui nous prend-il ? Tu peux voir de quoi il s'agit ? Peut-être que je pourrais plutôt le rappeler.

Susannah reprit la communication. « Excusez-moi de vous avoir fait attendre. Notre attachée de presse est un peu débordée en ce moment... Elle est en haut d'une échelle... Oui... Puis-je vous demander de quoi il s'agit ? » Susannah faisait des mimiques à l'intention d'Alice pendant que la voix, à l'autre bout du fil, bourdonnait avec un son métallique, telle une abeille emprisonnée. « Bon. D'accord. Un instant, s'il vous plaît. » Elle remit la ligne en attente. « Alice, c'est un certain John Truc ou Machin, rédacteur artistique de... » Susannah nomma une publication d'importance nationale. « Il dit qu'il veut faire un article sur nous – le nouveau Fonds de littérature. Pourquoi nous avons déménagé, quels sont nos projets, bla-bla-bla.

— Ouais, bon, dit Alice en descendant de l'escabeau. Je te parie mon poids en chocolat qu'il cherche uniquement à remuer la fange. »

Je travaillais au Fonds de littérature depuis deux mois et j'adorais ça. Ce qui était une chance, car, à part ça, pas grand-chose d'autre ne marchait. J'habitais un appartement à Finsbury Park, au dernier étage d'une maison du début du siècle. Le quartier était ingrat et le loyer modeste – les œuvres de bienfaisance littéraire ne paient pas de gros salaires. La maison avait dû être magnifique autrefois, et son existence même prouvait que le quartier avait, en d'autres temps, été prospère. Mais la rue avait décliné et toutes les maisons, à l'exception des neuf ou dix alignées là, avaient été remplacées par de grands ensembles dans les années soixante-dix. Le pâté de maisons paraissait abandonné et désolé, simple îlot de respectabilité au milieu de la pauvreté et de la dépression.

Je venais de quitter Jason, un professeur de musique avec qui j'avais vécu environ un an, et j'avais emménagé là parce que je n'avais nulle part ailleurs où aller. C'était le premier appartement que j'avais visité, après des journées entières consacrées à l'épluchage des colonnes serrées des annonces de *Loot*. Le propriétaire était un salaud radin, qui ne répondait jamais à mes appels quand le réservoir de la chasse d'eau inondait la salle de bains exiguë ou que je réclamais un élément de mobilier pour cet appartement censément meublé. Pendant des mois je n'eus pas de rideaux ni de chaises de cuisine, et je dus m'habituer à manger debout, adossée au frigo qui ronronnait.

Il y avait trois étages à grimper pour arriver chez moi, au dernier, là où avaient dû loger les domestiques, mais qui était maintenant rénové et restructuré au point d'être méconnaissable. Pendant tout le temps que j'ai vécu là, jamais je n'ai rencontré un seul autre occupant de l'immeuble. Comme je détestais être dans l'appartement, je m'arrangeais pour sortir tous les soirs. J'avais une vie sociale débordante d'activité, je sortais avec des amis à Soho ou à Covent Garden, ou j'organisais des événements littéraires, et je ne rentrais que pour tomber dans mon lit, épuisée, bien après minuit, et me lever à temps pour être dehors à huit heures du matin. Je savais que d'autres gens habitaient là, mais uniquement à cause des basses de leurs chaînes hi-fi et du rythme et de la fréquence de leurs orgasmes. En vérité, l'immeuble tout entier était un piège mortel. La porte d'entrée était toujours verrouillée et cadenassée par peur des cambriolages, extrêmement courants dans cette rue ; il n'y avait aucune issue de secours, et je vivais à dix mètres au-dessus du niveau de la rue. S'il y avait eu un incendie, je serais morte, dans l'incapacité de fuir. Quand je me couchais, la nuit, après mes sorties, je m'interrogeais sur les gens qui vivaient aux autres étages. Étaient-ils du genre à fumer au lit, ou à allumer des bougies et les oublier, ou encore à laisser le gaz ouvert par erreur ? Ils m'empêchaient de dormir, ces gens sans visage, avec les exploits pyromaniaques que je leur imaginais ; par inadvertance, je leur avais confié ma vie.

« Allô, ici Alice Raikes. » Alice manipule un trombone tout en parlant. De l'autre côté de la pièce, Susannah fait une mimique. Alice l'ignore.

« Bonjour, Alice Raikes. » Il paraît amusé, sûr de lui. Alice le déteste aussitôt. « Ici, John Friedmann.

— Puis-je vous aider ? J'ai cru comprendre que vous faisiez un profil sur nous.

— Oui, c'est ça. Est-ce que vous me parlez du haut d'une échelle, ou bien êtes-vous redescendue sur terre à présent ?

— Euh... » Elle éprouve un élan d'irritation. « Nous venons juste d'emménager, figurez-vous.

— C'est ce que j'ai appris. Que pensez-vous de vos nouveaux bureaux, Alice ?

— Ils sont très bien, merci, dit-elle avec impatience. Je ne savais pas votre journal aussi attentif et dévoué. Sinon, je vous aurais demandé de venir nous aider à transporter les caisses. »

Il rit. « Bon. D'accord. » Elle l'entend remuer des papiers. « Je ne sais pas si votre collègue vous l'a dit, mais j'aimerais faire un papier sur le Fonds de littérature – votre déménagement, vos objectifs, tout ça.

— Très bien. Qu'aimeriez-vous savoir ?

— Eh bien, je me demandais si nous pourrions parler de vos projets pour l'an prochain…

— D'accord.

— Et aussi…

— Oui ?

— … si vous pourriez me confirmer que votre dotation a été supprimée et votre directeur fichu à la porte. »

Alice soupire. « Je me demandais quand vous y viendriez, dit-elle.

— Pouvez-vous me le confirmer ? Votre directeur a été licencié ? Pourquoi ? Est-ce que...

— Les gens comme vous me sont vraiment très antipathiques, interrompt-elle.

— Pardon ?

— Le Fonds de littérature réalise des projets publics depuis près de cinquante ans. Le saviez-vous ? En aviez-vous seulement conscience avant de me téléphoner ?

— Oui, parfaitement.

— Je ne vous crois pas, rétorque Alice. Vous êtes le rédacteur artistique, n'est-ce pas ?

— Ou-oui.

— Alors citez-moi un projet que nous avons réalisé l'an dernier. Juste un. »

Silence au bout du fil. « Écoutez, finit-il par dire. Ce n'est pas vraiment la question, non ? Je veux juste savoir...

— Je sais ce que vous voulez savoir, et je ne vous le dirai pas.

— Pourquoi ?

— Parce que nous sommes une fondation nationale pour les arts, que vous êtes un rédacteur artistique et que vous ne pouvez même pas me citer un seul de nos projets. Quand nous faisons des choses importantes et efficaces comme de créer des ateliers dans les écoles et les prisons, ou de faire venir en Angleterre des auteurs du Commonwealth, ou encore de lancer un concours général pour les nouveaux styles, vous vous en fichez complètement. Ça ne vous intéresse que quand les choses vont mal.

— Écoutez, je comprends que vous soyez passionnée...

— Je ne pense pas que vous compreniez. Je pense même que vous ne comprenez rien du tout. Si vous voulez vraiment faire un papier sur nos initiatives et nos objectifs – comme vous le disiez au début –, alors, parfait, je vous aiderai. Mais si vous m'appelez juste pour remuer la boue, alors non. Je regrette d'avoir à le dire, mais vous, les journalistes, vous êtes bien tous les mêmes.

— Ah ! oui ? En quel sens ?

— Vous vous contentez de ressasser les scandales – tous tant que vous êtes, tabloïds ou grands journaux, c'est du pareil au même. Ce serait si bien, s'il arrivait quelqu'un avec une nouvelle approche. Ou si quelqu'un réfléchissait à la mission des Fonds de littérature, ou même à celle de la littérature, avant de m'appeler avec des questions prévisibles sur les choses qui n'ont aucune importance à long terme. » Elle se tait, hors d'haleine.

« Je vois, dit-il. Une nouvelle approche. Comme quoi ?

— Si je voulais être journaliste, je travaillerais pour un journal. Ce n'est pas moi qui écris votre article. À vous de trouver l'approche. Je suis ici uniquement pour répondre à vos questions – prévisibles ou autres. »

Il règne un silence terrible, à l'autre bout du fil et aussi dans le bureau. Elle se rend compte que tout le monde la regarde avec effroi et elle se détourne d'eux pour fixer le mur.

« Bon. Bon. Je vois. Alors, c'est comme ça ?

— Oui, répond Alice hardiment. Si vous ne prenez pas la peine de faire votre travail de recherche, pas d'entretien. »

Nouveau silence. Elle l'entend respirer à fond. « Je vois… je vois… » Sa voix s'éteint. Elle attend. « Hum… dans ce cas, je… je vous rappellerai. D'accord ?

— D'accord. » Elle raccroche.

« Eh bien, dis donc, observe Susannah en feuilletant des papiers dans sa corbeille à courrier, de l'autre côté de la pièce. Il y réfléchira à deux fois avant de nous rappeler. Quel genre c'était ?

— Le parfait branleur. »

Ce jour-là, Alice avait ce nœud familier de contrariété, bien serré au creux de l'estomac. Et si elle essayait de le dénouer, elle s'y casserait les ongles. Elle ne s'aimait pas.

Ce qu'elle ne pouvait pas comprendre – et ne pourrait jamais, comme elle allait le découvrir –, c'était l'inconstance des gens : ils pouvaient vous aimer un jour, mais le lendemain, pour quelque chose d'aussi gratuit que d'avoir raconté à la maîtresse comment vous faisiez pousser du cresson sur un mouchoir en papier mouillé sur le rebord de votre fenêtre, vous tombiez en disgrâce.

Un brouillard épais arrivait de la mer. Il déferlait lourdement sur la ville et se déployait jusque sur l'école, au sommet de la colline. La cour était froide, voilée de bruine. La Loi, juste à côté du bâtiment de l'école, paraissait énorme et sombre, tronquée. Alice se donnait beaucoup de mal pour ne pas regarder dans la direction de son amie – son ancienne amie – Emma, qui sautait à la corde avec quatre ou cinq autres filles. De plus en plus mouillée, la corde fouettait le ciment détrempé avant de remonter, éclaboussant à chaque fois les fillettes jusqu'aux cheveux. Emma sautait en rythme parfait avec la corde qui tournait, et ses chaussettes montantes glissaient peu à peu. « Tu ne peux pas jouer avec nous », avait-elle déclaré, d'une voix que le mépris rendait nasale, à l'idée qu'Alice eût même pu demander. Elle chantait à présent avec les autres : « Caillou veeeeert, caillou veeeeert, qui montes si haut, pourquoi le chéri de mon cœur, pourquoi fallait-il qu'il meure ? »

Alice chercha des yeux Kirsty et Beth. Elles étaient habituellement faciles à repérer, avec leurs chevelures d'or blanc qui resplendissaient parmi celles des autres enfants. Voilà Kirsty, adossée au mur du terrain de jeux, qui bavardait avec deux amies. Et Beth, au bac à sable, admonestant une petite fille effrayée qui avait osé jeter en l'air une poignée de sable.

Dans la poche d'Alice, soigneusement enveloppée de papier rigide, luisant et translucide, il y avait une tête de poisson. Elle frissonna à la pensée du jus libéré, par l'amputation humide, crue, qui s'étalait lentement en une tache sombre dans son duffel-coat. Quand elle lui pressait les joues, la bouche s'ouvrait. La langue était étroite et grise. Mais les yeux – les yeux ! –, des globes d'argent lumineux, parfaitement ronds. Ils pivotaient dans leurs orbites. Elle tâta ses propres yeux – pivotaient-ils ? À sa gauche il y avait la masse sombre de l'école, à sa droite le mur de l'abri ; devant elle, de fines silhouettes articulées s'agitaient avec insouciance sur le terrain pluvieux. Comme elle aurait aimé avoir des yeux argentés !

Elle rabattit sa capuche devant ses yeux et sa bouche jusqu'à ce que le col du manteau passe par-dessus sa tête et que la capuche pende mollement sous son visage. L'école, l'abri et les silhouettes, tout avait disparu. Elle entendait leurs bruits comme dans l'eau – lointains et déformés. Il n'y avait plus qu'elle et le poisson, maintenant, seuls dans l'obscurité liquide.

Cinq minutes plus tard, le téléphone sonne à nouveau.

« J'avais tort ! J'avais tort ! crie Susannah en agitant le récepteur vers Alice. C'est John, le journaliste ! »

Alice grommelle et prend l'appareil. « Allô ! John ? Ne me dites pas que vous avez trouvé en cinq minutes tout ce que vous aviez besoin de savoir sur la littérature et le Fonds de littérature ? Vous m'impressionnez. Vous allez toujours aussi vite en besogne ? » Alice prend soudain conscience du double sens involontaire et sent une rougeur inaccoutumée lui envahir le visage. Elle est éperdument soulagée qu'il ne puisse pas la voir.

« J'ai une proposition à vous faire, Alice... » Il rit. Le salaud. « ... rapide en besogne ou non.

— Ah oui ?

— Je ferai mon travail sur le Fonds de littérature si vous m'accordez un entretien personnel. »

Alice se tait un moment, puis : « Où ?

— Au bureau du Fonds de littérature. Où d'autre pensiez-vous ? »

Alice sent son visage s'empourprer à nouveau. Le saligaud. « Ici, c'est la panique absolue. Je n'envisagerais jamais d'y laisser entrer un journaleux comme vous. Il y a des cartons et de la poussière partout. Écoutez, de toute façon je dois aller demain aux Docklands. Je pourrais passer à votre bureau. Vous êtes bien à Canary Wharf ?

— C'est exact. Ça me va parfaitement. Quelle heure vous conviendrait ?

— Je suis très bousculée en ce moment. Disons l'heure du déjeuner ? Nous pourrions parler en mangeant.

— On m'a toujours dit que c'était mal élevé.

— Je m'en moque bien.

— Vraiment ? »

Pour l'amour du ciel, se morigène-t-elle, ça devient ridicule, raccroche tout de suite.

« Bon, je passerai demain à treize heures », et elle raccroche sans attendre sa réponse.

Ann et Ben prennent un taxi à la gare. C'est une course à l'allure inégale : la voiture commence par rouler vite, l'asphalte crisse sous les pneus ; puis ils tombent sur un embouteillage où ils ont l'impression de rester bloqués une éternité, le moteur ronfle, l'arrière du taxi s'emplit d'émanations âcres, le voyant rouge clignote. Ann est assise très droite, crispée, les tendons du cou visibles sous la peau, et les yeux braqués à travers le pare-brise comme pour faire disparaître l'embouteillage par télékinésie. Ben s'agite sur le siège en cuir. Ses vêtements se sont froissés pendant le trajet en train. Il ne vient pratiquement jamais à Londres et oublie toujours à quel point il trouve cette ville dure. Il se démanche le cou par la fenêtre pour voir ce qui bloque le passage, et la lumière uniformément blanchâtre lui blesse les yeux. Le soleil – bien plus chaud ici qu'en Écosse – paraît d'une clarté brutale, il souligne les traits des gens et fait hurler les couleurs de leurs vêtements. Ben sent vrombir l'air lourd autour de sa tête et un cycliste passe très vite, le visage caché par un masque antipollution et une visière réfléchissante, et il fait crisser ses pneus en zigzaguant entre les voitures immobilisées. Ben rentre la tête dans le taxi et remonte la vitre. Il ne comprendra jamais pourquoi Alice a quitté l'Écosse pour venir ici.

Ils auraient pu prendre le métro. Cela aurait peut-être été plus rapide. Mais pour lui comme pour Ann le métro est une chose redoutable : une horrible machine où l'on est englouti, aspiré vers le fond par des foules et des escalators, recraché sur des quais noircis où des trains arrivent et repartent à une vitesse terrifiante, et tout ce qu'on a pour trouver son chemin, c'est un fouillis de lignes multicolores sur une carte avec des noms bizarres. Dans sa poche de poitrine il a l'adresse de l'hôpital et le nom du médecin. On les lui a dictés ce matin au téléphone. Il pose la main sur sa poche, guettant le bruissement du papier pour se rassurer ; pendant ce temps, le taxi se faufile dans une voie où ça roule.

Ils se mettent alors à foncer dans les rues, presque sans s'arrêter. Ben a l'impression qu'ils gravissent une côte. Des fragments de cris, de musique, de klaxons sont saisis dans l'air et s'engouffrent par la vitre ouverte. Et la vue change – de grandes maisons XIXe avec des balustrades, des arbres sous lesquels sont garées des voitures resplendissantes ont remplacé les rues sordides des alentours de King's Cross. Ben n'a pas la moindre idée d'où ils sont. Sa connaissance de Londres se limite à deux points clés – la gare et la maison d'Alice à Camden Town. Il est allé au bureau d'Alice et à la National Gallery, qui doivent être proches parce qu'ils y sont allés à pied après la journée de travail d'Alice, un vendredi. Un jour, peut-être pendant la même visite, elle les avait emmenés dans un parc du nord de Londres où des gens se baignaient dans un étang d'eau stagnante et encombrée d'algues. Alice s'était baignée : il se rappelle distinctement sa tête sombre comme celle d'un phoque, qui émergeait à peu de distance de l'endroit où il était assis. Il n'avait jamais perdu cet instinct de père qui lui faisait vérifier, lorsqu'une de ses filles plongeait, qu'elle refaisait surface. John se baignait aussi ce jour-là, Ben s'en souvient maintenant, et il courait sur le plongeoir en bois glissant pour sauter dans l'eau. Est-ce que le parc était dans ce quartier ? Ben ne peut pas percevoir le lien entre ces différents endroits – disparates dans le temps et l'espace.

L'hôpital est vaste et gris, comme tassé au sommet d'une colline. Avant même qu'ils ne descendent du taxi, alors qu'il compte encore l'argent qu'il va donner au chauffeur, il entend le grondement assourdi des mécanismes internes – climatisation, groupes électrogènes, incinérateurs. En gravissant les marches, Ann et lui se tiennent par la main comme aux premiers temps de leurs fiançailles. Ben tient des feuilles de journal roulées anormalement haut contre sa poitrine. À l'intérieur, les têtes de quelques roses jaunes tardives oscillent au rythme de sa marche.

Dans la bâtisse, la lumière artificielle projette partout une pâleur verdâtre. Cet hôpital ne ressemble pas à ceux où il a eu l'occasion d'aller – des endroits légèrement miteux avec des dalles érodées au sol et des murs décolorés. Celui-ci est neuf, moderne : pour Ben il évoque plutôt un aéroport. Ann parle à la réceptionniste, penchée pour se faire entendre par les trous de l'hygiaphone. Une infirmière à l'accent londonien qui parle en aplatissant les voyelles et que Ben trouve difficile à comprendre les guide le long d'un corridor, et les voilà dans un étrange labyrinthe mal éclairé où résonnent des échos. Ils tournent à gauche, encore à gauche, puis à droite, après quoi Ben perd le compte et se contente de suivre les semelles de l'infirmière, qui crissent sur le lino rose. Ils passent de lourdes portes aux gonds silencieux, longent des files de gens assis sur des chaises en plastique, dépassent une cantine, des ascenseurs, des escaliers, un passage vitré au-delà duquel il y a un bassin carrelé où tournent deux poissons rouges, des rangées de fauteuils roulants pliés ; ils traversent un couloir bruyant plein de gens et de cris, une salle commune avec de réjouissants personnages de bandes dessinées peints sur les murs et où des enfants au visage inexpressif sont assis en tailleur sur des lits ; ils croisent un jeune homme qui tient un gobelet sous un distributeur d'eau et fait remonter des grappes de bulles dans la bouteille renversée. Puis ils franchissent des portes battantes. Là, c'est le silence. C'est une chambre, avec une grande fenêtre d'un côté, dans laquelle s'encadrent des arbres, des voitures, du ciel. Alice est là, sur un lit. La première pensée qui saute à l'esprit de Ben, c'est qu'il avait oublié à quel point sa fille est grande. Son corps paraît long et mince, au point qu'il occupe toute la longueur du lit.

Ben fait le tour et dépose le cornet en papier journal sur

la table de nuit. Il lève les yeux pour remercier l'infirmière de les avoir amenés jusque-là, mais elle a disparu. Ann se mord la lèvre, et Ben sait que ça veut dire qu'elle se retient de pleurer. Leurs yeux se croisent par-dessus le lit. Il se rend compte qu'ils redoutent de la toucher. Il saisit d'un geste vif une main d'Alice. Elle est inerte, mais tiède, les doigts sont relâchés et flexibles, entièrement dépourvus de résistance ou d'énergie. S'il la lâchait, elle retomberait simplement sur le lit. Ben passe le doigt sur la marque blanche à la base de son annulaire. Elle a les cuticules déchiquetées, mais ses ongles sont cependant soigneusement taillés en arrondi. Depuis combien de temps n'a-t-il pas tenu la main de sa fille ?

Il la repose le long de sa hanche et lui replie les doigts dans la main, puis il contourne le lit pour rejoindre Ann. Il passe un bras autour de ses épaules et l'embrasse dans les cheveux. Alice n'a plus de cheveux ; ils sont rasés de si près qu'on voit la peau blanche de son crâne.

« Tu te souviens quand elle est rentrée de Thaïlande avec ce tatouage ? dit Ben. Nous étions furieux. »

Ann rit en toussant à travers ses larmes. « Mais elle s'en fichait. »

Alice a un mince tuyau transparent qui lui entre dans la bouche, maintenu contre son visage par un élastique. Un autre tuyau, plus fin, relie son bras à une poche transparente suspendue. L'appareil de ventilation lance un profond soupir à intervalles réguliers. Ben se penche au-dessus de sa fille. Elle a les lèvres pâles et exsangues. Des contusions obscurcissent presque entièrement la partie gauche de son visage ainsi que l'orbite, et elle a la pommette tuméfiée. Il remarque de minuscules veines violettes qui se ramifient sur ses paupières. Dessous, ses yeux sont immobiles, comme envoûtés par une image imprimée sur l'envers de ses paupières.

Presque à l'unisson, Ben et Ann prennent un siège et s'installent de part et d'autre du lit, les coudes sur le matelas. Le lit est à une curieuse hauteur, et Ben se sent comme un enfant assis à une table trop haute.

« Bonjour, Alice. C'est nous, dit-il avec un sentiment de

gêne, comme lorsqu'il s'adresse à de tout petits enfants très timides. Ta mère et moi sommes venus te voir. »

Ann lui caresse la joue. « J'ai presque peur de la toucher, chuchote-t-elle. Au cas où j'arrêterais un de ces appareils. Crois-tu qu'elle sache que nous sommes là ? »

Ben n'est pas encore sûr de ce qu'il pense, mais il opine avec assurance pour rassurer sa femme. Puis ils concentrent leur regard sur leur fille. Ben se rend compte qu'ils ont tellement réfléchi à l'organisation du voyage et à la façon d'arriver jusqu'à l'hôpital que ni l'un ni l'autre n'a vraiment pensé à ce qu'ils feraient quand ils y seraient.

Ann remplit l'évier. L'eau étincelle et lance des flèches de lumière glacée vers le plafond. C'est un après-midi lumineux, à l'air vif et limpide – pour North Berwick, ce qu'il peut y avoir de mieux. Elle ira peut-être à la plage, plus tard, quand le vent sera glacial et coupant comme un scalpel. Par la fenêtre, l'île de Craigleith se découpe nettement sur la mer bleu marine. La mer est le baromètre d'Ann ; elle peut la voir de pratiquement n'importe où dans la maison. Sa couleur et sa texture changent d'une heure à l'autre, variant d'un redoutable bleu Air Force les jours d'orage à un vert profond par des journées d'août sans nuages. Ann ne suit pas les bulletins météo, bien qu'elle trouve un certain apaisement rythmique à écouter les prévisions marines. Des années auparavant, pensant que ça l'intéresserait, Ben lui avait offert une carte de tous ces endroits – Féroé, Fairisle, Northutshire, Fisher, Forties, Cromarty. Il n'avait pas compris qu'elle était indifférente à leur emplacement – pourquoi diable s'y serait-elle intéressée ? – et que cette ignorance, précisément, lui permettait d'y prendre plaisir. Ann soupire. Elle avait affiché la carte pour ne pas le blesser, bien sûr. Puis une des filles l'avait déchirée en se précipitant dehors par la porte de derrière, dans une rage adolescente – sans doute Alice. En fait, c'était Alice. Ann avait éprouvé une secrète satisfaction à pouvoir la décrocher, en la repliant de telle sorte que les Hébrides du Nord embrassent délicatement l'île de Wight, leurs côtes déchiquetées se frottant l'une sur l'autre dans la poubelle.

Un fracas soudain dans la pièce au-dessus la fait sursauter. Elle lève les yeux au plafond, guettant les pas d'Elspeth. Le moment s'éternise. Sa main reste dans l'évier, dans l'eau rafraîchissante. Rien.

« Elspeth ? » La voix est stridente, encore infailliblement anglaise après toutes ces années. « Elspeth ? Vous êtes là ? »

Ann s'essuie les mains sur un torchon à fleurs et traverse le salon, monte l'escalier. La porte de la chambre d'Elspeth est fermée. Elspeth a conservé sa chambre sur le devant. Ann s'en exaspère périodiquement ; la chambre qu'elle et Ben occupent depuis leur mariage est plus petite, et donne sur Marmion Road. En se penchant par une fenêtre de côté, on peut voir un carré de mer, mais ce n'est rien en comparaison de la longue ligne d'horizon, uniquement brisée par les aspérités rocheuses de Craigleith, Fidra et l'Agneau, qui domine entièrement un côté de la chambre d'Elspeth. « Ma vue », comme l'appelait Elspeth, avec une insistance assez déplacée.

Ann tambourine sur la porte avec ses ongles. « Elspeth ? Vous allez bien ? » Sa voix tremble un peu. Elle abaisse la poignée.

Elspeth gît sur le tapis, une main projetée au-dessus de la tête. Son corps est parfaitement parallèle à la ligne d'horizon qui, observe Ann, commence à s'assombrir. Ann lâche la poignée de la porte, qui se relève bruyamment, s'approche d'Elspeth et l'examine. Elle a le visage grisâtre, tordu. La posture dans laquelle est tombé son corps est bizarrement séduisante, une pose de starlette ; un bras au-dessus de la tête et l'autre drapé sur la poitrine, les jambes remontées. Ann se courbe en deux. Aucun signe de respiration.

Elle se redresse et retraverse la pièce sur la pointe des pieds. À mi-chemin, elle se demande pourquoi elle marche sur la pointe des pieds. Délibérément, elle laisse la porte ouverte et redescend l'escalier.

À la cuisine, elle renverse dans l'évier un sac en papier marron plein de pommes de terre boueuses. Elles tombent les unes contre les autres dans l'eau ; la terre se dissout lentement, pour napper le fond d'un sédiment granuleux. Lorsqu'un tas d'épluchures mouillées s'est accumulé sur le côté, Ann se rend compte qu'il lui faudra moins de pommes de terre qu'elle ne l'avait d'abord pensé, mais elle n'interrompt pas son épluchage.

Plus tard, elle entend Ben rentrer et crier : « Bonsoir ! » Il monte et elle entend la chasse d'eau, les tuyaux qui s'animent dans toute la maison, lui qui va dans leur chambre. Elle n'avait jamais remarqué comme il marche lourdement. Elle attend, aux aguets, les mains posées sur le bord de l'évier. Il y a un bref silence. Elle gratte un ongle un peu déchiré, prend une lime en carton, mais la remet en place. Puis Ben crie son nom trois fois : « Ann, Ann, Ann ! » et elle attend, le visage tourné vers la porte, en prenant une expression d'inquiétude, les yeux écarquillés.

Je n'étais encore jamais allée à Canary Wharf. J'avais vu la tour, bien sûr. Il est difficile d'ignorer son sommet pyramidal, qui étincelle sur la ligne d'horizon brumeuse de Londres. Mais, bien que ce bâtiment m'ait toujours déplu, je me suis tout de même sentie impressionnée quand je me suis trouvée là et que j'ai renversé la tête en arrière pour le voir dressé de toute sa hauteur dans le ciel.

Au comptoir du service de sécurité, j'ai rempli un formulaire pour dire d'où j'étais, pourquoi j'étais là et qui je venais voir. J'ai tant repassé dans ma tête cet instant où j'ai écrit son nom pour la première fois, où les muscles et les tendons de mes doigts, de ma main, de mon bras et de mon épaule ont conspiré pour tracer les courbes, les pointes, les pleins et les déliés qui traçaient le nom « John Friedmann ». Ressentais-je quelque chose ?

Je ne crois pas au destin. Je ne crois pas à la faculté de capitonner ses angoisses avec un système qui vous dit : « Ne t'inquiète pas. C'est peut-être ta vie, mais tu ne la contrôles pas. Il y a quelque chose ou quelqu'un à ta recherche – c'est déjà organisé. » Tout est affaire de hasard et de choix, ce qui est bien plus effrayant.

J'aimerais croire que, dans l'ascenseur qui s'élançait vers les hauteurs, j'aie pu sentir qu'il se préparait quelque chose d'important, que ma vie allait se détacher de ce que j'en attendais. Mais, bien sûr, je n'ai rien senti de tel. À qui cela peut-il arriver ? La vie est à ce point cruelle – elle ne donne pas d'indices.

Alice remonte à la surface du sommeil. Le téléphone sonne. Depuis combien de temps sonne-t-il ? Il règne un curieux silence et elle se rend compte que la rue devant chez elle, dont inconsciemment elle entend le grondement toute la journée, est silencieuse et vide. Elle peut se la représenter – des kilomètres d'asphalte désert, décoloré par les lumières orangées qui éclairent les rues d'en haut. Le téléphone sonne, sonne, sonne. Elle tend l'oreille pour savoir si ses colocataires bougent pour aller répondre.

Dès qu'elle a eu conscience de la première sonnerie – peut-être même avant –, elle a su que c'était Mario. Qui d'autre pourrait téléphoner au milieu de la nuit et laisser sonner aussi longtemps ?

C'est le premier semestre de la deuxième année d'Alice à l'université. Elle a quitté les corridors gris du foyer de l'université pour une maison, qu'elle partage avec Rachel et deux autres filles. C'est une petite bicoque dépourvue de chauffage central, avec un escalier étroit et branlant, et pas de cuisine, juste un réchaud Baby Belling dans un coin du salon. Mais elles s'y plaisent. Ça sent la liberté et l'indépendance, ça leur donne un avant-goût de la vie après les examens, une vie sans les parents et sans les règlements. Leurs amies qui vivent encore dans les chambres de l'université viennent se prélasser dans les fauteuils dépareillés en regardant Alice ou une autre faire bouillir une casserole de pâtes sur la petite caisse blanche qui leur tient lieu de cuisinière.

Dans un brusque accès de décision (voilà des semaines qu'elle évite ses appels et que les autres filles ont appris à lui mentir sur les allées et venues d'Alice), elle rejette les couvertures et bondit hors du lit – un matelas par terre. Le froid la saisit et elle a l'impression de s'engager dans un tunnel de ventilation. Elle s'élance dans l'escalier sur la pointe de ses pieds nus et empoigne l'appareil. Il y a un silence. Elle ne dit rien.

« Alice ?

— Mario, tu sais quelle heure il est, ici ? »

Il y a un défaut sur la ligne. Les fils se sont croisés comme des chromosomes et Alice entend sa propre voix lui revenir en écho, d'une proximité déconcertante.

« Merde, mon chou, je sais, mais il fallait que je t'appelle. Je t'ai réveillée ?

— Bon Dieu oui, tu m'as réveillée, évidemment ! Qu'est-ce que tu veux ?

— Tu le sais, ce que je veux.

— Mario, je te l'ai déjà dit. C'est fini. Il faut que tu arrêtes de m'appeler. »

Sa voix lui revient frêle et usée. Elle secoue rageusement l'appareil.

« Je sais que tu ne le penses pas vraiment. Nous pouvons résoudre ça, je le sais. Mais c'est difficile quand on est si loin l'un de l'autre, je m'en rends compte. Je veux que tu viennes passer Noël aux États-Unis. C'est moi qui paierai. Nous avons simplement besoin de nous voir et de parler. »

Les yeux rivés à ses pieds sur le tapis aux motifs criards, Alice conjugue les possibilités – je ne t'aime pas, je ne t'aimerai pas, je ne t'ai jamais aimé.

« Non.

— Comment ça, "non" ? Alice, je ne peux pas vivre sans toi. Je t'aime. Je t'aime tellement. »

Il pleure à présent. Les sanglots et les déglutitions qu'elle entend au téléphone lui paraissent obscènes. Elle observe avec intérêt que ces pleurs n'ont absolument aucun effet sur elle. Ce qui s'est passé avec Mario paraît si lointain qu'il lui semble plutôt l'avoir lu ou en avoir entendu parler – ce n'était pas elle. À peine peut-elle se remémorer à quoi il ressemble. Elle ne se rappelle presque rien de lui, en fait – la force menaçante de sa présence, oui, mais pas grand-chose d'autre ; elle ne se souvient ni de son odeur, ni de la sensation de son poids ou de ses mains, rien.

Les pleurs de Mario atteignent un crescendo dont il pourrait être fier s'il était acteur. Alice est assise en équilibre sur le bras d'un fauteuil et frissonne dans son pyjama trop léger. Elle regrette de ne pas avoir mis de chaussettes avant de descendre.

« Mario. Il faut que ça cesse. Je parle sérieusement. C'est fini entre nous. Il faut que tu l'admettes et que tu te reprennes en main.

— Je ne peux pas ! » Il crie, à présent, en plein dans le vif du sujet. « J'ai besoin de toi ! »

Elle lâche un soupir furieux. « Non, ce n'est pas vrai. Laisse tomber, Mario, c'est terminé. Laisse-moi tranquille. Je ne veux plus jamais te parler. Je suis vraiment fatiguée, j'ai vraiment froid, et maintenant je retourne me coucher.

— Ce n'est pas possible. Je n'accepte pas. Je ne te permets pas de dire que c'est terminé.

— Mario… écoute… va te faire foutre. »

D'Amérique tombe un silence outré.

« Me faire foutre ? Est-ce que tu viens de me dire d'aller me faire foutre ?

— Oui. Je te l'ai dit et je te le répète. Va te faire foutre. » Alice raccroche brutalement.

John lève les yeux en entendant frapper à la porte vitrée de son bureau. Dans l'encadrement de la porte se tient une jeune femme dont la longue chevelure brun foncé ondule comme de la soie dans son dos. Elle tient un livre serré contre sa poitrine.

« Bonjour. Je cherche John Friedmann.

— C'est moi. » John se lève. « Vous êtes Alice ? Entrez. » Elle traverse la pièce et, au lieu de s'asseoir sur le siège qu'il lui désigne, va à la fenêtre. Il est un peu ébahi : il s'attendait à une sorte d'écolo fougueuse et bas-bleu, avec des lunettes et des vêtements informes, et l'apparition de cette grande jeune femme en jupe courte, collant rayé vert et noir, et bottée jusqu'aux genoux le déconcerte.

« Quelle vue saisissante !

— N'est-ce pas ? C'est la seule compensation quand on travaille dans ce bled perdu. » John est également déconcerté par son air vaguement familier : il est sûr de l'avoir déjà vue ailleurs mais n'arrive pas à la situer. Dans une certaine mesure, cela le met en situation d'infériorité. Le léger accrochage qu'ils ont eu au téléphone paraît incroyable à présent . « Il y a eu un arc-en-ciel absolument prodigieux, hier – ce devait être juste après notre conversation téléphonique – qui englobait tout l'est de Londres. » Il trace un arc dans l'air pour décrire la courbe. « Ça a duré une éternité. On en voit pas mal, d'ici. Ce doit être la hauteur ou je ne sais quoi.

— Ou alors il y a peut-être une mine d'or quelque part à Leytonstone. » Elle tourne les yeux vers lui.

Est-ce un regard allumeur ? Non. Elle semble le jauger. Ses yeux sont du même brun foncé que ses cheveux, avec des éclats d'ambre autour des pupilles. John se force à détourner le regard et retourne d'un pas viril à sa table. Mais bon Dieu, qu'est-ce qu'il a ? Dès qu'une femme séduisante met les pieds dans son bureau, il perd tous ses moyens. « Vous n'avez pas du tout l'air de quelqu'un qui travaille au Fonds de littérature. » Il espère qu'elle va rire. Elle ne rit pas.

« Et de quoi sont-ils censés avoir l'air, d'après vous, les gens qui travaillent au Fonds de littérature ?

— Je ne sais pas. » Il capitule, ce qui la fâche encore plus.

« Si, vous le savez. Vous pensez que nous sommes tous des universitaires poussiéreux avec des grosses lunettes. Pourquoi ne pas l'avouer, si c'est ce que vous voulez dire ?

— Non ! Pas du tout. » Il s'affaire à sauvegarder le travail affiché sur l'écran de son ordinateur. Elle s'assoit en face de lui. « De toute façon, dit-il faiblement, vous avez apparemment une opinion tout aussi superficielle sur les journalistes. Vous pensez que nous écrivons tous des variations sur les mêmes préjugés.

— Je suis prête à me laisser convaincre du contraire. C'est la différence entre nous. »

Ses paroles restent en suspens. L'unité centrale de l'ordinateur ronronne. Ils se dévisagent. John songe qu'il n'a jamais autant aimé le mot « nous », et il a une vision fulgurante de caméra omnisciente zoomant au-dessus d'eux ; on dirait que Canary Wharf et même Londres tout entier sont vides en dehors de cette pièce où ils sont assis face à face. Cela l'amène à tenter de se rappeler un passage d'un poème de John Donne. Quelque chose sur l'amour qui fait d'une petite chambre un partout ; ou bien était-ce un n'importe où ?

Elle le regarde avec une légère inquiétude. La dévisage-t-il trop fixement ? Il cherche fébrilement quelque chose à dire et, dans un moment d'inspiration divine, il aperçoit le livre qu'elle tenait en entrant. Elle l'a posé devant elle sur la table et gardé une main sur la couverture. Il parvient tout de même à déchiffrer le titre. *Mémoires intimes et confessions d'un pécheur patenté.*

« Ça m'a l'air d'un livre plutôt costaud. »

Elle sourit, pour la première fois. « Oui, sans doute. Je n'aime jamais dire que j'ai un livre favori, mais j'ai lu et relu celui-ci plein de fois. Je voulais y retrouver quelque chose alors je l'ai pris pour le lire dans le métro. » Elle le lui tend. La couverture est illustrée d'un portrait de garçon à l'air diabolique.

« De quoi ça parle ?

— C'est difficile à dire. Il faudrait le lire, en fait. C'est le livre le plus terrifiant que j'aie jamais lu. C'est l'histoire d'un garçon qui est suivi et tourmenté par un démon protéiforme nommé Gilmartin. Ça se passe en Écosse et Gilmartin le poursuit à travers tous ces paysages lugubres et désertiques. On n'est jamais certain que le démon ne soit pas juste une projection ou une extériorisation de son propre côté diabolique. » Elle frissonne puis sourit encore.

« Ah », dit-il, un peu déconcerté. Il se creuse la tête pour trouver une réponse convenable et pas trop passe-partout, et dit : « Vous êtes écossaise, n'est-ce pas ?

— Oui. Mais je ne m'en suis rendu compte qu'à l'université. Nous avions une salle de lecture, dans la grande bibliothèque, avec un immense plafond voûté. On n'avait pas le droit de parler et on s'attirait des récriminations si on respirait trop fort. C'était toujours plein d'étudiants studieux penchés sur d'obscurs bouquins introuvables. Je lisais ce livre un jour, en fin d'après-midi, et le ciel commençait à s'assombrir dehors. J'arrivais à un endroit particulièrement effrayant – où l'on déterre un vieux cadavre demeuré intact – lorsque j'ai senti une main me saisir l'épaule par-derrière. J'ai poussé un hurlement dont l'écho s'est répercuté tout autour de l'immense plafond. Les gens étaient horrifiés. C'était juste un ami qui me demandait si je voulais aller prendre le thé. Je lui ai fait une peur terrible aussi. »

Pour John, le déclic s'est fait – cette description de la salle de lecture. « J'y étais aussi ! crie-t-il.

— Où ?

— À la bibliothèque… Je veux dire, l'université… Je veux dire, j'étais à l'université avec vous ! »

Elle devient aussitôt soupçonneuse. « Ah ! oui ?

— Quand l'avez-vous quittée ?

— Voyons… il y a cinq ans. Non, quatre.

— Je le savais ! Je le savais ! » Il a envie de se lever et de danser dans la pièce. « Je savais que je vous avais déjà vue ! J'ai eu mon diplôme il y a six ans, ce qui devait être…

— Ma première année, plus précisément la fin de ma première année, finit-elle pour lui et, le scrutant, elle ajoute brutalement : Je ne me souviens absolument pas de vous.

— Non, bon, je ne me souviens pas vraiment de vous non plus. Pas d'une manière précise. Vous avez juste un air vaguement familier. J'ai sûrement dû vous voir à la bibliothèque ou dans les parages, mais je ne crois pas que je vous aie entendue hurler.

— Vous n'allez pas mettre ça dans votre article, si ? » Elle paraît sincèrement préoccupée.

« Non. Ça restera entre nous – fameuse promesse de journaliste. »

Silence. John se recule dans son fauteuil et croise les mains derrière sa tête.

Alice regarde autour d'elle. « Alors… dit-elle finalement. On va faire ça ici ?

— Quoi ?

— L'interview.

— Bien sûr, bien sûr. L'interview. Je pensais que nous pourrions monter à la cantine. Ça vous va ? »

Elle acquiesce, se lève.

Le plus curieux dans tout cela, c'est qu'une pensée peut vous tourner sans fin dans la tête, qu'on ne peut pas échapper à l'obsession, qu'il n'existe pas de frein pour arrêter les choses auxquelles on ne veut plus penser. Dans la vie normale on se distrait – on prend un journal, on sort faire un tour, on allume la télévision, on téléphone à quelqu'un. On peut donner à son esprit un os à ronger, se duper soi-même en se faisant croire qu'on va bien, que la chose qui vous hantait est résolue. Ça ne marchera pas longtemps, bien sûr – une heure, deux si vous avez de la chance –, parce que personne n'est si bête, et aussi que ces choses reviennent toujours quand on se retrouve sans distraction et désœuvré. Ou pendant les heures sombres de la nuit, quand on se laisse bercer et abrutir par le roulis d'un bus.

Le problème, lorsqu'on est dans cet état, c'est qu'on est constamment la proie de ces cycles de pensée épuisants. En ce moment même, je ne trouve aucune échappatoire à l'horreur de savoir ce qu'il ne sait pas.

Lui qui me connaît mieux que personne n'en a pas la moindre idée. Pas le moindre soupçon. Nous croyons savoir tout ce qu'on peut savoir l'un sur l'autre. Et puis soudain je découvre cette chose énorme qui transforme le parcours entier de ma vie.

C'est comme ces images pieuses kitsch qu'on trouve dans les pays catholiques ; celles qui sont striées et plastifiées, avec quelque chose d'étrangement voyant, en trois dimensions, jusqu'au moment où on les incline légèrement et qu'on découvre une autre image derrière la première. On peut voir Marie qui joint les mains pour prier, ou Jésus qui vous bénit, ou des anges qui pleurent. Pour moi, c'est comme si tout avait basculé pour révéler cette autre image qui était là depuis le début mais restait invisible.

Je persiste – encore et encore, parce que je ne peux pas l'effacer, parce que je ne peux pas, à force d'activités dérisoires, me réduire à l'inconscience – à tenter d'imaginer ce qu'il aurait dit, comment il aurait réagi si j'étais rentrée dans une maison où je l'aurais retrouvé, et que je lui aie dit : « John, aujourd'hui j'ai vu quelque chose d'épouvantable. Tu ne croiras jamais ce que j'ai vu. Laisse-moi te dire ce que j'ai vu. »

« Tiens-toi tranquille », gronde Ann, serrant entre ses genoux la cheville d'Alice, qu'elle a assise sur le comptoir de la cuisine. Alice a marché sur une abeille, qui l'a piquée dans la partie tendre et bleuâtre du pied. Une fois de plus. « Combien de fois t'a-t-on dit de ne pas aller nu-pieds dans le jardin ? Combien ? »

Alice hausse les épaules, en larmes. C'est plus le choc que la douleur, en vérité. Bien que la douleur soit stupéfiante et l'élance jusqu'au-delà du genou, bien que la cheville ait enflé au point d'engloutir les os comme une pâte à cake des raisins secs.

Alice préférerait que ce soit Elspeth qui s'occupe d'elle, mais elle ne sait pas où elle est. Dès que c'est arrivé, elle s'est mise à hurler, et Kirsty s'est précipitée dans la maison en criant : « Man-maaaaan, Alice a encore marché sur une abeeeeeeeeeille ! » Ann est aussitôt accourue dans le jardin, l'a soulevée dans ses bras et l'a déposée ici dans la cuisine.

« Mets ton pied dans l'eau. » Ann a rempli l'évier d'eau froide, juste à côté d'Alice. Pour une raison qui leur échappe à l'une comme à l'autre, Alice refuse. « Mets-le dedans, Alice.

— Où est Grand-Maman ? » parvient-elle à articuler entre ses sanglots. Elle voit le visage de sa mère se crisper et s'affaisser légèrement. Puis Ann se redresse, saisit la cheville d'Alice et lui plonge de force le pied dans l'eau. Alice pousse un hurlement perçant et agite frénétiquement le pied. Elles sont trempées toutes les deux. Une lutte s'engage et Ann parvient à lui bloquer les deux bras le long du corps. Une fois Alice totalement immobilisée, Ann dit entre ses dents serrées : « Si tu ne mets pas ton pied dans l'eau, l'enflure ne diminuera pas. Si l'enflure ne diminue pas, on ne pourra pas sortir le dard. Si on ne peut pas sortir le dard, la douleur ne pourra pas s'arrêter. Pourquoi ne peux-tu jamais faire ce qu'on te dit ? » Alice recommence à se débattre. Ann la serre encore plus fort et presse de tout son poids sur le corps de l'enfant. « On ne peut rien te dire, hein ? Tu es bien comme ton foutu père. »

Ces paroles malveillantes et à peine audibles s'envolent des lèvres d'Ann comme des frelons. Même si Alice n'a que huit ans, elle est surprise. Par la fenêtre elle regarde son père, courbé en deux, en train de creuser des trous dans la plate-bande qui longe le côté de la maison. Il est suivi de la minuscule silhouette de la petite dernière, qui dépose dans les trous les bulbes que leur père transporte dans un sac en papier marron. « C'est très bien, dit-il à Beth. Gentille petite fille. » Alice sent une chaleur émaner du visage de sa mère, serré contre le sien à cause de leur bagarre, et elle se retourne, pour voir sa mère se mordre la lèvre, et son visage, d'habitude pâle, s'empourprer brusquement.

Ann la lâche, mais elle reste immobile, elle ne pleure plus, et elle laisse sa mère chercher le dard sous son pied. Alice se rend compte qu'il s'est passé quelque chose, mais elle ne sait pas quoi exactement. Est-ce que sa mère est contrariée parce qu'elle a réclamé Elspeth ? Elle voudrait bien le lui demander mais ne trouve pas les mots qu'il faut. Ann ne dit rien, garde la tête baissée, et ses mains sont douces à présent. Alice perçoit une curieuse sensation, comme liquide, sous ses côtes. Elle a envie de demander pardon, de dire qu'elle regrette d'être vilaine et d'avoir réclamé Grand-Maman. Elle voudrait que sa mère presse ses mains sur son visage brûlant, moite.

Ann se redresse triomphalement. « Le voilà ! »

Elle soulève Alice pour la déposer à terre et lui tend le dard pour qu'elle le voie. Elles l'examinent ensemble. Il est minuscule, en forme de lance, brun et friable. Il s'attache aux sillons et aspérités du doigt de sa mère. Alice est stupéfaite qu'une chose aussi petite puisse causer une si grande douleur. « Je peux l'avoir ? Je peux l'avoir ?

— Non.

— S'il te plaît !

— Qu'est-ce que tu peux bien vouloir en faire ? »

Alice ne peut pas imaginer pourquoi, mais elle sait qu'elle le veut. Elle veut le tenir, le regarder longuement.

Elle se pend au bras de sa mère. « S'il te plaît ! Dis, s'il te plaît, je peux l'avoir ? »

Contrairement à son habitude, Ann cède et se penche pour le transférer de son doigt à celui d'Alice. Puis elle quitte la pièce et Alice l'entend monter rapidement dans sa chambre et refermer la porte. Mais Alice n'y pense pas pour le moment, elle tient le dard d'abeille dans le repli de son médius, où elle va le garder toute la journée.

Ensuite il la raccompagna à l'ascenseur, qui parut mettre une éternité à venir, et Alice ne trouvait rien à dire.

« Ce n'est pas la peine d'attendre avec moi. Je suis sûre que je pourrai retrouver mon chemin.

— Non, non. Ça ne me dérange pas. »

Un homme trop gros à la cravate desserrée traversa le hall d'un pas désinvolte et dit : « Ça va, John ? » puis, jaugeant Alice d'un air appréciateur, il lança un clin d'œil à John. Alice feignit de ne pas le remarquer. Mais elle vit bien que John était furieux. Une veine lui battait à la tempe.

« Vous avez beaucoup de travail cet après-midi ? demanda-t-elle, pour rompre le silence.

— Oui, comme toujours.

— Depuis quand êtes-vous journaliste ?

— Depuis que j'ai terminé mes études. J'ai fait une maîtrise à City University, et puis divers petits boulots. Je suis ici dcpuis un an. »

L'ascenseur arriva, avec un « ding » électronique.

« Eh bien, merci pour ce déjeuner. Quand va paraître l'article ?

— Jeudi prochain, je crois. Je pourrai vous appeler pour vous le dire, si vous voulez. »

Elle entra dans l'ascenseur. « Oh ! inutile de vous donner cette peine. Vous avez sûrement bien assez à faire.

— Non, ce n'est pas un problème… Alice ! » Il glissa vivement son pied entre les portes qui se refermaient, et qui se rouvrirent en grand. « Merde ! Ça m'a fait mal !

— Ça va aller ? »

Il se massa le pied, appuyé contre l'une des portes pour

les empêcher de se refermer. « Ça va aller. Ce n'est pas drôle, vous savez, j'aurais pu perdre un pied, et ça aurait été de votre faute.

— Sûrement ! De toute façon, ça aurait été un accident professionnel, non ? Vous auriez touché des millions de dommages et intérêts. »

À cet instant, une femme au visage austère entra dans l'ascenseur.

« Je me demandais si... Est-ce que vous voudriez... dit-il d'une voix mal assurée, tandis que la femme regardait sa montre ostensiblement. Euh... je me demandais si je pourrais vous emprunter ce bouquin. »

La requête la stupéfia. « Eh bien, euh, oui. Vous êtes sûr ?

— J'adorerais le lire. »

Elle plongea la main dans son sac et lui tendit le livre. Il le prit et recula. « Je vous le rendrai. »

Alice allait répondre que ce n'était pas la peine, mais les portes se refermèrent.

Rachel venait de rentrer d'un cours matinal et frappait à la porte d'Alice.

« Alice ? Tu es réveillée ? Tu es habillée ? »

Alice était assise dans son lit, un livre sur les genoux. Les rideaux étaient ouverts et le soleil dessinait des triangles de lumière sur le tapis. « Oui, entre. Comment était ton cours ? »

Rachel apparut dans l'encadrement de la porte, encore en manteau avec son écharpe, un paquet dans les mains. « Barbant, en fait. Devine ce qui est arrivé pour toi ce matin ?

— Quoi ?

— Ça vient de New York. »

Alice se couvrit les yeux des mains. « Je n'en veux pas. Emporte-le ! »

Rachel s'assit sur le lit et jeta le paquet sur les genoux d'Alice. « Allez, ouvre-le. C'est peut-être quelque chose de très joli, de luxueux. »

Alice le retourna entre ses mains. Il n'y avait pas

d'adresse d'expéditeur, mais l'écriture était indéniablement celle de Mario. C'était une banale enveloppe marron matelassée, et son contenu était léger, volumineux, souple, cédant aisément à la pression de ses doigts. Qu'est-ce que c'était ? Un vêtement ?

« C'est toi qui l'ouvres, dit-elle en le poussant dans les mains de Rachel.

— Non. C'est adressé à toi. Ouvre-le toi-même. »

Alice décolla la bande adhésive et retourna l'enveloppe en la secouant pour en faire tomber le contenu dans sa main. Ce contenu était si choquant que les choses s'enregistrèrent à l'envers dans l'esprit d'Alice. Des cheveux. Beaucoup de cheveux. Des cheveux noirs. Des cheveux bouclés, emmêlés. Des cheveux familiers. Des cheveux cisaillés d'un seul coup brutal sur la tête de quelqu'un. Des cheveux qu'elle avait déjà sentis entre ses doigts. Les cheveux de Mario.

Les deux filles hurlèrent et d'un bond s'arrachèrent du lit. À l'autre bout de la chambre, agrippées l'une à l'autre et tandis qu'Alice agitait frénétiquement les mains pour se débarrasser des cheveux qui lui restaient entre les doigts, elles regardèrent la masse agglutinée en un tas noir sur le drap, tel un énorme rat.

« Bon Dieu, ce type est vraiment cinglé », murmura Rachel.

Agitée de soubresauts, Alice sautait d'un pied sur l'autre, en s'essuyant les mains sur son pyjama. « Uuuuurrgggh ! Beurk ! C'est ignoble ! » Avoir ça entre les doigts, sentir à nouveau ces mèches bouclées la ramenait brutalement au jour où elle avait couché avec lui. C'était comme s'il avait soudain été là avec elle dans la chambre, et non à des milliers de kilomètres, de l'autre côté de l'Atlantique glacé. Elle jeta autour d'elle un regard désespéré. « Qu'est-ce qu'on en fait ?

— On les jette.

— Je ne peux pas. Je n'y touche plus. »

Rachel prit la corbeille à papier d'Alice, et marcha droit au lit en la brandissant devant elle. De la main elle balaya les cheveux dedans, puis l'emporta en bas. Alice l'entendit vider le tout dans la poubelle devant la maison.

« Merci, Rachel ! cria-t-elle.
— Je t'en prie. »
Mais pendant des semaines Alice allait retrouver des cheveux collés dans une tasse, entortillés autour du savon ou glissés sur sa langue, ce qui la faisait cracher et se racler la gorge.

John tournait dans le hall en se frappant la tête avec le livre.
« Quel putain de lâche, putain, putain de lâche. »
C'était bien la dernière chose dont il eût besoin.

Lorsque Alice revint au bureau, plus tard dans l'après-midi, Susannah, depuis le fond de la pièce, leva vers elle un visage radieux.
« Qu'est-ce qui t'arrive, chat du Cheshire ? dit Alice en s'asseyant à son bureau.
— Il y a eu un appel pour toi, répondit Susannah, puis quelque chose sur son ordinateur détourna son attention.
— De qui ?
— Ce type, tu sais », dit Susannah distraitement, les yeux rivés sur son écran.
John Friedmann, songea Alice sans raison, et elle s'en voulut aussitôt. Elle se mit à feuilleter ses fiches. « Quel type ? demanda-t-elle, comme si elle n'y attachait aucune importance.
— Ce type, là. Comment il s'appelle ? Tu sais qui je veux dire. »
Alice se désintéressa de ses fiches. « Suze, tu ne crois pas que tu pourrais être un peu plus explicite ?
— Excuse-moi. » Susannah se tourna vers elle, tout à fait concentrée à présent. « Ce type de l'organisation à Paris.
— Ah ! lui. » Alice combattit un sentiment d'intense déception. C'était ridicule. Elle ne pouvait tout de même pas s'amouracher de ce journaliste, si ?
« Ce n'est pas lui que tu as essayé de joindre toute la

semaine ? » Susannah la regardait, intriguée par son manque d'enthousiasme.

« Si. Si, c'est lui. »

Alice, pour faire quelque chose, ouvrit son agenda.

« Mais il t'a rappelée. C'est une bonne nouvelle, non ? insista Susannah. Ça veut sans doute dire qu'il a décidé de faire le projet avec toi, non ?

— Je l'espère. Je vais le rappeler dans une minute. »

Il y eut un instant de silence. Alice sentait que Susannah la regardait encore et elle resta penchée au-dessus de son agenda, notant des rendez-vous superflus.

« À propos, comment s'est passée l'interview ?

— Oh ! bien… ça a été… ouais, très bien. Bon… c'était… oui, bien. »

Au bruit de la cloche qui s'agite sur son fil, Elspeth émerge de l'arrière-boutique et voit sa remplaçante pour l'après-midi qui ôte déjà son manteau à la caisse du magasin Oxfam[1] : une femme assez forte, au visage rougeaud, en imperméable de plastique turquoise.

« Vous êtes en avance, aujourd'hui, remarque Elspeth.

— Oui, dit la femme. J'aime bien quitter la maison de bonne heure, un jour comme aujourd'hui. »

Cette femme met Elspeth mal à l'aise. Depuis toujours. Elle porte de ces lunettes qui réagissent à la lumière. Avec le soleil éclatant d'aujourd'hui, on ne peut pas voir ses yeux. Comment se fier à quelqu'un qui refuse de laisser voir ses yeux ? Et puis elle amène toujours son chien au magasin. Ce n'est pas un méchant chien, mais il sent mauvais. Ça dégoûte les gens.

Dehors, Elspeth hésite. Il faut qu'elle aille au supermarché acheter quelque chose pour le goûter des filles, quand elles rentreront de l'école, mais elle a cette demi-heure supplémentaire à perdre, qu'elle n'avait pas demandée. Prise d'une impulsion, elle se dirige vers l'extrémité de la grand-rue, dans la direction opposée à celle de chez elle ; chemin faisant elle salue diverses connaissances. Elle tourne à droite devant la friterie, dans Quality Street, puis gagne le parc de Lodge Grounds.

---

1. Oxfam : œuvre de bienfaisance au profit du tiers-monde. *(N.d.T.)*

Elle n'y vient pas souvent, mais c'est l'un de ses endroits préférés dans cette ville. Elle aime la façon dont la beauté travaillée du parc s'insère entre la vaste étendue des plages et les récifs déchiquetés et couverts d'ajoncs de la Loi. Bien que ce soit un jour de semaine, des gens flânent avec des poussettes et des landaus le long des allées serpentines qui montent et descendent, pour regarder les plantes ou simplement profiter du soleil. En passant devant la volière, elle frissonne. Elle n'a jamais compris l'attrait des oiseaux en cage.

Au sommet de la butte, elle voit un petit attroupement d'adolescentes en uniforme rouge et noir du lycée. Un rapide coup d'œil la rassure, ni Kirsty ni Alice ne font partie du groupe. C'est l'an dernier que, près du port, elle s'est trouvée nez à nez avec une Kirsty rouge de honte et deux de ses amies, un mercredi à onze heures du matin. Elspeth a promis de ne rien dire si Kirsty lui donnait sa parole de ne pas recommencer.

Avec un sentiment d'écolière libérée plus tôt que d'habitude, Elspeth s'assoit face à la mer sur un banc vert, tournant le dos à l'extravagant terrain de golf. C'est par ici qu'elle se promenait un jour avec Robert, son fiancé d'alors, lorsqu'ils avaient rencontré un homme que Robert lui avait présenté comme étant Gordon Raikes. Elspeth connaissait de réputation la famille Raikes, avec leur grande maison de Marmion Road et leur fabrique de clubs de golf en bordure de la ville, mais elle n'avait jamais rencontré leur plus jeune fils, Gordon. Il était allé en pension, puis à St Andrews University, lui expliqua Robert tandis que Gordon et elle se dévisageaient bêtement. Comme elle le lui avait toujours dit par la suite, elle aurait pu ôter sur-le-champ la bague de fiançailles de Robert. Elle et Robert s'étaient éloignés ensemble et, au moment où ils allaient bifurquer et descendre, Elspeth s'était retournée et l'avait vu, immobile près de la haie de troènes, qui les suivait des yeux. Ce devait être ici. Il n'y avait pas d'allées cimentées à l'époque, bien sûr, seulement des chemins poussiéreux que la pluie rendait boueux.

Ils s'étaient revus huit jours plus tard, en plein vent, dans la grand-rue, tous deux avec leurs mères, et tous deux chargés de provisions. Il lui avait adressé un clin d'œil tandis que leurs mères bavardaient, et elle s'était étonnée elle-même – et lui aussi, sans doute – en lui répondant d'un clin d'œil à son tour. Puis quelques jours après, comme elle regardait les bateaux de pêche rentrer au port, il était apparu au détour d'une rue. « Bonjour, Elspeth », avait-il dit, et il s'était arrêté pour regarder les bateaux avec elle. Des poissons frétillaient et se débattaient sur les ponts, fouettant l'air de leur queue, ouvrant et fermant leur bouche asphyxiée. Les pêcheurs lançaient bruyamment des cageots et des paniers sur la jetée, à un rythme régulier.

« Est-ce qu'on vous appelle toujours Elspeth ? avait-il demandé.

— Pas toujours. Il y a des gens qui l'abrègent en Ellie.

— Je parie que vous n'aimez pas ça », avait-il dit, s'accoudant au garde-fou à côté d'elle.

Elle secoua la tête. « Non.

— C'est ce que je pensais. Un diminutif, ce n'est pas votre genre. »

Il l'avait emmenée à la pointe, au-delà de la piscine, et elle s'était assise, les genoux serrés entre ses bras. Légèrement effrayée par le claquement des vagues qui s'enflaient et se brisaient si près au-dessous d'eux, et par la houle qui lui fouettait les cheveux, elle l'avait écouté expliquer qu'il voulait entrer dans l'Église et devenir missionnaire.

« Mon père, lui, veut que j'entre dans l'affaire familiale, mais je ne pense pas que ce soit pour moi. Je ne vois pas comment je pourrais être heureux en faisant cela. Ce devrait être la priorité, non, Elspeth ? » Il avait alors cessé de lancer des cailloux dans la mer verdâtre, et l'avait regardée. Bouche sèche, elle n'avait rien répondu ; elle se demandait simplement : Qu'est-ce que mes parents vont dire ?

« Ne pensez-vous pas, Elspeth, qu'on devrait toujours être aussi heureux que possible ? » avait-il encore demandé.

Elle avait relevé le menton pour affronter son regard insistant. « Si, si, je le pense aussi. »

Il s'était accroupi, de façon à se trouver au même niveau qu'elle. « Allez-vous vraiment épouser Robert ?

— Je ne sais pas.

— Ne l'épousez pas. Épousez-moi », avait-il dit. Puis il avait avancé à quatre pattes sur les rochers et fait une chose que Robert n'avait jamais faite : il l'avait embrassée carrément sur les lèvres.

Elspeth s'abrite les yeux du soleil et tourne la tête vers la Roche Basse, à l'est. Plus loin sur le chemin, en contrebas, là où les arbres et les taillis sont plus denses, elle aperçoit un éclat blond qu'on ne peut confondre avec aucun autre, et une frêle silhouette familière. Ann. Elspeth est légèrement déroutée. Ann n'avait-elle pas dit qu'elle irait à Édimbourg, aujourd'hui ? Elspeth se penche en avant sur le banc, lève le bras pour l'agiter et prend son souffle pour crier son nom – mais le cri ne vient pas.

Elle a encore le bras en l'air lorsqu'elle voit un homme brun qu'elle avait pris pour un simple passant attirer Ann contre lui. Le soleil s'éclipse entre leurs corps et ils s'embrassent. Elspeth laisse retomber sa main sur ses genoux et baisse les yeux. Est-ce bien ici qu'elle a rencontré Gordon pour la première fois ? Ou bien était-ce plus loin, vers ce chêne ? Elle porte son regard vers le chemin en contrebas. Leurs corps sont en train de se séparer. La lumière, de nouveau, passe entre eux. Ils parlent. Ann lui prend le menton, d'un geste familier qu'Elspeth lui a vu faire avec les enfants, avec Ben.

L'homme s'en va rapidement, le dos tourné vers Elspeth. Ann prend l'autre direction. Elspeth regarde sa belle-fille redescendre à pas lents, à cent mètres d'elle sur le chemin sinueux, puis disparaître au-delà des grilles du parc. Elspeth contemple encore le dos de l'homme qui s'éloigne, puis elle se voûte comme sous l'effet d'une douleur physique et presse ses poings sur ses yeux fermés. Une pensée encore plus terrible lui est soudain venue à l'esprit.

Deux jours plus tard, au milieu de la matinée, Alice répondit à l'interphone du bureau.

« Je voudrais voir Alice Raikes. »

La ligne grésillait, et le fond sonore de la circulation était assourdissant. Elle ne reconnaissait pas la voix. « Qui êtes-vous ?

— Je m'appelle John Friedmann. »

Elle raccrocha violemment. « Oh ! merde. »

Tout le monde dans le bureau releva aussitôt la tête. Puis elle pressa le bouton d'ouverture de la porte. « Merde, merde, merde. » Elle ouvrit brutalement son sac, empoigna sa brosse et commença à s'en donner de longs coups fébriles sur les cheveux.

« Mais enfin, qui est-ce ? » cria Susannah à travers la pièce. Anthony, le nouveau directeur, apparut sur le seuil de son bureau.

« Que se passe-t-il ? demanda-t-il gentiment. Pourquoi Alice court-elle comme ça ?

— Ah ! mon Dieu, ne me le demandez pas… merde… qu'est-ce que je vais faire ? De quoi ai-je l'air ? » Alice implorait Susannah.

« D'une folle furieuse. »

Elle commença par descendre l'escalier quatre à quatre, puis ralentit pour ne pas apparaître rouge et pantelante devant lui. Au pied de l'escalier, il lisait les affiches littéraires épinglées au mur.

« Bonjour. »

Il se retourna en souriant, comme surpris en train de faire quelque chose de mal.

Elle s'efforça d'ignorer son estomac, qui cherchait à remonter dans sa gorge. « Salut, dit-elle en s'appuyant à la rampe d'une façon qu'elle espérait désinvolte. Qu'est-ce que vous faites ici ? Vous avez oublié une question pour l'interview ? »

Il secoua la tête.

« Vous avez lu le livre ?

— Non. Pas encore. »

Il y eut un silence atroce. Elle jouait avec ses cheveux, et glissa une mèche dans sa bouche.

« C'est juste que je traversais Covent Garden et… » Il s'interrompit, poussa un soupir, leva les yeux au plafond. Puis il jeta sa sacoche par terre, regarda Alice et dit : « Je pense que nous savons l'un comme l'autre que c'est un mensonge. »

Il arriva alors une chose curieuse au visage d'Alice. Les muscles autour de sa bouche, ceux qui contrôlaient son sourire, semblèrent pris d'un spasme, et elle dut se mordre la lèvre pour ne pas avoir l'air de sourire comme une idiote. Elle baissa les yeux. Un taxi passa bruyamment. Il frotta sa joue mal rasée. « Il faut que vous veniez ce soir au cinéma avec moi. »

Elle cessa aussitôt de sourire. « Comment ça, “il faut” ? Vous n'êtes pas censé dire des choses comme “s'il vous plaît” ? Et “voudriez-vous” ?

— Non. À quoi bon, quand il est parfaitement clair à mes yeux que vous êtes une sorcière et que vous m'avez jeté un sort ? » Il s'approcha d'elle. Oh ! mon Dieu, allait-il l'embrasser ? Ici ? Prise de panique, elle recula contre le présentoir de prospectus pour le concours de poésie. Il s'approcha si près qu'elle sentit son souffle sur son cou ; elle était sûre qu'il pouvait entendre battre son cœur. Elle se força à soutenir son regard sans sourire. « J'adore quand vous êtes en colère », murmura-t-il.

Elle éclata de rire avec la violence d'une chute d'eau tombant d'un barrage, et le frappa à la poitrine. « Vous êtes l'homme le plus exaspérant que j'aie jamais rencontré. Jamais je ne voudrai aller au cinéma avec vous !

Jamais ! Même pas si… si… » Elle cherchait la situation la plus outrageusement blessante. « … même pas si c'était mon film préféré qui se jouait pour la dernière fois au monde et que vous ayez le dernier billet d'entrée. Même pas ! »

John se massa la poitrine là où elle l'avait frappé. « Chaque fois que je vous vois, je me retrouve blessé d'une manière ou d'une autre. Mais je suis optimiste. Au cinéma, même une sorcière ne peut pas faire grand mal.

— Je ne viendrai pas ! cria-t-elle.

— Si. Vous viendrez ! répliqua-t-il en criant aussi.

— Pas question ! Jamais je n'irai nulle part avec vous. »

Elle le voit en premier, devant le cinéma de Shaftesbury Avenue, la tête penchée sur un journal, le sourcil légèrement froncé. Il jette un coup d'œil dans la rue, dans la direction opposée à celle d'où elle vient. Elle voit qu'il a un pied posé sur l'autre, qu'il est grand, et elle lit de l'anxiété dans la courbe de son cou tandis qu'il la cherche des yeux sur le trottoir bondé.

« Hé, dit-elle en tapotant le journal. Vous n'êtes plus en service, vous savez. Vous pouvez ranger ça, maintenant. »

Le soulagement se peint sur les traits de John tandis qu'il se tourne vers elle. Ils ne se touchent pas et gardent leurs distances. « Vous êtes en retard, Alice Raikes. Je croyais...

— Je suis toujours en retard.

— Je m'en souviendrai… »

Elle voit qu'il allait dire « la prochaine fois », mais qu'il s'est retenu.

« Vous voulez entrer, ou bien est-ce qu'on reste là à se regarder et à sourire toute la soirée ? »

Il rit. « On pourrait, mais je crains que ça ne finisse par vous lasser. Entrons. »

Alice marche à côté de lui, les mains dans les poches de sa veste, et parle du film. Quand elle veut souligner un point, elle fait pivoter son corps vers lui et dit : « Vous ne trouvez pas ? » Elle porte un jean bleu marine moulant, et des bottes à grosses semelles avec des talons métalliques où étincellent au passage les néons de Soho. Devant un bar à nouilles japonais, elle s'arrête et prend une profonde inspiration, les yeux fermés.

« Qu'est-ce qu'il y a ? demande-t-il.

— J'adore cette odeur. »

John inhale, mais ne sent qu'une puanteur aigrelette et douceâtre de légumes pourrissants, et une âcre senteur de friture brûlée.

« Ça me rappelle vraiment le Japon, dit-elle.

— Vous y êtes allée ?

— Ouais. J'ai passé environ un mois à Tokyo.

— Ah ! oui ? Quand ?

— Pendant des vacances universitaires. Je voyageais beaucoup à cette époque-là – les grandes vacances, c'était ce qu'il y avait de mieux dans la vie d'étudiante.

— Le Japon vous a plu ?

— J'ai adoré. C'était très excitant. Mais tout de même, à la fin, j'étais prête à partir. Tokyo est une ville tellement frénétique. De là, on est allés directement en Thaïlande, où on a passé quelques semaines à se reposer sur une plage. »

On ? songe John.

« Avec qui étiez-vous ? demande-t-il d'un air détendu.

— Un ex. »

Il doit se forcer à déglutir pour se retenir de crier : « Qui était-ce ? L'aimais-tu ? Combien de temps as-tu passé avec lui ? Quand avez-vous rompu ? Le vois-tu encore ? »

Au lieu de cela, il demande : « Qu'aimeriez-vous faire maintenant ?

— Sais pas. Vous avez une idée ?

— J'ai surtout un problème, plus que des idées.

— Quoi ? » Elle le regarde en coin, à travers ses cheveux qu'elle a dû dénouer pendant le film. En arrivant, elle les portait attachés sur la nuque. Parfois il trouve son regard un peu troublant.

« Eh bien, vu que j'ai passé une bonne partie de la journée à courir dans Covent Garden comme un adolescent dans un état d'angoisse terrible... à la recherche d'une femme… » Il la regarde attentivement ; elle a incliné la tête et le rideau de cheveux a glissé plus avant sur son visage. « … je n'ai pas avancé dans mon travail. Or, pour demain neuf heures, je dois avoir pondu deux mille mots sur le cinéma indépendant américain.

— Je vois. » Elle rejette ses cheveux en arrière. « C'est un problème, en effet.

— Mmm. Au moins, je peux toujours me raconter que ce soir je cherchais de la documentation. » Il hoche la tête en direction du cinéma.

« Bon. » Elle se balance d'avant en arrière sur ses bottes. « Eh bien, je pense que je vais rentrer chez moi, alors.

— Où est-ce que vous habitez ?

— Finsbury Park. Et vous ?

— Camden. Je peux vous déposer ?

— Vous avez une voiture ?

— Oui. C'est mon seul luxe dans la vie. J'en ai besoin pour aller faire mes reportages, ou, en tout cas, c'est ce que je me raconte. Vous êtes contre ?

— Pas du tout. C'est de la jalousie pure.

— Si je vous reconduis, est-ce que ça soulage la jalousie, ou bien ça l'aggrave ? »

Il la voit hésiter, incertaine. « Alice, ne vous inquiétez pas, je n'ai pas bu. Je ne suis pas un assassin fou qui tue ses victimes à la hache, et je vous promets solennellement de ne pas vous faire violence. » À moins, bien sûr, ajoute-t-il *in petto*, que tu ne le désires.

Elle attend soigneusement l'instant où elle va refermer la portière pour dire : « Vous voulez monter une minute ? Mais si vous devez repartir tout de suite, peut-être que... »

En un instant il a jailli de la voiture et lui prend même sa clé des mains pour ouvrir la porte de l'immeuble. « Là-haut ? demande-t-il en se dirigeant vers l'escalier.

— Tout en haut. »

Il l'attend devant la porte de l'appartement. « Est-ce que vous vivez seule ? s'enquiert-il avec juste un soupçon d'anxiété.

— Oui. Je préfère. J'ai partagé un appartement avec des amies pendant quelque temps, mais finalement je ne les voyais jamais, sauf quand on se retrouvait pour discuter de qui c'était le tour de nettoyer la salle de bains. Puis j'ai habité avec mon copain, ou plutôt mon ex, avec qui ça n'a pas marché. » Elle dit cela en évitant son regard, elle sent son intérêt, qui grésille entre eux. « Ici, c'est censé être provisoire, mais j'y suis déjà depuis cinq mois. »

Elle s'étonne de le voir aussi curieux, qui passe la tête dans chaque pièce du minuscule logement.

« C'est un peu sinistre, non ? crie-t-elle.

— Ça va. J'ai vu pire. »

Il entre dans la cuisine. « C'est vous ? » Il examine une photo d'elle et de Beth sur une plage. Elles sont en maillot de bain, à plat ventre dans une flaque.

« Ah ! mon Dieu, ne regardez pas ça ! » Elle vient se placer derrière lui, et regarde par-dessus son épaule. « Je devais avoir dans les dix-huit ans. C'est ma petite sœur, Beth. J'ai toujours aimé cette photo, mais je l'avais perdue depuis très longtemps. Beth m'a envoyé cette copie la semaine dernière. C'est drôle, à l'époque, je n'aurais jamais cru que c'était l'une des dernières fois que je vivais à la maison avec mes sœurs. Je mourais d'impatience de partir, mais je n'ai pas vraiment remarqué quand c'est arrivé. Ça s'est fait tout seul. »

Il l'a détachée du mur et la tient tout près de son visage ; et il fait rouler entre les doigts de son autre main la punaise qui la fixait au mur. « Vous avez toujours eu les cheveux longs ?

— Non. Pas quand j'étais petite, et puis je les ai coupés juste après cette photo. »

Il se tourne vers elle et elle se rend compte qu'ils sont tout près l'un de l'autre. L'atmosphère change à cet instant.

« Combien de temps ont-ils mis à repousser ? murmure-t-il.

— Euh... » Impossible, là, tout de suite, de se souvenir de quoi que ce soit « Peut-être quatre ans », hasarde-t-elle.

Il tend la main pour lui toucher les cheveux et en

enroule lentement une mèche autour de son doigt. Elle frissonne.

« Tu as froid ?

— Non. »

Il se penche vers elle, lui enveloppe la nuque de ses doigts. Sa bouche effleure celle d'Alice, étonnamment douce et tiède. Elle se laisse aller contre lui, les bras passés autour de ses reins pour le presser contre elle. Elle sent le cœur de John battre à travers son chandail et elle ferme les yeux.

« Merde ! » s'exclame-t-il avec une violence soudaine, et il se détache d'elle. Déséquilibrée par le mouvement et par le choc, elle vacille, tend la main pour se retenir, et heurte la partie charnue de son pouce contre l'angle de la table. Un élancement lui envahit la main jusqu'au coude et elle la porte à sa bouche. John s'est jeté sur la chaise de la cuisine – d'une façon bien trop théâtrale, juge Alice –, et se tient la tête à deux mains, les coudes posés sur la table. Elle est bien décidée à ne pas parler en premier. Lorsqu'il retrouve enfin sa voix, elle est assourdie : « Alice, je suis profondément navré. »

Incapable de répondre, Alice reste plantée là, la main pressée sur la bouche. Il lève les yeux. « Tu t'es fait mal à la main ? »

Il tend le bras, mais elle recule. Il cille. Ils restent ainsi en silence pendant une ou deux minutes – Alice debout, et John qui fixe sur elle des yeux implorants. Il prend une profonde inspiration : « Ce qu'il y... le problème... Ça paraît tellement affreux... Je suis... enfin... avec quelqu'un en ce moment... »

Elle acquiesce, mais il lui semble que son corps entame une glissade vertigineuse en chute libre.

« Ça ne signifie rien pour moi, Alice... Ce n'est pas ce que tu penses...

— Non, je t'en prie. Je... Oublions tout ça.

— Ce n'est pas ce que tu penses, insiste-t-il ardemment. Je t'assure.

— Et je pense quoi, d'après toi ? » demande-t-elle. Les mots lui paraissent bizarres – trop articulés, coupants.

« Que je suis un salaud qui court deux filles à la fois, dit-il. Ce n'est pas du tout ça. En fait...

— Laisse tomber, interrompt-elle. Oublie tout ça. Ça n'a pas d'importance. Tu as une petite amie. Restons-en là. »

Il se passe la main dans les cheveux. « Sophie n'est pas ma petite amie… pas vraiment… et en vérité…

— S'il te plaît. » Elle se détourne et va à la fenêtre. « Je ne veux vraiment pas le savoir. »

Quatre étages plus bas, des voitures passent très vite, et leurs phares balaient la voiture de John, qui est garée juste devant chez elle.

« Je pense que tu devrais partir maintenant », dit-elle.

Si elle reste là, le dos tourné, il s'en ira et elle n'aura plus jamais à poser les yeux sur lui.

« Tu ne parles pas sérieusement, l'entend-elle dire juste derrière elle, et elle fait volte-face pour l'affronter.

— Oh, si ! je parle très sérieusement. Sors de chez moi. Tout de suite. »

Il ne bouge pas de son siège. Alice le dévisage, incrédule, croisant son regard pour la première fois depuis – quand était-ce ? – qu'il lui a caressé les cheveux et qu'ils ont été sur le point de s'embrasser. Le temps semble s'être fissuré et on dirait que c'était il y a des heures.

« Je veux que tu partes, dit-elle avec une lenteur délibérée, comme pour expliquer quelque chose à un étranger. Je ne permets à personne de se foutre de moi.

— Tu dois absolument me croire. Je ne me fous pas de toi. Surtout pas. Laisse-moi t'expliquer…

— Expliquer ? rétorque-t-elle. Expliquer quoi ? Que ça ne va pas fort avec ta petite amie, alors tu t'es dit que tu allais plutôt tenter ta chance avec moi ? Eh bien, ne t'inquiète surtout pas. Il ne s'est rien passé. Tu n'auras pas à lui mentir. »

Il a les yeux fixés sur la table à présent. Il pose les mains à plat sur le faux teck, doigts écartés. « Combien de fois faut-il que je te le dise ? Sophie n'est pas ma petite amie. Elle ne m'est rien. Elle se fiche complètement de moi, c'est juste...

— Sexuel ? suggère Alice.

— Non. » Il relève la tête, outragé. « Ce n'est pas ce que j'allais dire. »

Il se lève et traverse la cuisine vers elle. Elle détourne la tête et croise les bras en travers de son corps.

« Et comment peux-tu dire, demande-t-il, qu'il ne s'est rien passé ce soir ? »

Elle le bouscule pour passer dans le couloir, et elle va ouvrir la porte à la volée : « Sors de chez moi. Je ne te le redirai pas. »

Elle le voit hésiter, puis prendre ses clés sur la table et s'approcher. Il doit passer tout près d'elle pour franchir la porte et, ce faisant, il lui saisit le bras et s'apprête à l'embrasser sur la joue. Elle recule comme s'il l'avait brûlée, et se cogne la tête à l'angle de la porte. Il pose la main sur celle d'Alice, la presse sur sa tempe. « Je suis désolé », lui murmure-t-il à l'oreille.

Alice sent monter les larmes, et repousse sa main.

« Va-t'en. S'il te plaît, dit-elle, les yeux baissés vers ses pieds.

— Je vais tout régler et je t'appellerai demain, et puis je t'expliquerai tout, d'accord ? »

Elle hausse les épaules.

Puis le voilà parti ; un courant d'air glacé s'engouffre par la porte ouverte. Elle ferme et écoute les pas de John descendre l'escalier. Puis la porte d'entrée claque et c'est seulement après avoir entendu démarrer sa voiture qu'elle s'écarte de la porte.

Elle va dans la salle de bains et ouvre en grand le robinet d'eau chaude. Les tuyaux toussent et crachent de l'eau tiède. Elle tient sa main sous le jet et, quand il devient chaud, elle met la bonde en place. Tandis que la pièce se remplit de vapeur, elle reste plantée devant le miroir.

Tu ne le reverras jamais, se dit-elle. Les endroits qu'il a touchés – son cou, ses lèvres, son bras – lui paraissent à vif, presque douloureux. Elle se regarde droit dans les yeux, se défiant de pleurer. Puis elle presse une main sur sa chemise, à l'emplacement du cœur, et articule d'une voix qu'elle imagine forte, mais désinvolte : « Je ne veux plus jamais te revoir. » Elle ne décèle que la plus infime accélération des battements de son cœur, que le plus infime serrement de gorge. Elle aura perfectionné tout ça d'ici à demain.

Ben trouve difficile de se concentrer sur ce que dit le médecin. Derrière lui, projetés sur des panneaux lumineux, il voit des sections du cerveau d'Alice. Il voit ses orbites, ses pommettes, son front, son nez, tracés comme des négatifs grisâtres et fantomatiques. Le cerveau lui-même est une confusion de taches sombres, de dépressions, de vallées, de plis.

« Je ne peux vraiment rien vous dire de plus à ce stade, dit le médecin en écartant les mains comme à la fin d'un tour de magie.

— Mais… mais y a-t-il quelque chose que nous puissions faire ? demande Ann.

— Vous pouvez lui parler, lui passer de la musique qu'elle aime, lire à voix haute. Ce qui est important, c'est d'essayer de la faire sortir de cet état. » Le médecin se lève alors, en plissant son visage comme s'il était myope, et fait les cent pas derrière son bureau. « Vous savez, la police et certains témoins disent que… l'accident… pourrait être… une tentative délibérée de la part d'Alice de… d'en finir. Nous ne le savons pas avec certitude, mais… »

La gorge de Ben s'emplit d'un goût de paille. Du coin de l'œil, il voit Ann décroiser et recroiser ses jambes, se pencher en avant : « Vous voulez dire… un suicide ? Alice tentait de se suicider ?

— C'est une possibilité. Ils n'en sont pas certains. Mais c'est une chose que nous devons prendre en considération.

— En considération ? répète Ben, abasourdi. De quelle façon ?

— Il est crucial de continuer à la stimuler. » Le médecin soupire. « Ce que je veux dire, c'est qu'elle ne va pas se réveiller s'il n'y a rien qui vaille la peine de le faire, vous voyez ? »

Ils sont assis sans rien dire au chevet d'Alice. Ann a les mains entortillées dans la lanière de son sac à main. Ben tripote le petit sac hermétique en plastique transparent qui contient tout ce qu'Alice avait sur elle au moment de l'accident. Le médecin le leur a donné. Ben imagine que le médecin devait être présent lorsque ces choses ont été sorties ou découpées des poches déchirées et ensanglantées d'Alice : le portefeuille contenant exactement deux livres sterling et quatre-vingts pence de monnaie, un demi-paquet de chewing-gum à la menthe (sans sucre), une alliance en platine, et un anneau avec trois petites clés en dents de scie et deux plus grosses. Rien d'autre. Fixé par la bouche à l'anneau du porte-clés, il y a un petit poisson en émail devenu vert-de-gris, avec des articulations en laiton qui permettent à la queue de battre latéralement. C'est japonais, Ben le sait, mais sans bien se rappeler comment il le sait. Est-ce qu'Alice le lui a dit, un jour ? Il sort l'alliance du sachet et l'élève à la lumière entre son pouce et son index. Elle semble légère et tiède. Il n'y a aucune inscription.

« Je n'y crois pas, dit brusquement Ann. Je n'y crois pas. Alice n'aurait pas fait ça.

— Tu crois ?

— Absolument. Ils se sont trompés. Elle n'aurait pas fait ça. C'est-à-dire, ça m'est déjà venu à l'esprit, parfois, qu'elle aurait pu le faire. Après John et tout ça. Mais ce n'est pas le genre d'Alice, n'est-ce pas ? Elle est trop… Elle aime trop les défis.

— Hum. Peut-être. » Puis Ben se souvient d'une chose : « Kirsty m'a dit qu'Alice était à Édimbourg, hier.

— À Édimbourg ?

— Oui. J'avais l'intention de t'en parler. Kirsty me l'a dit ce matin au téléphone.

— Alice était à Édimbourg hier ? » Ann fronce le sourcil, comme si elle pensait que Ben lui mentait. « Quand ça, hier ?

— Je ne sais pas. Alice a téléphoné du train, je crois, et Kirsty et Beth sont allées la chercher à Waverley.

— À Waverley ? » La voix d'Ann se brise. « À quelle heure ?

— Je ne sais pas, répète Ben. Alice est restée à peine cinq minutes, d'après Kirsty, et puis elle est remontée dans le train pour rentrer à Londres. »

Ann se lève si précipitamment que son sac tombe par terre. Porte-monnaie, papier, peigne, mouchoirs, cigarettes, rouge à lèvres, clés s'éparpillent sur le carrelage, sous le lit, entre les pieds des chaises. Elle plonge pour ramasser les choses une à une, en les serrant contre son ventre.

« Tu te sens bien ? demande Ben, en se penchant pour l'aider.

— Mais oui, bien sûr. Pourquoi veux-tu que je me sente mal ? » Ann va à la porte et l'ouvre. « Je crois que je vais aller fumer une cigarette.

— Très bien, dit Ben. Alors, à tout à l'heure. »

« Alice, c'est moi. Écoute. » Sa voix tremble. « Tout est réglé. »

Les doigts d'Alice se crispent sur l'appareil, mais elle ne dit rien.

« Alice ? Tu es là ?

— Oui.

— Alors dis quelque chose.

— Je ne sais pas quoi dire.

— Dis-moi… dis-moi juste que je n'ai pas tout foutu en l'air, hier soir.

— John, il n'y a rien à "foutre en l'air", comme tu dis. Tu as quelqu'un d'autre, tu m'as interviewée, et nous sommes allés au cinéma. Il ne s'est rien passé. »

Il garde le silence. Elle entend le bureau derrière lui : des sonneries de téléphone, et la douce cacophonie des claviers qui cliquettent.

« Alice, reprend-il avec difficulté. Je ne suis pas avec quelqu'un d'autre. Ce n'était déjà pas le cas avant, pas vraiment, et ça ne l'est absolument pas en ce moment. »

Elle ne répond pas. Il essaie encore. « Alice, je t'en prie… tu ne peux pas dire qu'il ne s'est rien passé… Écoute, j'ai un vrai problème… Je ne passe pas mon temps à faire ce genre de choses… »

Elle écarte le récepteur de son oreille. Sa main reste en suspens. Raccroche-lui au nez, s'enjoint-elle, raccroche. Pour se donner des forces, elle tente de se rappeler la sensation de glissade, de chute, qu'elle a éprouvée la veille au soir quand il s'est détaché d'elle.

« Ne raccroche pas ! Je t'en prie, non… Alice ? Je sais que tu es là. S'il te plaît, dis quelque chose ou… ou… je vais devenir fou.

— Ne sois pas mélodramatique.

— Ah ! te voilà. J'ai bien cru que j'étais tout seul, pendant un moment. Pourquoi t'obstines-tu ainsi ?

— Je ne m'obstine pas. Je refuse simplement de me laisser mener en bateau. À quoi bon ? Et Sophie ? Qu'est-ce qu'elle...

— Merde, à la fin ! interrompt John avec véhémence. Il faut que tu m'écoutes, Sophie n'était rien pour moi, je n'étais rien pour elle. Ce n'était pas elle le problème.

— Qui l'était, alors ? »

Il hésite. « Je ne peux pas te le dire maintenant.

— Pourquoi ?

— Je ne peux pas.

— Pourquoi ? Parce que tu es au bureau ?

— Non, ce n'est pas ça. Ce serait trop long à expliquer. Alice, je t'en prie, donne-moi encore une chance. Juste une. C'est tout ce que je demande, et si je fous encore tout en l'air, je te jure de ne plus jamais t'embêter au téléphone. Je suis désolé pour hier soir. Donne-moi juste une chance de m'expliquer. Je t'en prie. »

Un tourbillon de possibilités assaille Alice – ce n'est pas sa petite amie, il ne peut pas en parler au bureau, c'est long à expliquer. Qu'est-ce que ça peut être ? Si ce n'est pas une autre femme, alors… non… sûrement pas.

« John ?

— Oui ?

— Ce problème…

— Alice, je te l'ai dit. Je ne peux pas te l'expliquer maintenant. Il faut que je te voie, et là je te dirai tout. Je te le promets.

— Ce n'est pas… Tu n'es pas… ?

— Quoi ?

— Tu n'es pas malade ?

— Malade ? » répète-t-il.

Elle pousse un soupir d'exaspération. « Oui, est-ce que tu es séropositif ? Parce que si c'est ça, autant me le dire tout de suite. »

Il lâche un rire bref. « Mon Dieu, non, rien de ce genre. Non, je suis en parfaite santé physique, même si je ne suis pas trop sûr de ma santé mentale en ce moment.

— Ah. »

Il y a un long silence tendu. Elle griffonne rageusement des traits hérissés sur le bloc-notes devant elle, avec son stylo-bille noir.

« Écoute, dit John. Nous ne pouvons pas en parler au téléphone. Tu as de quoi écrire ?

— Mmm.

— Bon. Écris : Helm Crag Hotel – en deux mots : H-E-L-M, plus loin C...

— Ça va, je sais comment ça s'écrit, mais pourquoi...

— Écris-le. Tu l'as bien ?

— Oui, mais qu'...

— Bon, c'est sur Easedale Road, à Grasmere. Tu as un train qui part de la gare d'Euston à dix-sept heures quinze. Note-le aussi. Il faut changer à Oxenholme et prendre un train pour Windermere. De là, tu prends un taxi jusqu'à l'hôtel, qui est juste à la sortie de Grasmere, dans une vallée qui s'appelle Easedale. La réservation est à mon nom.

— John, si tu t'imagines que je vais...

— Bon. Je dois faire la critique d'une pièce qui se joue ce soir à Manchester, alors j'arriverai un peu plus tard. Ça pourrait même être plutôt dans les deux ou trois heures du matin.

— Qu'est-ce que...

— Je sais. Je suis navré, mais pas moyen d'y couper. Je suis en voiture, tu comprends, et je dois faire la route depuis Manchester. Mais tu peux dîner puis sortir faire un tour…

— John ! Écoute-moi !

— Quoi ?

— Je ne veux plus jamais… » Alice entame le long discours qu'elle a préparé dans son bain la veille au soir, mais oublie aussitôt le reste.

« De toute façon, poursuit-il comme si elle n'avait rien dit, nous aurons tout samedi et dimanche ensemble. Je ne suis pas sûr de pouvoir obtenir mon lundi, sinon...

— Qu'est-ce que tu racontes ? Il n'est pas question, absolument pas question, que j'aille dans je ne sais quel hôtel de la région des Lacs avec toi. Je peux te le dire tout de suite.

— Et pourquoi pas ?

— Pourquoi pas ? Comment ça "pourquoi pas" ? Je ne te connais pratiquement pas, pour commencer. Tu dois être vraiment cinglé, si tu crois que je vais tout laisser tomber pour sauter dans un train et aller passer un week-end salace avec toi.

— Qui a parlé de salace ?

— Ce n'est même pas la peine d'en parler. De toute façon, j'ai des projets pour le week-end.

— Annule-les.

— Absolument pas. Tout ça est complètement hors de question.

— Il faut que tu viennes. Je t'en supplie. Il faut que nous parlions et je pense que nous avons tous les deux besoin de quitter Londres. Tout est organisé. C'est le plus bel hôtel du monde. Tu vas l'adorer. Il est végétarien.

— Comment sais-tu que je suis végétarienne ?

— Tu me l'as dit à la cantine quand nous avons fait l'interview.

— Ah bon ? Je ne m'en souviens plus.

— Mais moi, si. Alice, je t'en prie, viens. Qu'est-ce que je dois faire pour te convaincre ? Dis-le-moi, et je le ferai.

— Tu es l'être le plus arrogant que j'aie jamais rencontré. Donne-moi une raison, une seule raison d'annuler tous mes projets pour passer un week-end, où il va sûrement pleuvoir, avec un homme qui a un… un… secret douteux.

— Parce que, dit-il doucement, je ne sais pas comment je pourrais supporter que tu ne viennes pas. »

Molly, la jeune fille de garde cette nuit-là, fut réveillée par un crissement de pneus de voiture sur le gravier, dehors. Elle se redressa, dans son uniforme fleuri de l'hôtel, et chercha à tâtons sa montre. Il était deux heures vingt-quatre du matin. Elle se leva tant bien que mal, trébucha sur ses chaussures, qu'elle avait retirées plus tôt, et enfila un chandail.

Dans le hall, il y avait un homme brun. Assez jeune. Beau. Il n'y avait pas souvent des clients jeunes. En général, c'étaient des gens d'un certain âge qui venaient pour le paysage, ou bien le genre randonneur barbu, pour la montagne. Il avait un sac de voyage et un ordinateur portable. Il sourit en la voyant descendre sur la pointe des pieds.

« Bonsoir. Désolé de vous réveiller si tard, chuchota-t-il.

— Ce n'est pas grave. Mr Friedmann, n'est-ce pas ?

— C'est ça.

— Vous arrivez de loin ?

— Eh bien, de Londres cet après-midi, mais j'ai dû passer la soirée à Manchester.

— Ah, en effet. Pour affaires ?

— Oui, si vous voulez. J'ai dû assister à l'une des pièces de théâtre les plus mauvaises et insupportables de ma vie entière. »

Molly rit. « Pourquoi ?

— C'est mon boulot. Il faut bien que quelqu'un le fasse.

— Ah... vous êtes un genre de critique ? »

Il acquiesça.

« Vous voulez manger quelque chose ?

— Ça ne vous embête pas trop ? Je n'ai pas besoin d'un truc chaud. Juste un sandwich, ce serait formidable.

— Bien sûr. Si vous voulez juste signer là. » Molly lui tendit le registre. « Et voici votre clé. »

Il recula comme si elle lui avait tendu une crotte de chien sur un plateau. « Ma clé ?

— Oui. La clé de votre chambre. Vous pouvez monter vos bagages pendant que je vous prépare un sandwich.

— Vous voulez dire que c'est la clé de ma chambre et qu'elle est encore à la réception ? » Il bafouillait comme un idiot, à présent.

« C'est là que nous les gardons. » Ce type avait décidément quelque chose de bizarre. On aurait dit qu'il venait d'apprendre la pire nouvelle de sa vie, qu'elle venait de lui annoncer que sa mère était morte.

« Ah.

— Il y a un problème, Mr Friedmann ?

— Un problème ? » Il la dévisagea si longuement qu'elle commença à se sentir gênée. Elle se demanda même avec quelle force elle allait devoir crier pour se faire entendre de ses collègues. Ce type était bizarre. « Non. Ça va », dit-il d'un air ému. Il se pencha et souleva son sac. « Je vais monter ça dans ma chambre.

— Je vous conseille d'y aller doucement. Votre femme est couchée depuis longtemps.

— Ma quoi ? coupa-t-il sèchement.

— Votre femme. » Il ne la comprenait pas à cause de son accent ou quoi ?

« Ma femme ? cria-t-il, soudain fou de joie. Elle est là ? Je veux dire, elle est venue ?

— Oui. Elle est arrivée ce soir, elle a dîné, et elle est montée tout de suite après.

— Ah ! oui ? Formidable ! » Rayonnant, il s'empara de son sac et s'élança dans l'escalier.

« Vous voulez toujours le sandwich, Mr Friedmann ? souffla-t-elle derrière lui.

— Non, ne vous donnez pas ce mal. Merci pour votre aide. Bonne nuit. »

Molly se mit à feuilleter le cahier des réservations. Combien de temps allait-il rester ?

Lorsque John referma la porte derrière lui, l'obscurité était totale et le contraste, après la lumière vive du couloir, l'empêchait de rien distinguer. Il resta un moment immobile, les mains crispées sur son sac et sur son ordinateur, en attendant que ses yeux s'accoutument à la nuit. Quelque part dans la chambre, il entendait Alice respirer. Il fut soudain pris d'une envie irrésistible et parfaitement déplacée d'éclater d'un rire hystérique, et il dut poser son sac pour presser une main sur sa bouche. L'envie passa, ce qui était une chance. Elle ne prendrait sans doute pas très bien le fait d'être réveillée en pleine nuit par un fou rire dément. La pensée le frappa alors qu'il ne se rappelait plus le nom de la folle dans *Jane Eyre*. Quelque chose qui commençait par B. Alice le saurait sûrement, mais il pressentait que ce serait une encore plus mauvaise raison de la réveiller. Beryl, non ? Beryl Rochester, ça sonnait plutôt mal. Beryl... Beattie... Beatrice... Bridget ? Non. Merde, comment s'appelait-elle ? Ça allait le tourmenter toute la nuit s'il n'arrivait pas à s'en souvenir. Son cerveau continuait obligeamment à lui fournir des noms de femme commençant par B. Biddy... Beth... Bridie... Tais-toi, cerveau. Assis, cerveau. Couché. Sage.

Il discernait à présent une lueur derrière les rideaux. Il pouvait distinguer la blancheur des draps et – ohmerci monDieujeferaiaumoinsunebonneactionparjourtoutlereste demaviepourçajelejure – le blanc de la peau d'Alice et le noir de sa chevelure. Elle lui tournait le dos, étendue sur le flanc, et respirait régulièrement. John s'assit sur une chaise de l'autre côté du lit, le sien, et délaça ses boots. Est-ce qu'elle dormait toujours de ce côté-là, dans un grand lit ? Est-ce que l'ex qu'elle avait mentionné dormait de ce côté-ci ? Peut-être qu'il ferait mieux de changer de côté. Hé, John, pour l'amour du ciel, flanque-toi une bonne fois au lit, veux tu ? Il garda son slip – c'est à dire, mieux valait ne pas paraître trop présomptueux, hein, et puis il ne voulait pas flanquer la trouille de sa vie à la malheureuse. Et elle, qu'est-ce qu'elle portait ? Il se pencha avec précaution au-dessus du lit. Difficile à dire. Ses cheveux lui couvraient les épaules. Peut-être était-elle nue. Cette pensée lui donna envie de se précipiter au lit séance tenante. Mais, halte là ! Si elle était nue et qu'il se mette au lit en slip, elle risquait de le prendre pour un pauvre con. Ou pire, pour un puceau. Mais si elle n'était pas nue et qu'il se couche près d'elle complètement à poil, elle pouvait s'affoler et le trouver vraiment trop rapide en besogne. Ce qui était d'ailleurs le cas. Découragé, il chercha des yeux un indice autour de lui. Elle avait disposé ses vêtements sur la chaise, de son côté à elle. Une autre pensée l'assaillit. Où diable avait-il mis les préservatifs qu'il avait achetés à Manchester ? Il allait se mettre à fouiller dans son sac lorsqu'un horrible scénario se présenta à lui : Alice s'éveillant et allumant la lumière, pour le trouver à côté du lit, vêtu de son seul slip et brandissant une grande boîte de préservatifs.

Il ouvrit le lit et se glissa dedans. S'il te plaît, réveille-toi, maintenant. Allez. Ce serait parfait. Elle se réveillerait lentement et le sentirait là. Alors ils pourraient se câliner et peut-être... non, bon Dieu, pas encore.

« Alice ? » murmura-t-il. Il ne pouvait pas se retenir.

Il se rapprocha tout doucement d'elle dans le lit. Elle portait une chemise de nuit. Dieu merci. C'était un genre d'étoffe mince, pâle, diaphane.

« Alice ? » murmura-t-il encore. Je t'en prie, réveille-toi, Alice.

John s'aperçut avec horreur, avec effroi qu'il lui venait une colossale et impérieuse érection. Merde, merde, merde. Bordel, mais quelle façon de la réveiller – en lui fourrant une trique énorme entre les cuisses. Salut, chérie. Je t'ai manqué, hein ? Pris de panique, il transpirait maintenant à grosses gouttes, et il s'écarta d'elle aussi vite qu'il put sans trop secouer le matelas. Oh ! bon Dieu, voilà qu'elle bougeait et qu'elle se retournait. Qu'allait-il faire si elle se réveillait maintenant ? Se flanquer à plat ventre et ne plus bouger ? Elle penserait qu'il était débile ou pour le moins franchement bizarre. Salut, Alice. Ouais, ça va. C'est juste que je dois rester là sans bouger pendant un moment. À propos, comment s'est passé le voyage ? Elle se réveillait, John en était sûr à présent. Elle avait le souffle plus léger, et il ne décelait aucun affaiblissement de son érection. Qu'est-ce qu'il allait foutre ? Pense à autre chose, vite… euh… douches froides… quoi d'autre, quoi d'autre… visites médicales à l'école… euh… tables de multiplication. Tables de multiplication ! Une fois huit huit, deux fois huit seize, trois fois huit…

Il jeta un coup d'œil à Alice. Dormait-elle vraiment ou bien s'était-elle réveillée et restait-elle couchée là, réduite à un silence horrifié par l'obsédé sexuel qui était allongé à côté d'elle ? Le drap avait glissé sur elle et à travers le mince tissu de sa chemise de nuit il pouvait distinguer le contour de ses seins et... merde, merde, le voilà revenu à la case départ. Il n'allait pas pouvoir fermer l'œil de la nuit et demain matin il serait un pauvre con mort de sommeil. Fabuleuse compagnie pour Alice, qui devait déjà avoir dormi cinq bonnes heures.

Ann pousse une porte et sort dans un jardin, en jurant parce que l'os saillant de son poignet a heurté le loquet en acier. L'air est oppressant ; un écran de nuages gris massés au ras des cheminées luisantes de l'hôpital semble écraser la ville, emprisonnant les émanations et l'air vicié.

Ann s'adosse à un mur coupe-vent, hérissé d'épines en plâtre. L'hôpital l'entoure de quatre côtés. Le jardin où elle se tient est tellement préfabriqué qu'elle distingue sur la pelouse les limites des plaques de gazon qu'on y a posées. Il commence déjà à faire sombre. À sa gauche, il y a le corridor où sa fille gît inconsciente, le crâne rasé, totalement insensible au monde autour d'elle, les poumons programmés pour inhaler toutes les quatre secondes.

Ann ouvre son paquet de cigarettes, en extrait une et la serre entre ses lèvres tandis qu'elle fouille les poches de son manteau pour trouver sa boîte d'allumettes. Elle doit s'y reprendre à trois fois avant d'enflammer l'extrémité pourpre de l'allumette contre le grattoir en papier de verre. Elle retient la fumée dans sa bouche, regarde luire le bout incandescent, orange dans la pénombre, puis laisse la fumée descendre en volutes dans sa poitrine, s'infiltrer dans chaque alvéole ouverte en corolle. Elle compte les fenêtres le long du corridor, en calculant laquelle est celle d'Alice.

Ann sait qu'elle devrait écraser sa cigarette contre ce mur et retourner dans la chambre pour s'asseoir auprès de son mari et de sa fille. Mais pour l'instant elle n'en fait rien. Elle reste là debout, à laisser la fumée s'évader d'elle dans l'air immobile, à regarder les rais de lumière sourdre du volet métallique qui cache la fenêtre d'Alice.

Elspeth est debout devant la fenêtre, à l'arrière de la maison, et elle regarde ses petites-filles dehors. Sur la pelouse, Beth fait la roue et appelle de temps en temps Alice : « Dis, j'avais les jambes droites, là ? Tu as vu ? Regarde-moi, cette fois. »

Alice, qui a récemment tailladé au rasoir les extrémités de ses cheveux pour les dégrader en dents de scie et qui s'est teint une longue mèche d'un bleu cobalt épouvantable, est couchée à plat ventre sur le bord de la terrasse, entièrement vêtue de noir, et elle lit. Dans un jaillissement de jambes maigrelettes et de culotte blanche et une envolée de jupes, Beth fait de nouveau la roue. « C'était formidable, dit Alice sans lever les yeux de son livre.

— C'est vrai ? demande Beth, écarlate à cause de l'effort. Dis, Kirsty, c'est vrai ? »

Kirsty, en bikini, est assise au soleil ; des bouts de coton sont intercalés entre ses doigts de pied. Elle agite son flacon de vernis à ongles et dit en dévissant le bouchon : « Oui. Parfait, Beth. »

« C'est vraiment un crime », ajoute une voix à côté d'Elspeth. Elspeth se retourne et voit Ann debout à côté d'elle. Trois jours ont passé depuis ce fameux après-midi aux Lodge Grounds. C'est le week-end, et Ben est parti faire un golf en bord de mer.

« Qu'est-ce qui est un crime ? demande Elspeth.

— Ça, dit Ann, exaspérée, en désignant Alice. C'est un crime de faire ça à des cheveux aussi beaux. Je me demande quel genre elle s'imagine que ça lui donne. »

Elspeth pose la main sur le rebord de la fenêtre et regarde Ann bien en face. Au-dessus de leurs têtes, les traînées de suie noire sont toujours là, depuis ce jour lointain où Alice, inexplicablement, a mis le feu aux rideaux. « Il y a des crimes bien pires. »

Ann la dévisage, surprise par la véhémence de ses paroles.

« Ne trouvez-vous pas, Ann ? » insiste Elspeth.

Sous le regard ardent d'Elspeth, Ann s'empourpre. Elles se dévisagent, se défient, Elspeth s'interdit de détourner les yeux en premier. La tête d'Ann pivote de nouveau vers le jardin.

« Savez-vous ce que les Grecs faisaient aux épouses adultères, Ann ? »

Pas de réponse. Ann se presse une main sur la bouche.

« Le savez-vous ? »

Ann secoue la tête sans rien dire.

« Ils les attachaient sur le dos d'une jument au milieu de la cour, devant toute la famille de l'homme. Et puis on lâchait un étalon et tout le monde regardait la femme mourir lentement, écrasée sous le poids de l'étalon qui montait la jument.

— Non… je vous en prie, dit Ann.

— Et savez-vous autre chose encore ? J'avais toujours pensé que c'était un traitement affreusement barbare. Jusqu'à maintenant.

— Ben est au courant ?

— Non. Et il n'en saura rien si vous pouvez me jurer de ne jamais revoir cet homme. »

Elles regardent dehors, Elspeth observe les filles, et Ann a les yeux fixés quelque part au loin.

« Est-ce que vous l'aimez ? demande Elspeth.

— Qui ? Ben ? »

Elspeth a un rire bref. « Non. Pas Ben. Je sais que vous ne l'aimez pas. L'autre. »

Ann hausse les épaules d'un air de défi. « Je ne pense vraiment pas que j'aie à répondre.

— Depuis combien de temps ça… vous… ?

— Des années. »

Elspeth voit qu'Ann fait mine de s'en aller. Elle tend la

main, agrippe son poignet fragile et menu, et la tire vers la fenêtre. « Les gens ont toujours remarqué – oiseusement, pensais-je, mais maintenant je me demande combien sont au courant – comme il était curieux que nous ayons deux petites filles blondes et puis une autre grande et brune. » Elspeth lui fait faire volte-face et la force à regarder par la fenêtre avec elle. « Et maintenant, là, en regardant, moi aussi je me disais que c'était curieux. Regardez. Alice a l'air d'une autre espèce, à côté de ses sœurs, elle pourrait venir d'une famille différente. Ou bien d'un père différent, peut-être. Curieux, aussi, comme Alice n'a absolument pas l'esprit scientifique, contrairement au reste de la famille, mais comme elle passe au contraire ses journées à lire et à jouer du piano. Curieux comme sa nature est plus tempétueuse et plus impulsive que celle des autres. Je ne vois personne dans ma famille qui soit comme elle. Et vous ? Voyez-vous quelqu'un qu'elle puisse vous rappeler ? Une personne en particulier ? »

Ann se débat contre la forte poigne d'Elspeth, qui finit par la lâcher. « Dites-le-moi.

— Vous dire quoi ?

— Est-ce qu'Alice est la fille de Ben ? »

Ann contemple Alice par la fenêtre. Elle est debout sur la pelouse avec Beth à présent, prête à lui saisir les chevilles quand elle fera le poirier. « Doucement, dit-elle. Doucement, Beth. Sinon tu vas me flanquer un coup de pied dans la figure. » Kirsty se vernit laborieusement les ongles de pied, son walkman collé sur les oreilles.

« Je… Je ne sais pas… Je ne peux pas être sûre… Mais j'en suis presque sûre.

— Presque ? Qu'est-ce que ça veut dire ?

— Exactement ce que ça dit. »

Alice s'éveille en sursaut. Il y a quelque chose qui cloche. Elle fait pivoter un regard soupçonneux de gauche à droite. C'est le matin. Le soleil entre à flots par une grande baie vitrée. C'est très calme. Pas de circulation. Elle entend chanter des oiseaux. Des oiseaux ? Ses vêtements sont posés sur une chaise ancienne, juste devant elle. Elle bouge très légèrement la tête. La taie d'oreiller est en coton blanc, bordée de dentelle. Elle lève les yeux ; c'est un lit à baldaquin. Elle baisse les yeux ; un bras masculin entoure sa cage thoracique. Elle le fixe avec ébahissement. C'est un bras musclé, bronzé, avec des poils noirs. Les doigts sont repliés autour du pouce. Son propriétaire se révèle allongé derrière elle, pressé contre son dos.

Avant qu'elle puisse poursuivre son investigation, on frappe à la porte. Elle ouvre la bouche pour dire entrez, mais aucun son n'en sort. Un instant plus tard, elle voit avec effarement une fille en longue jupe à fleurs, avec une masse de cheveux bouclés, apparaître dans l'encadrement de la porte chargée d'un grand plateau. « Bonjour, Mrs Friedmann, dit-elle. Voici votre petit déjeuner. Je le dépose devant la fenêtre. »

Alice est sur le point de lui demander pourquoi diable elle l'appelle Mrs Friedmann, lorsque la vérité lui tombe brutalement dessus. Oh ! bon Dieu, oh ! misère, qu'est-ce qu'elle fabrique ici ?

La porte est à peine refermée qu'elle jaillit du lit comme une antilope surprise, s'arrachant à l'étreinte de John. Il grogne et bascule dans le creux que le corps d'Alice a laissé dans le matelas moelleux. Alice attend avec nervosité, en se balançant d'un pied sur l'autre. Il ouvre les yeux. « Bonjour. » Il se frotte le visage d'un air très ensommeillé. « Tu es à croquer. »

Elle sent un grand danger la menacer : sourire bêtement. Comme lui. « Le petit déjeuner est arrivé », dit-elle. Puis elle traverse la chambre et s'approche de la fenêtre.

« Tant mieux. Je meurs de faim. Je n'ai pas dîné hier soir. »

Pour faire quelque chose, elle ouvre les rideaux, horriblement consciente d'avoir une chemise de nuit très courte. Ça lui couvre à peine les fesses – quelle horreur –, mais c'est la seule qu'elle possède. Elle soupçonne aussi qu'avec cette lumière vive l'étoffe doit être très transparente. En se retournant pour lui faire face, elle voit à son air béat qu'elle l'est en effet.

« À quelle heure es-tu arrivé ? lui demande-t-elle d'une voix sérieuse.

— Vers trois heures, je crois.

— Comment t'en es-tu tiré, hier soir ? »

Il paraît pris d'une mystérieuse panique, l'espace d'un instant, puis dit : « Oh ! la pièce, tu veux dire. Affreuse, en fait.

— Tu veux du pain grillé ?

— Viens là, dit-il en tendant les bras.

— John, dit-elle d'une voix étranglée. Je ne peux pas. C'est trop… bizarre. Je n'arrive pas à digérer tout ça. » Du bras elle désigne la pièce entière, leurs sacs, leurs vêtements froissés, l'imposant lit à baldaquin. « Pas avant que nous… enfin, je ne t'ai même pas encore embrassé. Pas vraiment, en tout cas. »

Il laisse retomber ses bras sur les draps. « Je vois ce que tu veux dire.

— Et puis il faut encore que je sache quel est ce mystérieux secret. Enfin, c'est pour ça qu'on est là, non ? »

John se tait. Alice s'affaire avec les tasses à thé sur le plateau et fait mine d'admirer la vue d'Easedale.

« Je suis très heureux que tu aies dit “pas encore”, murmure-t-il.

— Pardon ?

— Je suis très heureux que tu aies employé l'expression "pas encore". Tu as dit : "Je ne t'ai même pas encore embrassé."

— Eh bien, je ne serais pas là si... enfin... » Elle s'approche de quelques pas. « John ?

— Oui ?

— Est-ce que tu es... ? » Elle se met à rire.

« Est-ce que je suis quoi ?

— Est-ce que tu es... ? » Elle se remet à rire. « C'est-à-dire, tu as quelque chose sur toi ? »

Il sourit fièrement. « Oui. J'ai gardé mon slip. » Il rejette les couvertures d'un coup de pied et se lève. Ils sont là, Alice en chemise de nuit, John en slip, à trois pas l'un de l'autre, et ils se regardent.

« Je crois, commence lentement John, que nous devrions aller faire un tour. »

Si c'est ça, vivre, alors c'est comme vivre dans une grotte ou un sous-marin, et n'avoir qu'un minuscule périscope pour atteindre le monde extérieur ; un périscope si frêle qu'il ne repère que les odeurs et les sons – et encore, très rarement.

Hier, la semaine dernière, cette année, il y a une minute, ce matin, il y a deux mois – ce pourrait être n'importe quand –, mon nez a flairé dans l'air, depuis le fond, là où je suis, une certaine odeur. On dit que l'odorat est le plus évocateur des sens. (J'avais envisagé un jour d'avoir une liaison avec un homme doté d'un odorat très limité – j'aime à penser que ça n'a pas marché entre nous à cause de cela. Après l'avoir rencontré une seule fois, Rachel l'a déclaré émotionnellement arriéré, et elle avait raison. Mais si je veux être plus charitable, comment aurait-on pu espérer qu'il développe une pleine capacité émotionnelle sans cet outil complémentaire ? Comment peut-on vivre sans ce lien crucial entre l'environnement physique immédiat et le souvenir intérieur ?)

À peine ai-je senti cette odeur qu'elle m'a rappelé les voyages en voiture de mon enfance – la touffeur, le corps en sueur, les jambes nues collées au siège, le coude de Beth enfoncé dans mes côtes, nous trois suppliant qu'on ouvre une fenêtre, et notre mère refusant parce que le vent l'aurait décoiffée – et aussi une penderie qu'il nous était interdit d'ouvrir, remplie de robes immobiles suspendues par les épaules à des cintres molletonnés. C'était le parfum de ma mère, vaporisé une fois par jour là où pulsait sa veine jugulaire et sur ses poignets, et qu'elle laissait un peu à l'air avant de s'habiller. C'est une odeur qui flotte derrière elle comme une traîne, qui mord l'air des pièces dans lesquelles elle est passée, et les vêtements qu'elle a portés.

Cela ne peut signifier qu'une seule chose : on a appelé ma mère. Sur ce point, je me sens à mon désavantage – elle peut me voir, mais moi je ne la vois pas. Est-elle là maintenant, en ce moment, à cette minute – quel que soit le moment de « cette minute » ? C'est une idée qui m'horrifie, qu'elle puisse être là, assise juste à l'extérieur de ma peau, tandis que moi je suis tapie, j'attends. Elle est quelque part au-dessus de moi, avec mes sœurs, peut-être, et peut-être même avec mon père.

Alice et John parcourent Easedale Tarn sur un étroit sentier de pierre et de terre battue. Le terrain change constamment sous les pieds d'Alice. La terre est sèche et herbeuse par endroits, ailleurs, détrempée, marécageuse, et d'un vert luxuriant, qui colle comme une multitude de ventouses quand Alice lève les pieds pour avancer. Il passe régulièrement des gens, qu'Alice salue avec entrain, et John avec moins d'entrain. Il marche à trois pas derrière elle, la plupart du temps en silence. Il a ôté son chandail et se l'est noué autour de la taille. Elle attend qu'il se lance dans un genre de confession, ou d'explication, mais rien encore n'est venu. Elle sent la frustration l'envahir, et elle sait que, s'il ne prend pas bientôt une initiative, elle risque de faire quelque chose de radical.

Comme pour chasser cette idée de sa tête, elle s'arrête et regarde autour d'elle. De hautes crêtes les entourent sur trois côtés, et devant eux s'étend la vaste surface gris ardoise de l'eau. Le calme plat du lac la déconcerte : il n'y a pas de vent, et l'unique mouvement qui se dessine à la surface est le sillage des canards, qui glissent le long des bords par groupes bruyants et remuants.

John est maintenant à côté d'elle. Nettement trop près, décide-t-elle, considérant qu'il lui fait attendre sa foutue révélation depuis déjà une bonne heure. Soudain, elle sent qu'il lui prend la main. Elle baisse les yeux, surprise. Il entremêle leurs doigts tout en contemplant l'étendue du lac, comme s'il ignorait ce que fait sa main. Il n'en est absolument pas question. Alice dégage sa main et se remet en marche. Derrière elle, elle l'entend marmonner pour lui-même : « Ouais, bien vu », d'un ton légèrement surpris.

« Alice, reprend-il d'une voix plus audible. Veux-tu qu'on s'asseye un peu ici ? »

Elle fait volte-face et, une main posée sur la hanche, le dévisage à distance. « D'accord. »

Mais, une fois qu'ils sont assis, il garde le silence et boit de longues gorgées d'eau au goulot d'une bouteille. Qu'est-ce qui peut donc être si grave ? s'interroge Alice. Il est assis face au lac, les bras autour des genoux. Il a l'air désespéré, comme s'il allait lui dire quelque chose d'affreux.

« Alors ? dit-elle d'un ton ferme.

— Alors », répond-il en se tournant vers elle avec un demi-sourire. Leurs visages sont tout près l'un de l'autre. Elle regarde sa bouche et se surprend à imaginer comment ce serait de l'embrasser. De l'embrasser vraiment. Elle se rappelle la sensation de cette bouche sur la sienne et se perd dans un fantasme où ils sont ensemble sur l'herbe moelleuse au bord du lac lorsqu'elle s'aperçoit que sa colonne vertébrale commence à pencher involontairement vers lui. Aussitôt son cerveau actionne un frein et elle redresse le dos. Elle se répète le conseil de Rachel, reçu la veille au soir dans le train par l'intermédiaire du téléphone de British Rail : ne couche pas avec lui tant qu'il ne t'aura pas dit ce que c'est. Ne le fais pas, Alice, tu n'as pas le droit. Elle prend peur, brusquement : qu'est-ce qui peut être si grave ? Il pose la main sur son poignet. « Alice, qu'est-ce que tu éprouves… pour moi ? »

Elle secoue la tête. « Je ne vais pas te le dire quand tu es sur le point de m'avouer que tu as une femme et douze enfants, ou que tu t'apprêtes à émigrer en Australie, ou que tu es un criminel avéré qui doit entamer la semaine prochaine une peine de réclusion à vie, ou que tu viens de décider que tu étais peut-être homosexuel. »

Il rit.

« Je brûle ? demande-t-elle.

— Pas le moins du monde. » Il retombe dans le silence, lissant du doigt l'entrelacs des veines à l'intérieur du poignet d'Alice. Elle lève les yeux et voit un oiseau qui trace d'amples cercles dans le ciel. Elle baisse les yeux et, au même instant, le reflet de l'oiseau touche la surface du lac lors d'une courbe descendante. Ça suffit, décide-t-elle, j'en ai assez. Elle se penche et commence à délacer ses chaussures de marche.

John s'aperçoit avec effroi qu'Alice déboutonne son jean et le fait glisser le long de ses jambes. « Que fais-tu ? » dit-il en jetant un regard à la ronde pour s'assurer que personne d'autre ne peut les voir. Mais qu'est-ce qui se passe ? Il allait commencer à s'expliquer et voilà qu'elle se déshabille tout à coup.

« J'y vais, dit-elle, comme en réponse à une question vraiment idiote et dénuée de bon sens.

— Où ça… ?

— Là, réplique-t-elle en montrant le lac.

— Mais… ça va être glacé. Alice, ne fais pas ça. Reviens. »

Elle l'ignore, et ses pieds font des petits *plop* tandis qu'elle s'avance avec précaution dans l'eau sombre, les bras écartés pour assurer son équilibre. Elle lève un pied hors de l'eau, doigts de pied en éventail.

« C'est glacé ! » s'exclame-t-elle, et elle avance plus vite, laissant une traînée de bulles dans son sillage.

Totalement décontenancé, il se lève et descend au bord de l'eau. Elle est loin, maintenant, avec de l'eau jusqu'aux genoux. « Alice, je t'en prie, reviens ! bêle-t-il lamentablement. Tu risques de glisser et de tomber. Tu vas être en hypothermie.

— Elle est bonne, une fois qu'on s'habitue.

— Arrête de te jouer la légende du roi Arthur et reviens, s'il te plaît. »

Le rire d'Alice lui parvient, ricochant à la surface de l'eau. Il remarque un couple d'âge mûr assis plus loin sur la rive, la femme montre Alice du doigt et le mari doit sûrement l'observer à la dérobée avec ses jumelles – elle porte en tout et pour tout un T-shirt moulant et une culotte en dentelle. Alice pousse un cri perçant et John la voit vaciller sur le côté, gesticuler pour retrouver son équilibre, puis se retourner vers lui. L'eau lui arrive aux cuisses.

« Alors, John Friedmann ! crie-t-elle de loin, les mains en porte-voix. Maintenant, c'est ta dernière chance. »

Le couple d'âge mûr et plusieurs personnes arrêtées sur le chemin observent John avec intérêt.

« Comment ça ?

— Si tu ne me dis pas quel était le problème l'autre soir, je vais nager jusqu'à l'autre rive. » Elle la désigne de la main. « Et tu ne me reverras jamais. »

John examine la situation. Il calcule qu'elle pourrait sans doute l'atteindre plus vite en nageant que lui en faisant le tour à pied. Est-ce une sorte d'épreuve, de défi ? Espère-t-elle qu'il se lance à sa poursuite ?

« Tu veux que je te le dise là, maintenant ? demande-t-il, pour gagner du temps.

— Tout de suite », dit-elle. Puis elle ajoute, délibérément : « Maintenant ou jamais.

— Alice, tente-t-il de la raisonner. Est-ce qu'on ne peut pas en parler… » Il fait un geste vers les gens qui regardent. « … un peu plus entre nous ? »

Elle secoue la tête. « Tu as eu toute la matinée pour me parler entre nous. Je ne peux plus attendre. Dis-le-moi maintenant. »

Il la regarde, plantée là-bas avec la tête inclinée, les mains dans le dos, et qui frissonne dans l'eau glacée. Est-ce qu'elle s'en irait à la nage s'il ne le lui disait pas ? Il ne peut pas en prendre le risque.

« Je suis juif ! » lui crie-t-il.

Il y a un moment d'arrêt. Elle semble attendre qu'il en dise davantage. Il hausse les épaules avec découragement. Les gens sur la rive fixent un regard collectif sur Alice, dans l'attente de sa réaction.

« C'est tout ? dit-elle.

— Oui.

— Alors, où est le problème ?

— C'est que toi, tu ne l'es pas. »

Elle semble réfléchir, les yeux au ciel, puis elle le regarde à nouveau. Le silence dure plusieurs minutes, Alice debout dans l'eau, et John dans l'agonie du suspense sur la rive, entouré de spectateurs. Il commence à envisager de retirer ses chaussures et son pantalon pour se jeter à l'eau et la rejoindre, lorsqu'elle dit : « Alors tu ne penses pas que ça puisse coller avec moi parce que je ne suis pas juive ? C'est bien ça ? C'est pour ça que… » Elle s'interrompt afin de bien choisir ses mots, probablement à cause du public qui les entoure. « … que tu as calé l'autre soir dans la cuisine ?

— Je ne pensais pas pouvoir, corrige John. Je croyais avoir décidé que les filles non juives m'étaient interdites.

— Et maintenant ?

— Maintenant… Je pense que je n'en ai plus rien à fiche. »

Elle ne répond pas. Il attend, nerveux, en dansant d'un pied sur l'autre.

« Alice, je t'en prie, reviens maintenant.

— Je réfléchis.

— D'accord. Excuse-moi. »

Il fait volte-face pour foudroyer du regard les gens, qui s'éparpillent et font mine de se remettre en marche. Quand il se retourne, elle est en train de patauger vers lui, le visage empreint de gravité. Il lui tend la main et lorsqu'il arrive à saisir la sienne, elle est froide à vous glacer le sang. Il l'attire et la serre contre lui. « Mon Dieu, tu es gelée ! » s'exclame-t-il. Et, lui effleurant les lèvres du bout des doigts, il ajoute : « Tes lèvres deviennent toutes bleues. »

Elle se dégage et fixe sur lui un regard très calme. « Il faut qu'on discute de tout ça, dit-elle.

— Je sais. »

Alice sort l'un après l'autre les morceaux de sucre du sucrier et construit un petit mur, en les posant en porte-à-faux de manière qu'ils oscillent fragilement sur la surface en formica de la table. John l'observe. « Ça doit te paraître ridicule », dit-il au bout d'un moment.

Elle est en train d'ajouter une cinquième rangée à son muret. Tout en prenant un nouveau sucre, elle protège de la main sa construction comme pour affronter le risque d'un fort courant d'air. « Non, dit-elle rêveusement. Pas ridicule. » Elle insère le sucre dans un petit espace vide, mais la tension de la structure est détruite par ce sucre en trop, et l'ensemble s'écroule bruyamment sur la table.

« Zut », fait-elle, et elle ratisse les morceaux de la main pour les faire tomber dans le sucrier. Elle se frotte les doigts pour se débarrasser des miettes poisseuses, jette un coup d'œil à l'expression réprobatrice de la serveuse retranchée derrière la machine à cappuccino, puis pose les coudes sur le bord de la table pour concentrer à nouveau son regard sur John. « Pas ridicule, répète-t-elle. Plutôt étrange, je suppose. Démodé. C'est-à-dire, j'ai déjà entendu parler d'histoires comme ça, mais je pensais sans doute que ça n'arrivait que dans des sectes religieuses extrémistes. J'avais plus ou moins deviné que tu étais juif, avec ton nom et puis le fait que tu n'as pas précisément le type aryen, mais je n'ai jamais imaginé que ça puisse être un problème.

— En fait, dit-il, ce n'est pas tellement une affaire de religion. C'est difficile à expliquer. Ça concerne plus la… l'identité sociale que Dieu. C'est plus la race que la croyance. C'est-à-dire… j'allais à l'école juive trois fois par semaine et… bon… tout ça a été martelé en moi depuis ma petite enfance.

— Je vois », marmonne-t-elle, un peu déconcertée à présent. Elle regarde par la fenêtre. Des touristes arpentent la grand-rue de Grasmere. Une femme en long imperméable rouge par-dessus un short et des bottes en caoutchouc s'arrête à côté d'elle, de l'autre côté de la vitrine, pour lire le menu affiché juste au-dessus de la tête d'Alice. Alice la dévisage, trouvant étrange que des inconnus puissent se croire autorisés à se planter si près de vous simplement parce qu'une vitre vous sépare. La femme baisse les yeux, voit Alice qui la regarde et recule. Son visage exprime la contrariété, l'embarras, et elle s'efforce de déchiffrer le menu à distance, en écarquillant et plissant les yeux.

« Alors Sophie était… ? »

John rit et se mord la lèvre. « Sophie était une catastrophe. C'est une amie de la famille. Une fille juive comme il faut, dirait mon père. Je crois que je pensais… je crois que nous pensions tous les deux que ce serait vraiment bien si, par magie, ça pouvait marcher entre nous ; mais ça ne marchait pas, bien sûr. J'allais rompre le week-end dernier, mais je n'ai pas eu l'occasion de la voir et puis je t'ai rencontrée et tout a basculé. Mon père souhaite désespérément que je rencontre une fille juive… » Il retombe dans le silence, le menton calé dans la main.

Alice le regarde, attendant qu'il s'explique.

« Ça ne va pas précisément lui plaire, mais… – il hausse les épaules – c'est son problème. Ça s'est aggravé, tu vois, parce que ma mère est morte et qu'il est devenu très pieux, termine-t-il d'un ton abrupt.

— Oh, dit Alice, ébranlée. Je suis désolée. Pour ta mère, je veux dire. »

À cet instant la serveuse apparaît et leur décoche un sourire qu'Alice trouve sinistre. La phrase suivante se bloque dans sa gorge et ils se rencoignent chacun sur son siège pendant que la fille dépose le nouveau pot de café devant eux. Elle met une éternité à empiler les assiettes et les tasses sales sur son plateau, et pendant qu'elle débarrasse la table, Alice lance un regard circonspect vers John. Il la regarde et elle est si désemparée – par ce qu'il vient de lui dire, la question de savoir ce qui va se passer maintenant, s'il a changé d'avis, ou elle – qu'elle sent une chaleur affolante se diffuser sur son visage. Elle détourne les yeux, se met à souffler sur le café brûlant devant elle, à tripoter la cuillère dans sa soucoupe.

« Alice, quand je dis que ça ne va pas plaire à mon père, s'empresse de dire John dès que la serveuse est partie, je ne présume pas automatiquement… c'est-à-dire, je ne prends pas pour garanti que nous allons… euh… avoir quelque chose entre nous. C'est-à-dire, ça dépend de ce que tu en penses… je ne veux pas démarrer de travers… » Il se tait brusquement.

Alice lève sa cuillère et l'examine. Du côté bombé il y a son visage, déformé, tout en bouche et en nez, et de l'autre, il y a la salle derrière elle, la serveuse étirée comme une virgule inversée, qui marche au plafond. Alice laisse retomber la cuillère dans la soucoupe. Ses yeux se concentrent enfin sur l'homme assis face à elle – ses mains, à quelques centimètres des siennes sur le formica rouge de la table, ses épaules, ses yeux, sa bouche. Comment pourrait-elle imaginer de pouvoir changer d'avis ? Elle est soudain intimidée – sentiment qui ne lui est guère familier. Il semble plus difficile de le toucher maintenant, dans ce café, que quand ils étaient côte à côte au bord du lac. Elle se sent incapable de tendre la main vers lui, mais bouger l'effraie presque, au cas où il interpréterait un geste comme un signe de rejet.

Il tend les bras par-dessus la table et lui prend le visage entre ses mains. Quelques instants plus tard ils s'embrassent à pleine bouche, comme s'il n'y avait personne dans le café ; aux autres tables les gens les regardent un moment, puis détournent les yeux ; la serveuse maugrée entre ses dents et lève les yeux au ciel ; dehors, sur le trottoir, d'autres se donnent des coups de coude en les montrant du doigt.

Le dimanche, vers neuf heures du matin, John sort de la salle de bains vêtu d'un peignoir de l'hôtel.

« Tu sais quoi ? dit Alice, du lit.

— Quoi ? » Il voit qu'elle porte un de ses chandails et en ressent un petit picotement de plaisir. Elle est à plat ventre et lit un livre en remuant ses pieds en l'air. On lui donnerait quatorze ans.

« On aurait aussi bien pu rester à Londres. C'est-à-dire, nous n'avons pas vu grand-chose d'Easedale ou de la région des Lacs.

— Comment peux-tu dire ça, quand nous avons cette vue spectaculaire ? » Il ouvre en grand les rideaux, d'un geste théâtral. « Espèce de béotienne citadine. » Il s'assoit à la table, devant la fenêtre, où il a posé son ordinateur, et commence à se frictionner violemment les cheveux avec une serviette.

Il l'entend approcher nu-pieds puis sent sa main sur la sienne. « John, si tu t'obstines à faire ça, tu seras chauve à trente ans.

— J'ai besoin de m'irriguer le cerveau, si je veux écrire cet article. Et de toute façon, ajoute-t-il de sous la serviette, je ne risque pas de devenir chauve. Je descends d'une longue lignée d'hommes aux cheveux drus.

— En es-tu bien sûr ? » Elle lui arrache la serviette d'un geste de coiffeur, puis plonge la main à l'intérieur de son peignoir, en lui embrassant la nuque.

« Alice… non », dit John, ce qui signifie : oui, Alice, continue, fais ce que tu veux. « Il faut que… euh… je dois absolument… » Il regarde les doigts d'Alice lui dénouer sa ceinture, comme un homme paralysé. Quelle est la synapse qui commande à ses mains de prendre celles d'Alice et de les empêcher d'ôter le peignoir ? Où est passée cette synapse ? Alice l'a-t-elle détruite ? Peut-être a-t-il le cerveau qui fond ? Oh ! mon Dieu, songe-t-il tandis qu'elle s'assoit à califourchon sur ses genoux, glissant ses mains et sa bouche le long de son corps, plus jamais il ne pourra travailler.

Au prix d'un suprême effort, John la chasse de ses genoux. « Ça suffit. Cesse de me tourmenter ! Il faut que j'écrive cette foutue critique ou je vais être dans la merde. Ne m'approche pas, tu m'entends ? »

Elle rit et va dans la salle de bains. Il entend le brusque sifflement de la douche qu'on fait couler. Ses notes de vendredi soir sont pratiquement illisibles – des pages et des pages de gribouillis au stylo-bille. Il soupire et contemple les montagnes, en quête d'inspiration. Elle s'est mise à chanter quelque chose. Ça a l'air écossais, ou peut-être irlandais. Elle chante juste. John pivote sur son siège, vers la salle de bains. Elle doit être sous la douche à présent, toute mouillée. Couverte de savon, peut-être. Il jette un coup d'œil à ses notes. Il pourrait juste… non. Il doit finir ça. Il se bouche résolument les oreilles et allume son ordinateur. « Admettons d'emblée l'évidence, la représentation de vendredi soir était… » commence-t-il, puis il s'arrête. Était quoi ? Il parcourt une nouvelle fois ses notes et tente de se former une impression générale du spectacle auquel il a assisté. La seule impression générale qu'il arrive à avoir pour le moment est un bonheur d'une effervescence explosive avec une lueur latente de concupiscence – qui n'ont rien à voir avec le *Peer Gynt* du théâtre de Manchester. Il efface ce qu'il a écrit et recommence : « Le *Peer Gynt* d'Ibsen n'est pas une pièce où l'on puisse se permettre de lésiner sur la qualité des acteurs. » Bon. D'accord. Là, on va quelque part.

Soudain elle est là, sous la table, entre ses genoux, écartant le peignoir. Il sursaute de surprise et « akdjneuskjnlkf-hakew » apparaît sur l'écran. Il ôte ses boules Quies au moment précis où elle prend son pénis dans sa bouche. L'effet est immédiat : c'est comme si tout son sang se retirait du reste de son corps pour s'y précipiter et le raidir. Le choc lui tourne la tête. « Oh ! bon Dieu. »

Elle a la bouche douce, souple, et incroyablement chaude. Il sent la pression de l'ossature de son palais et, de temps en temps, l'infime grattement de ses dents. Il libère sa chevelure de la pince qu'elle y a fixée pour prendre sa douche, et elle se répand sur ses cuisses et sur les épaules d'Alice. La seule fois de sa vie où il a bien cru qu'il allait éjaculer prématurément était la nuit dernière, lorsqu'elle s'est penchée sur lui dans l'obscurité et qu'elle a enroulé ses cheveux autour de son pénis. Il lui prend les bras et l'attire vers lui.

La table 7, près de la fenêtre, est encore vide, et l'heure du petit déjeuner touche à sa fin. Qui manque ? Molly jette un rapide regard autour de la salle. Le jeune couple de Londres, bien sûr. Les autres, plus âgés et plus accoutumés à la vie d'hôtel, sont descendus à temps pour manger solennellement leur salade de fruits et leurs crêpes au sirop d'érable, pratiquement sans un mot. Molly lance un coup d'œil à sa montre. Elle voudrait bien partir de bonne heure aujourd'hui, si possible. Son copain, qui travaille au musée Wordsworth, en bas, au village, doit monter la voir cet après-midi. Ils iront se promener en barque à Grasmere.

Ses pas résonnent lorsqu'elle marche sur le plancher ciré (par ses soins) pour débarrasser une table qui vient de se libérer. La famille, sur le point de sortir, lui sourit.

« Je crois que l'automne approche », dit le père.

Molly se souvient d'avoir senti quelque chose d'imperceptiblement vif dans l'air ce matin en sortant les poubelles. « Vous avez sans doute raison.

— Ce doit être magnifique ici, avec tous les arbres.

— Oui, c'est ce qu'on m'a dit. Mais je ne serai plus là pour le voir. Je m'en vais dans quelques semaines. »

John l'empoigne, la soulève, et titube vers le lit. En riant, ils s'y écroulent avec plus de précipitation qu'il ne l'avait prévu.

« Ça va ? demande-t-il, inquiet.

— Je crois, oui. Ce n'est pas si souvent que soixante-dix kilos de chair virile me tombent dessus à cette vitesse-là… Oh ! merde. » Sa voix s'étrangle et elle lui mordille l'épaule. « Qu'est-ce que tu es en train de me faire ? »

Il prend appui sur ses coudes pour la regarder. Elle fronce les sourcils d'un air intense, les yeux fixés quelque part au-delà de lui. Il lui touche le visage. « Hé ! Ça va, là-dedans ? »

Elle rit et tend le cou pour l'embrasser.

Molly et Sarah, l'autre serveuse, ont débarrassé toute la salle à manger sauf la table inutilisée.

« Qu'est-ce qu'on va faire de ça ? demande Sarah en la désignant de la main.

— Sais pas. Ils vont peut-être descendre d'une minute à l'autre.

— Ou bien passer toute la journée au lit comme hier. »

Molly rit. « Chut ! Ils pourraient t'entendre. D'ailleurs, c'est ce que je ferais si je venais ici. »

Sarah glousse et lui lance un chiffon à poussière, qui claque dans l'air comme un fouet. « Ça dépend avec qui tu serais. »

Elles continuent à travailler ; d'abord elles essuient la surface de la table, puis elles y étalent de la cire d'abeille. Molly frotte d'un geste rapide et circulaire jusqu'à ce qu'elle voie son reflet apparaître dans le bois poli.

Il sait qu'elle est près de jouir : son souffle s'est accéléré, il s'est fait pressant, et elle s'agrippe à lui de plus en plus fort. Leurs corps sont moites de sueur. John glisse sa langue le long du cou d'Alice jusqu'à son oreille, goûtant le sel sur sa peau. Elle tressaille et se cambre. « Ah ! bon Dieu de bon Dieu de bordel de bon Dieu ! » crie-t-elle. Il doit tourner la tête pour ne pas être assourdi, et en même temps il rit de sa bordée de jurons. Elle se cramponne à sa nuque et sanglote, ou rit, il ne saurait pas dire. Au bout de quelques minutes, il va se retirer, mais elle resserre ses bras autour de lui : « Oh ! non, ne me quitte pas encore.

— Crois-moi, j'adorerais rester, mais là j'ai toute la population de la Chine qui n'attend que ça. »

Alice descend sur la pointe des pieds. L'hôtel paraît désert. Elle sonne à la réception, elle est gênée du bruit que ça fait, mais personne ne répond. À tout hasard elle passe la tête par la porte de la cuisine. Là non plus il n'y a personne. Le fourneau est éteint, la porte du four ouverte pour le refroidir. Des feuilles d'aluminium recouvrent divers récipients et plateaux. Des lentilles trempent dans une grande jatte en verre où des bulles montent lentement à la surface de l'eau. Au-dessus du lave-vaisselle, la pendule indique, avec un tic-tac soutenu, qu'il est deux heures moins le quart.

Alice distingue des voix, provenant de Dieu sait où. Elle se dirige vers la porte d'entrée, et la lumière vive du soleil lui brûle les yeux. Sur les marches, devant l'hôtel, la fille aux cheveux bouclés est assise avec un garçon. Ils ont chacun une assiette blanche en équilibre sur les genoux et mangent des sandwiches. Le garçon a un bras passé autour des épaules de la fille. Ils sont en train de rire et, de son autre bras, le garçon s'essuie les yeux sur la manche de son T-shirt. « Je n'y crois pas, dit-il. Je ne peux pas y croire. » Au bruit des pas d'Alice sur le gravier, la fille tourne la tête puis se lève.

« Bonjour, dit Alice.

— Bonjour. »

Maintenant que la fille est debout, Alice voit qu'elle est en short, avec des grosses chaussures et un cardigan en laine épaisse.

« Excusez-moi. Je vois que vous n'êtes pas de service, non ? Je ne m'en rendais pas compte.

— Ce n'est pas grave. Vous vouliez quelque chose ? »

Le garçon s'est tourné à moitié pour la regarder. Elle se souvient de l'avoir vu plus tôt, qui traversait la pelouse avec la tête levée vers le ciel.

« Non, ne vous inquiétez pas. Je me demandais si nous pourrions manger quelque chose avant de repartir en voiture pour Londres. Nous avons raté le petit déjeuner, voyez-vous.

— Oui, je sais. Normalement nous ne servons pas de déjeuner ici, mais je suis sûre que je peux vous trouver un petit quelque chose. »

Alice secoue la tête. « Non, non. Pas question. Nous pouvons aller au village. Profitez de votre déjeuner. J'ai travaillé dans un hôtel, alors je sais combien c'est agaçant quand des gens comme nous ne prennent pas leur repas à l'heure prévue. »

Molly paraît soulagée. « Bon, si vous êtes sûre…

— Absolument. » Alice fait demi-tour. « Bon après-midi. »

Alice furetait le long des murs qui ceignaient le parc de Tyningham, une grande maison de campagne ouverte au public le dimanche. Il faisait chaud. Elle portait sa redingote noire victorienne. « C'est l'anniversaire de ton père, mets quelque chose de convenable, pour l'amour du ciel ! » avait sifflé sa mère, quand elle était descendue. Mais Elspeth avait dit à Ann de « la laisser tranquille ». Elle ne pouvait donc pas la retirer maintenant.

Par endroits, le mur de brique rouge était couvert d'un lichen gris-vert. Des plates-bandes couraient le long des murs, plantées de rosiers, de fines herbes et de fleurs orange vif dont Alice ne connaissait pas le nom. À une extrémité, un obscur petit bassin s'enorgueillissait d'un griffon de pierre qui crachouillait un filet d'eau. Il y avait une pelouse, avec une bordure de myrte. Et au milieu sous un parasol, sur des chaises de jardin blanches en fer forgé, était attablée la famille d'Alice.

Chargée d'un lourd plateau, la serveuse s'avançait sur la pelouse. Alice retourna à sa place, entre Elspeth et Kirsty. Elspeth et Ben parlaient de Kenneth, le frère de Ben, et du cabinet médical qu'il venait d'ouvrir. Alice écoutait à moitié, en regardant la serveuse ôter du plateau les tasses à thé, l'une après l'autre. Beth harcelait leur mère pour aller ensuite voir les chevaux. « Dis, on peut, dis ? On peut ? disait Beth en s'agitant sur sa chaise. S'il te plaît, dis ? »

Ann prit l'une après l'autre les soucoupes que la serveuse avait laissées empilées, posa dessus les tasses, et les emplit de thé foncé bien chaud. Puis elle les tendit à Kirsty, à Elspeth, à Ben, et en garda une pour elle. « Pour vous deux, j'ai commandé un jus de fruit », dit-elle à Alice. « Nous verrons », répondit-elle à Beth, et elle leur tendit à chacune un verre de liquide orange.

« Bon anniversaire, Ben », dit Elspeth en levant sa tasse de thé vers son fils.

La veille au soir, Alice avait empaqueté une boussole dont le cadran flottait dans un globe de verre. Dessous, il y avait une grosse ventouse transparente. Ben l'avait humectée avec sa langue pour la coller au pare-brise de la voiture. « C'est un cadeau magnifique, Alice » lui avait-il dit, en se retournant pour lui sourire. Pendant tout le trajet de leur maison jusqu'à Tyningham, la boussole avait pivoté et bougé, indiquant leurs changements de direction jusque dans les moindres variations.

« Il me faut un verre d'eau », annonça Ann, à personne en particulier. Ben se leva et courut après la serveuse qui disparaissait. « Il fait chaud, dit Ann en s'éventant de la main. Tu ne veux pas ôter ton manteau, Alice ? »

Alice ne répondit pas, mais aspira la boisson orange vif avec une paille. Ce liquide au goût de saccharine, en passant dans sa bouche, lui engluait les dents. Elle pêcha dans sa poche des lunettes de soleil et les mit, plongeant dans l'ombre sa famille assise autour d'elle, et son père sur la pelouse qui revenait avec un verre d'eau brillant au soleil. Sa mère crispa les lèvres. Ben posa le verre devant elle. Faisant vaguement mine de se tourner vers lui, elle dit : « Ben, pourrais-tu régler le parasol ? J'ai trop de soleil.

— Comme Hamlet », marmonna Alice.

Ben manipula le manche en plastique blanc qui sortait par un trou dans la table. L'ombre du parasol tournoya au-dessus d'eux.

« Qu'est-ce que tu as dit ? » Ann scruta sa fille comme si elle était très loin.

« J'ai dit : "Comme Hamlet." Il dit à Claudius et à sa mère qu'il a trop de soleil. Comme toi, juste maintenant.

— Ah ! mais pourquoi… » Ann s'interrompit. « Ben, pas comme ça. Par ici. Là, plus vers moi. »

Elspeth repoussa sa chaise et s'éloigna, comme pour aller voir le griffon cracher de l'eau par-dessus la grotte de rocaille. Alice vit cela. Alice vit son père se baisser et ramasser le cardigan d'Ann qui était tombé par terre. Elle le vit qui le lui posait sur les épaules. Elle vit, comme pour la première fois, son père accomplir toutes ces menues tâches pour sa femme. Et elle le vit, à la fin, poser la main sur le genou d'Ann, en souriant à ses trois filles à la ronde, pour son quarante-cinquième anniversaire. Et Alice vit, quelques instants plus tard, sa mère bouger très légèrement sa chaise, mais juste assez pour que la main de Ben retombe dans l'espace vide entre eux.

À l'approche de Londres, ils ne parlent plus. La cassette est finie, et John n'en met pas d'autre. Alice appuie sa tête contre la vitre, et compte l'infinité de lumières orange et les regarde parfois se refléter dans les lunettes de John.

« À cause de quoi tu as besoin de lunettes ? » demande-t-elle soudain.

Il détourne un instant les yeux de la route pour la regarder. « À t'entendre, on croirait un crime. J'en ai besoin pour conduire, pour aller au cinéma et au théâtre – ce genre de choses. Problème de myopie. C'est de travailler huit ou neuf heures par jour sur un ordinateur qui m'a valu ça.

— Alors tu vas devenir aveugle, en plus de chauve.

— Aveugle, peut-être, mais pas chauve. »

Il ôte sa main gauche du volant et la pose sur la jambe d'Alice. De la paume, elle lui lisse le dos de la main, en guettant les variations de résonance selon qu'elle passe sur les jointures, les tendons, ou les doigts.

« Elle est morte quand, ta mère ? demande-t-elle.

— À la fin de ma première année de fac. J'avais dix-neuf ans. Tu devais être une gamine sexy de dix-sept ans.

— Non, plutôt hargneuse, en fait. » Elle replie ses doigts sur ceux de John. « Comment est-ce arrivé ?

— Elle avait un cancer du sein. Au début, en tout cas. Elle a découvert la première grosseur le lendemain de mon bac, et l'été suivant elle était morte. Ça s'était répandu partout – pancréas, poumons, intestin, ovaires, foie. À Pâques, ils ont tenté de l'opérer du foie, mais, quand ils ont vu toutes les tumeurs, ils l'ont juste recousue et renvoyée à la maison. Ils nous ont dit qu'elle ne passerait pas le mois, mais en fait elle a tenu deux mois de plus.

— C'est affreux.

— Oui, ça l'a été.

— Comment ton père l'a-t-il pris ?

— Assez mal, comme on peut s'y attendre, après vingt-six ans de mariage.

— Et comment va-t-il, maintenant ?

— Eh bien, tu vois, il est devenu pieux. Vraiment très

pieux. Je suppose que ça n'a rien de surprenant, quand on y réfléchit. Mais il a inquiété bien des gens.

— Pourquoi ?

— Parce que cette nouvelle foi a quelque chose de… désespéré, obsessionnel. Ma mère était très pieuse, et il manifestait toujours beaucoup de cynisme. Il la taquinait tout le temps. C'est-à-dire, il aurait été le premier à se définir comme juif, mais il aurait revendiqué la race, plutôt que la religion. Il qualifiait ma *bar-mitsva* d'"assurance-vie". Elle s'efforçait de nous faire respecter les règles de la *cacherout*, mais il ne voulait rien savoir. En tout cas, depuis qu'elle est morte, il est devenu un véritable obsédé religieux. Il ne veut rien manger chez moi – même si j'achète la nourriture qu'il faut – parce que ma cuisine n'est pas casher. Il a de la vaisselle séparée pour les aliments lactés et carnés. Il observe toutes ces règles obscures, et moi je les oublie toujours. Il est très contrarié si je fais des choses comme de lui téléphoner le samedi. C'est très… difficile, par moments. Il s'est apparemment construit une logique tordue : s'il ne perpétue pas la croyance de ma mère – la croyance que lui-même raillait –, il lui serait d'une certaine façon infidèle. Il a toujours souhaité que j'épouse une femme juive, mais maintenant ça l'obsède. C'est dur. Quelquefois, je voudrais bien qu'il rencontre une femme, juste pour qu'il ait quelqu'un d'autre sur qui se concentrer.

— D'autre que toi, tu veux dire ?

— Oui. Mais je pense que c'est peu probable. Je ne peux pas l'imaginer. »

John ôte brusquement sa main et la repose sur le volant. Il a le visage fermé et sombre. Alice ne dit rien, et la chaleur qu'a laissée la main de John sur la sienne se dissipe rapidement. Elle croise les mains autour de ses genoux en les remontant contre sa poitrine.

Comme ils traversent Crouch End, il dit : « Alice, j'ai passé le plus merveilleux des week-ends.

— Moi aussi. J'ai adoré cet endroit. » Elle allonge les jambes. « Est-ce que je vais te revoir ? »

Il sursaute de surprise et la voiture fait une dangereuse embardée. « Comment ça ? Ne dis pas des choses pareilles. Est-ce que tu vas me revoir ? Évidemment, voyons. C'est-à-dire… tu ne veux plus me revoir ? Je croyais… Qu'est-ce que tu veux dire ? Est-ce que c'était juste un petit caprice, pour toi ?

— Non, bien sûr que non. Tu le sais très bien. Ce n'est pas la peine de te fâcher.

— Si, c'est la peine de se fâcher quand tu sors des choses comme ça. Dis-moi ce que tu veux dire, Alice.

— Ce que je veux dire, c'est ce truc juif. »

Il ne répond rien. Quand elle rassemble son courage pour le regarder, il est cramponné au volant, les épaules voûtées. Elle soupire. « John, je ne t'en veux pas. Je ne veux pas te compliquer la vie. Je me fous complètement de quelle religion ou quelle race tu es, tu le sais très bien. Mais ça compte pour toi, tu ne peux pas le nier. Je veux juste être réaliste.

— Réaliste ?

— Oui. Je ne veux pas être blessée. Tu dois décider ce que tu veux.

— Voilà ce que je veux. » Il frappe le volant. « Je te l'ai dit. »

Elle se tait, elle n'est pas convaincue.

« Tu ne me crois pas, hein ?

— Ce n'est pas ça. Je pense que tu crois à ce que tu dis en ce moment, là, mais je pense également que tu pourrais changer d'avis.

— Non.

— Si. » Elle pose ses mains à plat sur ses yeux et ses tempes. « Écoute, tout ça devient un peu lourd. Nous venons juste de faire connaissance. Pourquoi ne pas nous contenter de voir venir ? »

Il grommelle sans se prononcer. Et puis : « Je ne vois pas pourquoi tu ne peux pas me croire.

— John, ne gâche pas le week-end en discutant d'une chose qui n'est pas arrivée et qui n'arrivera peut-être jamais. Ce n'est que pure spéculation. » Elle voit défiler un panneau pour Holloway. Ils approchent de Finsbury Park. « Tu pourrais me déposer chez moi, s'il te plaît ? »

Il semble aussitôt saisi de panique. « Je pensais…

Enfin, tu ne veux pas plutôt venir chez moi ? Tu n'as pas encore vu où j'habite.

— J'adorerais venir un autre soir, mais là il faut que je défasse mon sac et que je me prépare pour aller travailler demain.

— Ah ! je trouve… j'aimerais vraiment que tu viennes. J'ai l'impression que nous nous quittons sur une fausse note. »

Elle secoue la tête. « Non. Je te promets.

— Viens dîner, alors. Demain soir – non, merde, je ne peux pas demain. Et mardi ?

— Mardi, très bien. À quelle heure ?

— Huit heures ? Chez moi. »

La voiture s'est rangée au bout de la rue, devant chez Alice. John jaillit d'un bond et contourne le véhicule tandis qu'Alice en descend. Il l'enveloppe de ses bras et ils s'embrassent longuement.

« Je regrette d'avoir été conne, tout à l'heure. Je suis vraiment idiote.

— Mais non, pas du tout, tout va bien. »

Du pouce il suit sa pommette. « Jamais je ne te ferai de mal, Alice. »

Elle tourne la tête et lui mordille le pouce. « Je ne te le conseille pas. »

Il rit, la soulève dans ses bras et la fait tournoyer. « Je te vois mardi, alors.

— Oui. Il y a juste un petit problème.

— Lequel ?

— Je n'ai pas ton numéro de téléphone ni ton adresse. »

Il la pose à terre. « Bon Dieu, je ferais mieux de te les donner. » Il griffonne furieusement sur un bout de papier, puis ils s'embrassent encore. « Tu es sûre que tu ne veux pas venir maintenant ? » dit John, au bout d'un moment.

« Oui. Tu ferais mieux de partir avant que je change d'avis. Allez, file ! »

Alice agite la main vers les feux arrière qui s'éloignent. C'est seulement quand la voiture a disparu dans le virage qu'elle regarde le papier qu'il lui a donné. Il a noté dessus son adresse, son numéro de téléphone, et les mots : « Avec tout mon amour, John. » Elle s'élance chez elle quatre à quatre.

Elle ouvre sa porte, en tenant gauchement son sac d'une main et en manipulant de l'autre la serrure et la poignée. Elle laisse tomber son sac à terre et reste un moment adossée à la porte, ses clés à la main. Puis elle va et vient dans l'appartement, met un CD, tire les rideaux, remplit la bouilloire. L'état de sa chambre révèle la hâte avec laquelle elle a fait ses bagages vendredi après-midi – les vêtements éparpillés sur le lit, les tas de livres écroulés par terre. Elle se sent bizarre en regardant autour d'elle. N'y a-t-il vraiment que deux jours qu'elle a flanqué tout ça là ? On dirait une autre époque, comme si l'appartement tout entier appartenait à quelqu'un d'autre. Elle s'affale sur le lit. Elle pourra défaire son sac demain matin. Dans l'appartement du dessous retentit une musique rythmée, et des voix étouffées haussent le ton. Elle est à plat ventre, le menton sur les mains. Le petit mot de John est roulé dans sa paume. Elle le lisse sur la couette. Un train passe à tombeau ouvert dans la nuit, faisant trembler tout l'immeuble. Quelque part à l'autre bout de la ville, il débarque en voiture dans sa rue.

« Je connais votre genre », dit l'homme en s'approchant d'Ann.

Ann porta sa cigarette à ses lèvres et aspira une bouffée. L'homme lui était vaguement familier, et il n'était pas impossible qu'elle ait pu le voir en ville ou aux alentours. Mais sans doute était-ce plutôt qu'il y en avait des centaines comme lui dans cette ville – des cheveux roux clairsemés, un début d'embonpoint qui bridait les boutons de sa chemise, un gilet à parements de daim, un pantalon beige. Ann souffla la fumée, en regardant les yeux de l'homme commencer à se mouiller. Il avait de la mousse de bière aux extrémités de son épaisse moustache rousse.

« Ah ! oui ? dit-elle.

— Vous êtes anglaise, non ? Oh, oui. » Il répondit à sa propre question, épargnant à Ann la peine de le faire elle-même. « Je connais votre genre.

— Ah ! oui ? Et quel genre est-ce ? »

Ann se trouvait à l'écart dans le salon d'une grande maison de brique, en bordure est de North Berwick. Tout autour d'elle, des couples, encore jeunes comme elle et Ben, conversaient, mangeaient, buvaient, et flirtaient un peu les uns avec les autres. Leur hôte était un ancien camarade de classe devenu dentiste, lui avait dit Ben dans l'allée, en arrivant. Ann se tenait devant la cheminée, seule, après avoir plaqué Ben depuis une éternité, lorsqu'un homme à l'air exalté et arborant une cravate ornée d'un labrador était venu lui demander quelle voiture il comptait acheter cette année. Et voilà que ce type avait

maintenant surgi de la cuisine, portant – telle une menace – deux verres de bière.

« Menue, dit l'homme. Blonde. Les yeux bleus. » Il faisait ronfler les mots comme une moto.

« Mariée, ajouta Ann en levant la main pour montrer l'alliance en or qu'elle avait au doigt.

— Ha ! ha ! dit-il, fixant son regard avec difficulté. Un défi ! J'aime ça ! Voyons voir. » Il flanqua les deux bières sur la cheminée, lui prit la main et la glissa à plat sur la sienne. « Voyons, vous ne l'auriez peut-être pas cru, mais figurez-vous, j'ai un talent reconnu pour lire les lignes de la main.

— Ah ! oui ? »

Ann tira encore une bouffée de cigarette.

« Oh ! oui, oh ! oui. Vous êtes très passionnée, très ardente. Mais il y a quelque chose que la vie ne vous accorde pas vraiment, quelque chose qui vous cause une insatisfaction profonde, mais cachée. »

Ann tenta de lui reprendre sa main, mais il lui serrait le poignet entre ses doigts moites.

« Qu'est-ce que c'est que ça ? » demanda-t-il en suivant du doigt une longue cicatrice incolore qui lui traversait la paume en zig-zag, faisant tressauter ses doigts irrépressiblement. « Ça a dû être une vilaine coupure. Comment est-ce arrivé ? C'est le mari qui a fait ça, hein ? »

Ann écarta la cigarette de ses lèvres. « Lâchez-moi la main. » Elle cracha les mots un à un, très distinctement. « Espèce d'affreux petit gnome. »

Abasourdi, l'homme desserra son étreinte et laissa retomber le poignet d'Ann. Elle lança d'une chiquenaude son mégot dans l'âtre et s'éloigna parmi les convives. Elle savait qu'ils la regardaient mais s'en moquait.

Elle voulait retrouver Ben. Où était-il ? Il semblait que des heures s'étaient écoulées depuis qu'elle l'avait laissé avec le raseur. Dans l'entrée, elle vit la maîtresse de maison, debout à côté d'une hideuse composition de fleurs bleues séchées, qui chuchotait avec une autre femme inconnue d'Ann. « Avez-vous vu mon mari ? demanda Ann.

— Ben ? Il était dans la salle à manger la dernière fois

que je l'ai vu, je crois. Un peu éméché, dirais-je. Mais bon, comme je le dis toujours à mon Peter, si on ne peut pas se laisser aller un peu de temps en temps, qu'est-ce qui vous reste ?

— Oui. » Ann tiraillait l'ourlet de son chemisier. « Ici, disiez-vous ?

— Juste par là, sur votre gauche. Vous ne pouvez pas vous tromper.

— Merci. »

Ann s'enfonça dans le corridor, croisant diverses personnes qui avaient des verres et des cigarettes à la main. Les corps des femmes étaient plus souples ; ils s'effaçaient pour la laisser passer. Ceux des hommes ne cédaient pas d'un pouce, ils se maintenaient fermement en place, l'air inquisiteur, rigides alors qu'elle tentait de se faufiler. J'ai trente et un ans, songeait Ann, mes trois petites filles dorment dans leur lit, qu'est-ce que je fais ici ?

Dans la salle à manger, une femme en pantalon trop moulant était assise sur la table en verre fumé et caressait un chat tigré. Deux hommes se tenaient face à elle.

« Ce qu'il y a, avec les écoles d'Édimbourg, disait l'un d'eux, c'est qu'évidemment on est assuré que son enfant en fréquentera d'autres du même degré d'intelligence.

— C'est une assurance qu'on ne peut pas avoir au lycée, déclara la femme.

— Excusez-moi, dit Ann en s'avançant vers eux. Vous n'auriez pas vu Ben ?

— Ben qui ? demanda la femme tandis que le chat contournait ses hanches, la queue dressée, en exhibant le rond précis de son anus.

— Ben Raikes.

— Ooooooh ! s'exclama la femme, et elle tendit la main. Vous êtes Ann, n'est-ce pas ? Je n'arrive pas à croire que nous ne nous soyons pas encore rencontrées. Je m'appelle Gilly. Voici Scot, et mon mari, Brian. » Ils échangèrent des poignées de main. « Ma Victoria est en même année que votre Kirsty.

— Très juste.

— Nous débattions de la vieille querelle, école

publique / école privée. Quelle est votre position, à Ben et vous ?

— Euh, eh bien, Kirsty n'a que sept ans, et Alice vient juste de commencer l'école, alors…

— Ah ! Alice ! Je la connais, celle-là ! Je l'ai vue sortir de l'école avec Kirsty. Superbes… toutes les deux. Alice est incroyablement brune, non ?

— Non. » Ann commença à reculer. « Enfin, oui. Oui, en effet. Bon, il faut que je retrouve Ben. Ravie de vous avoir tous rencontrés. »

Ils la regardèrent s'éloigner, un peu surpris.

Ann retourna sur le seuil du salon et se dressa sur la pointe des pieds pour voir si Ben n'y était pas revenu entre-temps. L'homme-gnome jouait maintenant à des jeux de buveurs avec un autre type, plus grand. Juste comme elle allait rebrousser chemin vers l'entrée, un homme aux cheveux couleur de sable et à la peau lisse, tendue, la prit par la taille. « Il faut absolument se mettre au boogie.

— Non.

— Pourquoi ne pas lancer l'ambiance, hein ? Vous et moi ?

— Non. Je vous en prie.

— Oh ! allez, un petit tour, hein ? On n'est jeune qu'une fois. »

Ann se dégagea, et son sac à main heurta un radiateur, qui émit une longue note basse comme un violoncelle. Ann se fraya un chemin dans l'entrée. Elle était si anxieuse de retrouver Ben qu'elle se sentait au bord des larmes. Elle savait qu'il était quelque part dans cette maison, mais elle n'arrivait pas à le rejoindre. Plantée sous l'escalier, elle éprouvait une forte envie de sangloter son nom à pleine voix et de crier : « Je suis là, viens, je t'en supplie. »

Voyant l'homme-gnome franchir la porte d'un pas chancelant, Ann s'élança à toute vitesse dans l'escalier tapissé d'une épaisse moquette et s'enferma dans la salle de bains. Elle rabattit le couvercle sur la cuvette et s'assit ; son sac à main pendait jusqu'à terre, et son pouce lissait inlassablement sa cicatrice. La maîtresse de maison avait choisi une peinture verte pour sa salle de bains, avec des carreaux de céramique ornés d'hippocampes, de coquillages et d'étoiles de mer en relief. Ann vit avec stupéfaction un diaphragme, enduit de lotion et prêt à l'usage, posé dans son boîtier sur le bord de la baignoire. Elle se releva, se vit dans le miroir, et se demanda si elle allait vomir. Puis elle se rendit compte que c'était juste le vert nauséeux des murs qui se reflétait sur sa peau.

Ann entendit quelqu'un dans l'escalier : « Il y a une journée de route jusqu'à Douvres, tout droit sur l'A1, disait une voix de femme. Puis le ferry de nuit, et là, environ deux jours de route jusqu'aux Alpes. C'est ce que dit Dennis.

— Eh bien, j'espère que ce ne sera pas un voyage trop dur, avec les enfants et tout. »

Ben. C'était la voix de Ben. Elle bondit et ouvrit la porte. Le couloir et l'escalier étaient déserts – où diable était-il donc ? Il n'avait pas pu aller loin – elle le savait.

« Ben ! Où es-tu ? Ben ! »

Puis elle l'entendit, quelque part, surpris : « C'est ma femme. » Elle pencha la tête de côté, cherchant à établir d'où venait sa voix. « Ann ? » l'entendit-elle appeler. Quelque part là-haut. Là-haut, sans aucun doute possible.

« Oui ! » Elle s'élança dans l'escalier, quatre à quatre. « Ben ! Je suis là ! Je suis là ! »

Elle ouvrit la première porte qu'elle trouva, mais il y faisait noir, un placard ou autre, avec une forte odeur de teck et de verni. Elle s'entendit émettre un petit bruit comme le début d'un sanglot, et referma violemment la porte. Puis il fut derrière elle, la main sur son bras. « Coucou ! dit-il. Tu appelais ?

— Ben. » Elle pressa son visage contre l'épaule de son mari, la gorge tellement serrée de soulagement qu'elle ne put rien dire de plus. Il essaya de s'écarter un peu d'elle pour pouvoir scruter son visage, mais elle ne le lâchait pas. Il riait, embarrassé et heureux.

« Tu vas bien ?

— Où étais-tu ? Tu étais parti… Je ne savais pas où tu étais.

— Comment ça ? J'étais là tout le temps. »

Ann frotta son front sur la veste de Ben, puis se haussa

en tendant la bouche vers son cou. « Si on rentrait ? lui chuchota-t-elle à l'oreille. S'il te plaît. »

Elle sentit qu'il tournait la tête pour regarder si quelqu'un pouvait les voir, et se serra encore plus fort contre lui. « Rentrons, chuchota-t-elle encore. Tout de suite. »

Il essayait encore de déchiffrer son visage, mais elle l'enfouit plus profondément contre son épaule. « Si c'est… si c'est ça que tu veux.

— Oui.

— Je vais chercher nos manteaux. » Il tenta de se dégager, mais Ann ne voulait pas le lâcher.

« J'y vais avec toi.

— D'accord. » Il lui entoura la taille de son bras pour la soutenir comme si elle était blessée. « Alors, allons-nous-en. »

Ann recroqueville ses pieds sur le barreau supérieur du tabouret. Ces sièges ont été conçus pour des hommes grands ; Ann les trouve vertigineux et effrayants. Une fois perchée dessus, elle a du mal à en descendre, et la moindre inégalité de longueur entre leurs pieds peut les faire pencher dangereusement, ce qui l'oblige à se cramponner au rebord de la paillasse en bois.

Elle est assise dans le labo de l'université. Le silence l'apaise. C'est un silence différent de celui de la bibliothèque, où l'air est dense, lourd de concentration et de mots imprimés, noirs. Ici les gens parlent, mais à voix basse. Les conversations ne sont jamais désinvoltes, elles tournent toujours autour du travail, des résultats d'expériences, du matériel. Personne ne parle plus longtemps que nécessaire, ni ne vous pose de questions personnelles. C'est un lieu en retrait, rassurant : on sait que tout le monde vient pour faire des expériences et puis s'en va.

Devant elle sur la paillasse sont posés un scalpel, une planche de dissection en bois dur et sombre, et un paquet de tiges de plantes, dont les pétales sont écrasés et brisés. Elle sait qu'elle doit procéder à une expérience sur les vaisseaux ligneux : découper les tiges dans le sens de la longueur, les colorer avec une solution bleu nuit, et les placer sur des lamelles de verre sous un microscope.

Lorsque l'assistant a annoncé cette expérience la semaine précédente, Ann est restée avec son stylo suspendu en l'air. Pendant tout le cours, les gens autour d'elle ont rempli des pages et des pages de notes et de schémas. Mais Ann a été incapable d'isoler en mots cohérents le flot de sons qui sortaient de la bouche de l'assistant. Elle n'a aucune idée de la raison pour laquelle elle doit colorer les vaisseaux ligneux en bleu ou les examiner au microscope, ni même de ce qu'elle est censée chercher en les examinant.

Ann secoue la tête pour rejeter ses cheveux en arrière, redresse le dos, joint ses genoux et prend le scalpel. Elle peut faire ça, elle le peut, c'est évident. Elle enfonce la pointe de la lame à la base de la tige. La paroi molle et enflée s'ouvre aisément, laissant suinter un jus épais et blanchâtre. D'une infime pression elle fend la tige en deux moitiés exactes. Des pétales de lilas tombent, s'éparpillant sur la paillasse, et elle place les deux moitiés de la tige côte à côte sur la planche de dissection. Ann reprend son souffle. Elle peut le faire. Elle peut le faire. Elle le fait.

Elle prend la tige suivante et la tient entre le pouce et l'index de la main gauche. Le soleil darde ses rayons par les hautes fenêtres. Comme celles-ci sont très espacées, les paillasses sont illuminées en alternance par cette lumière blanche de la mi-journée : une paillasse à l'ombre, la suivante au soleil. Ann se trouve dans un rai lumineux, presque biblique, et tous les objets autour d'elle ont des ombres noires au contour précis. Elle peut voir son ombre à elle, les coudes sur la paillasse, les mains relevées, les chevilles croisées sous le tabouret, et elle n'arrive pas à croire qu'elle puisse projeter une image aussi distincte quand elle se sent aussi peu substantielle, aussi étherée, manquant à ce point de toute densité, forme ou contour.

Elle revient à ses mains et les regarde avec un semblant d'intérêt tandis que le scalpel qu'elle tient s'enfonce dans la chair de sa paume gauche. Ses doigts serrés sur la tige s'ouvrent instinctivement, mais le scalpel intensifie la pression. Une fleur rouge éclatante jaillit de sa main et coule en un filet rapide par-dessus la bosse de son pouce et le long de son poignet. Aucune douleur. Mais elle perçoit le son précis comme une lame dans l'herbe à mesure que le scalpel parcourt la paume, croisant sa ligne de vie. Ses doigts se replient. Elle laisse tomber le scalpel. Elle sent sa manche mouillée jusqu'au coude.

C'est comme si on avait changé la focale de son objectif sur le monde : les autres personnes ont l'air tout près d'elle, brusquement. Elle entend chuchoter deux hommes de l'autre côté de la salle, discutant la quantité d'éthanol contenue dans la pipette que l'un d'eux élève vers la fenêtre, au-dessus de la tête d'Ann. Ils ne la regardent pas. À l'avant du labo, les phasmes dans leurs boîtes de verre perforé grouillent, frottent et raclent leurs pattes fines et articulées l'une contre l'autre en se déplaçant dans leur univers simulé de feuilles, clos et chaud ; des grains de poussière tournoient dans les rais de lumière ; trois paillasses plus loin, un bec Bunsen rugit comme une cascade.

Ann se laisse glisser à bas du tabouret jusqu'à ce que ses pieds touchent terre. La planche de dissection a bu tout le sang qui est tombé dessus comme une plante assoiffée. Ann trouve cela dégoûtant, et tout ce qu'elle sait, c'est qu'elle veut s'en aller, loin de cette planche imbibée de sang, loin d'ici. Le faisceau de sa vision balaie la salle comme une torche électrique : des éviers aux robinets arqués très haut, des tuyaux en caoutchouc orange qui relient les robinets de gaz aux brûleurs, qui font vibrer de chaleur la salle derrière elle, les deux hommes qui sont maintenant penchés au-dessus de leur construction compliquée de tubes en verre, un homme blond assis devant un microscope, et qui fait lentement remonter vers son œil la plaque en verre, une femme qui secoue quelque chose dans un tube à essai, un autre homme qui ôte sa veste et l'accroche soigneusement à une patère, les étagères couvertes d'innombrables bocaux pleins de formol où baignent des lézards, des porcelets caoutchouteux et des fœtus aux yeux fermés.

Ann s'avance dans l'allée centrale en direction de la porte. Elle passe devant la femme au tube à essai, qui ne lève pas les yeux. Au moment où elle approche de l'homme qui observe quelque chose au microscope, elle a dû secouer la tête ou rejeter ses cheveux en arrière, car une épingle tombe de son chignon. Ann l'a méticuleusement élaboré ce matin, mais il a dû glisser et s'affaisser au fil des heures, et, les forces de gravité s'exerçant, l'épingle à cet instant tombe sur le sol dallé avec un petit tintement argentin de diapason. C'est un son incongru dans ce laboratoire – une note minuscule et intime parmi tous ces bruits de bouillonnement, de découpage, de condensation et de croissance. Ann l'entend et porte sa main valide à ses cheveux, elle sent une mèche lui tomber sur l'épaule. L'homme au microscope l'entend, et il lève les yeux de sa préparation. Ils se posent sur Ann le temps d'une microseconde avant de retourner instinctivement vers le tunnel de lumière et sa culture de cellules baignées dans l'iode, puis l'homme bondit soudain de son tabouret. « Mon Dieu ! »

Il saisit Ann par son bras intact et, avisant à proximité un siège bas, l'y conduit. Ann est soulagée. Son crâne est brûlant, et les muscles de ses jambes n'en peuvent plus de la soutenir.

« Où vous êtes-vous coupée ? lui demande-t-il à voix basse, avec beaucoup de calme, en se penchant au-dessus d'elle. Pouvez-vous me montrer ? »

Quand Ann essaie d'ouvrir les doigts, des flèches de douleur fulgurante lui enflamment le bras jusqu'à l'épaule. Le choc lui coupe le souffle, des larmes lui montent aux yeux et ruissellent sur ses joues. L'homme lui tient la main au-dessus d'un évier, sous l'eau du robinet. Le sang coule à flots, ondulant le long des courbes blanches de la porcelaine, et esquivant la bonde. Sous l'eau courante, ils voient tous deux une entaille rouge, qui lui barre la paume en diagonale. L'homme l'examine, sourcils froncés. « Bien, dit-il. Vous vous en tirez bien. »

Puis il s'accroupit et entreprend d'ôter l'une de ses chaussures. Les autres gens dans le labo ont interrompu leurs activités pour se rapprocher du petit drame. Et tous, interloqués, regardent cet homme blond se débattre avec les nœuds de son lacet. Le bras d'Ann est inerte sur la paillasse, comme s'il ne lui appartenait plus. L'homme arrache finalement le lacet et, maintenant le bras d'Ann au-dessus de sa tête, le visage tendu de concentration, il lui entoure le poignet avec le lacet et serre fort.

Ann se crispe. « C'est trop serré, dit-elle en se remettant à pleurer. Ça fait mal.

— Je sais. Je suis désolé. Mais vous avez tranché les vaisseaux sanguins, explique-t-il, de la même voix douce et patiente, et aussi la plupart des tendons, je pense. Alors il faut arrêter la circulation du sang dans la main. » De sa poche, il sort un mouchoir et, avant qu'Ann, surprise, ait pu l'esquiver, il le presse, plié, sur ses joues mouillées. « Là », dit-il. Puis il se tourne vers les gens qui les observent. « Je vais téléphoner pour appeler une ambulance. Est-ce que l'un de vous pourrait rester et lui tenir le bras en l'air, comme ça, jusqu'à mon retour ? »

Quand l'ambulance arrive, il y monte avec elle. Il s'appelle Ben, lui dit-il. Ben Raikes, et il prépare son doctorat. Il adore Édimbourg, surtout les Jardins botaniques, et il n'est pas originaire de la ville, mais d'une petite bourgade sur la mer, à l'est. Il veut savoir son nom, d'où elle est, si elle a beaucoup circulé en Écosse, si elle aime la biologie, comment va sa main, comment elle a pu se couper aussi profondément, est-ce que ça lui fait encore mal, s'il peut faire quelque chose. Ann se sent bizarre, à présent. Comment en est-elle arrivée là, dans une ambulance avec un Écossais volubile qui a du sang à elle sur sa chemise et des larmes à elle dans sa poche, sur son mouchoir ? Il lui semble que le cours de sa vie a été curieusement détourné : où serait-elle maintenant si elle ne s'était pas entaillé la main, ou si son épingle à cheveux n'était pas tombée au moment où elle passait devant Ben Raikes, lui faisant lever les yeux ? Tout cela est inattendu et ne lui plaît guère, elle n'aime pas le fait que cet homme se soit ainsi occupé d'elle, ni que sa main soit blessée et abîmée et lui fasse mal, ni le fait qu'elle ait envie, oh ! oui, oh ! qu'il lui reprenne la main entre ses doigts tendres, comme il l'a fait là-bas quand le sang jaillissait de ses veines.

Elle a la main bandée, recousue, moins douloureuse, et en écharpe sur sa poitrine, le lendemain matin, lorsqu'elle trouve dans son casier une petite enveloppe. Il y a « Anne » écrit dessus à l'encre bleue. D'une écriture ferme, carrée. L'erreur orthographique lui dit tout, lui fait battre le cœur, lui brûle la main d'une étrange fièvre. Ce ne peut être que lui. Ann n'a encore jamais reçu de lettre d'amour. Ni eu envie d'en recevoir. À la bibliothèque, elle fend le haut de l'enveloppe avec une règle en acier. Il en sort non pas une lettre où l'amour serait niché dans les plis ou aurait imprégné l'encre, mais des quantités de carrés de papier avec une lettre sur chacun. Ann les contemple, abasourdie et déçue, les laisse glisser à travers ses doigts. Puis, elle voit que chacun est numéroté dans un coin.

Électrisée, elle les étale devant elle comme un croupier, retournant ceux qui se trouvent à l'envers. Les gens autour d'elle circulent dans les rayonnages, ou tournent des pages de livres, ou griffonnent des lignes sur du papier. Mais Ann forme des mots avec des carrés découpés, elle cherche frénétiquement le numéro suivant, et son sang bat dans tout son corps : I m p o s s i b l e d ' a r r ê t e r, dit le début. Impossible d'arrêter, impossible d'arrêter, chantonne Ann intérieurement tout en fouillant l'amas de carrés de papier blanc devant elle. Il ne peut pas arrêter. Arrêter quoi ? D e p e n s e r à. Puis : v o u s. R e t r o u v e z-m o i a u C o e u r d e M i d l o t h i a n d è s q u e v o u s p o u r r e z, B e n.

Ann se lève d'un bond. Puis se rassoit. Balaie toutes les lettres dans l'enveloppe. Aborde la personne la plus proche : « Excusez-moi, savez-vous ce qu'est le Cœur de Midlothian ? »

Ann n'est jamais allée à la cathédrale, n'a jamais remarqué que juste devant, serti entre les pavés, se trouve un cœur de pierre. Tout en se hâtant de son mieux le long du Royal Mile, elle s'inquiète à l'idée de ne pas repérer le cœur dans le chaos des pavés, de le manquer, qu'il croie qu'elle n'est pas venue, qu'il soit déjà parti. Mais à peine a-t-elle passé l'angle noirci de la cathédrale qu'elle le voit assis sur un banc, recroquevillé dans son manteau, un livre à la main. En l'apercevant il se lève et agite la main. Elle pense : Il est plus petit et plus mince que je ne me le rappelais. Elle pense : J'ai mal à la main. Elle pense :

Est-ce que je l'aime ? Elle pense : Il a noué son lacet autour de mon poignet pour m'empêcher de perdre mon sang. Elle pense : Je me demande depuis combien de temps il attend.

Il y a des moments où je suis là et des moments où je n'y suis pas – où je suis ailleurs, chassée, emprisonnée. Mais il y a des moments où je suis plus près et où je peux entendre et sentir et percevoir les choses que je ne peux pas voir en dehors de moi. C'est comme une marée qui soulève mon corps et me rapproche de la lumière et des sons.

Maintenant qu'ils sont là, je suis contente.

Mon père nous racontait toujours comment il avait rencontré notre mère (« J'ai levé les yeux et elle était là, avec du sang tout rouge qui coulait le long de son bras et jusque par terre »), et nous demandions à notre mère de nous montrer la cicatrice, aussi blanche qu'un éclair en travers de sa paume. Parfois elle voulait bien – et elle ouvrait sa main pour nous comme une plante réagissant à la lumière – et d'autres fois elle ne voulait pas.

Toute ma vie j'ai imaginé cette rencontre, encore et encore – j'ai dans ma tête une image parfaitement construite et détaillée du laboratoire ; je vois ma mère avec le scalpel qui glisse et lui entaille la main ; elle qui traverse la salle ; et mon père qui est le seul à se précipiter pour l'aider ; lui qui monte dans l'ambulance avec elle. Je les vois si clairement : jeunes, les cheveux longs de ma mère, relevés ; mon père avec une chaussure sans lacet dans laquelle son pied bouge, et un mouchoir en lin lavé et repassé par Elspeth.

Mais aujourd'hui, dans l'état qui est le mien, je suis quelque part près du plafond, et d'en haut je regarde dans le laboratoire comme dans une maison de poupées : je vois ma mère avancer vers mon père, la manche tachée de rouge. Et juste au moment où il entend tomber l'épingle à cheveux et lève les yeux, où il la voit pour la première fois, j'ai envie de les soulever comme des petits personnages en Plasticine, de les sortir de là et de les presser étroitement ensemble entre les paumes de mes deux mains.

La seule lumière à présent provenait du feu que quelqu'un avait dû allumer – si elle penchait la tête dans cette direction-là, il lui semblait qu'un grondement sifflant lui transperçait les oreilles. De l'autre côté, les visages se dissolvaient et se reformaient dans la brume de chaleur que projetait le feu. Au loin, elle pouvait presque encore distinguer la ligne d'horizon et le bord du rivage. Si elle penchait la tête de l'autre côté, pour s'écarter du feu et du tourbillon de musique discordante, tranchante, que martelait la sono, elle pouvait entendre la succion et le fracas alternés des vagues.

Elle se leva en secouant le sable au dos de sa longue jupe noire. Où était Katy ? Elle avait disparu depuis un bon moment au pied de la dune pour leur chercher quelque chose d'autre à boire, en faisant promettre à Alice de l'attendre. Alice fouillait la pénombre, scrutait les visages, guettant la rousseur éclatante de Katy. Elle allait descendre la chercher. Elle rejeta par-dessus son épaule l'extrémité de son boa en plumes et commença à descendre vers le feu et le cœur de la fête, au pied de la dune, là où l'on voyait des silhouettes – certaines immobiles, d'autres qui se balançaient au rythme de la musique. Ses grosses chaussures s'enfonçaient dans le sable fin et elle se trouva emportée plus vite qu'elle n'aurait voulu par l'accélération de la pente. Cette soudaine précipitation était étourdissante, et elle tendit les bras contre la pression de l'air : il lui semblait presque voler à travers les groupes, portée par ses pieds qui bougeaient instinctivement sous elle, tandis que ses cheveux et les pointes du boa de plumes flottaient derrière elle. Riant toute seule, elle finit par s'arrêter en heurtant quelqu'un tout en bas. Ce quelqu'un dut l'empoigner par les deux bras pour empêcher qu'ils ne tombent par terre pêle-mêle.

« Désolée, dit Alice, hors d'haleine. Désolée, je n'ai pas pu m'arrêter. » La personne ne la lâchait pas. Elle plissa les yeux dans la pénombre. C'était un garçon, plus grand qu'elle. Le connaissait-elle ? « Désolée », répéta-t-elle, s'attendant à ce qu'il la lâche. Le garçon lui fit faire volte-face vers le feu, et tous deux se dévisagèrent à la lueur orange et démoniaque des flammes. Elle savait qui c'était : Andrew Innerdale, en même année que Kirsty. Il avait un frère dans la classe au-dessous de celle d'Alice, ou bien peut-être dans celle encore au-dessous ? Leur père, un genre d'ex-hippie vaguement artiste qui vivait à un ou deux kilomètres de North Berwick, possédait le magasin d'antiquités de la Grand-Rue. Sans lui lâcher les bras, il dit : « Je pensais bien que c'était toi. »

Alice se sentit à la fois furieuse, curieuse et flattée. Leurs visages étaient tout proches l'un de l'autre, et elle sentait son haleine chargée de bière. Il examinait Alice dans la pénombre : et quelque chose dans ce regard la mettait mal à l'aise. Elle posa les mains à plat sur son torse et le repoussa de toutes ses forces. Il vacilla d'un pas en arrière, en lâchant un petit miaulement de surprise. Elle fit demi-tour et s'éloigna dans la foule, à la recherche de Katy, en se nichant plus profondément dans la masse de plumes enroulée autour de son cou.

Elle avait trouvé ce boa tout au fond de la penderie d'Elspeth. Elle tâtonnait à contrecœur dans les profondeurs ténébreuses du placard pour dénicher un cardigan que sa grand-mère l'avait priée d'aller chercher, lorsque ses doigts avaient frôlé quelque chose de doux, soyeux, souple. Surprise, elle avait vivement retiré sa main, et l'avait examinée comme si elle s'était attendue à la trouver meurtrie par ce qu'elle venait de toucher. Puis elle s'était accroupie et, levant les yeux au niveau de l'étagère, avec circonspection, elle avait de nouveau enfoncé la main. Cette fois, au lieu de la retirer lorsqu'elle sentit l'imperceptible frôlement, elle la referma délicatement et la ramena vers elle. La chose se déroula comme un cobra du fond du placard où elle reposait et, en quelques secondes, une longue traîne de plumes noires à reflets verts se déploya devant ses yeux stupéfaits. Cela n'en finissait pas ; lorsque Alice la passa sur ses épaules, les extrémités pendaient presque jusqu'à terre. Elle l'enroula autour de son cou, puis s'examina dans le miroir d'Elspeth.

Les plumes empilées jusqu'à ses oreilles avaient l'éclat luisant vert et noir d'une gorge d'étourneau. Au centre du boa, là où elles étaient tressées en une sorte de cordon invisible, leur douceur était arachnéenne, avant d'écumer en plumes fermes et hérissées aux filaments recourbés qui lui caressaient les joues comme des lames. Alice n'avait jamais rien vu d'aussi beau ni jamais rien désiré aussi ardemment : elle était amollie de désir, d'envie de posséder cette chose. Pourquoi sa grand-mère avait-elle ça ? Pourquoi Alice ne l'avait-elle jamais vu ? Où Elspeth l'avait-elle porté, et le donnerait-elle à Alice ?

Alice s'était immobilisée un moment devant le miroir, en caressant du doigt les plumes extérieures. Puis elle avait pris le cardigan que voulait Elspeth et était redescendue, avec l'extrémité du boa qui traînait derrière son dos telle la queue d'un monstre marin.

Elspeth le lui avait donné, bien sûr, et la fête de ce soir sur la plage était sa première sortie. Elle prenait bien garde de ne pas le laisser traîner dans le sable, tandis qu'elle allait et venait parmi les groupes. L'idée du sable humide sur les plumes luisantes la faisait frémir.

Soudain un bras lui étreignit la taille. Elle se dégagea d'une secousse, mais c'était seulement Kirsty, rayonnante, qui se matérialisait dans la nuit. « Salut, sœurette, dit Alice en lançant un bras autour du cou tiède de sa sœur. Comment ça va ? »

Elles flânèrent ensemble dans la foule, bras dessus, bras dessous ; Kirsty s'appuyait lourdement contre elle.

« Moi, très bien, et toi ? Tu t'amuses ?

— Mmm. J'ai perdu Katy. Tu ne l'as pas vue?

— Hum, non. Crois pas. »

Quelqu'un derrière elles cria : « Kirsty ! Kirsty ! » et Kirsty échappa prestement à l'étreinte d'Alice, pour disparaître dans l'obscurité. « Je dois y aller, lança-t-elle pardessus son épaule. À plus tard !

— D'accord. À quelle heure tu rentres ? » lança Alice derrière elle, mais Kirsty n'entendit pas.

Alice grimpa au sommet de l'autre dune et, frissonnant dans la forte brise qui revenait toujours la nuit, elle chercha de nouveau Katy. En vain. Si elle rentrait maintenant, elle aurait intérêt à longer un moment le rivage au lieu de couper à travers le terrain de golf : il faisait trop noir à présent et à tous les coups elle tomberait dans un bunker. Elle connaissait beaucoup mieux le chemin par la plage. Elle redescendit la pente, cette fois en s'agrippant aux tiges d'oyats pour garder l'équilibre, et s'éloigna sur la grève. Quelques personnes l'appelèrent. « Je rentre à la maison, répondit-elle, et le vent porta ses paroles. Salut ! »

Sans le contraste du feu, on voyait mieux le bord de l'eau. L'écume des vagues attrapait le peu de clair de lune que laissaient passer les gros nuages. À environ cinq cents mètres de la fête, elle se retourna pour continuer un moment à reculons, en regardant les petites silhouettes noires se découper sur la lueur des braises. Puis elle fit volte-face. Un premier frisson nerveux, face à la plage noire et déserte, lui parcourut la peau. Elle croisa les bras pour glisser ses mains dans ses manches et accéléra le pas, tête baissée. Ses grosses chaussures raclaient le sable mouillé du bord de l'eau, et l'ourlet de sa jupe s'alourdissait d'eau salée, de sable, d'algues et de petits éclats de coquillages. Lorsque les rochers escarpés de Point Garry surgirent dans la nuit noire, elle commença à se détendre. Elle enfouit le nez dans ses plumes pour les humer et se mit à fredonner tout bas une chanson qu'elle avait entendue pendant la fête. Plus très loin désormais.

Alice s'arrêta, le souffle coupé. Sur les rochers devant elle se dressait quelqu'un, là. Elle pouvait distinguer sa silhouette, qui se découpait, sombre, sur le ciel. Elle écarta les cheveux qui lui couvraient le visage et appela : « Ohé ! Qui va là ? »

La personne ne répondit pas, mais sauta à bas des rochers et s'avança vers elle.

« Non ! hurla-t-elle. Ne m'approchez pas ! Je vais crier ! Dites-moi qui vous êtes ! »

La personne s'immobilisa et leva les bras d'un geste

suppliant. « Désolé. » C'était un garçon. « N'aie pas peur. Tu es Alice ?

— Peut-être, rétorqua-t-elle, encore fâchée. Qui êtes-vous ?

— Andrew, dit-il, recommençant à avancer sur le sable.

— Andrew Innerdale ?

— Oui.

— Eh bien, tu m'as foutu une sacrée trouille, Andrew Innerdale », dit-elle, et elle reprit sa marche. Elle le sentait quelque part derrière elle, elle entendait son souffle précipité tandis qu'il la rattrapait.

« Je suis désolé. Sincèrement. Je ne voulais pas te faire peur. » Il parlait d'une voix égale, tout près de son oreille.

« Eh bien, c'est raté. »

Ils marchèrent un moment en silence, puis Alice s'arrêta et dit : « Je vais couper à travers le golf.

— Je t'accompagne. »

Elle hésita. Le sang lui battait aux oreilles. Cette silhouette masculine à côté d'elle dans le noir l'énervait, l'excitait, lui embrouillait les idées. Qu'y avait-il tapi derrière les yeux d'Andrew et qui lui faisait peur ?

« D'accord », dit Alice.

Au-dessus du golf, ils pouvaient apercevoir la guirlande jaune sulfureuse des lumières des réverbères. Alice commença à se calmer à mesure qu'ils en approchaient et qu'ils émergeaient tous deux de l'obscurité. Il était grand et maigre, et portait des grosses chaussures comme elle.

« Tu es la sœur de Kirsty, non ? dit-il.

— Oui.

— Tu ne lui ressembles pas.

— Je sais. »

Le gazon impeccablement entretenu du golf ondulait sous leurs pas silencieux, et ils montaient et descendaient les petites collines artificielles du parcours.

« Tu passes au lycée, cette année ?

— Oui. Et toi, tu es en terminale, comme Kirsty ?

— Mmm.

— Qu'est-ce que tu vas faire, après ?

— Sais pas encore. Ma mère veut que je fasse médecine, mais je préfère les beaux-arts. Comme mon père.

— Fais-le, alors. C'est ta vie, pas la sienne.

— Oui, je sais. » Il avait l'air malheureux, et Alice commençait à avoir un peu pitié de lui. Il se tourna vers elle avec un large sourire. « Tu n'aimes pas le hockey, hein ?

— Quoi ? » Elle le dévisagea. « Non, c'est vrai. Comment tu le sais ?

— Je commence par deux heures d'histoire le vendredi matin, quand toi tu as sport. Je suis dans le bâtiment d'histoire, ici, dit-il en montrant une main, et toi tu es sur le terrain, là – il montra sa deuxième main –, juste devant la fenêtre. » Il sourit encore. « Je suis placé près de la fenêtre. Tu as toujours l'air de t'emmerder. »

Elle rit. « C'est vrai. J'ai horreur de ça.

— Je m'en doutais. » Puis il s'arrêta et lui prit le bras. « Alice… euh… si on restait un moment ici ? »

Elle se tortilla, gênée, et enfonça ses mains plus profondément dans ses manches. « Je ne sais pas. Je crois que je ferais mieux de rentrer.

— Tu peux rester encore un peu. » Il l'enlaça timidement. Elle sentit son corps qui se pressait contre le sien, sentit divers points qui rencontraient les points correspondants de son corps à elle – son torse contre ses seins, ses cuisses contre les siennes, la bosse discrète de son bas-ventre pressée contre son bas-ventre à elle à travers son pantalon à lui et la mince étoffe de sa jupe à elle. Il avait des bras épouvantablement maigres, mais puissants, et il la serrait de plus en plus fort contre lui.

Elle se tenait raide, indécise. Il se mit à parler. « Tu me plais vraiment, tu sais, Alice. Je t'ai observée à l'école et je trouve que tu es vraiment… tu es vraiment… sympa. Je sais que tu es un peu plus jeune que moi et tout, mais je pense que ça serait bien, non ? C'est-à-dire, qu'est-ce que tu en penses ? »

L'embarras l'envahit. Écrasées entre eux deux, les plumes de son boa crissaient et la piquaient à travers ses vêtements.

« Je ne sais pas, dit Alice, et elle se dégagea en se tortillant. Je ne sais pas. » Elle se remit en marche vers la ville.

Il la reprit par le bras. « Alice, tu veux bien m'embrasser ? Dis ? S'il te plaît ? »

Elle le considéra avec effarement. D'où venait cette passion ? Il avait le visage empreint de gêne et d'insistance. Elle se demandait s'il n'allait pas pleurer. Il se pencha vers elle et elle se retrouva encore face à lui, les yeux dans les yeux. Une peur sans nom, maladroite, jaillit en elle et elle lui flanqua la paume de la main au milieu de la poitrine. « Non, dit-elle en le repoussant. Non. »

Elle tourna les talons et, resserrant son boa autour d'elle, elle courut vers les premières maisons de la ville et ne cessa de courir qu'en arrivant chez elle. Tandis que ses pieds martelaient l'asphalte et que son souffle précipité lui brûlait la poitrine, elle repassait en boucle dans sa tête ce qu'il lui semblait avoir vu. Les yeux du garçon – ils étaient du même brun foncé que les siens, avec des taches plus claires au centre. En le regardant dans les yeux, Alice avait eu l'impression de se regarder elle-même.

Le Dr Colman glisse une pièce de cinquante pence dans l'étroite fente de la machine à café et attend. Un gobelet en plastique est vigoureusement projeté sur le plateau métallique et bascule sur le côté. Le liquide brûlant jaillit du bec et coule sur le gobelet renversé, le long de la machine et sur ses chaussures. « Ah, bordel de merde ! »

Sentant son humeur empirer, il respire à fond, puis insère une deuxième pièce. Dans un coin, une femme feuillette avec violence une revue après l'autre, ignorant sa voisine, une femme plus âgée, qui demande inlassablement : « Comment tu l'as trouvé ? Moi, je l'ai trouvé mieux. Et toi, comment tu l'as trouvé ? »

Deux soirs plus tôt, Mike est rentré chez lui bien après minuit, mourant d'envie de dormir, et il a trouvé Melanie sur le palier, qui sanglotait dans le cou râpé de son ours en peluche. La porte de la nounou était résolument fermée, et il a remis l'enfant au lit. « Pourquoi est-ce que maman ne peut plus vivre avec nous ? » a-elle demandé entre ses gros sanglots. Il lui a caressé les cheveux – « Nous en avons déjà parlé, Melanie, tu te rappelles ? Maman vit avec Steven à présent, et tu peux aller la voir quand tu veux » – alors qu'il n'avait qu'une envie, rejeter la tête en arrière et pleurer comme elle à corps perdu. Elle a fini par se rendormir, les cheveux emmêlés et le pouce dans la bouche. Mais lui, bien sûr, n'a pas pu dormir. Salaud de Steven – soi-disant son meilleur ami.

Mike se rince la bouche avec le café âcre avant de l'avaler en grimaçant. La femme âgée a sombré dans le silence et ses yeux sont fixés sur les rampes de néon jaune au plafond. Il déteste les salles d'attente, surtout la nuit. Les infimes mathématiques de la vie humaine. Mais rien, rien n'est aussi moche que le créneau entre trois et cinq heures du matin, quand tous les visiteurs et les employés de jour sont partis, que la plupart des patients dorment, et qu'un terrible silence plane sur les chambres et les corridors. C'est le moment où surviennent la plupart des décès dans les hôpitaux. Mike déteste particulièrement cet horaire de garde.

Il regagne le service de réanimation par les couloirs blancs sinueux. Il n'a jamais besoin de se demander quel tournant prendre, ni de lire les panneaux : il a le sens de l'orientation. Il y a des gens qui travaillent ici depuis plus longtemps que lui et qui se perdent encore. La méthode de Mike – mais il n'aurait jamais l'idée de l'exprimer –, c'est de ne pas y penser, de laisser son subconscient se charger de lui occuper l'esprit à autre chose, tandis que son corps et son instinct prennent la direction des opérations. Il soupçonne que, s'il s'arrêtait pour s'interroger sur la direction à prendre, il oublierait, avancerait à tâtons et perdrait son chemin.

Dans la chambre, assise près du lit, Mike découvre une femme en robe rouge, avec des mèches blondes. « Bonsoir », dit-il.

Elle se redresse sur le siège et fait pivoter le haut de son corps pour lui faire face. « Bonjour, je m'appelle Rachel. »

Elle a des chaussures noires à hauts talons, douloureusement étroites au niveau des orteils. Un attaché-case est posé par terre à côté de la chaise. Mike voit à la rougeur de ses yeux qu'elle a pleuré. Il ne dit rien mais vérifie les appareils et le goutte-à-goutte. Il appuie son pouce à l'intérieur du poignet inerte d'Alice, en comptant le nombre de fois où le cœur envoie le sang circuler sous sa pression. Il lui retourne les paupières, braque un rayon de lumière sur ses pupilles, dont l'une est fixe, sombre et dilatée comme une anémone de mer, l'autre plus petite, tremblante et noire. Il sent les yeux verts très écartés de Rachel suivre chacun de ses gestes.

« Comment va-t-elle ? » demande-t-elle. Sa voix a le

volume et l'assurance de quelqu'un qui est habitué à recevoir des réponses à toutes ses questions.

« Depuis combien de temps la connaissez-vous ? interroge Mike.

— Des années. Nous nous sommes connues en fac. » Elle penche la tête pour contempler la silhouette sur le lit. « C'est ma meilleure amie, je crois. » Elle se lève, va à la fenêtre, et plonge son regard dans le noir velouté de la nuit. « Nous menons des vies très différentes, à présent, mais nous sommes toujours proches, je dirais.

— Vous avez vu ses parents, aujourd'hui ?

— Non », dit-elle. Il sait sans se retourner, à la façon dont sa voix se répercute sur le mur, qu'elle a quitté la fenêtre et qu'elle est quelque part derrière lui, à l'observer encore. « Je pense que j'ai dû les rater de peu. J'ai été obligée de travailler plus tard que prévu, ce soir. »

Mike ajuste le tube respiratoire et le cône en plastique fixé au visage d'Alice. Les bords ont fait des marques rouges sur sa peau.

« Alors, dit Rachel en contournant le lit pour se rasseoir. Comment va-t-elle ?

— Aucun changement.

— C'est bon ou mauvais ?

— Ni l'un ni l'autre. »

Ils regardent tous deux Alice. Mike remarque pour la première fois que les entailles sur son visage durcissent en croûtes, que ses contusions tournent au noir violacé. Il ressent à nouveau l'étrangeté de voir se détraquer un élément aussi essentiel du fonctionnement du corps, et que des choses aussi simples que la cicatrisation de la peau puissent se poursuivre normalement. Il y a quelque chose de curieusement apaisant à la regarder – peut-être est-ce le rythme du respirateur, ou le fait qu'elle ne bouge jamais, à part le soulèvement et l'affaissement artificiels de son torse. Il s'assoit sur le bord du lit.

« Vous savez, on pense que c'était peut-être délibéré. Une tentative de suicide. »

Le respirateur pousse un soupir, deux, et la poitrine d'Alice se soulève et s'affaisse comme par compassion. Mike lance un coup d'œil à Rachel.

Elle ne paraît pas surprise. De ses dents blanches à la forme un peu enfantine, elle mordille par à-coups vigoureux l'ongle de son pouce. « Oui, dit-elle simplement au bout d'un moment. J'y avais pensé. » Rachel se penche en avant et caresse du doigt la peau délicate de la tempe de son amie. « Alice, Alice, murmure-t-elle. Pourquoi as-tu fait ça ? »

« Non, non, pas du tout comme ça », chuchote Alice dans le téléphone, le plus bas possible, en essayant de se retenir de rire. Le bureau est calme aujourd'hui, tout le monde a le dos courbé devant son écran d'ordinateur et les oreilles tendues, suppose Alice, vers sa conversation.

« Eh bien, quoi, alors ? » crie Rachel à l'autre bout du fil. Elle appelle, tout en marchant, de son portable, il y a des grésillements, sa voix vibre. La ligne est coupée un instant puis revient : « … Au lit ou pas ? » dit-elle.

« Rach, lui rappelle Alice. Je suis au bureau. »

Rachel soupire. « D'accord, tu me raconteras plus tard. Alors, et ce terrible et ténébreux secret ? Tu as réussi à le lui extorquer, ou bien vous n'avez pas eu le temps de parler ?

— Il est juif. »

Le bruit des klaxons et des moteurs de voitures envahit la ligne, puis la voix de Rachel, soudain fixe, comme si elle avait cessé de marcher : « Juif comment ?

— Quoi, juif comment ? Il y a des degrés ?

— Évidemment, qu'il y en a.

— Eh bien – Alice ne sait pas quoi dire –, il est… il… euh… il dit qu'il s'inquiète de ce qu'en pensera son père.

— Je vois.

— C'est bizarre, non ?

— Pas vraiment. Cela n'a rien d'un cas exceptionnel.

— Ah. » Alice est surprise. « Vraiment ?

— Mais bon Dieu ! dit Rachel. J'oublie que tu es comme ça, parfois.

— Comme quoi ?

— Que tu as passé presque toute ta vie enterrée dans un bled écossais, loin de tout. Évidemment que ça n'a rien d'exceptionnel. Ça arrive tout le temps, bordel. C'est juste un problème avec son père, ou bien lui aussi ?

— Hmm, je ne suis pas sûre. » Alice réfléchit. « Les deux, je crois.

— Mmm. Écoute, il faut que je file. Je dois être au tribunal dans deux minutes. Mais… mais fais attention, c'est tout. Ne te lance pas trop avant de savoir de quoi il retourne, d'accord ? »

Alice émerge de la station de métro de Camden Town en tenant son plan *A-Z* ouvert devant elle. John habite une petite rue étroite qui n'est même pas assez longue sur la carte pour contenir son nom, dans la fourche entre Camden Road et Royal College Street. Elle remonte Camden Road, passe l'angle du pub World's End où les gens débordent sur le trottoir, leur verre à la main. Au feu, devant Sainsbury's, elle traverse et achète une bouteille de vin dans un petit magasin algérien qui a un étalage de légumes exotiques et de cactus. Le marchand l'enveloppe dans du papier vert mousse puis dit à Alice qui s'éloigne : « Bonne soirée, mon petit. »

Après quelques allées et venues pour essayer de déchiffrer les numéros dans la pénombre, elle décide qu'il doit habiter vers le bout de cette rue étroite. C'est une de ces rangées de maisons victoriennes typiques du nord de Londres. La porte d'entrée est bleue, il y a de la lumière à toutes les fenêtres. À la porte, elle perçoit la vibration d'une musique forte qui provient de la maison. Elle sonne et il lui ouvre si vite qu'elle se demande s'il ne l'attendait pas juste derrière. Il a l'air hirsute, avec sa chemise sortie de son pantalon et ses cheveux ébouriffés. Puis les voilà enlacés et il l'étreint si fort qu'elle peut à peine respirer. Elle ne sait pas combien de temps ils restent ainsi ; tout cela paraît déjà si familier – l'odeur de John, la façon dont elle va nicher sa tête au creux de son cou, la façon dont il lui enveloppe la nuque de sa main lorsqu'il l'embrasse.

Elle recule pour le regarder, et passe les doigts sur sa bouche et ses joues. « Que c'est bon de te voir », dit-elle inutilement.

Il tend le bras derrière elle et referme la porte. « Entre. » Il lui prend la main pour lui faire traverser le vestibule jusqu'à un grand salon très haut de plafond. On a réuni deux pièces. Ça forme une vaste étendue de parquet depuis une baie vitrée sur le devant jusqu'à une porte, au fond, qui ouvre sur un petit jardin. Les murs sont peints d'un rouge paprika foncé, avec tout un côté de la pièce couvert de rayonnages. Dans le coin, il y a un bureau en désordre avec son ordinateur et un fax qui cliquette et clignote régulièrement. Deux canapés défraîchis mais confortables forment un angle droit, et il y a une table couverte de hautes piles de revues, de papiers et de livres.

John se tient derrière elle et lui serre la taille entre ses bras. « Alors ? lui murmure-t-il dans les cheveux.

— Alors quoi ?

— Qu'en penses-tu ?

— C'est magnifique, John. Quelle maison extraordinaire !

— J'ai beaucoup de chance. Je l'ai achetée avec l'argent que m'a laissé ma mère. Je me dis souvent que je devrais prendre un locataire ou donner la chambre d'ami, je ne sais pas, mais je me suis habitué au luxe de vivre seul. Je ne voudrais jamais vivre ailleurs. J'adore cette maison. Je vis surtout dans cette pièce. Le reste de la maison est pratiquement nu. On dirait que je ne trouve jamais le temps de l'aménager. »

Elle marche vers la bibliothèque, passe la main sur le dos des livres alignés et se retourne – face à la pièce. « Ça me plaît beaucoup, dit-elle d'une voix décidée.

— Viens voir le reste. »

Elle le suit dans l'entrée et regarde les muscles de ses cuisses bouger dans son jean tandis qu'il gravit l'escalier. Arrivé en haut, il se retourne et la voit sourire. « Qu'est-ce qui t'amuse ?

— Rien. » Elle essaie de retrouver son sérieux, mais elle se met à rire.

« Qu'y a-t-il ? » Il la prend dans ses bras et la presse contre la cloison du palier. « Tu ferais mieux de me le dire.

— Rien. » Elle rit, un peu essoufflée. « Je pensais juste à… au week-end… tu sais.

— À quelle partie du week-end en particulier ?

— Oh ! je ne sais pas. » Elle pose les mains à plat sur ses fesses et l'attire contre elle. « Cette partie-là, peut-être. »

Ils s'embrassent. Elle éprouve une soudaine et déchirante envie de lui. Elle le veut ; elle le veut tellement que ça lui donne de douloureux picotements de désir. Elle le veut ici même, sur ce palier, dans le noir, avec la seule lumière venant d'en bas, du salon, et elle le veut tout de suite. Il lui déboutonne sa chemise, plongeant la tête pour embrasser sa gorge, sa poitrine. Elle se bat avec les boutons de sa chemise à lui, mais le désir la rend maladroite et les boutons ne veulent pas passer. Elle tire dessus avec désespoir. « Putain, dit-elle.

— Qu'y a-t-il ? » Il parle d'une voix épaisse, sourde.

« Arrive pas à défaire ta chemise. »

Il recule un instant, empoigne le col par-derrière à deux mains et retire la chemise par-dessus sa tête, puis la jette à terre. Elle tend les bras vers lui. Elle aime le contact de sa peau lisse et tiède, la dure élasticité de son torse. Elle lui caresse le dos et les bras, presse sa bouche contre son cou et son épaule. Puis elle s'interrompt. Il y a quelque chose qui ne va pas, une gêne, une vague contrariété qui s'enregistre quelque part dans son esprit. Elle tente de canaliser ses impressions confuses en une pensée cohérente. Elle a commencé à sentir quelque chose d'inquiétant.

« John ?

— Mmm ?

— Je sens quelque chose qui brûle. »

Il relève la tête et renifle l'air comme un chien de chasse. « Merde. »

Il s'élance quatre à quatre dans l'escalier et disparaît. Alice s'adosse au mur, le souffle frémissant dans sa poitrine, un battement de cœur chassant l'autre. Je suis amoureuse, songe-t-elle, j'aime cet homme, je l'aime. Elle explore ce sentiment, prudemment, comme quelqu'un qui marche pour la première fois sur une jambe tout juste guérie, découvrant ses limites, guettant son moindre signe de faiblesse. Ressent-elle de la peur ? Non. De l'excitation ? Oui, incroyablement. Elle veut engloutir le temps, traverser à toute vitesse des jours, des semaines et des années avec lui, pour qu'ils puissent tout faire tout de suite. Mais en même temps elle voudrait le congeler ; elle en sait assez sur l'amour pour avoir conscience de son double tranchant – il n'y a pas d'amour sans souffrance, et l'on ne peut jamais aimer sans un peu d'effroi en pensant à la façon dont ça pourrait finir.

Elle tire sur sa jupe et reboutonne son chemisier, tout en cherchant l'interrupteur à tâtons le long du mur. Ce doit être par ici. Elle se sent presque nerveuse à l'idée de redescendre, au cas, juste au cas, où elle verrait dans ses yeux une indifférence désinvolte – mais dans son cœur elle sait qu'elle ne l'y verra pas. Elle pense qu'il l'aime, ou en tout cas qu'il pourrait l'aimer, et tandis que de ses paumes elle balaie le mur, elle se demande distraitement dans combien de temps elle lui dira qu'elle l'aime. Ses doigts trouvent l'interrupteur et elle allume la lumière.

Un instant elle est aveuglée et reste immobile à cligner des yeux dans l'éclairage électrique jaune et trop fort. Il n'y a pas d'abat-jour sur l'ampoule. Puis elle voit qu'elle est sur un plancher nu, et que trois portes, chacune entrouverte, donnent sur le palier. Elle en pousse une et allume la lumière. C'est la chambre de John : étonnamment spartiate, avec une couverture bleue sur un double futon, une lampe de chevet, et une haute pile de livres à côté du lit. Rien aux murs, et quelques vêtements éparpillés. La baie vitrée donne sur la rue. Elle combat une forte envie de tout examiner en grand détail – ouvrir des tiroirs, feuilleter des livres – pour glaner des renseignements sur cet homme qui est entré dans sa vie, mais elle se sent indiscrète ; John ne sait pas qu'elle est là, après tout.

La pièce suivante est visiblement celle où il garde tout son bric-à-brac. Elle est plus petite, située à l'arrière de la maison, et bourrée de choses – deux bicyclettes à différents stades de délabrement, un vieil ordinateur vomissant un fouillis de fils colorés, une grande commode, une penderie, des rayonnages couverts de dossiers, des tas de vêtements, du papier, des revues, des journaux. La troisième pièce est la salle de bains, peinte d'un bleu nuit profond. La baignoire est énorme et turquoise. À côté du siège des toilettes, il y a une autre pile de livres – de la poésie, les œuvres complètes d'Ibsen, et *Le Manuel du journaliste 1992*. Elle entend une sorte de gargouillement, de glouglou qu'elle prend pour un bruit de tuyauterie, jusqu'au moment où elle se retourne et voit derrière la porte un grand aquarium. Une pompe y déverse un jet d'eau continu, et l'intérieur est illuminé par un tube fluorescent, qui éclaire, non pas des poissons, mais une étrange créature immobile.

Alice s'approche de l'aquarium. On dirait un lézard, mais tout blanc, qui flotte entre deux eaux et l'observe de ses minuscules yeux noirs enfoncés dans les côtés de sa tête. Elle n'a jamais rien vu de pareil ; il a la tête entourée d'une auréole de fragiles branchies roses aux attaches délicates qui palpitent imperceptiblement. Ses pieds la fascinent : on dirait des mains de poupée – pâles et raffinés avec des doigts minuscules et précis. Il paraît d'une inexprimable mélancolie. Ce qui la frappe le plus, c'est son immobilité : il ne bouge même pas quand elle se penche tout contre lui. Elle se demande comment il fait pour rester en suspens à mi-hauteur sans avoir l'air de bouger ses pattes ni son épaisse queue. Il devrait couler au fond, sur les graviers, non ? Pendant qu'elle le regarde ainsi, il s'approche avec une lenteur appliquée du bord de l'aquarium, en agitant dans l'eau sa queue puissante ; lorsqu'il atteint la paroi, il heurte le verre du nez et s'enfonce de quelques centimètres dans l'eau, puis il s'immobilise et il fixe sur elle des yeux rêveurs. Alice presse le bout de ses doigts contre la paroi vitrée. « Qu'est-ce que tu fais là ? » chuchote-t-elle.

Il la contemple de ses yeux affligés en tête d'épingle. Elle se redresse, puis se détourne pour redescendre.

Dans la cuisine, John est torse nu devant le fourneau, et il remue vigoureusement quelque chose dans une casserole. « Salut, dit-il en la voyant entrer. Ce n'est pas entièrement fichu, ne t'inquiète pas. » Il se penche et l'embrasse. « Tu as visité ?

— John, qu'est-ce que c'est, ce machin ?

— Quel machin ?

— Ce machin dans l'aquarium, là-haut.

— Ah ! » Il rit. « C'est un axolotl.

— Un quoi ?

— Un axolotl. Ils viennent d'Amérique du Sud. J'ai un cousin qui en élève. C'est incroyable, hein ?

— Mais c'est un reptile, un amphibien, ou quoi ?

— C'est une forme larvaire de la salamandre. Si je le laissais s'habituer à être hors de l'eau, il deviendrait une salamandre. C'est la seule forme larvaire au monde capable de se reproduire.

— Alors il est maintenu en état permanent d'adolescence ? » Elle frissonne. « Quelle horrible idée ! C'est trop cruel. Tu devrais le laisser devenir une salamandre normale et le sortir de sa misère.

— Tu n'as pas aimé être adolescente ?

— Non, j'avais horreur de ça. Je mourais d'impatience de grandir et de quitter ma famille.

— Vraiment ?

— Oui. J'étais une affreuse adolescente – insupportable à vivre et insupportable à regarder.

— Je ne te crois pas.

— C'est vrai. J'étais tout le temps habillée en noir, je faisais des trucs monstrueux à mes cheveux, et je n'ai pas adressé un seul mot convenable à mes parents pendant cinq ans.

— Tu as des photos ?

— Aucune que je veuille te montrer. En tout cas, n'esquive pas le sujet : tu retiens cette pauvre créature prisonnière de cet horrible no man's land.

— Pas vraiment. C'est plutôt qu'il garde éternellement ses vingt ans – il peut se reproduire, il peut avoir des relations, il peut mener une vie normale et heureuse d'axolotl. Il ne vieillit jamais, ce qui est plutôt une bonne affaire, me semble-t-il. Les Dorian Gray du monde amphibie.

— Il n'a pas l'air très heureux.

— En ce moment, non, mais attends un peu, tu vas voir.

C'est un animal nocturne. Pour l'instant, il dort. Dans quelques heures, il se réveillera et il virevoltera dans son aquarium en faisant gicler le gravier. Attends de voir ça. »

John ouvre la porte du four et se penche. « Plus pour longtemps », dit-il en jetant un coup d'œil à l'intérieur, puis il referme la porte d'un claquement sec.

« Tu n'as pas froid ? » demande-t-elle. Et elle l'enlace par-derrière, la tête pressée entre ses omoplates.

« Non. » Alice entend et ressent sa voix résonner dans sa poitrine. « Je suis juste bien.

— Ça sent bon.

— Tu as faim ? »

Elle fait oui de la tête.

J'adorais être amoureuse de John. L'amour est facile et bizarre. Je m'interrogeais dans les wagons trépidants du métro, dans les bus bondés, au travail – qu'était-ce donc, en lui, qui produisait sur moi cet effet ? Je n'arrivais jamais à conclure, et j'avais des listes de notions générales et de détails précis : j'aimais sa générosité, son aptitude à rire de lui-même, sa détermination, la façon dont il pouvait sans hésitation s'atteler à n'importe quelle tâche, son impulsivité, et sa façon de déceler de l'humour dans n'importe quelle situation. Mais j'aimais aussi son geste circulaire pour se masser le cuir chevelu quand il était fatigué, la façon dont sa lèvre supérieure se retroussait quand il était fâché, j'aimais qu'il soit incapable de s'endormir s'il n'avait pas un verre d'eau à côté du lit, et qu'il soit toujours tellement surpris par la quantité de nourriture qu'il était capable d'ingurgiter.

J'adorais le regarder se raser. Mon père, aussi loin que remontent mes souvenirs, avait toujours utilisé un rasoir électrique, aussi tout ce rituel du rasage mouillé me fascinait-il : le blaireau que lui avait donné son père, le fond d'eau dans le lavabo, le rasoir qu'il secouait juste un peu avant de l'appliquer sur son visage. Je m'asseyais sur le rebord de la baignoire pour le regarder faire mousser le savon avec le blaireau et se l'étaler ensuite sur son visage comme une grosse barbe blanche. Puis le crissement du rasoir sur les poils raides et les drôles de grimaces qu'il faisait pour bien tendre la peau. Quelquefois je me plaçais derrière lui et j'imitais ses grimaces, jusqu'au jour où il avait tant ri qu'il s'était coupé. J'aimais la façon dont, avant, son visage piquait, et laissait des marques rouges sur ma figure et mon corps, et puis après, c'était si doux que je pouvais y glisser mes lèvres. Les poils rasés s'amassaient comme des copeaux métalliques tout autour du lavabo quand l'eau était vidée.

Je l'aimais plus que je n'avais jamais rien aimé au monde. Comment aurais-je pu savoir qu'il était un don que je ne pourrais pas garder ?

De bonne heure un samedi matin, le téléphone se met à sonner chez Alice. John est au lit, il feuillette un supplément hebdomadaire, un verre d'eau à côté de lui. Alice est dans son bain. John regarde le téléphone avec incertitude. « Je décroche ? crie-t-il.

— Oui. Tu veux bien ? » répond-elle à travers le mur.

John s'étire en travers du lit et décroche. « Allô ! »

Silence au bout du fil. L'étroite acoustique de la salle de bains répercute des bruits d'éclaboussures le long des murs de l'appartement.

« Allô ! répète-t-il, plus fort cette fois.

— Alice est là ? » La voix, féminine, est abrupte et légèrement indignée. La mère d'Alice. Forcément. John pose le verre d'eau sur la table de chevet. « Oui, dit-il, elle est là. » Il se rend compte que, pour Dieu sait quelle nébuleuse raison maternelle, le fait qu'un inconnu réponde au téléphone chez sa fille le matin de bonne heure signifie que la mère d'Alice doit automatiquement le détester et se montrer le plus désagréable possible.

« Bon, alors je peux lui parler ?

— Je suppose, oui. » Puis, uniquement pour la contrarier, il ajoute : « Qui dois-je annoncer ?

— Sa mère », réplique-t-elle sèchement.

Il doit poser l'appareil et vite traverser la chambre pour qu'elle ne l'entende pas rire. « Alice, appelle-t-il à travers la porte de la salle de bains. Ta mère au téléphone ! »

Elle émerge de la vapeur, une serviette drapée autour de la tête. John se remet au lit et la regarde approcher et prendre l'appareil. Alice est ma copine : il expérimente l'idée. Ma nouvelle copine. Les termes applicables à ce genre de situation le frustrent. « Nous sortons ensemble » – il déteste cette expression. « Copine » est inadéquat, vraiment trop adolescent. Alors quoi ? « Partenaire » fait trop professionnel, « maîtresse » un peu osé pour la langue courante. « Amie » ? On dirait qu'il a quelque chose à cacher. « Grande amie » – pitié ! Aucun de ces mots ne suffit parce que ce qu'il a vraiment envie de dire et de proclamer à tout le monde, c'est…

John perd alors le fil de ses pensées, car la conversation d'Alice gagne en intensité et en férocité. C'est devenu un jeu serré de ping-pong verbal.

« Qui ? Je ne te le dirai pas. »

Silence, pendant que la voix de la mère s'égosille à l'autre bout.

« Je sais l'heure qu'il est, merci. »

Nouveaux glapissements.

« Parce que ça ne te regarde pas. »

Et ainsi de suite pendant plusieurs minutes, Alice aboie toutes les quelques secondes : « Ouais, c'est ça… Je fais ce qui me plaît… Ne te mêle pas de mes affaires… Je sais que je ne te l'ai pas dit… Non… Non… Oui… Non… Je pense que je suis assez grande pour décider… Si je voulais ton avis, et crois-moi ce n'est pas le cas, je te le demanderais moi-même… » Cela se termine avec Alice qui crie : « Va te faire voir ! » et raccroche. Alice fixe le téléphone, immobile. Il se remet à sonner. Elle décroche comme si elle savait depuis le début que ça arriverait. « Quoi encore ? » rugit-elle.

John se met à rire. C'est vraiment incroyable.

« Pourquoi ? hurle-t-elle. Pourquoi ? Parce que je savais que tu réagirais exactement comme tu le fais en ce moment… Ne recommence pas tes conneries… Si ! Non… Pourquoi des précautions ?… Amour ? Amour ? Comment peux-tu oser prononcer ce mot ? Tu ne le reconnaîtrais même pas s'il venait te frapper en pleine gueule ! »

Cette fois retentit un monotone grésillement venant de North Berwick : la mère a raccroché. Alice raccroche violemment à son tour et se met à bondir dans tous les coins de la pièce comme une bille de lithium sur l'eau. « Comment ose-t-elle ? Comment *ose*-t-elle ? fulmine-t-elle. Bon Dieu, si elle croit qu'elle peut se mettre à m'appeler ici et me faire des sermons sur… » Elle s'arrête, pousse une sorte de grondement déchirant et, arrachant la serviette de sa tête, la jette par terre, trempée.

« Dieu du ciel ! s'exclame John, du lit. Ça arrive souvent ?

— Ça, ce n'est rien, dit-elle avec une grimace. Juste la mise en train.

— De quoi s'agit-il ?

— De toi.

— Moi ?

— Qui tu es. Comment ça se fait que tu répondes au téléphone chez moi. Depuis combien de temps je te connais. Pourquoi je ne lui ai pas dit que j'avais de nouveau quelqu'un dans ma vie. Comme si c'était ses oignons ! crie-t-elle.

— Eh bien, hasarde-t-il, c'est-à-dire, elle est ta mère. C'est un peu ses oignons, non ? »

Elle le regarde, stupéfaite, comme si l'idée ne l'avait jamais effleurée. « Mais elle s'en mêle juste pour m'emmerder. Elle devient toujours très bizarre, avec moi et les hommes. Toujours.

— Très bizarre ?

— Ouais, surprotectrice et moralisatrice. Elle me tanne indéfiniment pour que je sois prudente et circonspecte, que je ne sois pas blessée, que je prenne mes décisions avec du recul, et puis la passion n'est pas nécessairement ce qu'il y a de meilleur pour moi à long terme, et caetera, et caetera.

— Elle n'est pas comme ça avec tes sœurs ?

— Pas vraiment. Mais elles ont des copains sérieux, toujours les mêmes, qu'elles finissent par épouser. »

Il est tenté de lui rappeler qu'elle n'a qu'une sœur mariée, en vérité, mais il s'abstient. « Tu vas la rappeler ? se contente-t-il de demander.

— Non ! »

Par curiosité, John sort de la chambre. Dans la salle de bains, il prend sa brosse à dents et le dentifrice. Avant qu'il ait fini de se brosser les dents, il entend Alice composer un numéro et puis : « Maman ? C'est moi. »

Lorsqu'il revient, elle est en train de se démêler les cheveux, penchée en avant, les extrémités mouillées touchant presque terre.

« Comment ça s'est passé ? demande-t-il en s'asseyant au bord du lit.

— Oh ! très bien. » Le mouvement du peigne est régulier. « Ça ne veut rien dire, en fait. C'est juste... des feux d'artifice. »

Elle change de position, passant le peigne dans l'autre main.

« Tu voulais vraiment dire ce que tu as dit, reprend-il, sur elle... et... l'amour ? »

Le peigne marque un temps d'hésitation. Son visage est dissimulé par ses cheveux. Elle hausse les épaules, puis recommence à se peigner avec une vigueur redoublée. « Oui.

— Alors... et ton père ?

— Hmmm. Je ne suis pas convaincue. Quelquefois je me dis qu'elle l'a juste utilisé comme étalon.

— Étalon ?

— Pour nous.

— Nous ?

— Non, pas toi et moi, John, répond-elle patiemment. Mes sœurs. Et moi.

— Vraiment ? Tu le penses vraiment ? »

Elle rejette ses cheveux en arrière et se redresse, le sourcil froncé, pour dévisager John. « Mon père ferait n'importe quoi pour elle, mais elle... » Elle s'interrompt en voyant l'expression sur ses traits. « Tout va bien, tu sais. Simplement, ça me rend encore plus déterminée.

— En quel sens ?

— À ne pas être comme elle. »

John est réveillé par un violent mouvement dans le lit à côté de lui et une masse de cheveux d'Alice qui lui recouvre le visage.

« Alice ? Ça va ?

— J'arrive pas à dormir. » Elle a une petite voix, tendue et plaintive.

Il étend un bras lourd de sommeil pour la chercher à tâtons. Sa paume rencontre la courbe d'une hanche. Elle est sur le côté, au bord du lit, et lui tourne le dos. Il se rapproche, l'entoure de son bras. « Qu'est-ce qu'il y a ? »

Soudain elle le repousse et elle s'assoit, bien droite, raide d'indignation. « C'est ce putain de futon. Il est tellement inconfortable », explose-t-elle, prête à fondre en larmes.

La surprise le fait ciller, et il essaie de s'éclaircir les idées et de comprendre pourquoi elle est bouleversée. « Ah.

— C'est si… si dur et ça me fait mal… aux rotules.

Il rit. Il ne peut pas s'en empêcher. « Aux *rotules* ? »

Elle le frappe. « Ne te moque pas de moi ! » Mais elle se met à rire aussi. « Oui, ça me fait mal aux rotules. Il n'y a rien d'anormal à ça, non ?

— Franchement, si. Je n'ai encore jamais entendu personne se plaindre d'avoir mal aux rotules pour avoir dormi sur un futon.

— Si je dors à plat ventre, j'ai mal aux rotules parce que le matelas est trop dur. »

Il se tortille sous la couette et commence à lui masser les rotules.

« Ça va mieux ?

— Non », dit-elle, toujours confusément contrariée.

Il les embrasse délicatement l'une après l'autre. « Et maintenant ? » demande-t-il. Silence.

« Un peu. »

Quand elle arrive le lendemain soir, en sortant du bureau, il lui bande les yeux dans l'entrée.

« Pourquoi ? Qu'est-ce qui se passe ?

— Attends. Tu vas voir. » Il la propulse dans l'escalier devant lui, mais s'assure qu'elle ne trébuche pas, lui posant la main sur la rampe, la maintenant en équilibre. Il l'arrête sur le seuil de la chambre. « Prête ?

— Oui, oui. Qu'est-ce que c'est ? »

Il lui ôte le bandeau. Dans la chambre, à la place du futon calomnié, se trouve un très grand lit tout neuf. Elle pousse un cri et se jette dessus. « John ! C'est fou ! » Elle saute dessus avec exubérance. Les oreillers volent et la couette se ratatine sous ses pieds. Il la regarde, adossé au chambranle. « Est-il de la douceur *ad hoc* pour les précieuses rotules de Madame ? »

Elle se jette à plat ventre en riant. « Oui. Il est parfait. » Elle se retourne sur le dos et s'assoit, soudain gênée. « Merci, John, merci. Mais tu n'étais pas obligé, tu sais… Enfin, pas juste pour moi. »

Il se rend compte qu'ils ont tous deux conscience que le lit est un signe. Ni l'un ni l'autre n'ont encore parlé de l'avenir, et il s'est surpris à en éprouver un peu d'impatience. « Si, j'étais vraiment obligé », dit-il d'une voix grave, guettant sa réaction. Elle devient écarlate et évite son regard. Bon, songe-t-il, comme tu voudras, Alice, le moment n'est pas encore venu. Il franchit la distance entre eux et s'assoit sur le lit. « J'étais bien obligé, reprend-il d'une voix plus enjouée. Pour que tu ne m'agresses plus au milieu de la nuit. »

Elle rit. « Je suis vraiment confuse. Je n'arrivais pas à dormir, et je deviens très nerveuse quand je ne peux pas dormir. Pardonne-moi, John.

— Eh bien, dit-il songeur, il y aurait un moyen de te faire pardonner. »

Elle ébauche ce sourire lent, fripon, qui ne manque jamais de lui donner une érection. « Ah ! oui ? dit-elle. Et ça serait quoi ?

— Tu pourrais me baiser jusqu'au KO total sur notre nouveau lit. »

Dans l'encadrement de la porte, Ann observe Alice. Le visage de sa fille est tendu, renfrogné, avec cette expression trop familière de défi, tandis qu'elle ôte cette chose ridicule toute en plumes mitées qu'Elspeth lui a donnée et la pose soigneusement sur le lit. C'est Elspeth qui encourage ce genre de comportement chez Alice, au lieu de lui donner le bon exemple, de tracer les limites dont aurait besoin une fille capricieuse comme Alice. Imaginez un peu, renvoyée de l'école pour avoir été – que disait donc la lettre du directeur ? – « habillée de manière inappropriée pour l'étude scolaire ». Ann regarde Alice boutonner un chemisier blanc appartenant à Kirsty et enfiler une jupe d'une longueur plus convenable.

« Collant », ordonne Ann, montrant du doigt un trou, au-dessus du genou gauche d'Alice. Bouillonnant d'une fureur rentrée, Alice ôte le collant et en tire un nouveau de son tiroir.

« Cravate », commande sombrement Ann. À bout de bras, elle lui tend la cravate réglementaire du lycée, à rayures rouges et noires. Alice secoue la tête. « Cravate, répète Ann plus fermement.

— Je ne mettrai pas cette saloperie de cravate.

— Je ne permettrai pas que tu emploies ce langage de caniveau avec moi, jeune demoiselle. Et si je dis que tu porteras une cravate à l'école, tu porteras une cravate. »

Alice secoue de nouveau la tête. « Non. »

Ann soupire. En vérité, elle n'a aucune envie de discuter là-dessus. À vrai dire, elle est étonnée de voir Alice céder aussi facilement pour consentir à se changer. Elle a débarqué il y a une heure en déclarant qu'elle ne remettrait plus jamais les pieds à l'école.

« Bon. En voiture. Je te reconduis.

— J'irai à pied, dit Alice, boudeuse.

— Je te dis que je te reconduis. En voiture. Tout de suite. »

Ann décide de profiter au maximum des cinq minutes qu'elle passe avec sa fille coincée dans un espace confiné. « Ton père et moi sommes écœurés et fatigués de ton attitude actuelle. Tu es difficile, grossière, tu ne coopères pas, tu ne communiques pas, tu ne participes pas. Tu as l'air ridicule et pour ma part je suis contente de voir que l'école est de mon avis. Je veux te voir changer radicalement de comportement, et tout de suite. Je pense que… »

Ann est momentanément distraite de sa tirade par une voiture qui surgit devant elle à un croisement, et qui cale. Elle est forcée de freiner brusquement et elle se retient à grand-peine de jurer. Heureusement, elle se souvient juste à temps qu'elle est en train de faire un sermon sur les bonnes manières. « Ah ! autre chose, reprend-elle d'une voix moins convaincante, en essayant de se rappeler où elle en était restée, à l'approche du carrefour devant l'école.

— Boucle-la, boucle-la, boucle-la, ronchonne Alice, les mains sur les oreilles.

— Ne me parle pas comme ça, dit Ann d'un ton cinglant, retrouvant le fil.

— Je ne vois pas où est le problème ! s'écrie Alice avec fureur. J'ai des putains de bonnes notes, non ? De toute façon, il n'y a que ça qui vous intéresse, papa et toi !

— Je ne vais plus te mettre en garde contre ton langage, Alice. Il ne s'agit pas de tes notes en classe. » Ann se laisse à nouveau distraire, mais cette fois par un garçon adossé aux grilles de l'école. Grand, en chandail noir, avec son sac sur l'épaule. C'est son fils. Aucun doute possible. L'aîné. Elle écrase le frein et se penche vers le pare-brise pour bien le voir. Ressemble à sa foutue saleté de mère. Elle se rend compte qu'à côté d'elle Alice ouvre en grand la portière, la claque violemment et s'éloigne sans dire au revoir. La colère d'Ann s'est complètement évanouie, les méfaits d'Alice sont oubliés, sous l'effet de cette curiosité morbide à l'égard du garçon. Il a la stature de son père, mais le teint de sa mère et ces affreux cheveux bouclés, tellement cucul-la-praline.

Ann l'observe. Il a les yeux fixés sur une fille qui approche et sourit nerveusement. Ann reconnaît ce sourire. Elle est sur le point de s'abandonner à une petite larme sentimentale lorsqu'elle s'aperçoit soudain que c'est à Alice qu'il sourit. Au moment où celle-ci le rejoint, il se détache de la grille et lui emboîte le pas. Ann les regarde fixement, les mains crispées sur le volant. Est-ce qu'ils se connaissent ? Sont-ils amis ? Est-ce que… Non. Impossible. Pourquoi, sur les quelque trois cents garçons de cette école, Alice choisirait-elle justement celui-là ? Ann le voit plonger la main dans son sac et tendre quelque chose à Alice. Ce faisant, il lui touche légèrement l'épaule. Le corps d'Ann se glace d'effroi.

Elle sort la tête par la fenêtre. « Alice ! » hurle-t-elle d'une voix hystérique. Plusieurs personnes se retournent, mais pas Alice, qui a maintenant traversé la moitié de la cour avec ce garçon. « Alice ! » hurle de nouveau Ann. Le pas d'Alice hésite, mais elle continue, plus vite cette fois. Ann appuie sur le klaxon. Le bruit éclate dans toute la cour. Des adolescents, des enseignants et des enfants de l'école primaire se retournent pour regarder avec curiosité la mère des sœurs Raikes qui klaxonne, écarlate dans sa voiture garée devant les grilles. Alice se retourne aussi et retraverse la cour d'un pas furieux, le teint coloré, l'œil flamboyant. Le garçon la suit, en retrait de quelques pas. Le visage d'Alice apparaît à la fenêtre d'Ann. « Qu'est-ce qui te prend ? crie-t-elle. Va-t'en, maintenant !

— Alice ! » Ann saisit le poignet de sa fille. « Qui est ce garçon ?

— Quoi ? fait Alice, effrayée.

— Ce garçon. » Ann pointe le doigt sur lui.

« Ça ne te regarde pas. Pourquoi me fais-tu ça ? Va-t'en. S'il te plaît.

— Réponds à ma question. Qui est ce garçon ? Comment s'appelle-t-il ? »

Alice la dévisage avec une rage incrédule. « Tu es tellement embarrassante, siffle-t-elle. Il va t'entendre. Tu ne peux pas juste t'en aller, non ?

— Si tu me dis son nom, je m'en irai. C'est promis. »

Alice la dévisage, déchirée entre le besoin de se protéger et le désir de voir Ann s'en aller. « Andrew Innerdale », dit-elle.

Ann ferme les yeux. Jamais de sa vie elle ne s'était attendue à ça. Est-ce une punition divine ? Alice cherche à dégager son bras de la poigne de sa mère. Mais Ann s'agrippe, avec un effroi redoublé. « Alice, dis-moi, est-ce que tu sors avec ce garçon ? »

Alice est vraiment en colère, à présent. « Lâche-moi, crache-t-elle. Tu m'as promis que tu partirais. Tu l'as promis.

— Réponds-moi. Tu sors avec lui ?

— Pourquoi devrais-je te le dire ? Ça ne te regarde pas. » Des larmes de rage montent aux yeux d'Alice.

« Je veux le savoir.

— Non. Non, je ne sors pas avec lui. Nous sommes juste amis, ça te va ? »

Ann regarde derrière Alice le garçon qui se tient en retrait, et qui les observe avec incertitude. « Et tu vas sortir avec lui ? Est-ce qu'il veut sortir avec toi ?

— Maman, je t'en prie ! Je peux m'en aller ? » Alice se débat sous la poigne de sa mère. « Pourquoi tu me fais ça ? Je te déteste, je te déteste ! Tu me fais mal.

— Réponds-moi. Il veut sortir avec toi ?

— Oui », sanglote Alice, s'essuyant les yeux de sa main libre.

Ann lâche prise. Alice s'écarte d'un bond en se frottant le poignet et traverse à toutes jambes la cour pour s'engouffrer dans le bâtiment de l'école, tandis que le garçon lui court après en criant : « Alice ! Alice ! Où vas-tu ? »

Ann fait demi-tour sur la route, provoquant les gesticulations d'un conducteur qui arrive en sens inverse, puis rentre à toute vitesse chez elle. Elle s'enferme dans sa chambre, au cas où Elspeth reviendrait inopinément, et serre le téléphone sur ses genoux.

Elle connaît encore le numéro par cœur. Bien sûr.

« Puis-je parler à Mr Innerdale, s'il vous plaît ? » dit-elle à la vendeuse. Puis voilà sa voix contre son oreille, elle parle et il répond, et elle doit s'enfoncer les ongles dans les paumes à plusieurs reprises en constatant que rien n'a changé, malgré le silence entre eux depuis qu'elle a rompu – encore – il y a près d'un an, et bien qu'elle se félicite tous les jours d'avoir réussi à s'arracher du cœur l'amour qu'elle avait pour lui ; rien n'a changé. « J'ai besoin de ton aide, s'entend-elle dire.

— Bien sûr, Ann.Tout ce que tu veux.

— Il faut que tu tiennes ton fils à l'écart de ma fille.

— Ta… ? Laquelle ?

— Alice. »

Silence. Elle l'entend claquer sa langue contre ses dents.

« Tu veux dire ma fille, alors. »

Ann se lève, toujours cramponnée au téléphone, et se met à arpenter la chambre à pas crispés, contrôlés. « Écoute, je ne veux plus revenir là-dessus.

— Pourquoi ne veux-tu pas admettre qu'elle est de moi ? Figure-toi qu'il m'arrive de quitter le magasin de bonne heure pour la regarder rentrer de l'école. Je la croise dans la rue presque chaque semaine, parfois de si près que je pourrais la toucher. Elle me ressemble plus que mes propres fils. Elle est de moi et tu le sais. Pourquoi ne peux-tu pas l'admettre ?

— Quelle différence cela ferait-il ? réplique Ann. Elle est la fille de Ben à tous points de vue. Et pour ton information, ajoute-t-elle avec hauteur, il est plus que probable qu'elle est de lui.

— Ce sont des bêtises, Ann, et tu le sais. Évidemment, qu'elle est de moi. Ça ne fait aucun doute. Plus elle grandit, et plus c'est évident. Ne penses-tu pas qu'elle a le droit de savoir la vérité ?

— Jamais je ne lui parlerai de toi. Jamais.

— Tu ne peux pas faire face, n'est-ce pas, Ann ? Tu ne peux pas supporter ce rappel constant, vivant, de ce qu'il y a eu entre nous – et qu'il y a encore ?

— Il n'y a rien », songe Ann à voix haute. Il lui semble

voir les mots comme s'ils étaient tracés sur un prompteur et qu'elle les lui lisait. « Il n'y a rien entre nous. C'est fini. Je te l'ai dit.

— Je ne te crois pas. » Sa voix n'est plus qu'un murmure. « Ann. » Sa voix vient se glisser dans la spirale secrète de l'oreille d'Ann. « Viens me voir.

— Non. » Elle est paniquée, à présent. Elle peut faire face à tout, sauf à ça. Elle s'immobilise. Elle se sent prise de vertige, comme si, en faisant un pas de plus, elle risquait de basculer dans un terrible gouffre. Si elle reste immobile à cet endroit du tapis de sa chambre, et qu'elle garde ses pieds serrés l'un contre l'autre, tout ira bien.

« Je t'en prie, insiste-t-il.

— Non.

— Ann, ne dis pas ça. Je t'aime. Et je sais que tu m'aimes. Tu ne peux pas gâcher ça. Tu ne peux pas. Personne n'en saura rien. Ben ne le saura jamais, je te le promets. Liza ne saura rien. Nous serons prudents.

— Nous étions déjà prudents, la dernière fois.

— Pas suffisamment. Ann, je t'en prie.

— Non. » Est-ce bien elle ? Est-ce sa voix à elle qui dit ces choses ? « Je suis sérieuse. »

Il ne parle plus, ne demande plus. Et une partie d'Ann est contente, tellement contente, parce que, s'il lui demandait encore une fois, elle sait qu'elle ne dirait pas non, s'il lui demandait encore, elle ne pourrait pas dire non, elle sortirait de cette maison et en quelques minutes elle serait à son magasin. Elle en est si proche. Pourquoi ne le sait-il pas, merde, pourquoi ne redemande-t-il pas, juste une fois, c'est tout ce qu'il faudrait, mon amour ?

Au bout d'un moment, elle s'entend parler : « J'ai besoin que tu me promettes de tenir ton fils loin d'elle. »

Demande-moi encore.

« Andrew peut voir qui il veut. » Sa voix est distante à présent, désinvolte, impersonnelle.

« Je t'en prie. Il me faut ta coopération pour ça. Il n'y a que toi qui saches comme… ce pourrait être mal.

— Qu'est-ce que je suis censé dire à Andrew – désolé, fiston, c'est ta sœur ?

— Je m'en fiche. Dis-lui ce qu'il faudra. Invente

quelque chose. Il faut que tu le fasses pour moi. Je t'en prie. »

Je t'en prie, demande-moi encore.

« Tu te rends compte qu'en me demandant de faire ça, tu reconnais qu'Alice est ma fille ?

— Je le sais, dit Ann, doucement. Mais qu'est-ce que tu vas faire ? Aller en justice pour obtenir sa garde ? »

Je me sens encore effrayée, inquiète. Tout à l'heure – plus tôt, je ne sais pas quand –, j'ai soudain eu conscience de cette présence. Quelqu'un que je ne connaissais pas était près de moi, penché sur moi peut-être. L'odeur que me transmettaient mes narines m'était inconnue, masculine, mêlée de nicotine.

Un jour, j'ai regardé une buse tournoyer dans l'air au-dessus de sa proie. Elle parcourait le ciel, à l'affût, et quand elle trouvait quelque chose, elle se laissait tomber comme un fil à plomb et restait en suspens à un ou deux mètres au-dessus de sa victime, en battant très vite des ailes, pendant peut-être une minute entière avant de plonger en piqué.

Cette personne, quelle qu'elle fût, c'était comme si j'avais entendu battre ses ailes, comme si j'avais senti une ombre planer au-dessus de moi. Mon cerveau tourbillonnait et cliquetait : j'avais envie de hurler, de tendre les bras pour la repousser. Qu'existe-t-il de pire : savoir que quelqu'un est là et ne pas pouvoir bouger, parler, ou même voir ?

Alice dormait depuis Newcastle, blottie contre lui, les jambes repliées sous elle, avec ses vêtements noirs d'enterrement froissés et fripés. Elle paraissait pâle, avec des cernes sombres sous les yeux. John lisait le livre d'Alice, *Daniel Deronda*, et regardait défiler des maisons, des usines, des champs, et les regards vides du bétail. De l'autre côté de l'allée centrale, un petit enfant sautait sur les sièges et pleurnichait. « Arrête, Kimberley », répétait indéfiniment la mère, sans lever les yeux de sa revue. En face d'eux, deux religieuses épluchaient et mangeaient des oranges qu'elles tiraient d'un filet rouge, et elles empilaient les pelures en odorantes ziggourats sur la tablette. L'une d'elles lui adressa un sourire curieusement béat lorsqu'il croisa son regard. À Peterborough, Alice s'étira et ouvrit les yeux.

« Bonjour, comment te sens-tu ? dit John.

— Hum, ça va. » Elle bâilla et écarta de ses yeux ses cheveux emmêlés. « Où sommes-nous ? J'ai dormi longtemps ?

— Environ deux heures. Nous venons juste de quitter Peterborough. » Il referma le livre et le glissa dans l'espace entre leurs deux sièges. « Ta famille est formidable, tu sais.

— Mmm. » Elle regarda par la fenêtre. « Je regrette que tu n'aies pas connu ma grand-mère. »

Il lui prit la main, la pressa. « Je le regrette aussi. » Il se pencha légèrement en avant pour voir si elle pleurait, mais elle avait le visage sec et les yeux perdus dans le vague tandis que le paysage crépusculaire défilait devant eux. « Tu sais, poursuivit-il, rien de ce qu'on pourra dire ne te consolera, mais est-ce que tu connais ça ? » Il se concentra, le sourcil froncé. « La mort ne change pas l'amour et rien n'est perdu, et tout à la fin est moisson.

— Qui a dit ça ?

— Julienne de Norwich. Quelqu'un me l'a envoyé à la mort de ma mère.

— Julienne de Norwich ? Cette dingue mystique du Moyen Âge ?

— Celle-là même, mais elle n'était pas dingue, je te l'affirme. »

Alice répète la phrase à mi-voix, en le dévorant des yeux. « Ça me plaît. “La mort ne change pas l'amour...” Je pense qu'Elspeth aurait aimé ça aussi. Son mari est mort quand elle avait à peu près mon âge.

— Ah ! oui ? De quoi ?

— La malaria. Ils étaient missionnaires en Afrique. »

Elle prit le livre qu'il avait posé et le feuilleta distraitement du pouce, à plusieurs reprises. « Je suis contente que nous ayons dispersé ses cendres sur la Loi, dit-elle soudain. Est-ce que tu as dispersé les cendres de ta mère quelque part ?

— Non. Elle est enterrée à Golders Green.

— Ah. Enterrée. » Elle frémit. « Je n'ai jamais beaucoup aimé cette idée.

— Pourquoi ?

— Mettre le corps des gens qu'on aime dans la terre froide et humide, et puis savoir que sous ce tumulus qu'on va voir et qu'on entretient ils sont toujours là, à se décomposer peu à peu…

— Ce n'est pas vraiment eux. Seulement leur corps.

— Oui, mais les corps comptent aussi. Dans le sentiment qu'on en a, en tout cas.

— Je suppose, oui. Cela ne m'a jamais troublé. Je n'ai jamais vraiment pensé à ce qu'il y a sous cette dalle comme étant ma mère. »

Elle s'agenouilla sur le siège pour voir si le signal d'occupation des toilettes était allumé.

« Je vais aux toilettes. À tout de suite. »

Elle se glissa entre lui et le siège devant eux ; il sentit brièvement sur son visage la chaleur de son corps avant qu'elle ne s'éloigne dans l'allée, en se retenant aux dossiers pour compenser les cahots du train.

Lorsqu'elle revint, il vit qu'elle s'était lavé le visage et brossé les cheveux. « Tu as l'air d'aller mieux, dit-il, en caressant les petits cheveux humides sur ses tempes.

— Je me sens mieux. » Elle sourit et passa ses jambes par-dessus les genoux de John.

« Qu'est-ce que tu fais demain ? demanda-t-il. Que dirais-tu d'aller voir un film l'après-midi au NFT ? »

Elle plissa le visage. « J'ai l'impression que je fais quelque chose, mais je ne me souviens plus… Ah, oui ! J'ai une journée chargée, demain. Je cherche un appartement. C'est décidé. Je ne peux plus supporter cet endroit. Je vais me lever de très bonne heure, acheter *Loot* et courir Londres pour dénicher l'appartement de mes rêves. Bon, c'est ça l'idée, en tout cas. Ça m'étonnerait que j'en trouve un si vite, mais on ne sait jamais. L'appartement de mes rêves est là, quelque part, et il faut juste que je le trouve. »

Pendant qu'elle parlait, l'idée qui s'était peu à peu formée dans l'esprit de John se cristallisa en un désir précis et clair : elle n'irait vivre nulle part ailleurs qu'avec lui. Il la regardait tripoter un gobelet en plastique de la voiture-bar, ses paroles lui parvenaient par bouffées – « ... deux pièces quelque part dans le nord de Londres, à Kilburn peut-être... quelque chose comme quatre-vingts livres par semaine... Il paraît que Willesden est sympa... une rue plus calme...

— Viens vivre avec moi », dit-il soudain.

Elle se tut aussitôt. Les paroles de John restèrent en suspens entre eux.

« Enfin, si tu veux.

— Tu veux que je vienne ? »

Il rit et lui prit le visage entre ses mains. « Oh ! oui, je veux vraiment, vraiment que tu viennes. »

Elle lui encercla les poignets de ses doigts. Ses pupilles étaient immenses, sa bouche grave. Elle va dire non, pensa-t-il. Merde, merde, merde. Bon Dieu. Bien fait pour toi, à trop vouloir hâter les choses.

« Tu veux venir vivre avec moi ? dit-il d'une voix altérée, puis il se mit à bredouiller : Enfin, tu peux y réfléchir. Tu n'es pas obligée de décider tout de suite. On peut laisser les choses comme elles sont, si tu veux. Comme tu veux. Et si tu as besoin d'un espace à toi, tu peux garder ton appartement, ou si tu viens – non pas que je veuille te forcer ou quoi, c'est uniquement à toi de décider –, nous pourrions débarrasser la chambre d'ami pour que...

— John ! » Alice lui mit les doigts sur la bouche.

« Quoi ?

— J'adorerais venir vivre avec toi. »

Il sentit son cœur faire un bond de soulagement et de bonheur, et il se pencha pour l'embrasser. Au moment où ses lèvres frôlaient celles d'Alice, elle dit : « Mais... »

Il recula pour la regarder encore. « Mais quoi ?

— Je pense que tu sais ce que je m'apprête à dire. »

Pendant les quelques secondes qui suivirent, il fit le tour de tout ce qu'il pouvait imaginer. « Quoi ? Je me suis déjà débarrassé du futon: Qu'est-ce que c'est ? La décoration ? Le mobilier ? L'axolotl ? Dis-le-moi, et je le changerai.

— Non, non, ce n'est pas la maison. Si je viens vivre avec toi, il va falloir parler de nous à ton père. »

John s'affaissa sur son siège. Depuis leur retour de la région des Lacs, il y avait de cela trois mois, ils n'avaient plus reparlé de son père. Il avait plané sur l'illusion ridicule que les choses pouvaient rester telles quelles – lui filant le parfait amour, son père soupçonnant la façon dont il occupait ses soirées et ses week-ends, mais rien de plus. Il comprenait soudain combien cela avait dû être difficile pour Alice, de connaître ce problème et de ne pas en parler. Il s'en voulait de s'être ainsi leurré lui-même, d'avoir infligé à Alice toute cette souffrance et cette incertitude pendant que lui se cachait la tête dans le sable.

Elle posa la main sur son bras. « John, la dernière chose que je souhaite au monde serait de bouleverser ta relation avec ton père. » Il vit que ses yeux s'emplissaient de larmes brillantes et qu'elle luttait farouchement pour ne pas pleurer. Ça lui brisait le cœur, mais il était incapable de dire un mot. « Tu ne vois donc pas ? poursuivit-elle, les joues maintenant ruisselantes. Comment veux-tu que je vienne vivre chez toi s'il n'est pas au courant ? S'il vient ? S'il téléphone et que je réponds ? C'est ton père. Nous ne pouvons pas vivre ensemble sans qu'il le sache, et je ne peux pas venir vivre avec toi si tu lui caches mon existence. »

Il l'attira contre lui et la couvrit de baisers, goûtant le sel sur ses joues. « Ne pleure pas, Alice. Je t'en prie, ne pleure pas. J'ai honte d'avoir été aussi con. Je lui parlerai demain, c'est promis. Il le prendra très bien, je t'assure. Tout va très bien se passer. »

En rentrant, à quatre heures, Elspeth entend le vacarme depuis le bout de l'allée : Alice hurle à pleins poumons. Elspeth hâte le pas, fait le tour de la maison et entre par la porte de la cuisine. Ann, cramponnée au bord de la table, frôle la crise d'hystérie et Alice, les cheveux en bataille et l'air bizarrement convenable en chemisier blanc et jupe d'uniforme, hurle : « Ne me dis plus jamais, jamais, ce que je dois faire ! »

Elspeth referme la porte avec autorité et les hurlements cessent tandis qu'elles se tournent toutes deux vers elle. « Que se passe-t-il ? demande-t-elle. Te rends-tu compte, Alice, qu'on t'entend de la rue ?

— Je m'en fiche », sanglote Alice, et elle quitte la pièce en ouragan. Elle s'engouffre dans le salon et, un instant plus tard, on entend s'ouvrir avec fracas le couvercle du piano, puis retentir violemment les premières mesures d'une valse de Chopin à une cadence effrénée.

Elspeth se tourne vers Ann en haussant les sourcils.

« Elspeth, commence Ann. Il est arrivé quelque chose d'affreux. »

La gravité de son intonation, la pâleur de son visage, donnent à Elspeth un coup au cœur. « À… à Alice ?

— Oui.

— Quoi ? » Déjà Elspeth passe en revue dans sa tête toutes les possibilités : drogue ? police ? expulsion de l'école ? grossesse ?

« Pas exactement à elle… Ce n'est pas encore arrivé, enfin je ne crois pas… mais le fait est que ça pourrait… et ça pourrait être un grave… un grave problème si… et je ne sais pas comment le lui dire sans qu'elle sache pourquoi… je ne sais pas comment arrêter ça.

— Ann, dit Elspeth d'une voix coupante. De quoi s'agit-il ?

— Alice est… son fils est amoureux d'Alice. »

Elspeth s'apprête à demander le fils de qui, pour l'amour du ciel, mais la vérité lui tombe dessus au moment où elle ouvre la bouche. « Je vois », dit-elle, et elle s'assoit devant la table.

Ann s'élance auprès d'elle, ne tenant pas en place. « Elspeth, il faut que vous m'aidiez. Il faut que vous m'aidiez à arrêter cette… affaire. »

Elspeth se tourne vers sa belle-fille et la dévisage. « Ne voyez-vous pas qu'en disant à Alice de ne pas faire une chose, vous risquez surtout de l'inciter à foncer et à sauter le pas ? Ne le voyez-vous pas ? Vous comprenez donc si mal votre propre fille ? »

Elspeth va au salon, où Alice tape de toutes ses forces sur le piano, et lui saisit vigoureusement les deux mains. « Ça suffit comme ça, jeune demoiselle.

— Ne commence pas à me commander aussi ! » crie Alice en levant vers Elspeth son visage rouge et strié de larmes.

Elspeth s'assoit à côté d'elle sur le tabouret, et garde les mains tremblantes d'Alice entre les siennes. « Si tu n'apprends pas à contrôler ce fichu caractère, Alice Raikes, un jour tu blesseras quelqu'un que tu aimes vraiment. » Et elle se met à caresser d'une main douce et apaisante le dos tendu d'Alice. « Quel grand feu d'artifice pour rien ! Je ne te commande pas. Mais ce n'est pas une façon de traiter un instrument de musique, et tu le sais fort bien. »

Les cheveux d'Alice effleurent les touches et elle essuie ses larmes sur ses joues. Elspeth applique sa main gauche, largement ouverte, sur celle d'Alice, ligne de vie sur ligne de vie, doigt sur doigt. « Regarde. » Alice regarde. Ses doigts dépassent ceux d'Elspeth de toute une phalange. « Quelles grandes mains tu as !

— C'est mieux pour faire mes gammes », marmonne Alice.

— Dis-moi, ce garçon, Andrew, il te plaît vraiment ? »

Alice hausse les épaules sans répondre. Puis : « Il est sympa.

— Ce n'est pas ce que je t'ai demandé.

— Mais ce n'est pas le problème ! s'écrie Alice, indignée.

— Et moi je dirais que c'est précisément le problème. Est-ce qu'il vaut toute cette rage et cette frénésie ? Est-ce que tu le veux vraiment ? »

Alice ne dit rien ; elle balance la jambe d'un air renfrogné.

« Eh bien ? insiste Elspeth.

— Il est sympa, répète Alice.

— Sans plus ?

— Non, admet-elle finalement. Sans plus.

— Bien. » Elspeth lui libère les mains et dit : « Maintenant, joue-moi quelque chose de joli. »

Les mains d'Alice restent un instant suspendues au-dessus du clavier. Puis il y a un léger cliquettement lorsque ses ongles coupés court frappent les touches et qu'elle se met à jouer.

Il part à dix heures du matin. Alice agite la main, sur le seuil de la maison. « Bonne chance ! » lance-t-elle. John grimace.

Depuis le réveil, ils arborent un entrain forcé, plaisantant et bavardant comme d'habitude, comme si ce qu'allait faire John aujourd'hui était sans conséquence, une simple visite de routine à son père. Lorsque la voiture a disparu, Alice débarrasse la table, prend un bain, se sèche longuement les cheveux, et traverse la rue pour acheter un journal. Elle ne peut fixer son attention sur rien : elle essaie de lire un livre, mais les mots sautillent sur la page, et elle a beau relire indéfiniment les premiers paragraphes, elle n'arrive pas à s'intéresser suffisamment aux personnages pour se concentrer de manière soutenue. Elle se demande en permanence ce qui se passe là-bas. John a dû arriver. Est-ce qu'il lui a déjà parlé ? Va-t-il le lui dire carrément tout de suite, ou bien attendre qu'ils soient rentrés de la synagogue ? Comment son père va-t-il réagir ? Bien ? Ou va-t-il se mettre en colère ? Elle feuillette le journal et lit les critiques de films. À une heure elle appelle Rachel et laisse un message incohérent sur son répondeur. Que fera-t-il si son père lui interdit de continuer à la voir ?

Elle décide de sortir. Elle laisse un mot pour John sur la table de la cuisine et va flâner dans Camden Market. Les rues sont bondées de touristes, d'adolescents aux cheveux criards et aux vêtements exotiques, de dealers qui susurrent : « Herbe ? Ecsta ? Acide ? Autre chose ? » L'air est lourd d'encens et de patchouli, et sur les rives du canal il y a plein de gens assis au soleil, les jambes pendantes au-dessus de l'eau. Elle regarde une jeune femme aux cheveux blonds tailladés qui se fait percer le nombril. Elle achète à un étal un pull à rayures bleu vif et jaune qui lui couvre à peine le ventre : elle le met immédiatement, fourrant celui qu'elle portait dans le sac que lui donne le marchand.

John n'est toujours pas là quand elle finit par rentrer. Il y a un message de Rachel sur le répondeur : « Alice ? C'est moi. Tu es là ? Décroche… Tu n'es pas là ? Bon. Je me demandais juste comment s'est passée la grande confession. Appelle-moi bientôt. Salut. »

Elle nourrit l'axolotl comme John lui a montré : en faisant danser un morceau de crevette sous son nez retroussé avec des pincettes en plastique. « Allez, murmure-t-elle. Tu n'as pas faim aujourd'hui ? » Il fixe droit devant lui un regard lugubre, et, au moment où elle commence à avoir sérieusement mal au bras, il se jette sur le morceau de crevette et l'engloutit d'un seul coup.

Vers quatre heures elle entend la clé de John dans la serrure. Elle se jette sur le canapé et prend une position détendue, comme si elle était restée allongée là, à lire tout l'après-midi.

« Ohé ? appelle-t-il.

— Salut. »

Il entre dans le salon et lui offre un faible sourire. Il paraît épuisé, vidé. Elle se lève, s'approche de lui et l'enlace. Il appuie son front sur l'épaule d'Alice.

« Viens t'asseoir, dit-elle en l'aidant à ôter sa veste et en le poussant vers le canapé. Tu veux une tasse de thé ? »

Il fronce les sourcils. « Hum. Je préférerais un whisky. »

Elle lui en verse un double, quelques gouttes tombent sur la table, elle lui tend le verre, debout face à lui. Il boit une gorgée et, lui enlaçant la taille, enfouit sa tête contre son ventre découvert. « J'aime beaucoup ton pull », dit-il, la voix assourdie.

Elle lui caresse les cheveux. « Je l'ai acheté aujourd'hui. Je m'inquiétais tellement pour toi que j'ai dû sortir acheter des choses. Comment ça s'est passé ? Tu veux m'en parler maintenant, ou plus tard ?

— Eh bien... », dit-il lentement. Et elle pressent qu'il garde le visage enfoui contre son ventre pour ne pas avoir à la regarder. « Ça n'a pas été pire que je le prévoyais.

— Affreux à ce point, hein ? »

Il acquiesce. « Oui. Plus ou moins.

— John. Je suis tellement désolée. »

John resserre ses bras autour d'elle. Elle lui passe les doigts dans les cheveux.

« Alice. Il faut que tu te rendes bien compte que ça n'est pas de ta faute. Tu le sais, non ?

— Sans doute, oui, mais je ne peux pas m'empêcher de me sentir responsable, n'est-ce pas ? C'est-à-dire, si je n'étais pas là...

— Il s'y fera, interrompt-il. Quand il aura eu quelques jours pour réfléchir. »

Ils gardent le silence pendant un moment. Alice ne supporte pas de le voir accablé et blessé, et elle est révoltée. « Mais qu'est-ce qu'il a dit ? Il me déteste ?

— Bien sûr que non, il ne te déteste pas. Il t'aimera.

— Nous allons faire connaissance ? murmure-t-elle dans ses cheveux, alarmée.

— Enfin, oui, un jour. Pas encore maintenant, peut-être. Mais quand il se sera un peu habitué à l'idée, je t'emmènerai le voir. Il t'adorera quand il te connaîtra. » Il paraît sombre, déterminé à se convaincre lui-même.

« Qu'a-t-il dit ? insiste-t-elle.

— Il vaut mieux que tu ne le saches pas.

— Oh. »

Elle se détache de lui, va à la fenêtre du fond et regarde dans le jardin en se tordant et s'entrelaçant les doigts. Il commence à faire nuit, les arbres sont agités par le vent. Le reflet de la fenêtre a projeté la pièce dans le jardin froid et sombre. Tout est inversé et elle voit John la regarder par-dessus le dossier du canapé.

« Alice ?

— Oui ? » Au lieu de se retourner, elle regarde son reflet dans la vitre.

« Parle-moi, je t'en prie. Ne me fais pas le coup du silence. Dis-moi à quoi tu penses. »

Elle hausse les épaules, comme pour chasser la raideur de son cou. « Je ne sais pas. Je ne sais pas.

— Qu'est-ce que tu ne sais pas ?

— Je ne sais pas… je ne sais pas si j'aime l'idée de ne pas savoir ce qu'il a dit.

— Comment ça ?

— Eh bien… » Alice s'interroge sur ce qu'elle veut dire. Elle éprouve une incroyable confusion, le tourbillon de ses pensées s'est embrouillé. « Je pense que je veux dire… je trouve stupéfiant que cela ait tant d'importance pour lui, mais comment veux-tu que j'espère comprendre un jour, si tu ne me le dis pas ? »

Il ne répond pas tout de suite. Elle voit dans la vitre qu'il reste assis quelques secondes sur le canapé puis se lève et traverse la pièce, en glissant légèrement sur le plancher avec ses chaussettes. Il la prend fermement par les épaules et la fait pivoter pour qu'elle le regarde en face. « Alice, je… » Puis il se tait. Il lui lisse le front du plat de la main, puis laisse sa main dans le creux de son cou. « C'est difficile à expliquer, dit-il à voix plus basse. Te dire ce qu'il a dit, ce serait… » Il se tait encore, puis prend une profonde inspiration. « Tu vois, je peux plus ou moins comprendre, conditionné comme je l'ai été toute ma vie, et sachant d'où il vient. Tu vois ce que je veux dire ? »

Elle hoche la tête avec impatience. « Oui. Mais, John, pourquoi ne me dis-tu pas simplement ce qu'il a dit ?

— Parce que… parce que j'ai peur que ça ne te paraisse ridicule et de mauvaise foi et… et excessif.

— Absolument pas, répond-elle avec indignation. Ne me traite pas comme si j'étais en verre. Je veux savoir. Allez. Dis-moi le pire. » Elle tend presque le dos. « Je peux supporter ça, tu sais, John. »

Il se mord la lèvre. « Tu veux savoir le pire ?

— Oui.

— Tu es sûre ?

— Oui ! Combien de fois faut-il que je te le répète ?

— Bon. Mon père a dit que si je t'épousais, ce serait comme de laisser gagner Hitler », dit-il très vite.

Il y a un moment de silence pendant lequel Alice tente de digérer mentalement cette affirmation. « Laisser gagner Hitler… ? » Elle secoue la tête. « Je ne comprends pas. Qu'avons-nous à voir avec Hitler ?

— Parce que si je t'épousais, nos enfants ne seraient pas juifs, et il voit là l'extermination des Juifs.

— Mais… », commence-t-elle, puis elle se tait. Elle se retourne vers la fenêtre. Laisser gagner Hitler ? Laisser Hitler… ? C'est une affirmation tellement outrancière qu'une moitié d'elle a envie de rire. Elle ne sait pas très bien ce qu'a envie de faire l'autre moitié.

« Alice, dit-il en lui posant une main sur le dos. C'est une chose horrible. Je ne voulais pas te le dire. Il ne le pensait pas vraiment, je…

— Qu'est-ce que tu as dit ?

— À lui ?

— Oui.

— J'ai dit… euh… j'ai dit des tas de choses qui ne peuvent pas se répéter, et aussi que je ne voyais pas pourquoi je laisserais le IIIe Reich me dicter ma vie amoureuse.

— Très bien, murmure Alice. Merde. » Elle sent qu'elle pourrait pleurer. Hitler ? Une fois de plus elle tente de se représenter le père de John. Quel genre de personne pourrait dire une chose pareille ? Elle repasse la phrase dans sa tête, l'essayant sur différents tons, avec différentes accentuations.

Il la saisit par le buste et l'attire contre lui. « Alice, c'est idiot. Je ne peux pas croire que nous sommes en train de discuter de ça. Je ne vois pas pourquoi je laisserais mon père me dicter ma vie amoureuse. Il bluffe, c'est tout. Il changera d'avis. Je savais que ce ne serait pas facile de le lui dire, mais je le connais. Il n'est pas rancunier. Il aboie plus qu'il ne mord. Une fois qu'il aura bien réfléchi à tout ça, il s'y fera.

— Mais qu'en sais-tu ? Et si ça veut vraiment dire que tu serais coupé de ta famille et de ton passé et… de tout ? Je ne peux pas te laisser faire ça.

— Ça n'en viendra pas là, je te le promets.

— Qu'en sais-tu ? insiste-t-elle.

— Je le sais. Je connais mon père, ça ne durera pas, je

te le garantis. N'en parlons plus. » Il lui relève le menton, l'oblige à le regarder dans les yeux. « Alors, dit-il, prenant par jeu un air farouche. Quand vas-tu venir vivre avec moi ?

— Je ne suis pas sûre, dit-elle avec réticence. Qu'est-ce qui te conviendrait ?

— Le plus tôt possible.

— Bon, j'ai dit à mon escroc de propriétaire que je quitterais l'appartement à la fin décembre.

— Fin décembre ? Quelle connerie ! Si on disait plutôt demain ? »

« Je n'imaginais pas que tu puisses avoir autant de vêtements, Alice. Comment trouves-tu le temps de les porter tous ? » John est allongé sur le lit d'Alice, il la regarde essayer de fermer le couvercle de sa malle. Elle saute sur le couvercle et s'efforce de rapprocher les deux parties de la serrure, pantelante.

« Je sais, je sais. Je devrais en jeter, mais je ne peux pas m'y résoudre. J'adore les fringues.

— Manifestement.

— Je les accumule depuis des années. Dans l'armoire, tu sais... » Elle s'interrompt, exaspérée. « John, viens là une seconde, veux-tu, et assieds-toi dessus pour que je puisse la fermer. »

Il se laisse rouler à bas du lit, rampe parmi le fouillis qui jonche la pièce et pèse de tout son poids sur la malle. La serrure se referme avec un claquement sec.

« Là ! » Elle rejette sa queue-de-cheval par-dessus son épaule et s'assoit sur ses talons. « Bon, et maintenant ? »

Il ramasse un fragile dragon chinois en papier multicolore dans une boîte. « Alice, où as-tu trouvé tout ça ?

— Partout. Ça vient de Bangkok, je crois, ou par là. » Elle prend une boîte posée sur la penderie et regarde à l'intérieur. « Mon Dieu, ce sont des trucs de quand j'étais étudiante. Quand je suis partie de chez Jason, je n'ai rien trié, j'ai tout flanqué dans des boîtes et j'ai filé le plus vite possible.

— Bien fait. Le petit salaud », grommelle John en passant dans la salle de bains.

Elle sourit de cette loyauté rétrospective et sort une poignée de vieilles cartes postales, de pinces à cheveux, une sonnette de vélo, des rubans et des photos. Elle jette un rapide coup d'œil sur les photos, grimaçant devant les images d'elle à dix-neuf et vingt ans dans toutes sortes de poses avec toutes sortes d'amis.

« Hé, John, regarde ça. Il faut que je la montre à Rachel. » Elle le suit dans la salle de bains, où il empile ses objets de toilette dans un carton, et lui tend le paquet de photos. Sur le dessus, il y en a une d'elle avec Rachel devant une tente, dans un pré. C'est l'été et elles se tiennent par la taille, en souriant joyeusement. Alice porte un ample caftan brun et or. Ses cheveux sont tressés et elle a le visage couvert d'étoiles peintes. Rachel est en jean rapiécé à pattes d'ef, avec un haut fleuri à dos nu.

« Mon Dieu, dit John en examinant la photo. Qu'est-ce que vous fabriquiez ?

— Nous étions à Glastonbury, d'où les tenues. Ce devait être en deuxième année. Après les examens. »

Il commence à regarder les autres photos, avec des petits rires. Elle est retournée emballer ses affaires lorsqu'il l'appelle : « Alice ! Regarde. »

Il fixe une photo.

« Qu'est-ce que c'est ? »

Sans rien dire il la lui montre. C'est Alice, plus jeune, à une soirée. Elle sourit, de profil, la bouche entrouverte et la main levée comme au milieu d'une phrase. « Quoi ? dit Alice, intriguée. C'est juste moi à une soirée.

— Non, regarde. » Il tapote du doigt le coin de la photo. « À qui ça ressemble, à ton avis ? »

Elle lui prend le cliché des mains et l'approche de ses yeux. À l'arrière-plan, juste derrière elle, un peu à gauche, il y a quelqu'un qui ressemble curieusement à l'homme qui se trouve à côté d'elle en ce moment.

« Non, ce n'est pas possible. » Elle secoue la tête, retourne dans la chambre, scrute la photo à la clarté de la fenêtre.

John la suit et regarde par-dessus son épaule. « C'est moi. C'est absolument moi. »

Il est de trois quarts et regarde en biais vers l'appareil photo. Il est apparemment adossé à une table et tient une canette de bière à la main. Elle reconnaît sans aucun doute possible la courbe de ces sourcils, la ligne de cette mâchoire, la façon dont ces cheveux se redressent en épis. Bien que l'homme de la photo soit beaucoup plus jeune, c'est indéniablement John. « Merde alors, murmure-t-elle. C'est vraiment toi. » Elle se tourne vers lui. « Comment ça peut se faire ?

— Quelle soirée était-ce ? Tu t'en souviens ? »

Elle examine encore la photo, n'en croyant toujours pas ses yeux. Elle détaille ce qu'elle portait, ce qu'elle peut distinguer de leur environnement dans la faible lumière ambiante. Elle observe l'image brouillée des traits de John sur cette photo qu'elle a dû voir des centaines de fois depuis toutes ces années.

« Ce devait être ta première année, dit-il. Si nous y sommes tous les deux. Je ne pense pas être retourné à des soirées là-bas après mon départ.

— C'était dans une maison au bord du fleuve. Pendant l'été, je crois. Impossible de me rappeler chez qui c'était, ni même pourquoi j'y étais.

— Richard quelque chose, dit John.

— Richard ? » Alice grimace. « Oui, c'est ça. Il était épouvantable. Il faisait histoire. C'était un ami d'ami ou je ne sais quoi.

— Je me souviens de cette soirée, à présent. » Il hoche la tête. « Quelqu'un a vomi sur un lit.

— Eh bien, ce n'était pas moi.

— Et tu étais là ? C'est vraiment bizarre. Je ne me souviens pas du tout de t'avoir vue là-bas. Mais je suis sûr que je te voyais à la bibliothèque de littérature – toute en jambes et en cheveux.

— Tu aurais mieux fait de te concentrer sur tes examens, au lieu de lorgner les filles de première année.

— Mmm. Il fallait bien que je trouve un moyen de rehausser ma motivation.

— Motivation ? Voilà comment tu appelles ça ? »

Il examine encore la photo. « Imagine, si nous nous étions rencontrés à ce moment-là. Imagine si, à ce moment précis, tu t'étais tournée vers la gauche pour me dire : "John Friedmann, dans six ans nous tomberons amoureux."

— Tu m'aurais sans doute trouvée dingue.

— Je me serais sans doute dit : chiche ! Mais pourquoi faut-il, ô mystérieuse et séduisante femme, que nous attendions six ans ?

— J'étais trop jeune. Je n'étais pas prête pour toi, en ce temps-là. Il fallait encore que je rencontre Mario et Jason. Sans eux, je ne serais pas arrivée jusqu'à toi.

— Quoi ? Alors il faudrait que j'aie de la gratitude pour ces deux têtes de nœud ?

— Non, ce que je veux dire, c'est que ça représente une équation, une équation émotionnelle : Mario divisé par Jason égale John. »

Il rit. « Bon, merci d'avoir fini par arriver jusqu'à moi. » Il met la photo dans la poche de sa veste. Plus tard, en le prenant dans ses bras, elle entend crisser la photo sous son étreinte.

Un taxi les déposa devant chez Alice et, lorsqu'ils eurent réussi à descendre du haut marchepied avec leurs sacs et leurs manteaux, Ann leva la tête et vit l'inimaginable : une lumière à la fenêtre de la chambre d'Alice. Son cœur fit un bond dans sa poitrine et, même si la moitié rationnelle de son esprit savait que sa fille gisait inconsciente sur un lit d'hôpital, l'autre moitié s'écriait : « Elle est là ! C'était une erreur, elle n'est jamais sortie de chez elle ! » Ben la vit aussi. Son visage était levé, le blanc de ses yeux éclairé par cette lueur.

Ann fouilla dans son sac pour prendre les clés, accrochés à ce premier porte-clés d'Alice qu'Ann n'avait jamais beaucoup aimé. Les poissons lui avaient toujours donné la chair de poule – ces choses visqueuses, avec des écailles et des bouches pleines de dents comme des scies. Prenant appui d'une main au montant de la porte, elle enfonça la clé dans la serrure, la tourna, et la porte céda.

L'instant d'après, ils se bousculaient dans le couloir, Ben encombré de sacs, Ann réprimant une stupide réticence à lever les yeux. Qu'avait-elle peur de voir ? La lueur qui filtrait d'en haut effleurait les murs et les objets dans l'obscurité de la pièce d'en bas. Ann entra dans le salon comme sur des œufs, sans ôter son manteau, sans poser les clés et elle alluma la lumière. Un livre ouvert et retourné était posé sur la table basse, à côté d'un verre d'eau à moitié bu et d'une poignée de mouchoirs en papier tout raidis d'humidité séchée. Ann ôta son manteau, le posa sur un dossier de chaise, et croisa les bras sur sa poitrine. Ben traversa lourdement la pièce et s'assit sur le canapé, laissant rouler sa tête en arrière contre le dossier. Il avait le coin de l'œil humide. Une larme ? Ann n'en savait rien, et elle s'irrita de voir qu'il ne l'essuyait pas, se contentant de fixer le plafond.

Ann allait et venait, examinait la pièce. Elle ouvrit un tiroir au hasard, sans vraiment savoir pourquoi, et y trouva des fiches de bibliothèque, un brin de lavande, des vieilles lunettes de soleil rayées, des relevés bancaires fripés, un stylo encrassé d'encre séchée.

Dans la cuisine, sur la table, il y avait une boîte en carton étroite et haute d'aliments pour chats. Le bouchon de la bouilloire était posé sur le comptoir, à côté de la bouilloire. Sur la chaise, dans l'angle, traînait un chandail vert pomme à demi tricoté. Ann fronça les sourcils. Elle ne savait pas qu'Alice tricotait. Ann s'approcha de la fenêtre et regarda dehors dans le noir, en s'efforçant de distinguer le jardin. Elle venait juste d'appuyer son front contre le froid de la vitre, lorsqu'elle vit de l'autre côté, à quelques centimètres d'elle, deux yeux luisants qui pivotaient. Un hurlement jaillit de sa bouche comme au bout d'un élastique tendu et elle recula dans la pièce, en trébuchant sur une chaise de cuisine. Ben apparut derrière elle, le visage crispé et nerveux.

« Ann ? Qu'y a-t-il ?

— Il y avait… là… »

Muette de peur, elle tendit le doigt vers la fenêtre et, ce faisant, vit un pelage noir frôler la vitre tandis qu'une grosse créature à l'aspect de rongeur se retournait pour mieux s'installer sur le rebord de la fenêtre. Le chat. Bien sûr. Elle avait oublié le foutu chat.

À la fois furieuse et soulagée, elle marcha droit à la porte de derrière, la déverrouilla et l'ouvrit brutalement en grand. Le chat, faisant le dos rond sur l'étroit rebord, la contempla de ses yeux verts fendus verticalement.

« Viens. » Elle indiqua la cuisine. « Dépêche-toi, si tu veux rentrer. »

Il ne bougea pas. Des moucherons zigzaguaient autour de lui dans le trou de lumière que projetait la fenêtre de la cuisine. Ann se tenait sur le seuil. « Tu entres, oui ou non ? »

Il resta immobile. Avec un soupir, Ann recula pour fermer la porte. Juste à cet instant, le chat se faufila par l'entrebâillement, vif comme un vairon.

Il s'arrêta dans la cuisine, agita l'extrémité de sa queue et souleva une patte. Ben tendit la main en murmurant des sons dénués de sens. Le chat lui effleura les doigts du bout du museau, les moustaches dressées pour flairer l'air, plus frais maintenant que la porte avait été ouverte. Ann pouvait voir ses griffes, rétractées entre les coussinets. Elle regarda Ben lui toucher la tête, les oreilles – d'étranges triangles animés, en papyrus très doux.

Mais la créature parut alors se renfoncer dans son pelage, et, le dos soudain hérissé de piquants de dinosaure, elle se mit à longer le mur, aplatie au ras du sol. Puis elle les regarda encore, ouvrit grand sa gueule rouge et émit un long et horrible miaulement.

« Que lui arrive-t-il ? » demanda anxieusement Ben. Il se pencha pour regarder l'animal, sous la table. « Est-ce qu'il souffre ? »

Ann se boucha les oreilles. Le bruit semblait lui transpercer les tempes comme des poignards. « Comment veux-tu que je le sache ? » Elle vit de nouveau la boîte de croquettes pour chats, et dit : « Il a peut-être faim. » Elle frissonna. C'était un hideux mélange de miaulement et de sanglot. Elle n'avait jamais rien entendu de tel, elle ne savait pas les chats capables de produire un bruit pareil. « Ben, c'est horrible. Horrible. Peux-tu le faire taire ? »

Ben essaya de le prendre, ou de le caresser, en lui parlant d'une voix douce et apaisante, mais le chat ne se laissait pas approcher. Le hurlement modulé continuait. Ann craqua. Au moment où elle franchit la porte de la cuisine pour retourner dans le salon, le chat s'élança en même temps qu'elle, lui effleurant les jambes de son pelage, traversa le salon comme un éclair et disparut dans l'escalier.

Ils attendirent, Ann sur le seuil, Ben debout près de la table. Le bruit avait cessé. Tout ce qu'Ann pouvait percevoir était la respiration de Ben, et ce grondement monotone de la circulation qu'on entendait apparemment partout à Londres. Ils restèrent ainsi dans ce calme soudain, côte à côte, presque immobiles. Puis Ann songea à la lumière allumée dans la chambre au-dessus de leurs têtes, et elle se rendit compte qu'ils redoutaient tous deux d'y monter.

Alice entre en chancelant avec trois sacs pleins de provisions et referme d'un coup de pied la porte derrière elle. Elle transfère tous les sacs dans une seule main et se penche pour ramasser le courrier. En allant à la cuisine, elle y jette un coup d'œil distrait. Une lettre pour John. Une enveloppe en papier glacé adressée aux « Habitants de cette maison » qui leur dit « Jouez et gagnez aujourd'hui ! », et une carte postale pour John, rédigée à l'encre noire d'une écriture penchée. Elle sait, dès qu'elle commence, qu'elle ne devrait pas la lire, mais quelque chose l'aiguillonne et l'entraîne jusqu'au bout. Puis elle retourne au début et la lit une deuxième fois. Puis elle la relit encore et encore et encore, après quoi elle pose les sacs sur la table, branche la bouilloire, gardant toujours la carte postale à la main, s'assoit, puis la pose bien à plat devant elle, et la relit encore : « Cher John. C'était comme toujours une joie de te voir le week-end dernier. Merci d'être venu. Je regrette seulement de ne pas te voir plus souvent, mais tu sembles tellement occupé ces derniers temps. Merci aussi d'avoir partagé avec moi ton dilemme. Mon seul désir est ton bonheur, et je sais que tu ne pourras pas être heureux toute ta vie avec quelqu'un qui n'est pas juif. Si tu veux avoir des aventures avec des filles non juives, cela ne me regarde pas. Mais si tu épouses cette fille, ou que tu vis avec elle comme si vous étiez mariés, je ne pourrai plus te considérer comme mon fils. Je sais que ta mère aurait éprouvé la même chose. Avec toute ma tendresse. Papa. »

Alice reste longtemps assise là avec la carte posée devant elle. Elle prend une pomme dans un sac et la frotte entre ses mains, en fixant si longuement la carte que les lettres se fondent en petits points noirs qui grouillent comme des fourmis. Puis elle détourne les yeux et presse la peau verte et fraîche de la pomme sur son front. Du bout des doigts, elle retourne la carte : l'autre côté représente la jetée de Brighton dans des teintes caractéristiques des années soixante-dix, avec un ciel violemment turquoise et des anoraks orange fluo sur la plage. Elle se demande si Daniel Friedmann a choisi exprès cette vue ou si c'est la première carte qui lui est tombée sous la main.

Puis elle se lève, cherche son carnet d'adresses dans son sac, et va téléphoner. « Rachel ? Salut, c'est moi. Écoute, je ne peux pas te parler maintenant, mais est-ce que je peux venir m'installer chez toi ?… Non, ce n'est pas ça… Plutôt… Je sais… Écoute, je te dirai tout après… Oui… Non… Je n'en sais rien pour le moment… Ce ne sera pas pour longtemps, je te le promets… Non, je sais bien… Merci… À tout de suite. »

Elle raccroche, traverse le salon, monte l'escalier. Sur le palier, elle s'arrête comme si elle avait perdu son chemin, mais ensuite elle entre dans la chambre et descend un sac de l'armoire.

John a insisté – trop, à son avis – pour qu'elle fasse dans la maison tous les changements qu'elle voudrait, afin de s'y sentir autant chez elle que chez lui. Il lui répète sans cesse de déplacer tout ce qu'elle veut, de repeindre des pièces, et il a absolument tenu à aller lui acheter des meubles le week-end dernier. Elle ne trouvait pas vraiment ça nécessaire – la maison de John lui paraît neutre ; fluide, confortable, normale. Il n'y a rien qui l'irrite, rien qui lui semble étranger. Pour lui faire plaisir, elle a fait avec lui le tour complet des boutiques d'occasion. Ils ont entassé des choses dans la voiture et, quand plus rien n'y entrait, ils ont ficelé sur la galerie du toit une commode, un fauteuil à l'assise affaissée et au capitonnage marron, une bibliothèque, une autre bibliothèque, une petite table de chevet. Au miroir en pied, elle a tenté de le convaincre d'arrêter. « Ça pourrait pourtant être pratique, a-t-il dit, en haussant les sourcils à son intention. Quelque part dans la chambre à coucher. Tu ne trouves pas ? » Alice a éclaté de rire. Et le brocanteur a été pris d'un accès de toux.

Elle ouvre sa commode. Ils ont dû s'y mettre à trois pour la porter dans l'escalier. Sam, l'ami de John, a fini par venir leur donner un coup de main. Alice était sur le palier tandis que les deux hommes juraient, râlaient et juraient encore en la hissant de marche en marche.

Dans son sac elle fourre pêle-mêle tout ce qui lui tombe sous les yeux – des sous-vêtements, des chemises, un jean. Elle abandonne sa nouvelle commode, ses rayonnages et sa table, et passe dans la salle de bains, où, d'un revers de main, elle balaie toutes ses affaires dans une poche latérale du sac. Elle reste un moment à regarder l'axolotl qui flotte comme toujours dans son aquarium ; il soutient son regard d'un air morose, puis elle dévale l'escalier. Si elle veut vraiment partir ce soir, il faut qu'elle s'en aille avant le retour de John ; si elle le voit, il lui sera impossible de franchir cette porte.

C'est seulement quand elle est assise dans le métro qu'elle fond en larmes.

John rentre vers neuf heures. Tout est sombre dans la maison. Il cherche à tâtons l'interrupteur en s'essuyant les pieds et en secouant sa tête trempée de pluie.

« Alice ! » Pas de réponse. « Alice ? » Il tend l'oreille. Rien. Est-ce qu'elle sortait ce soir ? Il essaie de se rappeler si elle a parlé de ça ce matin, mais ne se souvient pas qu'elle en ait dit un mot. Le répondeur est branché, il n'y a pas de messages. Dans le salon, il s'assoit, ôte ses chaussures, bâille. Il se sent un peu maussade et regrette qu'elle ne soit pas là. Il était impatient de la voir, et il a acheté en route une bouteille de vin. Est-ce que la vie était comme ça, avant qu'il la rencontre ? Rentrer fatigué dans une maison froide et vide ? Bien qu'elle ne vive vraiment avec lui que depuis huit jours, il a déjà pris goût au jaillissement de plaisir qu'il éprouve en rentrant, quand il la trouve pelotonnée dans la chambre en train de lire, ou en train de parler à l'axolotl pendant que son bain coule, ou d'arroser les graines qu'elle a semées dans un vieil évier près de la porte de derrière. Il entre dans la cuisine, voit des sacs de provisions sur la table, et sent la perplexité le gagner. Elle a dû rentrer et ressortir. En touchant la bouilloire pour la brancher et se faire du thé, il la trouve pleine d'eau encore chaude.

Il monte dans la salle de bains, remplit le lavabo, et s'asperge le visage à plusieurs reprises. Il fredonne en se frottant les mains avec un savon parfumé qu'Alice a mis là, et il s'arrête net. La brosse à dents d'Alice a disparu. La sienne est toute seule dans le gobelet. Il se rince vite les mains et les essuie sur son pantalon, en lançant des regards paranoïaques autour de lui. Ne sois pas idiot, se dit-il, elle l'a laissée quelque part dans la maison. Mais sa lotion hydratante n'est plus là, ni sa brosse à cheveux, ni sa serviette de bain.

John se précipite dans la chambre et ouvre à la volée les tiroirs de la commode qu'ils ont achetée quelques jours plus tôt chez un brocanteur de Holloway Road. Est-ce que des choses ont disparu là aussi ? C'est difficile à dire. Il y a encore des tas de vêtements, tous bien pliés les uns sur les autres. Il se retourne vers le lit. Tous ses livres sont encore là, empilés de son côté. Ça va. Elle est juste sortie quelque part. En emportant tout son maquillage et sa brosse à dents ? Mais elle n'est pas partie. Elle ne peut pas être partie. C'est alors qu'il voit derrière lui le dessus de l'armoire, réfléchi dans le miroir au-dessus du lit. Il y a un grand espace là où elle avait rangé son sac à dos, celui qui a parcouru le monde avec elle, comme elle le lui avait déclaré fièrement. Il se laisse tomber sur le lit. Pourquoi, mais pourquoi est-elle partie ? Il se creuse la tête afin de trouver ce qui a bien pu se produire d'extraordinaire ce matin. A-t-il dit quelque chose qui l'ait blessée ? Ils ont pris leur petit déjeuner ensemble, comme presque tous les jours, et elle l'a embrassé avant d'aller prendre le métro. Rien d'affreux à cela. Ils ont parlé d'aller en République tchèque l'été prochain, parce qu'elle a vu une photo de Prague au dos d'un paquet de céréales. A-t-il dit quelque chose d'horrible au point de lui donner envie de le quitter ?

Un mot. Elle a dû laisser un mot. Peut-être qu'elle a été

obligée de partir brusquement et qu'elle n'a pas réussi à le joindre. Peut-être quelqu'un de malade dans sa famille ou ce genre de choses. Elle ne serait jamais partie comme ça sans rien dire, non ? Il se précipite dans l'escalier et fouille le salon, à l'affût d'un bout de papier avec son écriture dessus. Rien. Il va dans la cuisine et cherche désespérément parmi les provisions. Elle a peut-être laissé un mot là-dedans – avocats, pâtes, aubergines, yoghourts. Rien là non plus. C'est alors qu'il voit quelque chose sur la table. Il l'attrape et, l'espace d'un instant, il est tellement tendu qu'il n'arrive pas à lire. C'est une carte postale de son père. Pourquoi lui envoie-t-il une carte postale ? Il ne lui envoie jamais de cartes postales. Jamais. Au moment de la pousser plus loin pour continuer à chercher Alice disparue, il aperçoit le mot « non juif ». Son cœur se glace d'effroi et il la parcourt rapidement, ses yeux courent à travers les mots serrés et il presse une main sur son front. Ensuite il reste un moment à la contempler en clignant des yeux. Comment son père a-t-il pu être aussi cruel, non seulement envers lui, mais envers Alice ? Il devait bien savoir qu'il y avait de fortes chances pour qu'elle lise cela.

Il s'affale sur une chaise et déchire la carte en deux, avec une précision délibérée. Puis il déchire les deux moitiés en deux parts égales, et déchire ces deux-là encore en deux, et ainsi de suite jusqu'à ce qu'il n'y ait plus qu'un petit tas de confettis noirs, blancs et couleur du ciel éclatant de Brighton dans les années soixante-dix.

Il faut qu'il réfléchisse avec logique. Il sait à présent pourquoi elle est partie, mais reste la question de savoir où elle est allée. De tous les gens qu'elle connaît, vers qui a-t-elle couru ? Elle a sûrement dû emporter son carnet d'adresses, sinon il aurait pu appeler tous ses amis par ordre alphabétique. Qui a-t-elle pu appeler après avoir lu ça ? Sa famille ! Ses sœurs ! Bien sûr. Il bondit et saisit l'annuaire. « Raikes, marmonne-t-il. Raikes à North Berwick. »

Il trouve le numéro. Il s'apprête à le composer lorsque son bon sens lui lance un avertissement. Que va-t-il leur dire ? Salut, c'est John. Vous ne le savez pas encore, mais votre fille vit maintenant avec moi. Oui, c'est une grande nouvelle, hein ? Bon, de toute façon, elle a disparu. Je crois qu'elle m'a quitté. Vous ne sauriez pas où elle est, par hasard ? Non ? Bah, tant pis. Je suis sûr qu'elle finira par refaire surface.

John repose le combiné. Elle doit être quelque part à Londres. Elle doit aller travailler demain, après tout. Un quart de seconde – un quart de seconde seulement, comme il s'en enorgueillira par la suite –, l'idée l'effleure qu'elle est retournée chez Jason. Ne sois pas ridicule, John. Ressaisis-toi.

Il fait les cent pas dans le salon, comme à la recherche d'un indice, mais tout ce qu'il arrive à se dire, c'est : Alice m'a quitté. Est-ce que c'est ça qui arrive, dans les moments de crise ? Votre cerveau ne vous donne plus que les informations les plus plates. Avec qui, mais avec qui est-elle ?

C'est seulement après avoir fait un cinquième tour de la pièce que ça le frappe. Rachel. Qui d'autre ? Tout ce qui lui reste à faire, c'est se rappeler son nom de famille et trouver son numéro dans l'annuaire. Rachel… Rachel… Rachel… qui ? Inutile. Alice n'a sans doute même jamais mentionné son nom de famille. Il sait qu'elle vit quelque part au sud de Londres, à Greenwich, peut-être, mais il n'a aucune idée d'où exactement. Il réprime un désir irrationnel de monter en voiture et de parcourir les rues en la cherchant, et se jette désespérément sur le canapé, les yeux rivés sur le téléphone. Appelle-moi, Alice. Allez. Prends le téléphone, où que tu sois, et compose le numéro. Ne me fais pas ça.

Soudain il se redresse, revitalisé par une idée. Le dernier numéro composé. Elle a sûrement téléphoné à la personne qu'elle allait voir avant de se mettre en route ? Vive la technologie ! Sa main tremble légèrement en appuyant sur la touche et il presse l'appareil contre son oreille, comme effrayé à l'idée de manquer un son. La sonnerie retentit à l'autre bout, une, deux, trois fois avant qu'il entende le déclic et le sifflement d'un répondeur. Merde, merde, merde. « Bonjour, ici le répondeur de Rachel. Je ne peux pas vous répondre en ce moment, mais laissez-moi un message et je vous rappellerai peut-être. » Lumineux ! Il le savait, il savait que c'était Rachel qu'elle avait dû appeler. Il s'éclaircit nerveusement la gorge. Quel que soit le camp de Rachel, ce n'est certainement pas celui de John. « Allô, Rachel. John à l'appareil. Je me demandais si vous aviez eu des nouvelles d'Alice ce soir. Pourriez-vous me rappeler, s'il vous plaît… »

La machine s'arrête et siffle rageusement tandis que quelqu'un décroche l'appareil. « Bonsoir, John.

— Alice ? C'est toi ?

— Non. C'est Rachel.

— Rachel, avez-vous parlé avec elle ? Savez-vous où elle est ? »

Silence au bout du fil.

« Rachel, je sais que vous devez savoir. Je vous en prie, dites-le-moi. Je suis désespéré.

— Elle est ici. Elle va bien. Ne vous inquiétez pas.

— Puis-je lui parler ?

— Je ne suis pas sûre. Attendez une seconde. » Rachel couvre l'appareil mais il peut entendre à peu près ce qu'elle dit : « Alice, c'est lui. Je lui ai dit que tu es ici… » S'ensuit une tirade inintelligible d'Alice, sans doute, puis Rachel dit : « Allons, il a le droit de savoir, Alice, le pauvre. Il veut te parler. »

Il reconnaît le timbre de la voix d'Alice qui parle, sans distinguer ce qu'elle dit. Il a l'impression que tous les nerfs et les fibres de son corps sont tendus, sur le point de craquer. Alice, s'il te plaît. Viens au téléphone.

Puis sa voix, tout contre l'oreille de John. « Allô.

— Alice.

— Quoi ? » Elle semble toute petite et très loin.

« Alice, je t'en supplie, reviens. Ne fais pas ça.

— J'étais obligée. » Il entend un léger tremblement dans sa voix. « Il y avait une carte postale…

— Je sais. Je l'ai vue. Je l'ai déchirée. »

Ils se taisent tous les deux. John a envie de crier : Reviens, reviens, je t'en supplie, reviens.

« Comment m'as-tu trouvée ? demande-t-elle.

— Application de la science. Rappel du dernier numéro.

— Ah. »

Nouveau silence. John entortille le fil du téléphone autour de ses doigts. « J'ai aussi passé un long moment à faire la liste de tes amis et de ta famille, en me demandant avec qui tu serais. Je pensais à Rachel, mais je ne me rappelais pas son nom.

— Saunders.

— Bien. Je m'en souviendrai la prochaine fois que tu me quitteras.

— John. Je suis tellement désolée. Je ne voulais pas… »

Il l'interrompt. « Il ne le pense pas vraiment, tu sais. C'est un chantage émotionnel. Tu ne vois pas ? Il a écrit cette carte parce que c'était précisément ça qu'il voulait. »

Elle se tait encore, mais il sent qu'elle écoute. « Il voulait que tu la lises et il voulait que tu me plaques. Tu joues son jeu. C'est méchant et cruel de sa part, il n'en pense pas un mot, et s'il te plaît, je t'en prie, je t'en supplie, reviens.

— Mais il a dit…

— Il a dit des tas de conneries.

— Et si jamais il le pensait vraiment ? Je ne peux pas te laisser faire ça. Je ne peux pas… Je me suis dit… » Il l'entend réprimer un sanglot. « Je me suis dit que, comme ça, ce serait plus facile pour nous. »

Elle se met à pleurer pour de bon et elle doit écarter l'appareil de son visage car tout ça commence à sembler très lointain. Est-ce qu'elle va raccrocher ?

« Alice ? » Il serre si fort le téléphone que ses jointures lui font mal. « Alice ! Tu es là ?

— Oui.

— Donne-moi l'adresse de Rachel. Je viens te chercher.

— Je ne sais pas, John… Je pense que peut-être…

— C'est de la folie pure. Je t'aime. » Il l'entend pousser un grand soupir et la sent hésiter. Au moins, elle a cessé de pleurer. « Il ne le pense pas vraiment, je te le promets. Écoute, même si tu veux me plaquer, nous ne pouvons pas laisser les choses comme ça, non ? »

Elle rit, puis renifle. « Je peux rentrer à Camden en

métro. Ça ira. Ce n'est pas la peine que tu viennes jusqu'ici.

— Ne sois pas ridicule. Donne-moi l'adresse. J'arrive le plus vite possible.

— D'accord. »

Quarante minutes plus tard, John scrute la rangée de sonnettes faiblement éclairées sur la porte de l'ancien hôtel particulier où se trouve l'appartement de Rachel. Il en essaie une au hasard, et un Allemand de mauvaise humeur lui répond : « C'est au troisième étage et veuillez avoir l'obligeance de leur dire de mettre leur nom sur la sonnette. » Rachel lui ouvre la porte, et il grimpe quatre à quatre. Au troisième étage, Rachel l'attend sur le seuil. Le sac à dos d'Alice est posé à côté d'elle sur le palier.

« Bonsoir, John. » Elle lui pose un petit baiser rapide sur la joue. « Vous avez fait vite.

— Il n'y avait pas beaucoup de circulation, et j'ai sûrement été en excès de vitesse pendant tout le trajet. »

Rachel sourit. « Ce doit être l'amour.

— Oui. Quelque chose comme ça. » John est impatient, il se démanche le cou pour regarder derrière elle. « Où est-elle ? »

Rachel se retourne et crie : « Alice ! Ton amoureux transi est ici.

— Je suis vraiment désolé pour tout ça, Rachel.

— Ne vous excusez pas. Il n'y a aucun problème. Elle m'a aidée à traverser des tas de crises. »

Alice apparaît dans le couloir, un petit sourire aux lèvres, l'œil agrandi et humide. « Bonsoir, John. »

Il la serre contre lui, en l'embrassant dans les cheveux. Elle lui a passé les bras autour des épaules et il sent la chaleur humide de son souffle à travers son col.

« Bon, ça suffit, dit Rachel. Je commence à avoir froid, à rester plantée là avec la porte ouverte. »

Alice embrasse Rachel. « Merci, Rachel. Désolée de ne pas avoir pu rester.

— Ce n'est pas grave. La prochaine fois, peut-être.

— Ne me dites pas que ça va devenir une habitude ! proteste John.

— Rappelle-toi juste une chose, dit Rachel à Alice, au

moment de refermer sa porte. Il sait où j'habite, maintenant. »

Dans la voiture, il met le moteur en marche. Alice rabat le miroir du pare-soleil de son côté et s'examine d'un œil critique. « J'ai une tête épouvantable », marmonne-t-elle. Puis elle se tourne vers lui avec un grand sourire : « Tu es vraiment sûr que tu ne préfères pas que je reste ici ? »

John ne répond pas. Elle pousse un profond soupir et se frotte les yeux. « Je suis absolument crevée. Rentrons à la maison. »

Alice est assise en face de lui dans la baignoire, les genoux remontés contre sa poitrine, le menton posé sur les genoux. Ils s'étudient à travers la vapeur. John prend de l'eau dans ses mains et la lui verse sur les épaules. L'eau coule en filets argentés le long de ses bras, de son dos, et de sa poitrine. « Ne refais plus jamais ça, veux-tu ? »

Elle ne répond pas mais prend une profonde inspiration en gonflant ses joues, et plonge sa tête dans l'eau. Il sursaute de surprise. L'eau déborde violemment par-dessus les bords et sur le lino. Elle lui agrippe les côtes avec ses doigts et le chatouille. Fort. Il se débat. Nouveaux débordements.

« Alice ! » Il est fâché. Il la prend aux épaules et lui sort la tête de l'eau. Elle émerge en riant et toussant, véritable sirène au bain, les cheveux et le visage ruisselants, les cils collés en piques mouillées. Son visage est à quelques centimètres de celui de John, et son sourire s'évanouit lorsqu'elle voit qu'il ne rit pas.

« Je suis sérieux, Alice. » Il se sent soudain irritable et incroyablement fatigué. « Peux-tu imaginer ce que c'était, de rentrer ici et de découvrir que tu étais partie, et… – il fait un geste en direction du lavabo – de voir que tes affaires avaient disparu ? C'était affreux. Affreux. Il n'y avait pas de mot. Pas d'explication. Je n'avais pas la moindre idée d'où tu pouvais être, ni même si tu étais saine et sauve. Ne refais plus jamais ça. S'il te plaît. »

Elle a les sourcils froncés et elle secoue la tête, l'arrosant de gouttelettes d'eau. « Je regrette, John… je n'ai pas réfléchi. » Elle lui passe les bras autour du cou, appuyant son corps contre celui de John. « Je ne le referai plus jamais. Je te le promets. »

Ben tire les rideaux et se tourne vers sa femme, qui se tient dans l'encadrement de la porte. « Ann, nous sommes obligés de dormir ici.

— Je sais.

— Au moins pour cette nuit.

— Je sais.

— Il n'y a nulle part ailleurs où aller.

— Je sais, Ben. Je sais. »

Ann traverse la chambre et du plat de la main appuie sur le lit d'Alice comme pour voir s'il est assez confortable. Elle reste penchée là.

« Il est trop tard pour chercher une chambre d'hôtel. »

Pas de réaction.

« Nous pourrions dormir sur le canapé, en bas ; il y a aussi un lit de camp dans la pièce à côté, mais je ne pense pas que nous passerions une très bonne nuit, ni l'un ni l'autre. Et nous allons en avoir bien besoin, je crois.

— Ben, je sais. C'est juste… Ça fait un peu… bizarre. Tu ne trouves pas ? »

Ann fait le tour du lit et tire un peu sur la couette.

« De dormir dans le lit d'Alice ? »

Elle ne répond pas. Elle tient sa main sur sa bouche en regardant un des oreillers, qui a gardé l'empreinte ronde d'une tête. Ben lui-même frémit. Ann tend le bras et Ben la regarde ôter de la taie un long cheveu noir, et le tenir à la lumière. C'est un geste lent, réfléchi. Il y a deux nuits, songe Ben, ma fille a dormi normalement dans ce lit, et maintenant elle a le crâne rasé, et elle est emprisonnée dans une lutte muette et intérieure contre la mort. Ann tire de sa poche un mouchoir en papier et enroule le cheveu dedans.

« Ann… », commence-t-il.

Elle recule et s'effondre sur une chaise. Ben vient s'accroupir auprès d'elle. « Ann, je sais que c'est difficile, mais je ne vois pas quel choix nous avons. »

Elle serre le mouchoir dans ses deux mains.

« Alice ne nous en voudrait pas. Tu le sais bien. Elle aimerait mieux nous voir ici qu'à l'hôtel, non ? »

Elle le regarde. Il peut voir qu'elle y réfléchit. « N'est-ce pas ? insiste-t-il.

— Peut-être », admet-elle. Elle s'agite sur sa chaise, puis baisse les yeux et commence à tirer des vêtements de sous le siège : des chaussettes, une jupe courte, des bas, un chemisier rouge. Tous à Alice. Elle les déploie l'un après l'autre sur le dossier. « Peut-être que nous pourrions changer les draps… » dit-elle.

L'air de la chambre est plein de draps qu'on secoue. Ben a l'impression que ce pourraient être les premiers mouvements entre ces murs depuis des années, comme si personne n'avait vécu dans cette chambre depuis très, très longtemps. Ann revient avec une pile de linge propre au moment où il rassemble les draps pour les descendre.

« Qu'est-ce que c'est ? dit-elle.

— Quoi ?

— Ça. » Ann montre du doigt une tache bleue dans le ballot de draps.

Ben hausse les épaules. « C'est un T-shirt. Il était sous un oreiller. »

Ann l'examine, les yeux plissés. « Alice dort toujours sans rien, dit-elle, presque pour elle-même.

— Pardon ?

— Elle ne… » Ann se tait, puis s'avance et sort le T-shirt du ballot comme un illusionniste tire d'un chapeau une ribambelle de mouchoirs multicolores. « Alice ne porte jamais… » Elle s'interrompt encore, approche le T-shirt de son visage, le respire. Elle a le genre d'expression qu'ont les gens en écoutant des bribes de musique au loin. Quelque chose dont il est exclu traverse l'esprit d'Ann. Il soulève l'extrémité du T-shirt inerte et la porte à son visage. Renifle. Une odeur imprégnée de sommeil. Faible, mais distincte. Masculine. Ben et Ann se regardent, reliés par les extrémités du T-shirt. Ben lâche la sienne.

« Je pense qu'il vaut mieux ne pas laver ça, dit vivement Ann. Au cas où », ajoute-t-elle, et elle replie le T-shirt et le pose par-dessus les vêtements d'Alice sur le dossier de la chaise. Ben ne demande pas : « Au cas où quoi ? » Il reprend le ballot de draps et descend.

Plusieurs semaines bizarres s'écoulèrent, où ils marchaient tous deux sur un fil au-dessus de l'angoisse, en tournant autour du sujet dans toutes leurs conversations. Pour Alice, c'était comme revivre dans les limbes de l'attente de résultats d'examen : quand on sait que désormais tout repose entre les mains de quelqu'un d'autre. John était tour à tour optimiste et sombre. Elle savait qu'il appelait son père, et elle savait qu'il savait qu'elle savait. Et aussi que le père laissait son répondeur branché en permanence et ne rappelait jamais John. Les semaines passaient au compte-gouttes. Le sujet était de moins en moins évoqué, et John de plus en plus abattu.

Une nuit, quelque chose survint – un train qui passait, ou les rideaux qui s'enflaient sous la poussée d'un grand courant d'air pour s'aplatir ensuite, ou quelqu'un qui criait dehors, dans la rue –, et elle fut soudain bien réveillée, arrachée au sommeil. La chambre paraissait surnaturellement figée. John continuait à dormir, un bras passé par-dessus elle et les doigts glissés dans ses cheveux.

La certitude que le père de John avait l'intention de lui donner à choisir entre eux deux lui emplissait l'esprit. Il ne se contentait pas de bouder, comme l'affirmait farouchement John, il pensait rigoureusement ce qu'il disait. Il ne rappellerait pas son fils tant que celui-ci ne pourrait pas lui dire qu'elle était partie de chez lui et de sa vie.

Alice se redressa sur un coude, au-dessus de lui, et le regarda. Sa tête avait glissé de l'oreiller, reposant sur le matelas. Son bras était lourd. Il avait dû percevoir qu'elle était réveillée, ou sentir son regard, car il bougea. Ses yeux s'ouvrirent presque et il se rapprocha, pour enfouir son visage entre les seins d'Alice en murmurant quelque chose. Son bras s'anima pour l'attirer contre lui. Puis il s'immobilisa. Pendant quelques instants il respira contre le corps d'Alice, puis il tourna la tête et leva vers elle des yeux grands ouverts. « Qu'y a-t-il ? »

Alice lui posa une main sur la joue. « Je t'aime. »

Il retint sa main. « Qu'y a-t-il, Alice ? Tu as un air vraiment effrayant. »

Elle se pencha et posa brièvement ses lèvres sur les siennes, puis dit : « Je crois que c'est plutôt un air vraiment effrayé. »

Il l'attira pour rapprocher leurs visages et la regarder dans les yeux. « Qu'est-ce qui ne va pas ? » murmura-t-il.

Elle ne pouvait pas répondre carrément. Elle ne voulait pas dire les mots.

« Alice, dis-moi. Qu'est-ce qui ne va pas ? Je ne t'ai jamais vu un air aussi grave. »

Elle l'embrassa encore, et il l'embrassa à son tour, mais d'un air perplexe et retenu.

« Ton père, dit-elle. Il va te donner à choisir entre nous deux. »

Il commença à la caresser, d'un geste lent qui partait du cou, descendait le long de son sein, suivait le creux de sa taille puis la courbe de sa hanche, pour remonter ensuite. Il fit cela trois, quatre, cinq fois, puis il dit : « Je sais. »

Elle lui mit les bras autour du cou et ils se pressèrent l'un contre l'autre.

« Je ne peux pas faire ça, je ne peux pas, je ne peux pas, dit-il.

— Et moi je ne veux pas que tu le fasses, murmura-t-elle dans son cou. Je ne peux pas supporter que tu aies à prendre cette décision. Je ne peux pas. C'est un choix que personne ne devrait jamais avoir à faire. Jamais.

— Je sais, répéta-t-il. Je me sens comme une navette sur un métier à tisser. Toute la journée je me déchire entre toi et lui dans ma tête. Comment peut-il vouloir que je fasse un choix, que je dise : “Bon, toi je te prends, mais pas toi” ? Et même si je disais : “Oui papa, je renonce à ma *shiksa* pour être dorénavant un bon fils juif", quel genre de relation pourrait-il s'attendre à avoir avec moi, sachant qu'il m'aurait forcé à renoncer à toi ? Et comment, au nom du ciel, peut-il imaginer que je renoncerais à toi de mon plein gré ? Ce serait comme de dire : "Oui, bien sûr, papa, tu peux couper mon bras droit si tu veux." »

Il la relâcha et elle put de nouveau le regarder.

« Je n'arrive pas à croire qu'on ait pu en arriver là. C'est incroyable, à notre époque, dit-elle. Ma mère avait raison, tu sais.

— Ta mère ?

— Mmm. Avec son tact habituel de méchante fée, elle m'a dit à l'enterrement de ma grand-mère que le fait que tu sois juif causerait des problèmes.

— Mon Dieu, Alice, j'ai honte.

— Ne sois pas stupide. Je ne me suis pas précisément lancée là-dedans les yeux fermés, non ?

— Non, mais tu ne t'attendais tout de même pas à tout ça.

— Franchement, non.

— Sais-tu ce qu'il a fait, la semaine dernière ?

— Quoi ?

— Il m'a envoyé un exemplaire d'une revue juive pour la jeunesse avec des pages d'annonces personnelles à la fin. On peut passer une annonce pour trouver la femme juive de ses rêves. Et il avait épinglé dessus un petit mot : "As-tu envisagé cela ?" »

Il passait de temps en temps une voiture dans Camden Road. John tripotait nerveusement des mèches de cheveux d'Alice, et murmura : « C'est tellement ridicule.

— Alors, que vas-tu faire ? demanda-t-elle au bout d'un moment, la bouche contre son torse.

— Honnêtement, je n'en sais rien. De la façon dont je vois les choses, il y a deux options. La première, c'est dire à mon père qu'il peut aller se faire voir et je risque d'être rayé de sa vie. Ou bien je lui dis que tout est fini entre nous, mais nous continuons à nous voir en espérant qu'il finira par changer d'avis. »

Elle secoua la tête. « Ce n'est pas vraiment une option, John, non ? Nous ne pouvons pas lui mentir. Il découvrira forcément la vérité. Mais il y a encore une autre option, n'est-ce pas ? dit-elle d'une voix ferme en évitant son regard.

— Non. » Il se boucha les oreilles. « Non. Jamais. Ne le dis même pas, Alice.

— Option numéro trois, poursuivit-elle comme si elle ne l'avait pas entendu. Nous séparer et repartir chacun de notre côté.

— Mais comment pourrions-nous ? » Il assena un coup de poing sur l'oreiller. « Alice, bordel ! regarde-moi, veux-tu ? Regarde-moi, insista-t-il. Comment pourrions-nous faire ça ?

— Je ne sais pas, gémit-elle. Mais nous serons peut-être obligés. Tu ne peux pas juste... rejeter ta famille comme ça. Tu ne peux pas. Je ne te laisserai pas faire. »

Il se retourna sur le dos, et fixa le plafond d'un œil furieux. Elle lui prit la main, l'examina. C'est peut-être la dernière fois que nous sommes au lit ensemble, se surprit-elle à penser. « Bon, dit-elle pour effacer cette pensée. J'ai un plan.

— Quoi ? Un plan Alice ? » Il était ranimé, assis, le visage plein d'espoir. « Il y a une solution ? »

Malgré tout, elle rit. « Non, ce n'est pas une solution. Plus un moyen qu'une solution. Tu as une semaine pour décider ce que tu vas faire.

— Une semaine ? » Il prit une profonde inspiration. « D'accord.

— À partir de maintenant. Et – voici l'élément qui ne va pas te plaire – je m'en vais.

— Non.

— Non ? Comment ça, “non” ?

— Je veux dire, non, pas question que tu t'en ailles.

— Il le faut. Ça fait partie du plan.

— Mais... mais... bafouilla-t-il. ... J'ai besoin de ton aide pour décider.

— Conneries. Tu as besoin d'espace et de temps à toi tout seul pour réfléchir. Si je reste ici, ça ne fera qu'embrouiller le problème.

— Mais non, absolument pas.

— Si. Absolument. Donc, je m'en vais huit jours. Nous

ne nous appelons pas. Aucun contact entre nous. Tu vas voir ton père et tu parles avec lui. Tu as le temps de réfléchir à ce que tu veux, à tes convictions, à tes priorités – elle agita la main en l'air – et ainsi de suite. Et puis, à la fin de la semaine, tu m'appelles et tu me dis ce que tu as décidé.

— Je n'aime pas l'idée que tu t'en ailles. Et si tu ne reviens pas ?

— Eh bien, ce serait que l'option trois a été retenue, non ? Et dans ce cas nous devrons tous les deux apprendre à… vivre avec ça. »

Il la regardait, elle le voyait du coin de l'œil, mais elle refusait de lui rendre son regard, par crainte de faiblir dans sa résolution.

« Bon. Alors, je reste ici, je vois mon père, et je choisis entre les trois options. »

Elle lui donna une tape sur le bras. « John ! J'ai déclaré l'option numéro deux nulle et non avenue.

— Je sais, je sais. Je plaisante seulement. Mais pourquoi ne puis-je pas déclarer ton projet de départ nul et non avenu ?

— Parce que.

— Parce que quoi ?

— Parce que je le dis, déclara Alice en basculant par-dessus lui et le clouant au lit. Et de toute façon, tu sais très bien que c'est le seul moyen. »

Il la regarda à travers sa chevelure. « Tu as raison. Comme toujours. Mais où iras-tu ?

— Où je vais aller ? À la maison, bien sûr. »

J'ai pris l'avion le lendemain matin – un luxe – parce que je ne pouvais pas affronter quatre heures et demie d'emprisonnement dans un wagon. À l'aéroport, John a pleuré. Je ne l'avais jamais vu pleurer : cela m'a horrifiée et je l'ai serré contre moi jusqu'après le dernier appel pour mon vol. J'ai dû courir sur le tarmac et sur la passerelle métallique, vers une hôtesse à l'air revêche qui m'attendait.

J'y ai vu un mauvais présage, bien sûr. S'il a pleuré, me disais-je, c'est qu'il pense que c'est fini. Par le hublot, j'ai vu Canary Wharf. Ça avait l'air minuscule et fragile, comme si c'était en carton. Si j'avais fermé un œil et levé la main, j'aurais pu l'oblitérer avec l'ongle d'un pouce.

Le vol a duré quarante-cinq minutes. J'ai ignoré la démonstration des mesures de sécurité, les offres de sandwiches et l'attrait singulier des magazines de cabine, pour rester affalée sur mon siège, les yeux perdus dans les nuages. À l'aéroport d'Édimbourg, j'ai pris un car jusqu'à Princes Street. Je ne suis pas nationaliste, mais il y a quelque chose dans ce premier coup d'œil sur les extrémités noircies du Scott Monument et les grands espaces du parc, la première bouffée de cet air propre et vif, qui me remonte toujours le moral.

J'ai poussé la porte d'une cabine téléphonique devant Waverley Market et l'ai refermée derrière moi (juste devant, un homme en kilt jouait de la cornemuse, atrocement mal, pour les touristes). J'ai décroché et composé le numéro.

« Susannah ? C'est Alice.

— Alice ? Mais où diable es-tu ? Il est midi et demi. Il faut que tu…

— Je suis à Édimbourg.

— Quoi ? Tu plaisantes, j'imagine ! »

J'ai entrebâillé la porte avec mon pied. « Écoute ça. » J'ai tendu l'appareil vers la cornemuse gueularde. Susannah a gémi. « Je peux tout t'expliquer, ai-je dit.

— Bien. Je t'écoute.

— Mais pas tout de suite. »

Silence.

Puis : « Ah ! c'est comme ça, alors ?

— Ouais.

— D'accord, a-t-elle répondu songeusement. Bon, tu pourras m'en parler à ton retour. Et quand penses-tu rentrer, exactement ?

— Heu… la semaine prochaine ?

— Alice, tu es folle ? Qu'est-ce que je vais dire à Anthony ?

— Je ne sais pas. Tu trouveras quelque chose. Dis-lui que je suis malade. Dis-lui que je fais des recherches en Écosse. N'importe quoi. »

Je l'ai entendue soupirer. « Tu peux dire que tu me devras une fière chandelle.

— Susannah, est-ce que je t'ai déjà dit que je t'adore ?

— Ouais, ouais. Eh bien, rapporte-moi des sablés, du haggis, ce que tu voudras.

— Promis. Salut.

— Salut. »

J'ai pressé la touche appel-à-la-suite puis hésité un instant. John devait travailler, en ce moment, assis à son bureau près de la fenêtre, avec tout l'est de Londres en contrebas. Je mourais d'envie de l'appeler. Déjà. Ce n'était pas un bon signe. C'était contraire aux règles. J'ai levé les yeux vers le panorama de la Vieille Ville au-delà de la vitre de la cabine. Des touristes américains en doudounes et multiples écharpes allaient et venaient et s'interpellaient bruyamment entre eux en attendant leurs autocars. Je leur ai tourné le dos et j'ai composé résolument le numéro de Kirsty.

« Kirsty ?

— Alice ! Comment vas-tu ?

— Bien. Kirsty, je peux venir ?

— Bien sûr. Quand ?

— Par exemple, maintenant ?

— Maintenant ? a répété Kirsty. Où es-tu ? a-t-elle demandé avec circonspection.

— À Princes Street.

— Pour l'amour du ciel, Alice, que fais-tu là ? Que s'est-il passé ? Tu vas bien ?

— Très bien, très bien. »

Kirsty se taisait au bout du fil.

« Écoute, est-ce que je peux venir maintenant ? Tu es occupée ?

— Occupée ? a dit Kirsty en riant. Bien sûr que non, je ne suis pas occupée. Je passe mes journées à faire des exercices de préparation à l'accouchement ou à manger. Viens maintenant. Je pars à ta rencontre. »

Alice rédigeait une dissertation sur Robert Browning. Devant elle, un calendrier était épinglé au mur ; des traits noirs barraient les jours de l'année déjà passés, et un trait rouge entourait la semaine de l'examen final. La diminution des jours blancs entre les traits noirs et le cadre rouge lui provoquait des crampes d'estomac. Ce matin-là, en allant au lycée, elle avait ressenti ce picotement irritant dans le nez et la gorge qui annonçait le rhume des foins – et qui disait rhume des foins disait été, qui disait été disait examens.

Alice pencha la tête pour se remettre au travail. « Comparez et opposez, disait le sujet, les motivations du Duc dans *Ma dernière duchesse* à celles du moine dans *Fra Filippo Lippi.* » Alice avait quatre pages de notes et un plan. Elle savait qu'il y avait une formule pour ce genre d'exercice : un paragraphe d'introduction où l'on devait répondre à la question sous une forme abrégée et expliquer son raisonnement, un développement du raisonnement – en multipliant les citations et en rappelant les termes du sujet posé –, un paragraphe final où l'on pouvait essayer d'introduire tout ce que la question vous inspirait d'autre, si elle vous inspirait quelque chose, et puis une synthèse se référant à l'introduction. Ce devrait être facile, ce devrait être facile. Mais elle n'arrivait pas à calmer ses nerfs. La nuit, au lieu de dormir, elle échafaudait des plans de révisions, imaginait des sujets, des notes, des schémas, des enchaînements, des réponses à choix multiple.

Elle dévissa le capuchon du stylo-plume qu'elle utilisait toujours pour ses devoirs. Son écriture penchée avait usé la pointe d'un côté. « Browning, écrivit-elle, s'intéressait aux individus absorbés par leurs propres exigences. » Lorsqu'elle parvint au bout de la phrase, l'encre des premiers mots avait déjà séché. La page était cornée aux coins. Elle l'aplanit de la main et se remit à écrire : « Dans ses poèmes *Ma dernière duchesse* et *Fra…* » Elle sentit un mouvement d'air dans la chambre et vit sa mère ouvrir la porte.

« Bonsoir.

— Mm, fit Alice en plissant ses yeux accoutumés au cône de lumière de sa lampe d'architecte, et non à l'obscurité du reste de la pièce.

— Comment ça marche ? » demanda Ann en

s'approchant pour jeter un coup d'œil sur le travail d'Alice par-dessus son épaule.

Elle pivota sur son siège, essayant de se placer en face de sa mère.

« Mm. Ça va.

— C'est une dissertation ? Sur quoi ?

— Robert Browning.

— Ah.

— C'est un poète.

— Oui. Je sais. »

Ann commença à ramasser par terre des vêtements éparpillés. Alice revissa le capuchon de son stylo. Elle ne voulait pas que l'encre se dessèche.

« Comment ça s'est passé en classe, aujourd'hui ?

— Bien. » Alice posa son stylo sur la table et glissa ses mains sous ses cuisses.

« À quelle heure veux-tu ton thé ?

— Comme tu veux. M'est égal. »

Alice commença à entortiller ses cheveux autour de son index, l'esprit toujours préoccupé par le plan de son devoir. Ann s'assit au bord du lit et croisa les jambes. Alice la regarda se mettre à plier les vêtements qu'elle avait ramassés et les poser sur la couette, à côté d'elle.

« Qui est ce garçon qui téléphone tout le temps, dis ? » lança soudain Ann d'une voix limpide, comme si l'idée lui en venait juste maintenant.

Alice cessa de tortiller ses cheveux. « Quel garçon ?

— Enfin, Alice ! » Pour la première fois, l'irritation perçait dans la voix d'Ann. « Je parle du garçon qui téléphone tous les soirs. Rigoureusement tous les soirs. » Elle se força à sourire, reprit le contrôle de sa voix. « Je me demandais juste qui c'était. Voilà tout. »

Alice se retourna vers son bureau, en secouant ses cheveux de telle sorte qu'ils lui recouvrirent le visage. Elle fixa la page devant elle, avec la phrase inachevée, en faisant mine d'y réfléchir intensément. Son pouls s'était tellement accéléré qu'elle avait le vertige. Ou peut-être seulement qu'elle avait faim.

« C'est lui, n'est-ce pas ? » dit Ann.

Alice frappa la page de la main en poussant un soupir explosif. « Qui lui ? dit-elle sans tourner la tête.

— Qui ? Tu sais parfaitement de qui je parle. C'est ce… cet Andrew Innerdale, n'est-ce pas ? »

Alice ne répondit pas, les yeux toujours rivés sur son devoir, le dos voûté au-dessus de la table. La fureur enflait dans son crâne.

« C'est lui, n'est-ce pas ? Je sais que c'est lui, Alice. Je croyais qu'avec lui tout était… Qu'y a-t-il entre vous ? Est-ce que… est-ce que tu le vois, Alice ? Dis ? Est-ce que tu sors avec lui ?

— Non ! » hurla Alice. Sa voix se répercuta sur le mur où était épinglé son calendrier. « Je te dis que non !

— Alors pourquoi téléphone-t-il tout le temps ? »

Alice bondit de son siège. Elle se sentait prise au piège : c'était sa chambre, et sa mère venait l'y harceler. « Je ne sais pas ! C'est à lui qu'il faut le demander, pas à moi !

— J'espère seulement que tu ne lui donnes pas de fausses idées.

— Qu'est-ce que tu veux dire ? Comment oses-tu ? J'essaie de travailler, maman, j'essaie de faire une dissertation. Pourquoi ne sors-tu pas d'ici ? Laisse-moi tranquille. »

Ann s'était levée aussi. « Tu dois lui envoyer les mauvais signaux, Alice. Tu es sûre que tu ne l'encourages pas ? Les hommes ne téléphonent pas comme ça sans… provocation. »

Alice prit la première chose qui lui tomba sous la main – son dictionnaire – et le lança contre le mur. Aussitôt qu'il quitta sa main, avec ses pages en papier bible qui voletaient, elle eut mauvaise conscience. Il heurta le mur avec un bruit mat et tomba par terre, les feuilles écrasées en accordéon. Alice aurait voulu dire à sa mère comme il la suivait à l'aller et au retour du lycée, elle aurait voulu lui parler des petits mots qu'il glissait dans son sac de classe, de sa façon d'apparaître quand elle était en ville ou à la plage ou qu'elle allait chez son amie, lui dire comme tout cela commençait à l'effrayer, qu'elle ne savait pas quoi faire, comment s'y prendre.

Ann était pliée en deux pour ramasser le dictionnaire

lorsque le téléphone se mit à sonner en bas. Il sonna trois ou quatre fois. « Ça doit être encore lui, n'est-ce pas ?

— Je ne sais pas. »

Le téléphone sonnait toujours. Il n'y avait donc personne d'autre à la maison, ce soir ? Alice n'avait pas envie de lui parler. C'était la dernière chose qu'elle voulait, mais elle ne voulait pas non plus rester dans cette pièce. Elle bouscula légèrement sa mère et s'élança dans l'escalier. Pourvu que ce ne soit pas lui, je vous en prie, faites que ce ne soit pas lui. Ann la suivit, dévalant deux marches à la fois.

« Que se passe-t-il ? cria-t-elle. Tu sors avec lui ?

— Non ! hurla Alice. Je te l'ai dit ! Va-t'en ! Laisse-moi tranquille ! »

Elles se défiaient du regard, au-dessus du téléphone qui sonnait.

« Alors pourquoi téléphone-t-il sans arrêt ? Tu dois le faire marcher. Forcément.

— Non ! Ce n'est pas vrai ! Va-t'en ! » Au bord des larmes, Alice décrocha. « Allô !

— Alice ? Salut. C'est Andrew. »

Plus tard, j'ai entendu mon père en bas, qui parlait d'une voix douce, modulée : « Ann, elle est jeune. Quel mal veux-tu qu'elle…

— Boucle-la ! a hurlé ma mère. Boucle-la ! Tu ne sais rien de tout ça ! Rien ! »

Alice est allongée sur le lit de Kirsty, la tête renversée en arrière, et elle regarde sa sœur. Debout à la fenêtre avec un petit miroir et une pince, Kirsty s'épile les sourcils à la lumière bleutée du soleil de décembre. Elle fait porter tout son poids sur une jambe, et son ventre énorme se découpe sur le rideau en filet. « Je n'ai jamais compris pourquoi tu fais ça, dit Alice.

— Quoi ?

— T'épiler les sourcils.

— Comment ça ?

— Eh bien, tu t'arraches tous les poils, un par un, tu te balades vingt-quatre heures avec des yeux bouffis, et puis tu redessines tes sourcils au crayon.

— Je ne les arrache pas tous. Seulement quelques-uns.

— Tout de même. C'est un drôle de truc, tu ne trouves pas ?

— Nous n'avons pas toutes le privilège d'avoir des sourcils naturellement foncés et courbés comme les tiens. »

Alice se tâte les sourcils du bout des doigts. Elle les lisse d'abord, puis de l'index les pousse à rebrousse-poil, et les sent se hérisser sous son doigt. « Comment c'est ? demande-t-elle soudain.

— Quoi ? M'épiler les sourcils ?

— Non, dit Alice en se tournant pour lui faire face. Ça. » Elle montre le ventre de Kirsty.

Kirsty incline la tête sur le côté et fait passer son poids sur l'autre jambe, tout en réfléchissant. « C'est comme… comme des bulles de savon.

— Des bulles de savon ?

— Oui. Tu sais, quand tu braques un jet d'eau sur des bulles de savon, elles moussent et elles se divisent et se multiplient sous tes yeux. C'est comme ça. Toutes ces cellules moussent et se multiplient là-dedans. C'est… stupéfiant. C'est la seule façon dont je puisse te le décrire.

— Ça ne te rend pas nerveuse ?

— Au début, si. Incroyablement. Mais je pense que quand tu arrives à ce stade, toutes tes hormones de satisfaction sont en ordre de bataille et tu te fous de tout. Maintenant, ça m'est bien égal d'être grosse comme le pignon de la maison et de ne plus pouvoir m'habiller qu'avec des tentes, et d'avoir un si gros derrière que j'ai parfois l'impression de porter un autre bébé dedans, ou encore d'avoir des vergetures sur le ventre. C'est bien, tu sais… de savoir que la seule chose qui compte, c'est ça. » Elle lisse sa robe sur son ventre.

« Je peux toucher ? »

Kirsty sourit. « Bien sûr. Je ne sais pas si tu pourras sentir grand-chose. Je crois qu'il dort, en ce moment. » Elle vient s'asseoir sur le lit, en ployant juste les genoux, à côté d'Alice. Alice pose sa main à plat sur l'énorme renflement sous la robe de Kirsty. « Ce que c'est dur ! s'exclame-t-elle.

— Évidemment. Il y a une personne entière blottie là-dedans. »

Elles attendent, la tête penchée comme pour guetter un son. Les minutes passent.

« Je ne sens rien, chuchote finalement Alice.

— Attends. »

Alice se met à rire tout bas. « Pourquoi est-ce que nous chuch…

— Chut ! », interrompt Kirsty. Alice sent un petit coup rapide et léger comme un battement d'aile. « Là ! Tu l'as senti ? »

Alice rit, incrédule. « Ouaouh ! » Et elle se rapproche. « Bonjour ! crie-t-elle. C'est ta tante Alice qui te parle. J'ai hâte de te connaître ! »

Kirsty fait du thé dans la cuisine, qu'elle et Neil ont peinte en jaune pâle. De l'autre côté de la porte de service s'entrecroisent les clôtures des jardinets. Des rangées de linge gelé sont accrochées aux cordes tendues entre de hauts poteaux de fer.

« Alors, dit Kirsty en posant une tasse devant Alice et en la fixant d'un ferme regard bleu. Tu vas me dire pourquoi tu es ici ? »

Alice se tapote la cuisse avec la cuillère et regarde dehors le ciel grisâtre d'Édimbourg. Des volutes de vapeur s'échappent de la tasse et s'estompent sur le jaune des murs. « Je ne sais pas par où commencer.

— C'est John ? »

Alice acquiesce. Une expression inquiète passe sur le visage de Kirsty qui saisit la main d'Alice entre les siennes. « Alice, qu'est-ce qui s'est passé ? Je vous croyais tellement amoureux quand je vous ai vus à l'enterrement. Vous aviez tous les deux un air si rayonnant… Je ne sais pas comment dire… Je ne t'avais jamais vue regarder quelqu'un comme ça.

— Je sais. » Elle hoche la tête. « Je ne sais pas ce que je vais faire. »

Neil finit de travailler plus tard que d'habitude ce soir-là. Au lieu de se risquer à traverser les Meadows glacés jusqu'à chez eux, il prit un bus au Mound. À peine eut-il ouvert la porte d'entrée qu'il sentit quelque chose d'inhabituel. Il s'attendait à rejoindre Kirsty sereinement assise sur le canapé ou étendue sur le lit, et il trouva la maison plongée dans l'obscurité, avec des vagues de musique endiablée provenant de la cuisine. Il entendit alors une voix de femme – Kirsty ? Beth ? – hurler : « Je m'en fiche. Je m'en fiche complètement. Franchement, ma chérie, je m'en fous », puis un rire hystérique (féminin) retentit. Neil posa son attaché-case, s'engagea dans le couloir et franchit assez nerveusement la porte de la cuisine.

Kirsty était attablée, la tête posée sur les avant-bras. En face d'elle, Beth, encore en duffel-coat, était assise sur les genoux d'Alice. Et il y avait deux bouteilles de vin sur la table. Vides.

« Neeeeeeeeil ! » hurlèrent-elles en le voyant, d'une triple voix assourdissante. Instinctivement, Neil pressa ses deux mains sur ses oreilles.

« Vous savez quoi ? lança Alice, à personne en particulier, lorsque le vacarme se fut calmé. Il ne faut jamais se mettre à genoux pour demander la paix.

— De quoi parles-tu, Alice ? s'enquit Beth.

— Et vous savez quoi d'autre ? poursuivit-elle. Il faut toujours bien regarder avant de sauter. Toujours.

— Alice, dit Kirsty. Tais-toi. »

Le regard effaré de Neil allait de l'une à l'autre. « Qu'est-ce qui se passe ici ? On dirait un congrès de sorcières ! » Puis, à Alice : « Et je ne te demande même pas ce que tu fais ici.

— Non, dit Alice. À ta place, je m'en garderais bien. » Elle secoua le bras de Beth. « Beth, tu pourrais te lever ? J'ai les jambes qui s'engourdissent. » Beth se leva et proposa un verre à Neil. « Il ne me manquerait plus que ça, marmonna Alice. J'aurai la gangrène et il faudra m'amputer les deux jambes. Avant qu'on ait eu le temps de dire ouf, je serai en fauteuil roulant pour le reste de ma vie. Je me demande ce qu'en dirait le vieux Ducon Friedmann. Une infirme en plus d'une Kenwood.

— Qu'est-ce qu'elle raconte ? demanda Neil à Kirsty.

— C'est de l'humour juif, dit Alice, gravement. Un mixeur Kenwood – une *shiksa*.

— C'est John, expliqua Kirsty.

— Je vois », fit Neil, qui ne voyait rien du tout.

Le lendemain, Kirsty a un rendez-vous à l'hôpital et Beth, qui a fini par passer la nuit sur le canapé avec Alice, part de bonne heure pour son cours d'endocrinologie. Alice accompagne Kirsty à travers le parc, bras dessus bras dessous, jusqu'à la maternité.

« Alice, tu vas aller voir maman, non ? »

Soupir d'Alice. « Je ne sais pas si je pourrais supporter l'Inquisition espagnole en ce moment.

— Ne sois pas si dure avec elle.

— Je ne suis pas dure. Mais il va falloir que je me tape ses "Je te l'avais bien dit" et son discours sur les effets comparés de la passion et du bon sens.

— Vas-y quand même. Tu pourras toujours revenir, si c'est vraiment insupportable. » Kirsty se hausse sur la pointe des pieds et l'embrasse sur la joue. Les deux sœurs s'étreignent. « Quand doit-il t'appeler ?

— Pas avant samedi. Nous n'avons pas le droit de nous téléphoner. C'est la règle.

— La règle de qui ?

— La mienne. »

Kirsty hoche la tête. « Je ne sais pas, Alice. Tu ne te dis jamais que tu te rends vraiment la vie dure ?

— Écoute, Kirsty, il fallait bien sortir de l'impasse. Il n'aurait pas pris de décision si je ne l'y avais pas forcé. Il aurait juste laissé traîner la situation, en étant de plus en plus malheureux.

— Il faut que j'y aille, dit Kirsty en regardant sa montre. Ne rentre pas à Londres sans revenir me voir. »

Alice la regarde traverser la cour d'entrée de l'hôpital. Sa minuscule silhouette zigzague entre les voitures, et c'est seulement quand elle l'a vue disparaître derrière la double porte vitrée qu'elle remet son sac sur ses épaules et fait demi-tour.

Alice redoute parfois de perdre le contrôle de sa vie. C'est comme la peur de voir sa main droite échapper soudain à son contrôle alors qu'on écrit pour la millionième fois son nom sur un reçu de carte de crédit. Il lui arrive de sentir que quelque chose pourrait facilement se briser en elle, la réduire à tournoyer dans des limbes de panique et de chaos. Pour retarder son arrivée à North Berwick, elle va au musée de Chambers Street et flâne entre les vitrines poussiéreuses d'animaux empaillés aux yeux de verre. Dans sa tête, elle retrace la journée de John : il doit être en train de prendre son petit déjeuner tout seul dans la cuisine ; il doit quitter la maison, et marcher dans Camden Road ; il doit être dans le métro ; maintenant il a dû arriver au bureau. Chacun de ses pas suit un pas de John. Devant l'énorme squelette de baleine suspendu au plafond, elle s'arrête et se penche à la balustrade, les yeux rivés sur les arceaux innombrables de ses côtes. Elle ressent si intensément la présence de John qu'elle ne serait pas étonnée, en se retournant, de le trouver à côté d'elle. Comment est-ce arrivé ? Comment a-t-elle pu s'éprendre de lui au point de sentir sa santé mentale menacée par l'éventualité de leur séparation ? Il va peut-être décider de rompre, se répète-t-elle sans cesse, et le poids de cette pensée la déséquilibre : comme si elle s'était mystérieusement allégée d'un côté, elle chancelle en gravissant les marches lisses et le passage des portes se révèle difficile. Elle imagine l'éruption de toutes les petites contusions violacées sur la blancheur de sa peau, telles les têtes des phoques qui brisent la surface de la mer au large de la grève de North Berwick. À un moment, elle se retrouve les yeux fixés sur un vase grec où sont peints les tentacules d'une méduse ; elle presse convulsivement ses mains l'une contre l'autre et murmure : « Oh ! non, pas ça, non ! »

Furieuse, elle sort en courant du musée et reste un moment sur le trottoir. Les gens s'écartent d'elle, et elle se rend compte qu'elle doit avoir l'air courroucée et démente. Comment a-t-elle pu être assez faible pour s'abandonner à dépendre autant d'une autre personne ? Elle s'est toujours juré de ne jamais permettre que son bonheur repose sur quelqu'un d'autre. Comment cela a-t-il pu arriver ? Elle parcourt Chambers Street. Il doit être au bureau. Elle passe devant une cabine téléphonique, la fusille du regard, puis fait demi-tour et repasse devant, juste pour se tester.

Dans l'après-midi, lorsqu'elle a vraiment épuisé tout ce qu'elle pouvait imaginer de faire pour s'occuper à Édimbourg, elle redescend à Waverley Station et prend le train pour North Berwick.

« Alors, qu'est-ce qui t'a fait décider que tu avais besoin de vacances ? demande sa mère en lui servant de la purée.

— Mmm, rien de spécial. J'avais juste envie d'une pause, marmonne Alice, en ignorant le regard qu'échangent ses parents.

— C'est un peu soudain, non ? insiste Ann. Ce n'était pas gênant, à ton travail ?

— Non, pas vraiment.

— Comment marche le boulot ? s'enquiert Ben.

— Bien. Ouais, très bien.

— Et comment va John ? interroge Ann.

— Euh... » Elle s'aperçoit avec horreur qu'elle est au bord des larmes. « Il va bien. » Elle baisse le nez sur ses légumes et transperce une tête de brocoli avec détermination. Pas question de pleurer, pas question de pleurer. Tout va bien.

« Va-t-il te rejoindre ? Ce serait sympathique de le revoir, je n'ai pas l'impression d'avoir vraiment fait connaissance, à l'enterrement. Vous paraissiez tellement pressés de rentrer à Londres, dit Ann en scrutant sa fille.

— Mmm, fait Alice en promenant le brocoli autour de son assiette. Il est... euh... il est très occupé avec son boulot et tout ça. Tu sais. »

Sa mère l'observe avec un mélange exaspérant de suspicion et d'inquiétude.

« Eh bien, c'est dommage, dit Ben. Il faut absolument que tu l'amènes, une autre fois. Que tu lui montres le coin.

— Promis. » Alice rejette ses cheveux en arrière.

« Alors, comment ça va ici ? Vous vous êtes installés dans la chambre de Grand-Maman, j'ai remarqué.

— Oui, en effet, dit Ann avec une petite lueur de plaisir. C'est tellement merveilleux, de se réveiller devant cette vue. J'envisage de réaménager un peu la maison, peut-être le salon et la cuisine. Et puis aussi le vestibule et le palier. Comment te sens-tu, de vivre avec John ?

— Très bien.

— C'est une jolie maison ?

— Oui.

— Et il y vit depuis combien de temps ?

— Quatre ans.

— Tu penses que tu feras beaucoup de changements ?

— Non. C'est… c'est très bien.

— Et… » Ann s'interrompt, choisissant ses mots. « Tout va bien entre vous deux ? »

Alice courbe de nouveau la tête sur son assiette. « Oui, dit-elle d'une voix presque inaudible.

— Eh bien, tant mieux. Une chance, vraiment. C'était tellement soudain, n'est-ce pas, Ben ? Enfin, tu le connaissais à peine… ça a duré quoi ? deux mois avant que tu n'emménages chez lui. Mais tout va bien ? »

Ses parents regardent une larme rouler sur la joue d'Alice, suivie d'une autre, et d'une autre, et encore d'une autre. Alice pose sa fourchette, pose la tête sur ses bras, et se met à sangloter. Ann essaie de soulever les cheveux de sa fille qui pendent dans la purée, tandis que Ben va se planter derrière sa chaise en lui caressant gauchement l'épaule.

Alice est surprise le lendemain matin de se réveiller dans son ancienne chambre. Puis elle se rappelle ses réveils en sursaut pendant la nuit, et la sensation de vaciller au bord d'un gouffre ; elle s'est beaucoup retournée, à chercher le corps de John sans rien trouver que le bord de son lit étroit et la menace du sol au-dessous.

La pièce est étrange. Sa mère l'a conservée comme un drôle d'objet de musée, rigoureusement telle que l'a aménagée Alice adolescente. Aux murs, des affiches réclamant le désarmement nucléaire, la fin de l'apartheid, l'interdiction de la vivisection et de la chasse au renard. Et aussi des posters de Robert Smith, de Morrissey et, plus incongru, d'Albert Camus, qui la contemplent tous. Dans l'armoire, Alice le sait, il doit y avoir des vêtements qu'elle n'a plus portés depuis cinq ou six ans. Des ribambelles de bijoux hippies pendent aux poignées de la coiffeuse ; autour du miroir, il y a des photos d'Alice et de divers amis de classe à des soirées, sur la plage, en salle de réunion de terminale, derrière le pavillon de cricket. Alice s'étire et tend le bras pour tirer sur un coin d'affiche ; le papier collant jauni et desséché craque, et Albert Camus tombe en voletant jusqu'à terre. Elle se lève, marche dessus, enfile une robe de chambre qui ne ferme plus sur sa poitrine.

La maison est vide ; elle erre d'un pied léger dans toutes ces pièces où elle a passé dix-huit ans de sa vie. Elle a l'impression de vivre une légère déformation du temps, comme si Beth allait surgir, adolescente et gauche, ou Kirsty, enviablement angélique du haut de ses neuf ans, et promenant ses poupées dans un landau. Alice s'aperçoit dans un miroir et songe : Comment en suis-je arrivée là ? Comment ai-je fait pour être aussi vieille ?

C'est la première fois qu'elle revient depuis la mort de sa grand-mère et, contrairement à sa chambre à elle, elle trouve la maison curieusement vidée de toute trace d'Elspeth : sa chambre est méconnaissable. Tous ses livres et ses revues, qui couvraient toujours la table du salon, ont été rangés avec soin dans la bibliothèque. Les bibelots et les tableaux ont disparu ; les tables et les repose-pieds ont été déplacés. Le fauteuil sur lequel elle s'asseyait toujours, près de la fenêtre, pour lire ou écrire des lettres a été recouvert d'un velours beige hideux et repoussé dans l'angle de la pièce. Alice s'y assoit un moment et se demande quel aurait été le conseil d'Elspeth au sujet de John. Aurait-elle dit accroche-toi, ou renonce au fantôme ?

Il y a un mot d'Ann sur la table de la cuisine, disant qu'elle est sortie. Alice envisage d'appeler Beth pour lui demander si elle a un moment libre entre ses cours, puis prend une douche. Elle vient juste de se savonner en entier lorsque la sonnette retentit. En jurant, elle se rince, s'enveloppe d'une serviette, ouvre la fenêtre de la salle de bains et tend le cou dehors pour voir qui c'est. Mais la personne qui sonne est à moitié cachée par la glycine qui tapisse la façade de la maison. Probablement une affreuse amie de sa mère.

« Oui ? » crie Alice. La personne continue à sonner. L'air froid la fait trembler convulsivement. « Oui ? » répète-t-elle, cette fois d'une voix plus forte et contrariée.

Le gravier crisse, et là, deux étages plus bas, reculant dans l'allée pour lever le visage vers elle, voilà qu'apparaît John. Elle est tellement abasourdie qu'elle laisse tomber la serviette et émet un son rauque à mi-chemin entre la toux et le rire. Il a les yeux fixés sur elle, avec la tête un peu penchée sur le côté. « Sais-tu que tu n'as rien sur toi ? finit-il par dire.

— Oui, je sais », dit-elle en s'efforçant de ne pas sourire. Au lieu de ramasser la serviette enroulée autour de ses chevilles, elle soutient son regard grave. « Comment appelles-tu ça, John ? interroge-t-elle, le doigt pointé sur le sac posé à ses pieds dans l'allée.

— Je ne sais pas. Et toi ?

— J'appelle ça désobéir à la règle.

— Quelle règle ?

— La mienne.

— Il n'y en a plus. Je déclare ta règle nulle et non avenue.

— Ah ! bon ? »

Il acquiesce. « Oui.

— Je ne suis pas sûre que tu aies le pouvoir d'annuler la règle, sans même parler de la déclarer non avenue, dans l'affaire Friedmann contre Raikes. »

John se gratte la tête. « Eh bien, voyez-vous, Miss Raikes, si je puis me permettre de vous renvoyer au document établi dimanche soir entre les deux parties concernées, vous y verrez que j'ai pourtant bel et bien le pouvoir d'annuler toutes les règles et notamment tous les ultimatums relatifs à l'affaire Friedmann Senior contre Friedmann Junior. »

Silence. Alice le contemple, et de son corps émane une

vapeur dans l'air froid qui vient de la fenêtre. « C'est vrai ? dit-elle calmement. Tu es sûr ?

— Oui. » Il acquiesce à nouveau. « Et maintenant, vas-tu me laisser entrer, Rapunzel, ou faut-il que je grimpe jusqu'à toi ?

— Ne fais pas ça. Ma mère sera folle de rage si tu arraches les treillis de la maison. Je descends. Ne t'en va pas. » Elle claque la fenêtre, ramasse la serviette et se précipite dans l'escalier.

Ann remonte la pente de Bank Street en se frayant un chemin dans les feuilles mouillées qui sont tombées de l'arbre de ses voisins. Elle leur a demandé bien des fois de balayer cette portion du trottoir, mais ils ne le font jamais. Leur décision de vendre une grande partie du parc à un promoteur, en 1975, lui a brisé le cœur : là où s'étendaient naguère la pelouse de croquet et le bas du jardin ont poussé de vilains pavillons carrés comme des boîtes. Elspeth avait dit qu'ils étaient obligés, pour ne pas avoir à vendre leur maison et déménager. Personne ne pouvait souhaiter cela.

En tournant dans Marmion Road, elle voit que les rideaux d'Alice sont encore fermés. Ann pousse un soupir. Dormir tard n'arrangera rien du tout. Elle éprouve un élan de haine pure pour John Friedmann, alimentée par un farouche sentiment protecteur maternel et par autre chose aussi, à quoi elle n'a pas envie de penser en ce moment. Elle a su qu'il n'amènerait que des ennuis dès l'instant où elle l'a vu, à l'enterrement d'Elspeth. Elle l'a tout de suite su. Le genre aux yeux noirs flamboyants, c'était très bien, mais on se retrouvait toujours comme ça – le cœur brisé, à pleurer et dormir tard. Bien entendu, Alice a refusé de l'écouter. Ann a bien envie de l'appeler et de lui assener ses quatre vérités ; comment peut-il oser ensorceler sa fille et puis faire volte-face en disant : désolé, je suis juif ?

Elle claque la porte derrière elle et se sent un peu mieux en entendant les assiettes s'entrechoquer sur leurs présentoirs, tout autour du vestibule. Elle laisse ses sacs à provisions près de la porte et s'engage dans l'escalier pour aller dans la chambre d'Alice. Elle va lui dire : « Oublie cet homme, il n'en vaut pas la peine, quelquefois il faut oublier les gens, juste y renoncer et les oublier. »

En abordant le tournant de l'escalier, elle voit quelque chose qui la fait ciller. Est-ce une sorte de vision ? On dirait qu'il y a un homme nu sur le palier. Ann cille encore. À deuxième vue, ce n'est pas n'importe quel homme nu : c'est ce maudit John Friedmann avec une serviette nouée autour des reins. Lui, là, chez elle, au beau milieu de l'après-midi. Et pratiquement nu.

Ann reste un moment sans voix. Ils se dévisagent tous les deux. Elle observe avec satisfaction qu'il semble parfaitement terrifié. « Puis-je savoir, demande-t-elle avec hauteur, ce que vous faites ici ? »

Il tripote la minuscule serviette. Ann se surprend, malgré tout, à examiner rapidement son corps. Au moins, elle peut voir ce qu'Alice voit en lui.

« Mrs Raikes… bredouille-t-il. Je…

À cet instant, la porte d'Alice s'ouvre violemment et Alice elle-même surgit, totalement nue sur le palier. Ann lève au plafond des yeux exaspérés.

« Maman ! s'exclame Alice, horrifiée. Qu'est-ce que tu fais ici ? »

Ann monte encore quelques marches. « Ce que je fais ? Je *vis* ici. Ce que je veux savoir, moi, c'est ce que *lui* fait ici ? » Ann pointe un doigt accusateur en direction de John.

« Maman, ne sois pas grossière ! proteste Alice dans un chuchotement scandalisé, comme si elle ne voulait pas qu'il entende. Tout est réglé. Tout va bien, maintenant.

— Ah ! oui ? aboie Ann pompeusement, à l'adresse de John. Pour le moment, je suppose. En attendant, vous tenez ma fille au bout d'un fil pour pouvoir la faire revenir quand cela convient à votre conscience religieuse.

— Mrs Raikes, commence-t-il, ce n'est pas…

— Les gens comme vous m'écœurent. » D'un geste, Ann écarte l'interruption. « Comment osez-vous imaginer que vous pouvez vous permettre de jouer avec les sentiments de ma fille ? Toutes ces hésitations entre Alice et votre religion, c'est d'une telle faiblesse ! Ne craignez-vous pas qu'il soit un peu tard pour y songer ? Je devrais vous chasser de cette maison à l'instant même.

— John ! » Alice lui empoigne le bras, le faisant s'agripper de plus belle à la serviette, et le pousse vers sa chambre. « Va là-dedans. Tu n'as pas besoin d'écouter tout ça. » Lorsqu'il a disparu, elle se retourne sur sa mère. « Pourquoi fais-tu ça ? Tu es vraiment embarrassante. Tu ne ne sais absolument pas de quoi tu parles. Tu ne peux pas lui parler comme ça.

— Je peux lui parler comme ça me chante. C'est ma maison, et tu es ma fille. Il est nuisible, Alice.

— Mais non.

— Mais si. Je l'ai su dès l'instant où je l'ai vu. Les hommes qui ne savent pas ce qu'ils veulent ne valent pas la peine.

— Comment oses-tu ? Il sait très bien ce qu'il veut. Comment pourrais-tu le savoir de toute façon ? Je n'arrive pas à y croire ! Cette façon d'entrer et de te mettre à crier contre John comme une possédée, comme une harpie ! Je l'aime, maman, ça veut dire quelque chose, pour toi ?

— Débarrasse-toi de lui, Alice. Romps une bonne fois pour toutes. Ce sera plus facile pour toi, à long terme. Il faut que tu me croies. Plus tu l'aimeras, et plus il pourra te faire de mal. Il te brisera le cœur, et je ne peux pas supporter cette idée.

— Il ne fera rien de tel. Pour ton information, il vient juste de dire à son père d'aller se faire voir.

— Oui, mais combien de temps cela va-t-il durer ? Songes-y, Alice. »

John sort de la chambre en finissant de boutonner un jean. « Maintenant, écoutez-moi, dit-il calmement. Je pense que nous n'arriverons nulle part en criant les uns contre les autres. Il y a eu suffisamment de cris comme ça. Alice, si tu t'habillais, pour que nous descendions tous en discuter sérieusement ?

— Non, dit-elle. Il n'y a rien à discuter. Nous partons. Nous prenons le prochain vol pour Londres. Je ne vois pas pourquoi nous devrions écouter tout ça. »

Ann le regarde enlacer les épaules nues d'Alice.

« Mrs Raikes, dit-il en tenant Alice contre lui. Je suis

absolument désolé. Je suis désolé d'être ici chez vous sans y être invité, je suis désolé d'avoir provoqué une dispute, et je suis encore plus désolé que vous ne pouvez l'imaginer d'avoir fait du mal à Alice. Mais j'ai annoncé hier soir à mon père que j'aime Alice, et qu'il va devoir s'y résigner. C'est la fin de toutes les hésitations. Je le promets. »

Ann le foudroie du regard. Un souvenir palpite quelque part derrière une porte close qu'elle ne veut pas ouvrir. John soutient son regard. Alice les contemple à tour de rôle avec anxiété.

« À qui le promettez-vous ? À moi ou à elle ? dit Ann, au bout d'un moment.

— À vous, à elle, à toutes les deux, à tout le monde, à toute la famille, au monde entier. Je le signerai de mon sang, si vous voulez. »

Ann sent un léger sourire lui tirailler les coins de la bouche. La sanction est terminée. « Je ne pense pas que ce soit nécessaire. » Elle se détourne à moitié pour redescendre, puis leur lance un nouveau coup d'œil. « Alice, habille-toi, pour l'amour du ciel, et déjeunons. John, vous pouvez venir m'aider pendant qu'Alice s'habille. Vous devez mourir de faim. »

Lorsqu'ils arrivent à l'hôpital le lendemain matin, il y a des cartes et des fleurs alignées sur le bord de la fenêtre. Ann les lit systématiquement, d'un bout à l'autre, en les prenant chacune juste assez longtemps pour absorber l'image du dessus, lire le message à l'intérieur, et déchiffrer la signature. Elles semblent fragiles et friables entre ses mains. Elle reconnaît certains noms – des amis et des collègues dont Alice lui a parlé –, mais il y en a beaucoup qu'elle ne connaît pas du tout. Ceux-là l'offensent. Qui sont ces gens qui écrivent à sa fille gravement malade « plein de tendresse et de baisers » et envoient à « Alice chérie » leurs « meilleurs vœux et leurs prières » ? Un certain Sam a envoyé un énorme bouquet de lis. Tandis qu'Ann se penche pour lire la petite carte agrafée au cellophane, elle effleure l'une des étamines qui dépassent. Des grains de pollen orangé s'étalent sur son chemisier blanc, formant une tache couleur de rouille.

Derrière elle, la voix de Ben ronronne. Il lit à voix haute un article sur le prix unique du livre. Elle se retourne en grattant la tache. Ben a étalé un journal sur le lit, par-dessus les jambes et le ventre d'Alice. C'est le journal pour lequel travaillait John. Cela frappe Ann comme un manque de tact. Le coin du journal, remarque-t-elle, est posé sur la main d'Alice, dans le V formé par le pouce et l'index. Ann est sûre que la sensation de cette bordure en dents de scie du papier doit lui gratter la main et l'agacer : elle-même en éprouve l'irritation dans la région correspondante de sa propre main. Elle ne peut pas croire qu'Alice ne puisse pas écarter sa main, qu'Alice soit tellement emprisonnée dans ce corps en panne qu'elle le sente sans pouvoir bouger. Ben continue à détailler les statistiques, les chiffres de ventes de livres, le pour et le contre concernant les petites entreprises, les comparaisons avec les États-Unis.

Ann s'empare du journal et l'ôte du lit. Il se produit un long bruit de déchirement. « Arrête, dit-elle, en se massant la peau entre le pouce et l'index. Ça suffit... Comment sais-tu... De toute façon elle ne t'entend pas... Regarde les choses en face, Ben : elle ne peut pas t'entendre. »

Les larmes qui ruissellent sur son visage et son cou commencent à mouiller ses vêtements. Elle est surprise de les sentir aussi salées. Ben l'entoure de son bras. Ann jette un coup d'œil par-dessus son épaule, sur Alice qui n'a pas bougé, qui ne bouge jamais, qui – c'est l'impression d'Ann aujourd'hui – ne bougera plus jamais.

En entrant dans le salon, Alice trouve John penché sur son ordinateur ; les touches cliquettent à un rythme de staccato rapide. Comme elle passe près de lui pour aller à la cuisine, il pousse un petit grognement pour saluer sa présence, mais il continue à taper sans lever les yeux. Alice ouvre la porte du frigo en bâillant. Elle a passé presque toute la journée à lire et se sent un peu loin de la réalité, comme si sa propre vie avait perdu sa substance face à la fiction dans laquelle elle s'est absorbée.

Dans le frigo, il n'y a qu'une salade à l'air fatigué, un demi-pot de yaourt et des champignons desséchés qui s'étiolent dans un sac en papier. Elle laisse la porte se refermer et s'assoit à la table. Elle meurt de faim, mais elle a la flemme de se lancer dans une expédition à Sainsbury's. John ne semble pas avoir envie de faire les courses non plus. Elle pianote sur la table et soupire, puis se lève et s'approche de lui, pieds nus. « John », commence-t-elle en lui posant la main sur l'épaule.

Il saute en l'air comme si elle l'avait électrocuté. « Qu'est-ce qui te prend, crie-t-il, de venir m'espionner par-derrière ? »

Elle est tellement stupéfaite qu'elle reste un moment sans voix. Il a les joues en feu et s'est placé entre elle et l'écran, comme pour l'empêcher de voir ce qu'il écrit.

« Je ne t'espionnais pas. » Elle lui adresse un sourire interloqué et essaie de voir derrière lui. « Que fais-tu donc de tellement top secret ?

— Rien. » Il évite son regard. Elle se met à rire.

« John, qu'y a-t-il ? Laisse-moi voir. » Elle tente de l'écarter.

Il résiste et se plante fermement devant l'écran lumineux. « Non, Alice. Non. Ce n'est rien… C'est juste un truc… que je dois terminer.

— Eh bien, quoi ? Allons, dis. » Elle l'a pris entre ses bras. Il s'efforce de lui dénouer les doigts et la repousse. « Ce n'est pas une lettre à une autre femme, non ? demande-t-elle, taquine.

— Ne sois pas idiote. »

Mais elle est si près de lui qu'elle l'a vu ciller, elle l'a senti se raidir. Après quelques secondes où elle n'enregistre rien en dehors d'une stupéfaction incrédule, elle le libère de ses bras et dit d'une voix qu'elle espère normale : « Excuse-moi, je ne voulais pas te déranger. Je voulais juste savoir si tu avais envie de sortir pour manger quelque chose. Il n'y a rien dans la maison – enfin, à part quelques vieux légumes – et je n'ai pas envie de faire les courses, et je pensais que toi non plus… » Alice prend conscience d'un bruit de babillement qui est sa voix, et se tait. Le bruit cesse, elle fait demi-tour et sort du salon.

Étendue sur le lit, elle fixe le plafond. John ? Il a une aventure ? C'est si ridicule qu'elle s'en veut presque de l'avoir même imaginé. Mais dans ce cas pourquoi a-t-il tressailli quand elle lui a demandé – par manière de plaisanterie – s'il écrivait à une autre femme ? C'était bien la preuve qu'il le faisait, non ?

Tandis qu'elle est couchée là, les choses commencent à se mettre en place dans sa tête. La semaine dernière, par exemple, elle est rentrée avant lui et, voyant qu'il n'y avait plus de lait dans le réfrigérateur, elle est ressortie pour aller à l'épicerie. En tournant dans Camden Road, elle est passée devant la cabine téléphonique du coin et a été abasourdie de l'y voir, en pleine conversation, à vingt mètres de la maison, la main pressée sur l'oreille pour ne pas entendre le bruit de la circulation. Elle a tapé à la vitre avec la pièce de monnaie qu'elle tenait à la main. Et que s'est-il passé ? Elle essaie de se souvenir. Il a levé les yeux, l'a vue, et a raccroché. A-t-il dit quelque chose à l'appareil avant de raccrocher ? Ou a-t-il raccroché tout de suite ? Elle se rappelle qu'elle avait l'intention de lui demander pourquoi diable il utilisait la cabine quand il était à deux minutes de la maison. Pourquoi ne l'a-t-elle pas fait ? Il est sorti de la cabine et s'est mis à l'embrasser, là, en pleine rue. Il était d'excellente humeur, se souvient Alice et, avec la main de John qui s'insinuait sous son chemisier, elle a complètement oublié la cabine téléphonique. « Il faut que j'aille acheter du lait », a-t-elle protesté tandis qu'il l'entraînait en direction de la maison. « Je me fous du lait, a-t-il dit. Je te veux à la maison, au lit, tout de suite. » Pourquoi, mais pourquoi a-t-elle laissé passer l'affaire ? Il se comporte bizarrement depuis un certain temps, décide-t-elle soudain – à guetter maniaquement les messages sur le répondeur, à lui demander constamment si elle n'a rien à poster, puis à courir tard le soir glisser de mystérieuses missives dans la boîte aux lettres. Et chaque matin il dévale l'escalier en entendant le courrier passer sous la porte. Lorsqu'elle lui demande pourquoi il est si pressé, il dit toujours qu'il attend des « chèques de piges », mais maintenant elle n'en est plus si sûre.

Elle s'assoit, mécontente. Qu'est-ce que cela peut bien être ? Elle passe en revue la liste de leurs amies, mais ne trouve pas de candidate vraisemblable. Ce doit être quelqu'un au bureau. Il travaille souvent tard. C'est idiot. Elle n'a qu'à l'interroger carrément. En l'entendant dans l'escalier, elle commence à ressentir les premiers picotements de la colère et de l'outrage. Comment ose-t-il ? Qui est cette femme ? L'aime-t-il ? Depuis combien de temps cela dure-t-il ?

Il apparaît dans l'encadrement de la porte et hésite un instant. « Alors, dit-il avec un entrain forcé. On sort dîner ? »

Elle le suit des yeux jusqu'à la fenêtre où il fait mine de s'intéresser à un cactus qu'elle a posé sur le rebord.

« C'est un joli cactus. Je l'aime beaucoup. Il est charmant. »

Elle se tait toujours.

« Alors, on sort ? » répète-t-il.

Elle hausse les épaules. « Si tu veux.

— Parfait. Tu te sens bien ?

— Mmm.
— Bon. Bon. D'accord. On y va ? »

À la porte, il lui empoigne la main et s'élance dans la rue. Elle doit se mettre à courir tous les trois ou quatre pas pour rester à sa hauteur, mais il ne semble pas le remarquer. Il fredonne en avançant à grandes enjambées. Au moment de traverser le canal, elle lui tire sur le bras. « John ! »

Il s'immobilise et la dévisage comme s'il avait oublié qu'elle était avec lui. « Quoi ?

— Arrête de marcher si vite. Je n'arrive pas à suivre.
— Je marchais vite ?
— Oui. Très.
— Je ne marchais pas plus vite que d'habitude.
— Si.
— Qu'est-ce qui t'arrive, Alice ? questionne-t-il avec une patience exagérée.
— Ce qui m'arrive ? Rien. Je veux savoir ce qui t'arrive à toi.
— Rien.
— Bon, très bien. Il n'arrive rien à aucun d'entre nous.
— Parfait.
Parfait. »

Il l'entoure de son bras et ils poursuivent leur marche jusqu'à un bistrot italien en face de la station de métro.

John a les yeux fixés dehors, tout en remuant son menu comme si c'était une planche d'équilibre. Deux chauffeurs de taxi se querellent sur le trottoir : le plus petit donne des claques répétées sur l'épaule du plus grand. Alice se met du rouge à lèvres dans un petit miroir. Tout en se faisant une bouche rouge sombre, elle l'observe à la dérobée en plissant les yeux. Est-ce que c'est oui ou est-ce que c'est non ? Il ne paraît pas différent. S'il avait une aventure, sûrement que ça le marquerait, non ? Elle scrute sa bouche et son cou, mais ne voit rien d'autre que les traits de l'homme qu'elle aime. La pensée de ce corps uni à celui d'une autre lui contracte le cœur de souffrance. Avant même d'avoir décidé de le faire, elle prend son élan et puis il est trop tard – elle l'a giflé en pleine figure. « Est-ce que tu as une maîtresse ? » crie-t-elle.

L'effet est spectaculaire. Le silence s'abat sur le restaurant, comme au cinéma. Tout le monde les regarde. Le serveur fait d'abord mine de venir vers eux, puis se ravise et s'éloigne vivement pour aller arranger les fleurs sur une table près de la porte. John dévisage Alice, éberlué, la main pressée sur sa joue.

« *Quoi ?*

— Tu m'as entendue.

— Tu es folle ?

— Réponds à ma question, John, as-tu une maîtresse, oui ou non ?

— Alice, qu'est-ce qui peut bien te faire croire...

— Dis-le-moi, siffle Alice entre ses dents. Réponds juste par oui ou par non. » Elle serre sa fourchette d'une façon menaçante. Il se penche et essaie de lui prendre la main. Elle se dégage d'un geste brusque.

Il se laisse aller contre son dossier et la regarde dans les yeux. « Non, Alice. Je n'ai pas de maîtresse. » Il se tourne face à la salle. « Je n'ai pas de maîtresse ! » annonce-t-il d'une voix de stentor.

Quelques personnes continuent à manger d'un air digne sans les regarder ; d'autres sourient ; quelqu'un au fond de la salle crie : « C'est bien. »

Il se retourne vers elle, la joue marquée par la main d'Alice. Elle fond en larmes et se couvre le visage de ses mains. Il soulève sa chaise pour aller s'asseoir à côté d'elle et lui tend son mouchoir.

« Tu sais quoi ? » Elle renifle et s'essuie les yeux.

« Quoi ?

— On ne devrait jamais pleurer quand on porte du mascara. » Elle lui rend son mouchoir strié de noir et soupire.

John prend sa main entre les siennes. « Ce qui me frappe, avec toi, c'est que je ne sais jamais ce qui va se passer.

— C'est ce que me disait ma mère quand j'étais petite.

— Qu'est-ce qui a bien pu te faire penser que j'avais une maîtresse ?

— Eh bien, commence-t-elle, d'un ton soudain accusateur. L'autre jour tu téléphonais de la cabine près de chez nous, et puis tout à l'heure tu ne voulais pas me laisser voir ce que tu écrivais, et quand je t'ai demandé si tu écrivais à une autre femme, tu as tressailli.

— J'ai tressailli ?

— Oui. »

Il hoche la tête et rit. « Eh bien, si tu veux vraiment le savoir, j'écrivais à un autre homme. J'écrivais à mon père.

— Oh. » Alice sent la colère et le soupçon la quitter, ne lui laissant qu'un sentiment de honte et de stupidité. « Je ne savais pas que vous vous écriviez.

— Non. C'est moi qui lui écris. Lui ne me répond jamais.

— Tu lui écris souvent ?

— Au début, plus ou moins toutes les deux semaines. Maintenant, c'est plutôt tous les deux mois. Je lui téléphone de temps en temps, et je laisse des messages sur son répondeur.

— Qu'est-ce que tu lui dis ?

— Je lui raconte ce que nous faisons. Pas au travail – il reçoit le journal, ça, je le sais. C'est bizarre de penser qu'il lit sans doute les articles que j'écris. Je lui parle des films que nous avons vus, des endroits où nous allons, de ce que j'ai lu. Ce genre de choses. Et je lui demande de répondre.

— Et il ne le fait pas ?

— Non.

— Pas du tout ?

— Non. En tout cas, pas encore.

— John, je n'imaginais pas...

— Je sais. J'aurais dû te le dire. C'est juste que je ne voulais pas te troubler. Après la fois où tu es partie… » Il s'interrompt. « Ça paraît lamentable, maintenant. J'aurais dû te le dire. »

Ils dînent, à présent. Et les gens ont des sourires complices en passant devant leur table. Alice caresse la joue de John. La marque s'atténue. Lorsqu'ils s'en vont, le serveur souhaite au *bello* et à la *bellissima* « beaucoup de bonheur » et les exhorte à revenir bientôt.

Plus tard dans la nuit, ils vont ensemble jusqu'à la boîte aux lettres, et c'est elle qui glisse l'enveloppe dans la large bouche rouge. Elle l'écoute tomber sur le tas de courrier puis, impulsivement, elle étreint la boîte aux lettres et embrasse le métal froid. « Il va forcément répondre, maintenant. »

Ben monta rapidement les marches de l'école, avec le vent glacé qui s'engouffrait dans son manteau. Il avait quitté la maison avec une telle hâte qu'il n'avait même pas pris le temps de le boutonner. Il avait lui-même fréquenté cette école et, en descendant de voiture, il dut se retenir d'aller vers l'entrée des garçons au lieu d'emprunter la porte centrale réservée aux enseignants et aux visiteurs.

À la réception – juste à droite en entrant, dans une salle où, de son temps, avaient lieu les cours de langues –, il s'adressa à une femme aux cheveux teints en noir. « Bonjour. Je m'appelle Ben Raikes. J'ai reçu un coup de téléphone.

— Ah ! oui. » Elle se leva et contourna le comptoir. « Veuillez me suivre, je vous prie. »

Dans le corridor, elle dit sans le regarder : « Il y a eu un incident.

— Un incident ? »

Elle avait les cheveux aussi luisants que du goudron avec des racines grises cartonneuses, et ils lui pendaient comme des algues autour du visage. Ses fortes hanches distendaient les coutures de sa jupe.

« Un incident disciplinaire. Entre votre fille et un élève de terminale.

— Laquelle ? Je veux dire, laquelle de mes filles ?

— Alice.

— Ah ! Qu'est-il arrivé ?

— Elle l'a frappé. »

Dans le bureau du directeur, il y avait un garçon qui

pressait une poignée de mouchoirs en papier ensanglantés sur son visage, et Alice, affalée sur un siège, les yeux rageusement fixés au sol. Le directeur était un homme mince et compact, chauve. Il était arrivé à Ben de jouer au golf avec lui. Ils se saluaient quand ils se croisaient dans la rue, et échangeaient éventuellement quelques amabilités sur leurs familles respectives ou sur le temps qu'il faisait, mais là, rien de tel. Le directeur trônait derrière son bureau sur le mode strictement autoritaire.

« Je suis navré d'avoir dû vous convoquer ainsi. »

Comme il dévisageait le garçon, Ben mit un moment à comprendre que cela s'adressait à lui. « Oh ! Ce n'est pas grave », dit Ben. Puis il se rendit compte qu'il aurait dû paraître plus sérieux, toussa, et reprit : « Enfin, étant donné les circonstances...

— Oui ! cria le directeur, faisant sursauter Ben. Les circonstances ! Lequel de vous deux va m'expliquer quelles sont ces circonstances ? » Son regard perçant allait d'un adolescent à l'autre. « Alice ? Andrew ? »

Seul le silence lui répondit. Andrew était livide de douleur. Alice donnait des petits coups de pied dans son sac posé par terre à côté d'elle, et Ben vit que les jointures de sa main droite – crispée contre son corps – étaient rouges, éraflées et enflées.

« Alice Raikes, vous avez fracturé le nez d'Andrew, déclara le directeur. Qu'avez-vous à dire ? »

Alice releva le menton, faisant voler les mèches rouges et bleues de sa chevelure par-dessus le dossier de sa chaise. Elle regarda le directeur, puis le garçon, et dit d'une voix limpide : « Je suis bien contente. »

Le directeur tapota le capuchon de son stylo sur l'ongle de son pouce et regarda Alice comme s'il avait envie de la frapper. « Je vois. » Il forçait les mots à travers ses dents serrées. « Et voulez-vous prendre la peine d'expliquer à votre père pourquoi vous êtes si contente ? »

On frappa à la porte et un homme entra, haut de taille et large d'épaules, avec des cheveux bruns assez longs. Il parcourut du regard toute la pièce et vit son fils, le visage couvert de sang, Alice, renfrognée, le directeur, et Ben.

« Ah ! Mr Innerdale. Merci d'être venu. Voici Mr Raikes. »

Ben tendit la main.

L'homme la prit sans croiser son regard, et se tourna vite vers son fils. « Ça va, Andrew ?

— Il a eu le nez fracturé, dit le directeur, par cette jeune demoiselle ici présente – il pointa un doigt accusateur vers Alice – qui s'apprêtait, je crois, à nous exposer sa version des faits et la raison pour laquelle elle est si contente d'elle. Alice ?

— Il me courait après, dit Alice. Il m'a arraché mon pull et il ne voulait pas me le rendre. J'essayais de le récupérer, mais il… il essayait sans arrêt de… de me renverser. Alors je lui ai flanqué un coup de poing. »

Le directeur ne semblait pas avoir entendu un mot de ce qu'elle disait. « Est-ce exact, Andrew ? » dit-il en faisant pivoter sa tête vers le garçon, comme en pilotage automatique d'autorité. « Une minute », dit Ben. Le père du garçon lui lança un coup d'œil. « Il te courait après, dis-tu ? Il t'a arraché ton pull ? Et il essayait de te renverser ? Comment ça ? »

Alice haussa les épaules. « Il me suivait à l'heure du déjeuner, alors je me suis sauvée en courant, et il a couru derrière moi. Je portais mon pull noué à la ceinture. Il l'a attrapé. Et, ajouta-t-elle en tournant vers Andrew un regard accusateur, il ne me l'a pas rendu.

— Va te faire foutre, marmonna le garçon à voix basse.

— Va te faire foutre toi-même, espèce de détraqué », siffla Alice.

Ben se frotta le front. Le père d'Andrew posa la main sur l'épaule de son fils, comme pour le retenir.

« Bon ! s'écria le directeur. Ça suffit. Plus d'explications. Je vois bien que vous êtes tous les deux coupables. À partir de maintenant, vous êtes tous les deux en retenue pour une semaine. Andrew, rendez son pull à Alice. Alice, faites vos excuses à Andrew. Et je ne veux plus d'histoires. Avec aucun de vous deux. Compris ? »

Ils ne répondirent pas. Le visage d'Alice était figé dans une expression de défi indigné.

« J'ai dit : compris ?

— Oui, monsieur, marmonna Andrew, de derrière ses mouchoirs.

— Alice ?

— Oui, monsieur. »

Ben fut le premier à sortir dans le couloir. Alice évitait de regarder Andrew.

« As-tu le pull d'Alice, Andrew ? » lui demanda son père.

Ben regarda Andrew ouvrir d'une main – l'autre pressait les mouchoirs sur son visage – la fermeture à glissière de son sac et en sortir un gros chandail de laine noire. Le père le prit, le garda un moment entre ses mains, puis se tourna vers Alice. « Voilà, Alice. »

Sans un mot, elle le lui prit des mains et le passa pardessus sa tête. L'électricité statique fit crépiter ses cheveux et voler des mèches comme si elle était reliée à un générateur Van de Graaff. Andrew ne la quittait pas des yeux, observa Ben. « Je suis désolé pour… tout ça », dit le père à Alice. Puis il entraîna Andrew dans le couloir. Alice releva les manches de son pull. Ben les regarda partir.

Andrew ne remit jamais les pieds au lycée. Ses parents l'envoyèrent dans une école privée à Édimbourg pour y terminer ses examens. Alice l'apercevait parfois de loin, qui descendait du train de cinq heures, revêtu de l'impeccable uniforme bleu marine et blanc de sa nouvelle école. Elle ne lui reparla jamais. Lorsqu'ils se croisaient dans la Grand-Rue ou aux Lodge Grounds, leurs regards ne se rencontraient même pas, comme s'ils ne s'étaient jamais connus.

J'ai entendu la voix de mon père. Je sais que ce n'est pas dans mon imagination. Ce n'est pas tant que je puisse entendre ce qu'il dit, mais je reconnais son timbre, son rythme de parole, le volume bas de sa voix, qui murmure régulièrement juste en dehors de moi.

Je ne peux pas supporter ça. Ça me rend trop malheureuse. Ça me donne envie de me retourner, de couler, de laisser les eaux se refermer par-dessus ma tête. Je ne sais pas ce que je lui dirai – pour m'expliquer, expliquer toute l'affaire.

Ce devait être quelques week-ends après la lettre postée à deux. John gucttait lc courrier tous les jours, matin et soir ; en rentrant, s'il n'y avait pas de message sur le répondeur, il composait le 1471 juste au cas où il aurait appelé – mais rien.

C'était un samedi matin, et Alice lisait un guide de l'Andalousie dans le salon en mangeant une pomme. John était quelque part là-haut. Elle l'entendait piétiner et de temps en temps elle criait quelque chose comme : « John, qu'est-ce que tu dirais de passer quelques jours à Séville ? » ou : « Ça a vraiment l'air extraordinaire, l'Alhambra. »

John répondait chaque fois avec une douceur exaspérante : « Bonne idée. »

Elle se leva et alla se planter au pied de l'escalier.

« John !

— Quoi ?

— Pourquoi ce voyage ne t'emballe-t-il pas ? »

Elle l'entendit rire, encore plus exaspérant. « Mais je suis emballé.

— On ne dirait pas.

— Eh bien, j'aurais du mal à m'emballer autant que toi.

— Comment ça ? »

Il apparut au sommet de l'escalier et la regarda. « Comment, comment ça ? Tu te plonges dans ce guide dès que tu as une minute depuis deux semaines, tu as pratiquement bouclé ton sac à dos, tu ne parles plus qu'espagnol depuis déjà des mois... Faut-il en dire plus ? Tu produis assez d'excitation pour nous deux. »

Elle s'apprêtait à lancer une réponse cinglante lorsqu'on frappa doucement à la porte.

« Qu'est-ce que c'est ? » demanda John.

Alice retourna au salon et vit un livreur en salopette bleue qui frappait à la vitre. Elle et John ouvrirent la porte. Deux hommes posaient contre le mur de la maison un gigantesque paquet rectangulaire enveloppé de plastique à bulles. L'un d'eux consulta son plan de livraisons : « John Friedmann et Alice Raikes ?

— C'est nous, dit John. Qu'est-ce que c'est ? »

Alice tâta ce qu'il pouvait bien y avoir dans l'emballage. Ça avait l'air dur et froid.

« Aucune idée. Signez ici, s'il vous plaît.

— De qui ça vient ?

— Désolé. » Il haussa les épaules. « Aucune idée. »

C'était plat, incroyablement lourd, et avec des étiquettes « fragile » partout. Ils déchirèrent l'une après l'autre toutes les feuilles de plastique à bulles.

« Qu'est-ce que ça peut bien être ? dit Alice au bout d'un moment, en s'asseyant par terre pour se reposer un peu, haletante.

— Ce doit être un tableau, répondit John en regardant, la tête penchée. Ça en a la forme.

— Écoute, dit-elle. Je vois du doré. Il y a un cadre doré. Qui connaissons-nous qui nous enverrait un tableau ?

— Je ne sais pas. » Il s'empara d'une brassée de plastique à bulles déchiré et la lança en l'air. Elle retomba en voletant sur Alice qui, couchée sur le dos, la regardait descendre lentement sur elle.

« Ça me rappelle un jeu auquel ma grand-mère jouait avec nous, dit-elle de sous l'amas de plastique à bulles. Nous nous couchions par terre dans le vestibule, Kirsty et moi, et du palier, là-haut, ma grand-mère faisait tomber sur nous les draps à laver. Nous adorions ça. Mais il a fallu arrêter parce que l'un des draps s'est pris dans une assiette accrochée au mur. Elle s'est cassée en tombant et un morceau m'a blessée, là, juste à côté de l'œil. »

John entra dans son champ de vision, au-dessus d'elle, flou à travers les épaisseurs du plastique. « Où ? » Il s'allongea sur elle, provoquant une succession d'explosions de bulles.

Elle rit. « Ici », dit-elle en montrant son œil.

Il l'embrassa à travers le plastique bruissant, la clouant au sol. Elle se débattit en riant, hors d'haleine : « Non, John. Je vais étouffer. »

Il arracha le plastique, plongea vers elle et entreprit de la déshabiller.

« Non, attends, je veux voir ce qu'il y a dans le colis.

— Nous verrons ça après », déclara-t-il en se relevant pour ôter son pantalon.

Elle retira son T-shirt. « Il faudrait au moins fermer les rideaux.

— Pourquoi ? dit-il en s'allongeant sur elle. Qui va venir dans notre jardin un samedi matin ?

— Peut-être d'autres déménageurs avec d'autres paquets mystérieux pour nous.

— Bah, c'est à eux de faire attention. Si nous voulons faire l'amour dans l'intimité de notre salon, c'est notre affaire. »

Une fois rhabillés, ils déchirèrent encore de nouvelles épaisseurs d'emballage. Une surface brillante commença à émerger et John alla s'asseoir sur le canapé pour regarder Alice ôter les dernières strates. C'était un énorme miroir au cadre doré, orné de fioritures baroques et d'angelots joufflus qui dissimulaient leurs sexes sous des flots de draperies. Elle recula, stupéfaite. « Mon Dieu ! C'est hideux. » Puis elle se rapprocha et toucha du bout du doigt un angelot souriant tout doré. « Qui peut bien nous envoyer une chose pareille ? »

John le contemplait, la tête appuyée sur ses poignets repliés. « Il était accroché dans la chambre de mes parents. C'est un héritage de famille, apporté de Pologne avant la guerre. »

Alice traversa la pièce et lui serra le bras. « C'est ton père qui l'a envoyé ?

— Ce doit être lui… À moins que ce ne soit mon oncle… Non… c'est forcément lui. Bizarre. »

Elle lui secoua le bras, perplexe devant son air soudain abattu. « Mais c'est une bonne chose, John, non ? Enfin, c'est à nous deux qu'il l'a envoyé. » Elle lui agita sous les yeux la fiche de livraison, qui portait leurs deux noms. « Ça ne veut pas dire qu'il a plus ou moins… bon… accepté ? »

Il se leva et se mit à faire les cent pas. Le plastique à bulles, qui commençait à envahir toute la pièce, tourbillonnait dans le mouvement d'air causé par ses violentes allées et venues. « Je ne sais pas, Alice. Je ne sais pas ce qu'il a voulu dire par là.

— Peut-être devrais-tu l'appeler. »

Il s'immobilisa puis se passa la main sur le front, pensif. « Mmm. Peut-être. Je ne suis pas sûr de pouvoir. Qu'est-ce que je dirais ? Je suis tellement en colère contre lui à cause de toute cette merde.

— Mais tu veux faire la paix avec lui, non ? Tu le sais bien. Est-ce que le moment n'est pas venu de tourner la page sur toute cette merde, comme tu dis, et de ravaler ton orgueil ? Il a sûrement autant peur de te parler que toi de lui parler.

— Tu as sans doute raison. Mais je ne sais pas si je pourrais affronter une conversation téléphonique avec lui pour le moment. Enfin, ça fait presque un an.

— Eh bien, écris-lui un mot et propose de le revoir.

— Ce n'est pas une mauvaise idée, dit-il à contrecœur. Je pourrais l'inviter à venir. Comme ça, il ferait ta connaissance. »

Elle secoua la tête. « Je pense que tu devrais d'abord régler le problème de ta relation avec lui. Une rencontre précipitée risquerait d'être un peu trop pour commencer. Ce serait plus facile ensuite de faire connaissance en terrain neutre. Au restaurant, ou au café.

— Oui. Bon. Tu as raison. » Il s'assit à sa table et, l'air décidé, tira un carton de son tiroir. « Cher papa, dit-il, la plume en l'air. Merci pour le miroir. Ma copine et moi avons sacrément bien baisé dans les plastiques d'emballage.

— Je suis sûre qu'en lui disant ça tu vas tout arranger.

— Je plaisantais. »

John termina sa carte et alla aussitôt la poster. Puis il revint avec un énorme crochet et une perceuse, qu'il venait d'acheter au bonhomme maussade de la quincaillerie d'en face. Il souleva le miroir en sifflotant, et un losange de lumière blanche vola en travers du plafond. Et Alice le regarda anxieusement hisser le miroir jusqu'au crochet qu'il avait placé derrière la porte d'entrée, juché en équilibre sur deux chaises, à cheval sur le vide.

Que dire de cette période que nous avons passée dans la vie l'un de l'autre ? Que nous étions heureux. Que nous ne nous quittions pratiquement jamais. Qu'il m'arrivait d'éprouver fugacement cette impression vertigineuse, étourdissante, de connaître un être au point de savoir comment ce serait d'être lui. Que je ne m'étais jamais sentie incomplète avant de le connaître, mais qu'avec lui je me sentais entière, complète. Quoi d'autre ? Nous vivions dans sa maison de Camden Town. Je lui ai appris à être plus ordonné, j'ai repeint l'escalier en bleu, il m'a adouci le caractère en se moquant de moi quand j'étais en colère. Il a guéri mes insomnies en me faisant la lecture, à moitié endormi, au milieu de la nuit. Quoi d'autre encore, quoi d'autre ? Nous avons fait voler un cerf-volant à Regent's Park et sur une plage de l'île de Wight, avec les Aiguilles qui perçaient l'horizon. D'un observatoire perché sur une colline, à Prague, nous avons regardé ensemble dans un grand télescope un segment argenté de Vénus, éclairé par le soleil. Et au Sri-Lanka, nous nous sommes assis sur une plage pendant un violent orage, pour contempler des éclairs titanesques déchirer hideusement l'horizon, tandis que la phosphorescence luisait sur la rive comme des yeux de chat. Nous avons fait l'amour sur toutes les surfaces possibles chez nous, et dans de nombreuses capitales, et aussi tassés sur une couchette de train en Pologne tandis que les *provotznik* secouaient la poignée de la porte, et encore dans un moulin du Norfolk, sur un terrain de golf glacial en Écosse, dans une chambre noire, et même une fois dans un ascenseur du métro.

Nous nous sommes mariés trois ans après notre première rencontre. Je ne voulais pas, pas vraiment. John m'a convaincue, à l'usure. Il s'était mis dans la tête que nous devions nous marier : il me l'a proposé et j'ai dit non, pour quoi faire, à quoi bon ? Entêté comme il était, il s'est alors fait une règle de me proposer le mariage à toutes les occasions possibles, souvent plusieurs fois par jour. « Alice, qu'est-ce que tu veux pour le dîner et veux-tu m'épouser ? » Ou bien : « Qu'est-ce que tu fais demain ? Si on se mariait ? » Ou bien il chuchotait : « Alice, c'est ta sœur, au téléphone, et à propos, veux-tu m'épouser, s'il te plaît ? » Cela a duré des mois. À la fin, j'ai juste dit oui, bon, pourquoi pas ?

Que dire d'autre ? Que je l'aimais plus que je ne croyais possible d'aimer. Que son père ne lui a plus jamais parlé.

Ce jour-là, la nouvelle de l'explosion a paru imprégner tout Londres comme une forme urbaine d'osmose. Avant même que les journaux aient pu sortir des articles, les rumeurs se répandaient de bouche à oreille. J'étais au bureau. C'était un vendredi après-midi d'hiver. Le ciel s'obscurcissait déjà lorsque Susannah est revenue du café italien du coin, tremblant de froid, et s'empêtrant dans la porte avec tous les gobelets fumants qu'elle apportait. « Je viens d'entendre, a-t-elle dit, hors d'haleine et les yeux dilatés, qu'une bombe a explosé. »

J'étais à mon bureau, en train de parler avec Anthony. Nous l'avons regardée.

« Où ? » a demandé Anthony.

Elle a posé les cafés sur une table et a commencé à

déboutonner son manteau, sans me regarder. « Bon… c'est peut-être une rumeur. Ils n'étaient pas absolument sûrs.

— Où ont-ils dit que c'était ? ai-je demandé.

— Cette personne ne le savait pas vraiment.

— Susannah ! Dis-le-moi ! C'est Camden ?

— Non. Ils disaient quelque part dans l'est de Londres. »

Je me souviens d'avoir fixé les boutons de son manteau. Ils étaient d'un rouge plus sombre que l'étoffe sur laquelle ils étaient cousus. Avec une peinture du même rouge que le manteau et en ajoutant une touche de noir – juste le bout du pinceau, pas plus – on obtiendrait la couleur des boutons.

J'ai saisi le téléphone. Mes doigts ont composé rapidement le numéro familier. « Ça sonne. »

La sonnerie a retenti pendant un moment qui a paru interminable, puis une voix de femme a répondu : « Ici le poste de John.

— Bonsoir. Est-ce que John est là ?

— Non. Il est sorti. Il fait une interview, je crois. »

J'ai ri de soulagement. « Bien sûr, j'oubliais. Pardon. Ici Alice. Nous avons entendu dire qu'il y aurait peut-être eu une explosion ou je ne sais quoi vers chez vous.

— Mon Dieu, les nouvelles vont vite. Nous avons entendu une énorme explosion, il y a une heure de ça. J'ai cru m'évanouir. C'était de l'autre côté des Docklands. C'est l'horreur totale. Il y a un immeuble à moitié démoli. Au bureau infos, ils sont dans tous leurs états.

— Je m'en doute. Bon, je suis contente que vous soyez tous sains et saufs. Pourriez-vous dire à John que j'ai appelé, quand il rentrera ?

— Bien sûr. »

J'ai raccroché. « Tout va bien. Il est à une interview.

— Dieu merci. » Susannah s'est effondrée sur une chaise. « Alors c'était vrai ?

— Oui. Dans les Docklands, apparemment.

— Saloperie de merde. Quelqu'un a été tué ?

— Elle n'a rien dit. »

Il y a eu un long silence. Puis un téléphone a sonné,

Susannah a décroché, et elle s'est lancée dans une conversation sur les aides aux écrivains.

Plus tard dans la soirée, j'ai regardé les informations avec le chat blotti sur mes genoux. La caméra filmait en panoramique les murs de l'immeuble détruit, recouverts à présent d'une bâche verte. Des hommes en casque jaune et veste fluo circulaient dans les ruines parmi les poutres écroulées.

« Personne n'a encore revendiqué la responsabilité, disait la voix du reporter. Vingt-sept personnes sont à l'hôpital ce soir, mais par miracle l'attentat d'aujourd'hui n'a pas fait de morts. »

Lucifer frissonna et s'étira dans son sommeil. Neuf heures et demie. John n'était toujours pas rentré.

Tu repousses la tirette en aluminium du verrou de la porte des toilettes et tu sors. Les tubes fluorescents du plafond font resplendir tout l'intérieur de la pièce comme une salle d'opération : un sol morbidement brillant, des rangées de cabines en mélamine, des lavabos en inox, des mètres et des mètres de miroir bleuté, des murs de faïence blanche qui te renvoient une image de toi floue, fêlée, et monochrome. Aux lavabos, tu plonges tes mains sous l'eau bouillante pressurisée en jetant dans la glace un regard derrière toi. Deux adolescentes, dont l'une porte une grosse veste de fausse fourrure rouge, parcourent la longueur du miroir et ouvrent à la volée les portes des cabines pour en trouver deux côte à côte.

« En voilà une, dit la plus grande.

— Attends, attends », dit l'autre qui rajuste l'arrière de sa chaussure gauche en glissant un doigt à l'intérieur.

Le savon du distributeur est rose, d'un éclat nacré. Ensuite, tes mains auront une odeur douceâtre, écœurante. Tu les rinces. Des ribambelles de bulles disparaissent dans l'œil d'acier de la bonde. Les adolescentes discutent d'une robe à pleine voix. « Chichiteuse ! » braille l'une – celle en veste rouge, à ton avis. « Chi-

chiteux » est un mot horrible. Ça t'évoque des lapins en peluche ou des passementeries à fleurs. Tu te tournes vers le séchoir et appuies sur le bouton chromé. Le flux d'air trop chaud soulève les extrémités de tes cheveux. Une femme d'un certain âge, chargée de sacs et soufflant comme une asthmatique, arrive devant les lavabos. Tu te rapproches du séchoir à mains – pourquoi ? Pour la laisser passer ? Pour lui faire de la place ? Est-ce que cette femme t'a frôlée ?

La façade du séchoir est munie d'un petit miroir carré, barbouillé de traces de doigts. Tu focalises l'intensité de ton regard sur ces traces de doigts pendant une seconde, deux peut-être, puis tu la laisses se détendre dans le lointain du minuscule miroir. À ce moment-là, tu as dû faire passer ton poids d'un pied sur l'autre, car tu es soudain convaincue d'avoir vu, glissant d'un côté à l'autre du petit carré, ta mère. Tu clignes des yeux, puis tu te penches en avant parce que tu es surprise. Ta mère est venue te voir aussi ? Kirsty a dû lui téléphoner pour lui dire que tu venais. C'est comme de regarder par le viseur d'un appareil photo doté d'un puissant objectif, pour tenter de repérer ton sujet. Tu saisis un éclat de blondeur pâle, mais tu as trop avancé d'un côté et il faut revenir en sens inverse. Et le revoilà – cet éclat de blondeur blanche, mais cette fois associé à un homme brun qui doit passer. Puis tu restes paralysée, les yeux fixés sur l'image que tu as maintenant devant toi, parfaitement cadrée. L'une des adolescentes s'est hissée sur le côté de la cabine, les coudes passés par-dessus la cloison, et elle parle à son amie au-dessous. La femme devant le lavabo a une respiration sifflante, bouche ouverte, car ses poumons peinent. Quelque part au plafond, un néon défectueux bourdonne.

Tu te retournes, d'abord le corps, puis le cou et la tête, puis les yeux. Tu ne veux pas voir ça, vraiment pas. Derrière toi, tu le sais déjà sans regarder, il y a un grand miroir sans tain tout en hauteur. Les gens qui se lavent les mains peuvent regarder dehors dans la salle des pas perdus à travers la sinistre vitre marron. Au-delà, vaquant dans l'air couleur de tanin, des gens lèvent les yeux vers le tableau des départs, prennent des horaires sur les présentoirs, tirent des bagages sur des roulettes, ou encore bâillent, affalés sur des rangées de sièges. Juste à côté, appuyés à ce qu'ils prennent pour un simple miroir mural, se trouvent ta mère et un homme.

Tu fais un pas vers eux, puis un autre. Tu es à cinquante centimètres d'eux, peut-être moins. Tu pourrais presser tes doigts sur la vitre, juste là où est appuyée la tempe de ta mère, ou bien l'épaule de l'homme.

Il lui fait manger des framboises. Il tient à la main une barquette en plastique transparent contenant les baies d'un rose-rouge profond. Il glisse son petit doigt dans leurs entrailles moelleuses et duveteuses et les présente à ta mère, une à une. Elle referme sa bouche autour des fruits, tu vois ses maxillaires se mettre en mouvement, sa gorge déglutir, puis le doigt de l'homme émerge, nu.

Tu le reconnais immédiatement – North Berwick n'est pas bien grand, après tout. Mais la pensée qui s'engouffre dans ton esprit est décalée de quelques secondes. Tu le regardes, tes yeux effleurent sa stature, son front, ses cheveux, ses mains. Ce n'est pas tant une pensée qu'une conviction. Ou un fait. Cet homme est ton père. Il n'y a pas l'ombre d'un doute dans ton esprit. Dès l'instant où tu laisses pénétrer cette pensée, tu la reconnais pour une vérité. C'est ton père que tu regardes là. Ton vrai père. Cette certitude semble tomber d'une grande hauteur et se réfracter comme une chromatographie en mille cercles de couleur inattendus.

Tu le regardes, puis elle, et tu sens sourdre la sueur à la racine de tes cheveux et entre tes omoplates, puis tu sors violemment des toilettes, franchis le tourniquet, t'élances dans le hall de marbre. Il ne faut pas qu'ils te voient, il ne faut pas qu'ils te voient. Les plantes de tes pieds et les articulations de tes genoux te font mal tandis que tu t'éloignes précipitamment, sans te retourner, de l'endroit où tu sais qu'ils se trouvent.

Tu marches. Et il te semble qu'à chaque pas quelqu'un disparaît de ton entourage. Ben. Kirsty. Beth. Annie. Jamie… Tu t'arrêtes brusquement. Tu restes immobile au milieu de cet espace aérien, sous le dôme de Waverley Station, les yeux rivés au sol comme une personne en danger sur une plaque de sable qui s'enfonce rapidement. Puis tu fais encore un pas. Elspeth.

Par la vitre du café, tu vois tes sœurs. Kirsty est en train de raconter quelque chose à Beth, elle trace dans l'air des courbes et des pointes. Tu traverses le café en naviguant parmi les tables et les chaises.

« Il faut que je m'en aille tout de suite », leur dis-tu, et leurs visages se tournent vers toi.

La sonnette retentit de très bonne heure. Le bruit réveille Alice et, pendant un moment, elle se trouve complètement désorientée. Le plafond au-dessus d'elle n'est pas le plafond de la chambre. Un soleil faible, grisâtre, éclaire la pièce. Elle s'aperçoit qu'elle est recroquevillée sur le canapé dans une position inconfortable. Elle s'assoit et fait jouer son cou raidi. Nouveau coup de sonnette. La télé matinale du samedi jacasse à faible volume dans le coin ; un homme roux tape sur la tête d'une femme en salopette avec un marteau gonflable. Le public rit. Lucifer est assis sur le bord de la fenêtre, derrière le rideau en filet. Elle songera ensuite qu'il a dû voir la police avant elle.

Elle est surprise par leur taille. L'homme semble remplir la pièce. La première chose qu'il fait, c'est de prendre la télécommande et d'éteindre la télé. La femme se tient devant lui. Elle sent la cigarette et les salles surchauffées, surpeuplées. Elle a les ongles rongés et vernis.

« Veuillez vous asseoir, s'il vous plaît. »

Le cliché donne envie de rire à Alice, mais elle s'assoit et eux aussi. La radio de l'homme, fixée à son épaule, grésille et crie. La femme et lui échangent un regard et il l'éteint, l'air honteux. Alice se relève.

« J'ai le regret d'avoir à vous annoncer que John est mort, Mrs Friedmann. » En disant ces mots, la femme policier se lève, s'approche d'Alice et lui prend la main. Elle lui applique une pression douce, vers le bas. Elle veut que je m'asseye, se dit Alice. Elle s'assoit. Les choses familières paraissent soudain très étranges. Ses boots sont sur le tapis, là où elle les a ôtées hier soir, la longue languette en cuir de l'une repliée dans l'autre. Alice fixe la lampe sur le bureau de John, comme si elle la voyait pour la première fois – entourée d'une longue frange perlée, avec l'abat-jour un petit peu de travers.

« Nous avons retrouvé son corps ce matin dans les décombres. » Sa main caresse celle d'Alice. « Il était chez un marchand de journaux.

— C'est idiot. Ils reçoivent tous les journaux à son bureau, dit Alice. Il a dû oublier d'en prendre un en sortant. Il fait toujours ça.

— Oui. Je comprends. »

Alice commence à agiter convulsivement ses jambes. Sa mère appelle ça « raikessonner ». « Raikes.

— Pardon ? » La femme policier se rapproche d'elle.

« Je m'appelle Raikes », dit Alice, plus distinctement – peut-être un peu trop ? Elle ne veut pas être impolie. « Vous m'avez appelée Mrs Friedmann. Mais j'ai gardé mon nom de jeune fille quand je me suis mariée.

— Ah. » La femme hoche gravement la tête. « Excusez-moi, Mrs Raikes. »

Alice secoue la tête. « Vous pouvez m'appeler Alice.

— Bon. Alice. »

L'homme s'éclaircit la gorge. Alice sursaute. Elle l'avait oublié. « Y a-t-il quelqu'un que nous puissions appeler pour vous, Alice ? »

Alice le dévisage. « Appeler ?

— Oui. Votre famille ? Une amie, peut-être ?

— Ma famille vit en Écosse.

— Je vois. Et la famille de John ? Peut-être souhaiteriez-vous être auprès d'eux ? »

Alice rit – un aboiement bref et sans joie qui lui laisse la gorge à vif. « Non. »

La femme s'efforce de ne pas laisser paraître qu'elle est choquée.

Alice tente de formuler une explication. « Je n'ai… Je n'ai jamais rencontré son père. »

La femme, qui a réussi à maîtriser son expression, hoche la tête d'un air apaisant.

Alice se tourne et la regarde droit dans les yeux, pour la première fois. « Il est mort ?

— Oui.

— Vous êtes sûre ?

— Oui. Je suis navrée. »

Rachel apparaît dans la journée, et plus tard Ben et Ann pénètrent sur la pointe des pieds dans la chambre où Alice est recroquevillée comme une crevette sur le lit. Les larmes d'Ann forment des cercles sombres en tombant sur la couette à côté du visage blanc et sec d'Alice. Elle l'appelle « mon bébé » et tente de lui faire avaler des cuillerées de la soupe que Ben apporte sur un plateau.

À un moment, Alice se retrouve dans la salle de bains. C'est la première fois de la journée qu'elle est seule. Elle appuie son front contre l'argent froid du miroir et se regarde bien en face. Elle se sent lasse, irritée, mal à l'aise : la maison est pleine de gens et elle voudrait qu'ils s'en aillent tous. Avec une sorte d'horreur qui s'insinue goutte à goutte, elle réalise brusquement que ce qu'elle attend, c'est le retour de John, comme d'habitude à cette heure-ci de la soirée. Ses mains sont posées sur le lavabo. Elle baisse les yeux et voit son blaireau sur l'étagère. Les poils sont encore légèrement humides, depuis hier matin, quand il s'en est servi.

Ils sont dans la cuisine, assis en rond autour de la table. Rachel est en train de dire : « Je l'ai vu la semaine dernière, c'était samedi, il était au fourneau pour nous faire à dîner », lorsque Ann se lève d'un bond.

« Qu'est-ce que c'est ? »

Un long bruit aigu et poignant cisaille l'air. Il s'amenuise et repart avec une force nouvelle, il s'élargit en un cri bestial, déchirant.

« C'est Alice. »

Ann s'élance et, dans sa hâte, elle renverse sa chaise. Ils l'entendent monter l'escalier précipitamment, puis tambouriner sur la porte de la salle de bains. « Alice ! Ouvre-moi ! Laisse-moi entrer ! Alice, s'il te plaît ! »

Le hurlement continue, à peine humain, que rien ne peut apaiser.

Troisième partie

Une fois de plus, Alice est frappée par l'inconstance, l'indifférence dure et impassible des miroirs. En passant du salon dans l'entrée, elle aperçoit son image, blême et l'œil agrandi, tel un fantôme effrayé. Cela l'immobilise et elle reste face au miroir, à s'examiner. Ses yeux sont anormalement brillants et la peau tout autour semble meurtrie, affaissée. Elle a perdu tant de poids que ses pommettes sont aiguës et saillantes, lui donnant un aspect usé, squelettique. Les angelots dorés du cadre minaudent et sourient autour d'elle.

John a dû se voir mille fois dans ce miroir – en franchissant la porte d'entrée chaque matin et en approchant pour monter l'escalier, comme elle maintenant. Il doit y avoir une image de lui enfermée quelque part dans ses profondeurs. Alors pourquoi, quand elle souhaite plus que tout au monde entrevoir John, refuse-t-il de lui donner autre chose que son visage vide à elle ? Dans les moments les plus sombres, elle se laisse aller à imaginer qu'il est là, juste derrière le miroir, le visage pressé contre la surface, qu'il la regarde passer au-dessous de lui, le pleurant, souffrant, et qu'il a beau frapper tant et plus sur le verre, il ne peut pas se faire entendre d'elle.

Elle se détourne et monte l'escalier. C'est une journée chaude et oppressante, on sent que l'orage pourrait éclater plus tard. Au loin, elle perçoit le grondement de la circulation ralentie sur Camden Road.

Là-haut, Lucifer dort sur le lit, roulé en boule, la queue rabattue sur le museau. Alice passe la main sur son pelage tiède et il émet un son ensommeillé, inintelligible, pour exprimer qu'il l'a sentie.

Elle prend deux profondes inspirations, tremblante, et les vagues nauséeuses et familières du chagrin commencent à l'engloutir. Les premières larmes tombent sur le pelage du chat avant qu'elle soit pelotonnée contre lui sur le lit. Il entrouvre ses yeux verts et la regarde sangloter, les doigts pressés dans la bouche. Le lit vibre. De sous son oreiller, Alice tire un T-shirt de John, qui a encore son odeur, et elle y enfouit son visage.

Un professeur d'anglais, à l'école, lui a dit un jour : « Alice, une chose que je vous souhaite de ne jamais découvrir, c'est qu'un cœur brisé est une douleur physique. » Jamais rien de ce qu'elle a pu connaître ne l'a préparée à une telle souffrance. La plupart du temps son cœur lui fait l'effet d'être plein d'eau et une douleur morne et persistante accable sa poitrine, ses bras, son dos, ses tempes, ses jambes ; mais, dans des moments comme celui-ci, l'effroyable perception du caractère irréversible de ce qui est arrivé la paralyse d'une souffrance si violente qu'il lui arrive de ne plus pouvoir parler pendant des jours et des jours.

Plus tard, elle se lève et va et vient dans la chambre, pour effectuer de petites tâches familières : elle sèche ses larmes et jette les mouchoirs mouillés dans la corbeille, ils tombent avec un bruit mou et humide ; elle se verse un verre d'eau, prend un comprimé de paracétamol, allume sa lampe à huile et retape la couette, en repliant soigneusement le T-shirt de John sous l'oreiller. Elle fait couler un bain et pleure encore un peu, allongée dans la vapeur. Ce qu'il y a de pire, ce sont les week-ends : de longues mottes de temps à affronter seule. La mort de John a rendu tout le reste insignifiant, et quoi qu'elle tente pour meubler les heures – livres, films, amis –, tout lui semble insipide et sans intérêt.

Elle s'essuie lentement avec une épaisse serviette. Sa peau est desséchée, comme si toutes les larmes qu'elle a pleurées depuis quatre mois l'avaient rendue aride. En robe de chambre, elle descend se faire un sandwich. Elle mange debout parce qu'elle n'a pas encore la force de déjeuner seule à table, elle se contraint à avaler les morceaux de pain qui ont un goût de cendre. Le silence est total dans la maison, hormis le bruit de sa mastication obligée. Elle a envie de mourir.

Ben était seul devant le guichet, et jetait un coup d'œil à sa montre, en moyenne toutes les trois minutes. Il ne regardait pas l'horloge numérique rouge du tableau, ne s'y fiant pas entièrement – sa montre à lui était à l'heure, il le savait. Il la remontait chaque jour. C'était la première chose qu'il faisait le matin. Ils avaient déjà raté deux trains, et il ne voulait pas manquer celui-ci, il ne voulait pas passer une nuit de plus dans cette ville. Il voulait être chez lui et voulait avoir sa fille à la maison avec eux, qu'elle dorme là-haut dans son ancienne chambre, loin d'ici. Ce qu'il voulait par-dessus tout, bien sûr, se rappela-t-il, c'était que tout ça ne soit jamais arrivé.

Il vit Ann traverser la gare en hâte et il se redressa en levant le bras et en l'agitant : « Ann ! Par ici ! »

Il avait les lèvres gercées, il passa ses doigts dessus. Elle approchait sans sourire. Il scrutait son visage, curieux malgré lui de ce que cela devait être, d'avoir à identifier un corps. Ann avait insisté pour y aller elle-même – Alice n'était pas en état de le faire, lui avait-elle dit lors d'une brève conversation chuchotée, ce matin même, dans l'entrée de la maison d'Alice. Rachel s'était proposée, mais Ann avait dit non, qu'elle le ferait elle-même. Rachel n'avait pas protesté, et Ben non plus. Comment était-ce ? avait-il envie de demander. Était-ce absolument, absolument lui ? Il n'y avait pas d'erreur ? Pourquoi cela avait-il pris si longtemps et à quoi… à quoi… au nom du ciel, à quoi cela ressemblait-il ?

Ann lui toucha le coude sans paraître le voir ; elle

regardait autour d'elle, se retournait, guettait par-dessus son épaule. « Où est Alice ? » interrogea-t-elle. Juste sous son œil un muscle tressautait.

Ben l'observait, fasciné. « Comment ça s'est passé ? » demanda-t-il en posant la main sur son bras. Était-ce affreux ? voulait-il demander. Je regrette que ça ait été aussi affreux. Elle l'écarta d'une secousse. « Où est Alice ? » répéta-t-elle.

Ben haussa les épaules. « Elle est au kiosque à journaux, je crois.

— Mais bon Dieu ! explosa-t-elle. Comment peux-tu être aussi stupide ? »

Ils la trouvèrent debout devant le kiosque à journaux, le visage dans les mains. Des hordes de gens la contournaient, et certains la dévisageaient avec curiosité. En première page des journaux, il y avait une photo de l'immeuble détruit et d'énormes titres en grosses lettres noires : « Des corps sous les décombres », « Les morts ensevelis par l'explosion de la bombe dans l'est de Londres ».

Ils la prirent chacun par un bras et l'entraînèrent jusqu'au train.

Qu'est-on censé faire de tout l'amour qu'on éprouve pour quelqu'un s'il n'est plus là ? Qu'advient-il de tout cet amour qui reste ? Doit-on le refouler ? L'ignorer ? Ou le donner à quelqu'un d'autre ?

Je n'avais jamais imaginé qu'on puisse penser à quelqu'un tout le temps, qu'on puisse avoir constamment quelqu'un en train de faire des bonds d'acrobate dans vos pensées. Tout le reste était une distraction mal venue entre moi et ce à quoi je voulais songer.

Je savais que j'aurais dû débarrasser ses affaires. Tout ce qui avait touché son corps m'était intolérable. J'ai donné son ordinateur et son fax à des amis. Ils sont venus à deux, grands et mal à l'aise, pour prendre les cartons. Ils les ont portés dans la voiture, puis ont refermé le hayon du coffre par-dessus. Comme ils devaient se sentir obligés de rester un peu, ils se sont attablés avec moi dans la cuisine, ils ont bu leur thé brûlant à petites gorgées rapides en me posant des questions gênées, qui évitaient de mentionner John. Le moment venu, ils ont été soulagés de se lever et de partir.

En allant de chez moi au métro, je passais devant plusieurs boutiques de bienfaisance, et je me cuirassais toujours dans l'intention d'y apporter toutes ses affaires. Il y a même eu un week-end où j'ai résolument ouvert les portes de notre penderie, prête à expédier tous ses vêtements à Oxfam, dans Camden High Street. Mais, en respirant son odeur retenue dans les plis et le tissage des étoffes, j'ai compris que jamais je ne pourrais. Je n'ai plus jamais pu considérer ces boutiques de bienfaisance de la même façon – comme elles doivent être pleines des débordements du deuil et de la tragédie.

Rachel fouilla dans son sac à la recherche de sa crème solaire. « Alice ! » Elle secoua la forme inerte à côté d'elle. « Alice ! »

Alice s'assit et releva ses lunettes noires sur sa tête. « Quoi ?

— Mets-en, ou tu auras des coups de soleil. »

Rachel la regarda presser un peu de crème dans une main et, de l'autre, l'étaler sur son épaule et son bras. Elles étaient assises dans les hautes herbes de Parliament Hill. C'était le premier jour de l'année que le soleil était réellement chaud. Au-dessus d'elles, les cerfs-volants acrobatiques des fans de cerfs-volants, attirés par les brises contraires de cette colline, traversaient en virevoltant l'immensité bleue.

« Dis-moi comment tu te sens, dit Rachel.

— Très bien. » Alice tripotait le bouchon du flacon de crème solaire, évitant son regard.

Rachel le lui arracha des mains. « Me dis pas de conneries, Raikes. Très bien ? Comment peux-tu aller très bien ? Tu as l'air de ne pas avoir fermé l'œil depuis un mois et tu dois peser dans les quarante-cinq kilos. »

Alice soupira et ne répondit rien. Le bassin réservé à la baignade scintillait au loin.

« Tu sais, poursuivit Rachel, si tu veux me dire de me mêler de mes affaires, ou si tu veux parler indéfiniment de John, ou si tu veux hurler tant et plus, d'accord. Mais ne viens pas me raconter que tu vas très bien. »

Alice sourit faiblement. « Bon. Tu veux vraiment savoir ?

— Je veux vraiment savoir.

— Ça va affreusement mal.

— Affreusement jusqu'où ?

— Juste… affreusement. » Alice frappa l'herbe du poing. « Il me manque. Il me manque. Il me manque. Il est parti. Il est mort. Je n'arrive pas à y croire. Je ne veux pas le croire. » Sa voix se brisa. Rachel la prit dans ses bras et Alice pleura contre son épaule. « Excuse-moi, balbutiait-elle entre ses sanglots.

— Ne sois pas ridicule. »

Alice se dégagea et se redressa. « C'est juste tellement… merde, Rachel. Je sais que ça deviendra plus facile avec le temps, mais c'est tellement affreux… et épuisant et implacable et… Je ne peux pas supporter la vie sans lui… Je ne peux pas dormir la nuit parce qu'il n'est pas là et je ne peux pas me lever le matin parce qu'il n'est pas là et je trouve que… rien ne vaut plus la peine – s'habiller, aller travailler, continuer, être courageuse, puisque… il n'est plus là. Un jour il y était… et après, il n'y était plus… et c'est tellement injuste, tellement cruel… Et les gens me disent, ah ! vous êtes jeune, vous vous en remettrez et vous rencontrerez quelqu'un d'autre, mais l'idée d'être avec quelqu'un d'autre me fait horreur… C'est une tricherie… parce que tout ce que je veux, c'est lui, et je ne peux pas l'avoir et je ne pourrai plus jamais… Je suis tellement fatiguée, Rachel… Je suis fatiguée de porter ce poids partout avec moi. J'avais tellement l'habitude d'être heureuse, et maintenant je n'ai plus que ce poids énorme et écrasant du chagrin dans ma poitrine… Et puis je suis furieuse… Je suis folle de rage que ce soit lui et pas quelqu'un d'autre… Et je suis furieuse contre lui… de m'avoir quittée… et je sais que c'est ridicule, mais je suis en colère contre lui parce qu'il n'a pas pris son foutu journal dans son foutu bureau comme il aurait dû le faire… et il serait vivant… il n'aurait pas été chez ce marchand de journaux… Il pourrait même être ici en ce moment, avec nous, sur cette couverture… Et c'est insupportable… que ça ait frappé au hasard, ça aurait pu être n'importe qui, mais c'était lui… » Alice se tut en entendant des pas sur l'herbe. Elle s'essuya vivement le visage avec ses mains. Une femme et une petite fille passèrent : suspendue au bout du bras de sa mère, l'enfant se retournait sans cesse pour les regarder. Sa voix haute et flûtée leur parvint. « Maman, pourquoi elle pleure, la dame ? »

La mère lui fit faire volte-face en lui secouant le bras et lui chuchota quelque chose à l'oreille. « Mais pourquoi ? »

insista-t-elle. La mère la souleva et l'emporta ; la délicate tête blonde ballottait contre son épaule. Prostrée, totalement vidée par son explosion, Alice les regardait. « Et ça, c'est l'autre chose.

— Quoi ?

— John voulait un bébé. Il faisait tout le temps des allusions, et puis finalement il l'a dit carrément. J'ai ri et j'ai dit : Pas question, mon pote… Il était déçu, mais il essayait de ne pas le montrer… Nous en avons reparlé, et j'ai dit peut-être dans un an ou deux, mais en fait je n'en avais aucune envie… et puis il est mort… et figure-toi que, maintenant, j'ai une telle envie de ce bébé que c'est insupportable… Quelquefois je me dis que je souffre autant du deuil de l'enfant que du sien… J'étais si stupide, si incroyablement, ridiculement, égoïstement stupide… parce que sinon… maintenant, je l'aurais… j'aurais quelque chose de lui qui me resterait… j'aurais l'enfant de John pour toujours… et au lieu de ça je n'ai ni le bébé ni John et il n'y a que moi, qui tourne en rond dans cette maison.

— Tu ne m'as jamais dit que tu voulais un enfant.

— Je n'en voulais pas. Pas à ce moment-là. Je n'avais aucune envie d'en avoir – bien au contraire. Je me disais toujours plus ou moins que nous en aurions un jour et que… nous avions tout le temps du monde pour y penser… »

Alice se tut, la tête entre les mains. Rachel attendit que les larmes soient taries. Au-dessus d'elles, les cerfs-volants plongeaient et se redressaient.

« Il y a autre chose ? »

Alice se moucha. « Excuse-moi.

— Pour quoi ?

— Pour mes pleurnicheries. »

Rachel lui donna une tape sur la jambe. « Ouais, tu es tellement ennuyeuse avec tes petits problèmes. Écoute, ne te permets plus jamais de suggérer que tu ne devrais pas me dire tout ça. Je veux t'être utile, tu comprends ? »

Alice opina. « Merci. Tu es gentille.

— Oh ! tais-toi. Ne viens pas me faire du mélo. Où est ce vin que tu as apporté ? »

Alice cala la bouteille entre ses genoux et la déboucha. Le *plop* bruyant attira l'attention réprobatrice de deux fanatiques de cerfs-volants.

« À la vôtre ! » cria Rachel avec insolence. Ils se détournèrent vite, et Rachel reporta son attention sur Alice. « Tu imagines ce que ça doit être, de sortir avec quelqu'un qui passe tout son week-end ici, cramponné à un bout de ficelle ?

— Chut. » Alice sourit. « Ils vont t'entendre. De toute façon, c'est vraiment bien, le cerf-volant. Tu devrais essayer.

— Ne me dis pas que tu le fais aussi. Je ne veux pas le savoir.

— Si, je l'ai fait. John m'avait offert un cerf-volant.

— Alice, pardonne-moi, je ne voulais…

— Non, non, ne t'inquiète pas. Il était… c'est-à-dire… il est toujours accroché près de la porte d'entrée, pour autant que je sache… C'est un petit modèle, rouge, à deux fils. Nous allions quelquefois le faire voler, ensemble. J'adorais ça, mais je n'étais pas très douée. J'avais tendance à m'exciter et à perdre ma concentration, mais c'est une sensation stupéfiante. Vraiment grisante. »

Rachel se retourna sur le ventre et alluma une cigarette. « Bon, je vais te prendre au mot. » Elle regarda Alice. « Hé ! c'est peut-être ça qu'il te faut.

— Quoi ?

— Quelque chose de grisant. Peut-être que tu devrais ressortir ton cerf-volant. »

Alice secoua la tête. « Non, je ne pense pas.

— Pourquoi ?

— Je ne peux pas imaginer de le faire sans lui.

— Je suis sûre que ça se passerait très bien. Et ça pourrait te faire du bien.

— Il y a des choses qu'on ne peut pas faire seule, Rachel. Notamment faire voler un cerf-volant. On a besoin de quelqu'un pour le lancer en l'air, et je ne voudrais pas t'imposer ça. Je sais que tu aurais horreur de ça. » Alice lui tendit un verre de vin. « À quoi buvons-nous ? »

Rachel leva son verre. « À John. »

Avant, j'essayais souvent d'imaginer combien de temps j'allais vivre. Peut-être que vers la trentaine j'allais contracter une maladie terrible et mourir. Ou bien je pourrais être frappée par la foudre avant d'atteindre mon quarante-cinquième anniversaire, ou avoir un accident d'avion, ou de voiture, ou périr par hasard assassinée par un dément.

Mais maladies, foudre et déments mis à part, je pouvais vraisemblablement vivre jusqu'à soixante-dix ou quatre-vingts ans. Peut-être même plus. Je n'arrivais pas à croire que j'allais vivre tout ce temps-là. Je les trouvais incompréhensibles, ces quelque cinquante années qui s'étiraient devant moi, que j'aurais à vivre sans toi. Qu'allais-je faire pour les remplir ? Il me paraissait cruel d'être en aussi bonne santé, aussi vivante, apparemment indestructible, quand ta vie avait été si facilement et aveuglément tranchée.

J'étais intriguée par ces femmes des siècles passés qui mouraient de chagrin – elles se mettaient au lit et s'éteignaient, tout simplement. C'était ce que je voulais : je ne désirais rien d'autre que m'étendre et laisser la vie se retirer de moi. Je n'arrivais pas à y croire, chaque matin, quand j'ouvrais les yeux et que je sentais la vie se répandre en moi comme la sève dans un arbre – cette force indéniable de l'existence. Le battement de mon cœur, le gonflement de mes poumons, la raideur de mes muscles qui me disait, malgré tout, de me lever, d'utiliser mes jambes, d'étirer mes bras.

Et maintenant encore, après m'être jetée devant un véhicule – une masse de deux tonnes d'acier, de chrome et de verre renforcé, lancée à grande vitesse –, mon corps s'accroche toujours à la vie, et je me retrouve comme Perséphone suspendue entre deux états, sans savoir lequel je souhaite. La mort me paraît difficile, et fuyante.

Beth trouve difficile d'associer Alice, la personne qu'elle a vue voici tout juste deux jours, à cette poupée grandeur nature, qui gît inerte sur le lit. Sa peau a quelque chose de cireux, d'irréel. On le leur répète tout le temps, en formation médicale, évitez toute implication émotionnelle avec les patients, considérez-les comme un paquet de symptômes. Mais comment ça marche, si le patient est votre sœur ?

Dans tout l'hôpital flotte une odeur écœurante d'antiseptique et de nourriture réchauffée – il faudra bien qu'elle s'y habitue. Ses parents sont assis côte à côte sur les deux seuls sièges de la chambre. Ils discutent d'où ils vont dîner ce soir : sa mère ne peut pas supporter l'idée d'un repas de plus à la cantine. Ben dit qu'il est d'accord, mais qu'il ne connaît aucun endroit où aller, à Londres.

« Pourquoi ne pas demander à quelqu'un s'il n'y a pas un bistrot dans les parages ? » suggère Beth.

Ils interrompent leur discussion pour la regarder, comme s'ils étaient surpris qu'elle puisse avoir eu une bonne idée.

« Oui, mais à qui ? dit Ann.

— Demandons à l'infirmière, dit Ben.

— Laquelle ?

— La grande.

— Je ne l'aime pas, la grande.

— Bon. À la plus jeune, alors.

— La jeune avec les cheveux décolorés ? Tu crois qu'elle saura ? Je n'en suis pas sûre du tout, Ben. »

Beth baisse les yeux sur Alice et lui encercle le poignet de ses doigts. Le pouls d'Alice palpite sous sa main. Elle a lu que les gens dans le coma ont souvent conscience de ce qu'on dit et fait autour d'eux. Que penserait Alice si elle entendait ce qui se passe en ce moment ? Elle leur crierait de prendre en vitesse une décision, pour l'amour du ciel, que ce n'est pas d'une telle importance.

« Alice ? chuchote Beth. Tu les entends ? Ils se disputent pour des histoires de restaurant. »

Alice peut-elle les entendre ? Son visage est dénué d'expression. Elle a l'air morte, pense Beth, Alice a l'air morte. Beth a vu des cadavres, les a ouverts avec un scalpel comme si c'était le curseur d'une fermeture Éclair qui leur courait sur la peau ; elle a plongé les mains à l'intérieur des corps de personnes mortes, elle a sorti le cœur d'un homme de trente et un ans, et c'était lourd, il lui a fallu ses deux mains. À ses yeux Alice paraît morte. Elle sait pourtant que ce n'est pas possible, puisqu'elle voit de ses propres yeux le respirateur qui bouge et l'électrocardiogramme qui trace la courbe des contractions de son cœur d'une pulsion électronique verte. Mais Alice a cet aspect cireux, exsangue que Beth connaît à présent. Une vague de panique désespérée l'envahit. Elle s'aperçoit qu'elle a envie de secouer ce corps sur le lit.

« Je n'ai jamais aimé la nourriture mexicaine, dit sa mère. Tu le sais très bien. »

La porte s'ouvre derrière Beth et elle se retourne. Ses parents sont réduits au silence. Un médecin à l'air un peu minable, avec un stylo derrière l'oreille, se tient sur le seuil. « Bonjour, dit-il. Comment ça va ?

— Bonjour, répond Ben. Nous allons bien. Voici ma plus jeune fille, Beth. »

Le médecin entre dans la pièce très lentement, s'arrête près du lit, scrute longuement le visage d'Alice. Puis il se retourne et regarde Beth. Il a entre trente et quarante ans, peut-être moins, et il a des cernes sombres sous les yeux. « Beth, répète-t-il d'une voix pensive. L'étudiante en médecine, n'est-ce pas ? »

Beth observe qu'il a posé sa main sur celle d'Alice d'un geste assez intime, et elle a envie de la chasser de là.

Comment cet homme ose-t-il toucher sa sœur ? Alice détesterait ce type, le classerait immédiatement dans les crâneurs et les cavaleurs, et ne voudrait rien avoir à faire avec lui. Beth le dévisage, avec Alice entre eux, et prend ce qu'Alice appelle sa voix de Miss Jean Brodie : « C'est exact. Et vous… ? »

L'homme se contente de hocher la tête. Ben s'avance lourdement. « C'est le Dr Colman, Beth. Il s'occupe d'Alice. »

Le Dr Colman tend la main à Beth. « Vous pouvez m'appeler Mike. »

En sortant des toilettes, Beth se faufile entre les tables de la cafétéria de l'hôpital où sont assis ses parents et s'affale sur une chaise en face d'eux. Ils ont fini par dîner là. La salle est vide, à l'exception de la femme en tablier vert derrière le comptoir et de deux médecins qui conversent à voix basse par-dessus un plateau de nourriture à laquelle ils ne touchent ni l'un ni l'autre. Son père prend la théière en inox cabossé et lui verse une tasse de thé.

« Qu'est-ce qui se passe avec ce type, là, Mike ? demande Beth.

— Comment cela ?

— Eh bien, il est amoureux d'elle ou quoi ? Typique d'Alice, ça, les gens qui continuent à tomber amoureux d'elle malgré le petit détail qu'elle est dans le coma.

— Ne sois pas ridicule, Beth. » Ann retrousse les lèvres et boit une gorgée de son thé qui refroidit. « C'est un médecin. Il fait simplement son métier.

— Est-ce que tu manques beaucoup de cours ? » dit Ben, pour changer de sujet.

Beth verse du lait dans son thé et tourne une cuillère en plastique dans la tasse. « J'ai parlé hier à ma directrice d'études, après la visite de Neil. Elle m'a dit de prendre tout le temps qu'il faudrait.

— C'est gentil de sa part.

— Oui, sans doute. »

Ben presse la main de sa fille. « Elle va guérir, tu sais, dit-il.

— Tu crois ? » Beth regarde son père dans les yeux. « Oui. Bien sûr. »

Beth boit une gorgée de thé. Il a un goût râpeux, il est trop infusé.

Ben se lève. « Je vais appeler un taxi et nous pourrons rentrer. Tu as l'air très fatiguée, Beth. J'ai installé un lit de camp pour toi chez Alice, dans la chambre libre. »

Beth suit des yeux son père jusqu'à la rangée de téléphones, tandis qu'Ann sort une cigarette de son sac et semble chercher un briquet. « Maman ! Ne fais pas ça. » Beth montre un panneau. « C'est non fumeur, ici.

— Oh. » Ann tient mal sa cigarette et la laisse tomber sous sa chaise. « J'oubliais. »

Beth s'attend à la voir tâtonner par terre autour de ses pieds, mais elle se penche par-dessus la table et regarde Beth dans les yeux. « Beth, parle-moi de la visite d'Alice à Édimbourg.

— Il n'y a pas grand-chose à dire, en vérité, répond Beth, déconcertée par l'intensité soudaine de sa mère. Elle est venue, et puis elle est repartie.

— Est-ce qu'elle était… elle avait l'air… bouleversée, quand elle est partie, à ton avis ?

— Euh. Oui. Elle l'était, je pense.

— Sais-tu ce qui l'avait bouleversée ?

— Non. Pas du tout. Kirsty et moi avons essayé de comprendre. Elle s'est levée pour aller aux toilettes, et elle est revenue cinq minutes après, toute bizarre et lointaine.

— Aux toilettes ? répète Ann. Elle est allée aux toilettes ? Quelles toilettes ?

— Mais bon Dieu, Maman, je n'en sais rien. Ce grand machin SuperToilettes, j'imagine. » Beth réfléchit. « En fait, je suis sûre que c'étaient les SuperToilettes parce qu'elle nous a demandé de la monnaie.

— De la monnaie ?

— Ouais. Il faut une pièce de vingt-cinq pence pour entrer.

— Quelle heure était-il ? » Ann ne la regarde plus, mais tend le cou par-dessus son épaule pour guetter Ben. Il parle au téléphone, la main plaquée sur l'autre oreille.

« Pourquoi toutes ces questions ?

— À ton avis ? réplique Ann, murmurant presque. Parce que je veux savoir. Dis-le-moi, Beth. Quelle heure était-il ?

— Eh bien… euh… le train d'Alice est arrivé vers onze heures. Donc il devait être, je ne sais pas, onze heures et quart, peut-être vingt.

— Onze heures vingt ? Tu es sûre ?

— Oui. Mais qu'est-ce que ça a à voir ?

— Voici ton père », coupe Ann d'une voix forte. Ben approche d'un pas rapide, en faisant sauter sa monnaie dans la poche de son pantalon.

Je n'arrive encore pas à croire que tu sois parti. Avant, quand je me réveillais, je me demandais l'espace d'une seconde pourquoi j'avais ce poids de chagrin qui m'écrasait la poitrine et pourquoi mon oreiller était mouillé. J'oubliais parce que c'était trop absurde d'être sans toi. Trop absurde.

Mais tu es vraiment mort. Et sans aucune raison.

Quelques jours après ta mort, les journaux ont publié une photo de l'homme qui a posé la bombe qui t'a tué. Il est mort aussi. Il était simplement jeune, plus jeune que toi. Ma famille essayait de m'empêcher de voir les journaux pendant cette période-là, mais j'ai vu la photo, et figure-toi que je ne l'ai pas haï. J'avais envie d'aller voir sa mère et son père et de leur dire : « Que ressentez-vous, est-ce que vous ressentez la même chose que moi, dites-moi ce que vous ressentez ? »

Quelqu'un m'a mis Annie sur les genoux. Je suis surprise. Je ne me rappelle pas qui a fait ça. Ce doit être Kirsty. Je tourne la tête à droite. Kirsty est à l'arrière aussi, le visage tourné contre la vitre, avec notre père entre nous. C'est ma mère qui conduit, avec ses mains baguées cramponnées au volant. Elle déteste conduire dans Londres. Beth est à côté d'elle. Je me demande vaguement où est Neil. Je suis sûre de l'avoir vu tout à l'heure, avec le nouveau bébé. Jamie.

J'ai chaud. Je porte des vêtements bizarres. J'ai pris un

bain ce matin et, quand je suis retournée dans ma chambre, ma mère était à la fenêtre et arrachait d'un geste rageur les étiquettes d'une jupe et d'une veste neuves, en marmonnant : « Si tu dois rencontrer ces salauds, je vais faire en sorte que tu aies bonne allure. » C'est un lainage noir qui me gratte, les manches de la veste sont trop courtes, et la jupe descend curieusement à mi-mollets. Elle est serrée autour des genoux, ce qui m'oblige à faire des petits pas. Je me sens vieille dans cet accoutrement.

Je tends la main, ma tête touche celle d'Annie, et je donne quelques tours à la poignée de la fenêtre. Le haut de la vitre descend en vibrant et un jet d'air glacé est aspiré à travers la fente. Annie se raidit entre mes bras, ses yeux bleus en amande s'écarquillent. Je la regarde lever un bras et glisser ses petits doigts souples dans l'ouverture. Elle les ôte aussitôt et les serre contre sa poitrine. Je referme mes doigts sur les siens. « C'était froid ? »

Soudain tout le monde dans la voiture est tourné vers moi.

« Qu'est-ce que tu dis ? », « Qu'y a-t-il ? », « Pardon ? », « Excuse-moi ? », « Tu as dit quelque chose ? » demandent-ils tous en même temps.

Je regarde Annie. Sur son crâne fragile, ses cheveux sont tellement blonds qu'ils sont d'un blanc aussi mousseux que de la soie sauvage. Des filaments bleus lui parcourent le front. Je ne me rappelle plus la dernière fois que j'ai entendu ma voix. Je m'éclaircis la gorge, à titre d'expérience, mais ensuite je serre les lèvres. Je m'autorise à dire son nom dans ma tête : John. J'essaie encore : Il est mort.

Les yeux d'Annie vont et viennent dans les rues que nous traversons. Soudain elle lève encore le bras, et tout son corps élastique et compact se tend dans l'effort. Chaque jointure est creusée d'une fossette et elle brandit dehors son index. « Tin ! » s'écrie-t-elle soigneusement, en se tournant vers moi pour obtenir confirmation.

Il y a un moment de silence.

« Elle dit "chien", explique Kirsty. Elle voit un chien dehors. »

Je regarde par la fenêtre. À trois pas de nous, un couple

marche sur le trottoir. L'homme a glissé sa main dans la poche arrière du jean de la femme, mais elle est fâchée. Son visage courroucé est tourné vers lui : elle parle par à-coups et, à chaque secousse expressive, le bras relié à elle par sa poche arrière s'agite comme une marionnette. À côté d'eux trotte un chien brun pelé, indifférent à leur colère, avec sa laisse rouge dans la gueule.

La voiture s'éloigne. Je tends le cou pour les voir et, lorsque nous bifurquons, ils discutent encore. Ils se sont arrêtés, et il a ôté sa main de la poche de la femme. Ils disparaissent de notre vue. Annie s'est retournée et m'observe intensément. Elle ne me voit pas très souvent. Elle appuie le bout de son index sur mon menton. Une de mes larmes l'atteint et coule le long de son doigt, de sa main, et de sa manche. Elle retire sa main et pose un regard étonné sur la manche de son chandail.

La voiture s'arrête et tout le monde descend. Je débloque le loquet de la portière en serrant Annie contre moi. Je dois plier gauchement les genoux et me pencher en avant pour ne pas lui heurter la tête contre la portière. J'ai conscience d'une brusque agitation sur le trottoir et j'entends des claquements de pas assourdis approcher sur l'asphalte. Je suis cernée par des gens, il y a une bousculade, un crépitement de questions et d'éclairs de flash.

« Mrs Friedmann, avez-vous un commentaire à faire sur la mort de votre mari ?

— Est-il vrai que John ne voyait plus sa famille ?

— Mrs Friedmann, avez-vous un message pour les poseurs de bombes ?

— Alice, est-ce que c'est votre bébé ? Est-ce l'enfant de John ?

— Alice, pouvez-vous regarder par ici ? »

Je protège la tête d'Annie avec ma main. Elle se cramponne si fort au col de mon chemisier que j'ai l'impression d'être bientôt étouffée et ses hurlements me transpercent les oreilles. Puis quelqu'un – un ami de John, au journal – surgit à cet instant, il écarte tous ces gens et m'entraîne, en me tenant fermement par le bras. Nous franchissons des portes et Beth est à mon côté et on m'enlève Annie et mon père me tient la main. C'est le silence, tout à coup.

Le cercueil est un choc. Il est là-dedans, me dis-je dans ma tête, son corps est là juste sous le bois. Il semble très important de l'examiner de près, de passer la main dessus, de sentir le grain du bois sur les lignes de ma main. Je m'en approche et maintenant je peux voir les grosses vis à large tête qui tiennent le couvercle en place. Une oppression suffocante me serre la poitrine. Je me demande quelle sorte de tournevis il me faudrait pour les dévisser et maintenant j'arrive plus près, tout près. Je tends la main et je peux presque le toucher lorsque je sens une secousse me retenir par l'autre main. Intriguée, je regarde, ma main dans celle de mon père. « Par ici, Alice, me dit-il. Viens t'asseoir. »

Mais…

« Viens », répète-t-il doucement.

Je suis si près. Encore deux pas et je pourrais presser ma main contre le cercueil. Est-il lisse ? Serait-il tiède ? Pourrais-je y poser ma joue ? Je regarde mon père. Il ne serait pas difficile de m'arracher à son étreinte et de faire ces deux pas. Derrière lui, je peux voir ma famille assise au premier rang, qui me regarde avec anxiété. Neil est là, avec Jamie dans les bras. Et derrière eux se pressent une masse de visages, tellement de visages – est-ce que John connaissait tant de gens ? – qui me regardent, mais en essayant de ne pas le faire et je me dis soudain que parmi ces gens, quelque part, il doit y avoir le père de John. Je laisse mon père me conduire à un siège et je m'assois entre mes parents. Peut-être me laisseront-ils le toucher tout à l'heure.

Je m'écoute respirer, inspirer, expirer, inspirer, expirer, les poumons qui se remplissent puis qui expulsent l'air dans l'atmosphère. J'imagine l'air qui entre en moi comme une lumière inondant un lieu sombre. Puis, avant que je puisse m'en empêcher, je m'aperçois que mes pensées volent sur la piste familière de ce que ça doit être, d'essayer de respirer quand on n'inhale que de la poussière et du dioxyde de carbone ranci ; ou même d'essayer de respirer quand on est écrasé sous des tonnes et des tonnes de béton et de métal. Est-il mort sur le coup ou bien est-il resté vivant et conscient pendant des heures, à chercher l'air, dans l'espoir d'être sauvé ? La police n'a pas pu me le dire. Je sens de nouveau cette vague de panique s'enfler quelque part dans la région de mon estomac et je dois regarder de toutes mes forces la personne devant moi et me concentrer sur ses paroles pour me retenir de hurler.

C'est Sam, l'ami de fac de John, et il parle et parle et quand il commence une phrase il tend les mains, ouvrant ses doigts comme des pétales, et quand il finit la phrase il réunit ses mains. Inspirer, expirer, inspirer, expirer. Je le regarde, mais je n'écoute pas parce que je ne veux pas entendre, parce que rien de tout ça ne sert à rien et que rien de tout ça ne le ramènera et que rien de ce que disent ces gens ne changera le fait qu'il est couché là dans cette boîte rectangulaire que je veux juste aller toucher. J'entends Annie pousser une exclamation et Kirsty lui chuchoter de se taire, ce ne sera plus long, pauvre Annie, comme elle doit s'ennuyer. Puis j'entends Sam prononcer mon nom et c'est comme une aiguille sur un disque rayé et j'ai peur, peur que ces gens veuillent que je me lève pour dire quelque chose parce que je ne sais pas ce que je dirais, ce qu'il y a à dire maintenant, parce que tout ce que je veux, c'est passer la main sur le bois, juste une fois me suffirait, et je serais vraiment brave et je ne pleurerais pas et je ne ferais pas de scène devant tous ces gens, parce que c'est ce que redoutent mes parents, je le sais. Devant son père.

Son père. Je me retourne sur mon siège. Je veux le voir. Je passe en revue les rangées innombrables. Je connais tous ces gens. Certains me font un petit sourire, d'autres un signe de tête. Une personne agite la main. Je ne réponds pas – et j'ai honte de les ignorer – mais je veux juste l'apercevoir. Je veux juste voir qui il est et je veux qu'il me regarde et se dise : Voilà Alice.

Ma mère me tire par la manche et murmure : « Alice » de cette façon que je connais bien et qui veut dire retourne-toi et tiens-toi bien, mais je ne veux pas. Dans l'autre moitié de la salle, de l'autre côté de l'allée centrale, tout au bout des sièges, il y a un groupe de gens que je n'ai jamais vus. La famille de John. Je le sais. Ils sont six ou sept. Dont quatre hommes d'un certain âge en manteau sombre. Je me rends compte que je cherche quelqu'un qui ressemble à John, un visage plus âgé qui fasse écho au sien, mais aucun d'eux ne convient.

Une femme du bureau de John lit un poème. J'entends des gens sangloter dans la salle et, à côté de moi, mon père tient son front dans sa main. C'est drôle parce que je taquinais toujours John à propos de cette femme, car je la croyais amoureuse de lui. Je suis sur le point de me retourner encore pour regarder sa famille lorsque j'entends un curieux ronflement électronique. Des petites roues tournent sous son cercueil et le cercueil avance lentement vers une ouverture dans le mur qui était dissimulée derrière des rideaux. Personne ne m'a avertie.

Je me dresse d'un bond, mes jambes me soutiennent à peine, mais aussitôt mes parents me saisissent et me font rasseoir.

« Non ! » Je me débats. « Non, s'il vous plaît, je veux juste… »

Mes deux mains sont écrasées par celles de mes parents et je regarde avec horreur son cercueil pénétrer lentement dans le trou et disparaître. Alors je dégage mes mains pour me couvrir le visage. Je presse mes deux mains sur mes yeux et ne veux plus les ôter parce que je ne veux plus jamais rien regarder.

Rachel a passé son bras sous celui d'Alice et elles se tiennent près de la porte. Beaucoup de gens s'approchent d'Alice – l'embrassent légèrement sur la joue, lui serrent la main, lui disent des choses que, une fois sorties de leur gorge et dans l'air, elle ne se rappelle plus du tout. Elle regarde leur bouche qui remue, hoche beaucoup la tête, mais ne parle pas. Rachel parle, et la mère d'Alice aussi, tout près, mais Alice ne la voit pas. Quelqu'un lui met dans les mains un pot en plastique jaune.

Elle le regarde fixement, en le serrant dans ses mains. La main de Rachel le soutient par-dessous. Rachel pense qu'elle va le lâcher. Il y a une petite plaque argentée sur le devant, avec le nom « John Daniel Friedmann » tracé d'une vilaine écriture en italique. Elle regarde cette plaque en se demandant si elle pourra la retirer, lorsqu'une voix calme sur sa gauche dit : « Vous devez être Alice. »

Elle se retourne. C'est l'un des hommes en pardessus sombre, qui lui offre sa main tendue. Elle doit caler le pot au creux de son bras gauche pour la prendre. Il a la main chaude et retient la sienne plus longtemps qu'elle ne s'y attendait.

« Je suis Nicholas », dit-il. Puis il ajoute : « L'oncle de John.

— Oui. » Alice expérimente sa voix avec circonspection. Elle semble anormalement aiguë et cassée. Elle passe sa langue sur ses lèvres et prend une profonde inspiration. « John m'a parlé de vous.

— Alice, nous… c'est-à-dire, le reste de la famille… tenons à vous dire comme nous sommes profondément affectés par… tout. »

Rachel la tient serrée contre elle. Alice acquiesce.

« Aussi – il lance un coup d'œil involontaire derrière lui, sur un homme qui se tient quelques pas en retrait –, Daniel souhaiterait savoir… si vous voulez bien nous le dire… où vous allez disperser cela. » Il désigne l'urne jaune.

Alice regarde, par-dessus l'épaule de Nicholas, le père de John. Il est plus petit, plus trapu qu'elle ne l'imaginait, avec des cheveux gris taillés très court. Il est tout seul, les yeux fixés sur la foule amassée dehors sur le trottoir, et elle le voit passer un doigt sur sa paupière, d'un geste lent, plein de lassitude et de chagrin. À cet instant précis, juste un instant, elle l'aime. Elle l'aime vraiment. On dirait l'étirement pénible et inhabituel de muscles rarement utilisés. Elle jette même un coup d'œil à sa montre. À quinze heures quatre j'ai aimé ton père.

Elle dévisse le couvercle de l'urne et regarde à l'intérieur. C'est plein d'une poudre blanchâtre finement tamisée. Elle y plonge les doigts et frotte les grains entre son pouce et son index. Ils se dissolvent et forment des flocons au contact de sa peau. Elle referme l'urne et la dépose entre les mains de Nicholas. Il est abasourdi. « Êtes-vous sûre ? » demande-t-il.

Ann, qui s'est matérialisée à côté d'elle, dit : « Alice, tu n'es pas obligée de faire ça. Tu risques de le regretter. Tu n'es pas obligée. »

Il lui effleure la manche d'un geste hésitant. Alice lui fait un signe de tête, à deux reprises. Il retraverse la salle et, en disant quelque chose à voix basse, tend l'urne au père de John. Il la prend délicatement dans ses mains et, comme Alice, la fait légèrement basculer en arrière pour déchiffrer la plaque. Puis il lève les yeux vers Alice. Leurs regards se croisent, brièvement. Elle se dit qu'il va venir et elle refoule tous les mots qui s'accumulent dans sa gorge, mais il se détourne et, serrant l'urne contre lui, franchit la porte et descend les marches dans l'éclatant soleil d'hiver.

Ann commença par détester North Berwick. Le détester absolument. Détester que, partout où elle allait – dans les magasins, à la plage, dans le parc, à la bibliothèque – tout le monde sache exactement qui elle était : « Vous devez être la femme de Ben Raikes », ou « Vous êtes la jeune Mrs Raikes », ou « Ce doit être la belle-fille d'Elspeth ». Elle serrait son manteau autour d'elle, suivait dans sa poche le contour des pièces de monnaie, faute de savoir comment réagir à ces salutations. Elle se savait d'emblée à son désavantage, car elle n'avait pas la moindre idée de qui ils étaient, sans parler de toutes ces choses personnelles sur eux et leurs familles depuis quatre générations dont elle ignorait tout. Des gens que non seulement elle n'avait jamais rencontrés, mais qu'elle n'aurait même pas voulu rencontrer l'arrêtaient dans la rue pour la questionner comme s'ils la connaissaient : « Vous plaisez-vous ici ? », « Est-ce que vous jouez au golf ? », « Si vous passiez prendre le café ? », « Et d'où êtes-vous, au fait ? » Elle ne pouvait pas être invisible. Elle avait l'impression d'aller et venir avec une grande pancarte dans le dos. À ses yeux, cette ville coincée entre la mer et la plate monotonie des champs était un puits grouillant de ragots, de cercles de relations, et de gens qui vous arrachaient des renseignements. Et ils ne l'aimaient pas, ils ne voyaient en elle qu'une Anglaise guindée – elle le savait et s'en fichait.

Au bout de quelque temps, elle cessa donc de sortir. Ou bien elle sortait l'hiver, au crépuscule, quand elle pouvait garder la tête baissée contre le vent cinglant qui s'insinuait toujours dans les étroites failles séparant les constructions de grès rouge dans la grand-rue, et que personne ne la reconnaîtrait. Dans la journée, elle se retrouvait seule dans la maison qui était censée être son foyer, mais où elle se sentait plus étrangère que nulle part ailleurs où elle fût jamais allée. Elle errait de pièce en pièce, montait et descendait l'escalier, mémorisait l'emplacement de certains objets ; elle voulait savoir où chaque chose se trouvait, comment tout cela s'agençait.

Puis elle eut un bébé et tout alla mieux pendant un temps ; elle commença même à s'aventurer un peu plus au-dehors. Elle se plaisait, avec ce landau bleu marine aux roues argentées qui grinçaient. Les gens regardaient dedans, au lieu de la regarder. Après tout, Kirsty était blonde et rose, et souriante. « Comme un petit ange », disaient-ils tous, et Ann pensait que, puisqu'ils aimaient Kirsty, peut-être l'aimaient-ils davantage, elle aussi. Pour la première fois de sa vie, elle avait le sentiment de maîtriser la situation : elle avait un bébé, un mari et une maison, qui n'était pas à elle, certes, mais où elle se sentait mieux chez elle depuis qu'elle avait un bébé, et Elspeth l'avait gentiment encouragée à repeindre la chambre du bébé et à planter toutes les fleurs qu'elle voudrait dans le jardin. Elle s'apercevait dans les vitrines des magasins – avec son manteau, son sac à provisions et son landau – et se disait : voici une jeune mère élégante qui va acheter quelque chose pour son mari quand il rentrera pour le thé. Sa voix était encore décalée, étrangère, insolite lorsqu'elle demandait les choses dans les boutiques, mais cela paraissait moins important désormais.

Ce fut durant une de ces sorties, alors qu'elle explorait de plus en plus, qu'elle entra dans un magasin d'antiquités. Il y avait là un homme aux yeux sombres et aux longs cils. Ann fit le tour de la boutique et, lorsqu'elle se retourna, il avait sorti Kirsty de son landau, sans rien demander, et il la tenait dans ses bras. « J'ai un garçon du même âge », dit-il. Il avait le même accent qu'Ann. Kirsty paraissait minuscule contre ces larges épaules. Puis vint Alice, qui eut des yeux noirs et des cheveux noirs dès le premier instant de son existence. Ann se sentait comme un négatif de photo à côté d'elle, et elle ne pouvait pas la promener fièrement. Elle ne pouvait pas supporter les questions des gens – même innocentes – sur ce nouveau bébé. Lorsqu'elle s'apercevait dans les vitrines avec le landau d'Alice, ce n'était pas une jeune mère qu'elle voyait, mais une femme adultère.

Dans le taxi qui les ramène chez Alice, Ben et Beth sont assis à l'arrière, et ils parlent. À la place du passager, Ann appuie sa tête contre la vitre. Il y aura bientôt un an que John est mort. La respiration d'Ann apparaît en minuscules perles de buée sur la vitre qui retient sa tête, et elles disparaissent aussi vite qu'elle respire. Samedi à onze heures vingt, ou à peu près, Alice était dans les SuperToilettes de Waverley Station.

Si Alice se réveille, se dit Ann, le secret que tu croyais brûlé et dispersé sur la Loi avec les cendres d'Elspeth risque de ressortir. Elle ne se réveillera peut-être pas. Mais peut-être que si. Tandis que le taxi fonce dans la nuit et que, sur la banquette arrière, Beth raconte à Ben une histoire de chien et de frisbee, Ann imagine la scène : elle et Ben penchés au-dessus du lit. Alice qui s'ébroue, s'étire, ouvre les yeux. Elle la regarde, regarde Ben, ses lèvres s'ouvrent et elle dit…

Peut-être qu'elle ne dit rien. Peut-être qu'elle n'a rien vu du tout. Peut-être qu'elle était bouleversée par quelque chose d'entièrement différent et que c'était pure coïncidence qu'Ann se soit trouvée là avec…

Et même si elle a vu, pourquoi s'imaginerait-elle automatiquement que cet homme ait quelque chose à voir dans sa vie, à part le fait qu'il a une liaison avec sa mère ?

Mais Ann sait au plus profond d'elle-même qu'Alice a ce don de repérer instantanément le germe de n'importe quelle situation. Comme quelqu'un d'autre de sa connaissance. Ann sait que, si Alice se réveille, elle n'est pas du genre à laisser enfouie pareille chose. Elle voudra une explication. Probablement tout de suite.

Mais si elle ne se réveille pas ? Alors quoi ?

Alice s'élance entre les portes du métro au moment où elles se referment. Il est environ midi, c'est samedi, et la Northern Line est relativement vide. Tandis que le train s'ébranle bruyamment et quitte Camden Town Station, elle se dirige vers l'extrémité du wagon et s'assoit en face d'une femme d'un certain âge qui a un foulard sur la tête et un sac en plastique plein de jouets d'enfants. Alice restera dans ce train jusqu'à Kensington, où elle passera sur le quai de la direction nord pour reprendre un train jusqu'à Camden, où elle retournera probablement sur le quai de la direction sud pour répéter le rituel.

Ce circuit en métro est devenu une habitude, ce qu'elle n'avouerait jamais à personne. C'est la seule chose qui la détende un peu – dans cet anonymat, le bercement du train, cette absence de but, quelque chose l'apaise.

Aujourd'hui, le souvenir de leur dernier matin ensemble se rejoue en boucle dans sa tête, comme si elle regardait par les étroites fentes d'une visionneuse. Quand elle s'est réveillée ce matin-là, il était déjà levé et prenait sa douche.

Elle s'est retournée vers la chaleur que le corps de John avait laissée et s'est pelotonnée sous la couette. Je me lève dans cinq minutes, se disait-elle. Elle a entendu John descendre et s'affairer dans la cuisine. Puis il a remonté l'escalier, ouvert la porte de la chambre et rejoint sur le lit le corps recroquevillé d'Alice. « C'est l'heure de se lever, c'est l'heure de se lever », a-t-il chantonné, et il l'a embrassée sur la nuque.

Elle a poussé un cri au contact des cheveux mouillés sur sa peau tiède. « John, tu es trempé.

— Je t'ai fait du thé. » Et il a posé la tasse sur la table de nuit avant de se glisser contre elle sous la couette. Elle s'est retournée et ils sont restés un moment enlacés, en se regardant.

« Sais-tu ce que je vais dire maintenant ? a-t-il demandé.

— Oui.

— Quoi donc ?

— Tu vas dire : "Alice, il est huit heures."

— Non. Faux. Je vais dire : "Alice, il est huit heures et demie." »

Elle lui a saisi le bras. « Tu mens. »

Il s'est mis à rire et il a secoué la tête.

« C'est juste un truc, a poursuivi Alice. Une méchante ruse pour me tirer du lit.

— Je crains que non. » Il lui a agité sa montre devant les yeux.

Elle s'est écartée de lui et s'est levée. « Oh ! bon Dieu, je vais être terriblement en retard. C'est de ta faute. Tu aurais dû me réveiller plus tôt. »

Il a ri et bondi hors du lit pour enfiler son pantalon tandis qu'elle se précipitait dans la salle de bains.

Lorsqu'elle est descendue dix minutes plus tard, il y avait des toasts et des céréales tout préparés pour elle sur la table. « Tu es un vrai petit ange », a-t-elle dit au sommet du crâne qui dépassait du journal qu'il lisait. Elle a mangé rapidement, engloutissant le toast brûlant. John a replié le journal et l'a posé sur la table à côté de lui. « Quel genre de journée t'attend, aujourd'hui ? »

Elle a grimacé. « Rien de formidable. Encore une journée de formation pour la nouvelle base de données qu'on nous promet toujours et qui ne vient jamais. Et toi ?

— Pas trop mal. J'ai une interview cet après-midi à Islington, mais pas grand-chose d'autre. » Il a bâillé et s'est étiré. « Allons-nous-en, ce week-end.

— Où ?

— Sais pas. J'ai envie de sortir un peu de Londres. Que dirais-tu de St Ives ?

— St Ives ? Ce n'est pas un peu loin, pour un week-end ?

— Nan, espèce de petite nature, ça sera très bien. Nous pourrions dénicher un *bed and breakfast*, marcher le long de la mer, voir la nouvelle Tate Gallery, faire la grasse matinée. » Il s'est levé et a posé son assiette sur le bord de l'évier. Quand Alice est revenue de chez ses parents après sa mort, l'assiette était toujours là, comme il l'avait laissée. Il lui a fallu plusieurs jours pour se résoudre à la laver. Le couteau barbouillé de margarine portait encore la trace de ses doigts.

« En route.

— Il faut que je file. »

Alice s'est levée et l'a accompagné à la porte d'entrée. Il l'a enlacée et embrassée. « À ce soir, lui a-t-il murmuré à l'oreille. Au revoir, mon amour. » Puis il a franchi la porte et, du portillon, agité la main. Elle a refermé la porte derrière lui et, en traversant le salon, elle l'a vu par la fenêtre de devant, qui courbait la tête contre le vent froid, en remontant la glissière de son blouson. Puis, tel un acteur sortant de l'écran, il a disparu.

Les larmes ruissellent sur le visage d'Alice, elles coulent de son menton sur son T-shirt. Il n'y a presque personne dans le wagon, mais de toute façon ça lui serait égal. Elle essaie de s'essuyer le visage sur ses manches, mais elles sont déjà trempées. « Vous voulez un mouchoir ? »

C'est la femme d'un certain âge, en face d'elle, qui se penche à travers le couloir, le visage plissé de compassion, et qui lui tend un paquet ouvert de Kleenex. Alice hésite. « Allez-y, mon petit, vous avez l'air d'en avoir bien besoin.

— Merci. » Alice en prend un, en espérant qu'elle ne va pas chercher à lui parler davantage. Après s'être mouchée et essuyé le visage, elle enfonce le mouchoir dans la poche de son jean et jette subrepticement un coup d'œil à la femme. Merde, elle la regarde encore.

La femme s'éclaircit la gorge et se penche encore. « Vous pleurez à cause d'un homme, hein ? »

Alice la dévisage avec stupéfaction, puis acquiesce.

« C'est bien ce que je pensais. Ts-ts-ts, fait-elle avec réprobation. Eh bien, je peux vous offrir gratuitement ce conseil : il n'en vaut pas la peine. »

Alice se lève d'un bond en soulevant son sac posé à terre. Elle a envie de hurler : il est mort, il est mort et il en valait la peine. Mais elle attend en silence devant la porte jusqu'à ce que le train s'arrête dans un soubresaut. À peine la porte s'ouvre-t-elle qu'Alice s'élance hors du wagon et se perd dans la foule.

Alice va faire des courses avec Elspeth. Elle a le droit de porter les paquets. Certaines choses vont dans des sacs en plastique, qui lui heurtent les jambes quand elle les porte. La nourriture et les produits d'entretien ne vont pas dans les mêmes sacs, dit Elspeth. Les boîtes de conserve et les produits d'entretien ensemble, ça va. Il ne faut pas mettre les fruits dans le filet. Ça les abîme. Alice sait qu'une boîte d'œufs, il faut la porter à deux mains, devant elle. Ils se vendent à la demi-douzaine, ce qui signifie six, dans des boîtes grises et vaguement humides. Avant d'acheter des œufs, Elspeth soulève le couvercle de la boîte et fait pivoter chaque œuf dans son alvéole pour s'assurer qu'aucune coquille n'est fêlée et ne fuit dans le carton. Lorsque Alice les porte, elle ouvre le couvercle et les retourne encore pour qu'ils aient tous le bout pointu tourné vers le bas. Un jour qu'elle faisait ça, ils lui ont glissé des mains et se sont brisés sur le trottoir dans une explosion de morceaux de coquille jaune et de liquide pâle et visqueux. « Çanefaitriençanefaitrien », répétait sans arrêt Elspeth.

Aujourd'hui, elles n'ont pas acheté grand-chose. Un pain complet enfle le filet noir que porte Alice. Alice avait l'habitude de passer le filet par-dessus sa tête et de le tirer le long de son corps avec les poignées tressées, en repliant les bras sous les mailles. Quand elle le portait comme ça, elle était Filet Man. Mais c'était il y a longtemps. Aujourd'hui Elspeth a rencontré une amie et elles parlent des heures devant le magasin d'antiquités. Alice n'aime pas beaucoup cette dame-là : elle a le visage poudré et, quand elle embrasse Alice, l'odeur rance et crayeuse la fait éternuer. Alice commence à tirailler imperceptiblement sur la main d'Elspeth, et replie la semelle de sa sandale sous son pied. Sans interrompre sa conversation ni même regarder en bas, Elspeth secoue le bras d'Alice, et Alice sait que ça veut dire qu'il faut se tenir bien. Elle dégage ses doigts de ceux d'Elspeth, se dirige vers la vitrine du magasin d'antiquités, écrase son nez sur la vitre.

D'abord, elle regarde seulement comment les petites perles d'humidité dessinent sur le verre un négatif fantomatique de son nez et de ses lèvres. Puis ses yeux s'adaptent et scrutent l'intérieur du magasin. Elle doit former un tunnel avec ses mains pour exclure le reflet de la rue. Elle n'est jamais entrée là : il y fait sombre, des choses sont pendues au plafond, et il y a une vitrine bombée pas loin d'elle, avec des monceaux de perles, de boucles d'oreilles et de bagues.

« Veux-tu que nous entrions pour regarder ? »

Alice reporte son regard sur la rue et sur son reflet dans la vitre, et voit qu'Elspeth est venue la rejoindre.

« Oui. »

Le magasin paraît froid après la rue. Alice s'arrête devant une table à la surface si lisse que, si elle y touchait, il lui semble que des cercles s'élargiraient sous ses doigts pour aller clapoter sur les bords. Elle lève les yeux et suit du regard les murs rouge foncé : des éventails en plumes, des tableaux d'East Lothian dans des cadres dorés, un singe empaillé avec des yeux en verre qui tient un plateau, un vase à col de cygne, des assiettes à motif bleu accrochées au mur par des petites pattes en fer, un abat-jour d'où pendent des breloques violettes. Comme Elspeth parle avec la dame du magasin dans l'arrière-boutique, Alice s'approche d'un carrousel en métal, chargé de vêtements. Elle connaît ces choses-là parce qu'elle accompagne sa mère dans les magasins, et ça lui plaît. Un coup vers la gauche : les vêtements glissent sur leurs cintres et elle entend le murmure de la soie sur la soie, un bruissement, un jaillissement secret. Alice plonge à genoux et refait surface au milieu du carrousel, entourée de robes, de chemisiers, de jupes et de foulards anciens. Alice glisse respectueusement la main à l'intérieur des vêtements, et l'étoffe provoque un frisson frais sur sa paume. Elle tourne et tourne encore, les contemplant à tour de rôle, jusqu'à ce que l'étourdissement lui trouble la vision. « Toi, tu dois être Alice. »

Alice lève les yeux de sous sa frange. Elle tient absolument à avoir une frange coupée bien droit en travers du front, au ras des sourcils. Elle ne la veut pas plus courte. Si sa mère, qui coupe les cheveux de ses trois filles à tour de rôle sur un tabouret dans la cuisine, essaie de tailler plus court, Alice hurle à en avoir les lèvres bleues. Un jour, elle s'est même mise dans une telle fureur qu'Ann l'a fait mettre debout et lui a cinglé les mollets avec le dos de la brosse à cheveux.

C'est un homme. Il surplombe le carrousel, les coudes appuyés sur les cintres. Alice ne le voit pas très bien, mais elle ne pense pas le connaître.

« Oui, dit Alice, de sa position accroupie. C'est moi. »

Il se penche au milieu du cercle et Alice sent les mains de l'inconnu la saisir sous les bras avant que le sol ne s'estompe sous elle, et elle monte, elle monte vers le plafond et vers une lanterne rouge couverte de dragons bleu-vert qui se contorsionnent. Puis le sol remonte à sa rencontre et elle se retrouve debout devant le monsieur. « Je pensais bien que c'était toi », murmure-t-il en scrutant son visage de si près qu'Alice lance un coup d'œil vers l'arrière-boutique pour s'assurer qu'Elspeth est toujours là. L'homme est grand, avec des bras épais, puissants, et des cheveux qui sont plus longs que ceux de son père. Ils descendent plus bas que le col de sa chemise bleu délavé. Il porte des chaussures en toile et pas de chaussettes. L'une de ses chaussures est lacée avec un petit bout de ficelle rouge plein de nœuds.

« C'est votre magasin ?

— Oui.

— Alors tout ça est à vous ? »

L'homme rit. Alice ne sait pas pourquoi.

« Eh bien, sans doute, oui. » Il s'accroupit à son niveau et lui encercle le haut du bras avec ses doigts. « Dis-moi, qu'est-ce qui te plaît le plus, ici ? »

Alice n'hésite même pas, elle pointe le doigt sur la

lanterne rouge aux dragons. Elle aime beaucoup leurs corps agiles et couverts d'écailles, leurs queues puissantes et leurs farouches yeux jaunes. « Qu'est-ce que c'est ? » demande-t-elle en montrant les choses bizarres et tombantes, comme des poils, qui dépassent de leurs mâchoires.

L'homme regarde. « Je ne suis pas sûr.

— Ça pourrait être du feu. » Alice se rapproche. « Mais je ne crois pas.

— Non. Là, je suis d'accord avec toi. Je pense que ce pourraient être des branchies. Ce sont sans doute des dragons marins.

— Des dragons marins ? » répète Alice en se tournant vers lui. Elle n'en a jamais entendu parler.

Il hausse les épaules. « Peut-être qu'on n'en trouve qu'en Chine. »

Il s'assoit sur une chaise capitonnée de velours rouge profond. « Sais-tu ce que je faisais, quand je t'ai vue entrer ? »

Alice secoue la tête.

« Je vérifiais ces perles. » Il soulève un collier. « Pour voir si elles sont vraies. » L'homme prend le poignet d'Alice, lui ouvre les doigts, et lui met les perles dans la main. « La meilleure façon de le faire, c'est de les mettre en contact avec la peau humaine. Quand tu mets des vraies perles contre ta peau, elles deviennent tièdes et luisantes. » Alice et le monsieur contemplent le tas de boules blanchâtres dans la main d'Alice. C'est au milieu du fil qu'elles sont les plus grosses ; aux extrémités, elles sont incroyablement minuscules, juste comme des graines. Les cheveux de l'homme lui retombent en partie sur le visage, tandis qu'ils attendent, et ils sont si près l'un de l'autre qu'il en retombe aussi sur celui d'Alice. Elle recule discrètement d'un petit pas, sans quitter des yeux les perles, dans l'attente de la lueur opalescente. Soudain, il les enlève de sa main. « Cette méthode est peut-être un peu longue. L'autre façon consiste à les frotter contre tes dents. Les vraies perles font l'effet du sable. Ouvre la bouche », ordonne-t-il.

Alice obtempère. Elle a des dents de lait parfaitement

blanches. L'homme lui pose la main sur le menton, en la regardant droit dans les yeux. De l'autre main il frotte la plus grosse perle, celle du milieu, contre l'émail de ses deux incisives.

Alice se concentre. C'est une sensation un peu rugueuse, grenue, une sorte de grattement râpeux. « Elles sont vraies ! dit-elle. Elles sont vraies ! »

L'homme rit et acquiesce. « C'est bien. »

Puis il la juche sur quelque chose devant un miroir, et il lui passe le collier autour du cou. « Là. Qu'est-ce que tu en penses ? »

Le collier est trop long pour Alice et disparaît à l'intérieur de son T-shirt. L'homme la contemple longuement dans le miroir, une main sur son épaule.

« Vous avez l'accent anglais, non ? dit Alice. Ma maman est anglaise. »

Il acquiesce très lentement, et il est sur le point de dire quelque chose lorsqu'ils voient tous deux Elspeth apparaître derrière eux dans le miroir. « Alice, dit-elle. Viens, maintenant. Il faut nous en aller. »

Alice descend de la chaise.

« Rends son collier au monsieur. » Elspeth la fait pivoter et commence à ouvrir le fermoir sur sa nuque. L'homme prend dans sa poche de chemise un étui d'argent, d'où il sort une cigarette. Il appuie sur un briquet qu'il a pris dans sa poche de pantalon, et il allume la cigarette. L'air s'emplit d'effluves légèrement vanillés. Alice lève la main pour toucher les perles une dernière fois.

« Non, non, dit-il en agitant la main et en exhalant un nuage de fumée bleue. J'aimerais qu'elle les garde.

— C'est vraiment impossible... » répond Elspeth, et Alice sent les perles glisser entre ses doigts, tirées par sa grand-mère. Elspeth les tend au monsieur.

« Non. Vraiment. Je tiens à ce qu'elle les garde.

— Ne soyez pas ridicule, dit Elspeth de cette voix qu'Alice trouve toujours drôle, mais sérieuse en même temps, en les lui mettant de force dans la main. Est-ce que vous tenez un commerce, oui ou non ? »

Elspeth fait demi-tour en tenant Alice aux épaules, et la propulse vers la porte. D'un seul coup elles sont dehors et

Elspeth lui tend le filet avec le pain à porter, et elles remontent la rue vers la maison.

Alice s'assoit et regarde la pendule sur la table de nuit. Elle soupire à fendre l'âme et se frotte le visage. Dix minutes seulement depuis la dernière fois qu'elle a regardé. Elle se rejette sur l'oreiller, humide et poisseux. Peut-être qu'elle devrait se lever, mais à quoi bon ? Elle a terriblement chaud et repousse la couette d'un coup de pied impatient. Les phares des voitures s'entrecroisent sur l'obscurité du plafond.

Elle est au lit depuis déjà quatre heures et n'a pas encore dormi. Elle est tellement, tellement fatiguée : si seulement elle pouvait dormir, elle se sentirait mieux, elle le sait, mais son cerveau tourbillonne, tourbillonne, aussi incontrôlable qu'une bicyclette en roue libre sur une pente. « S'il vous plaît, s'il vous plaît, faites que je puisse dormir ! » dit-elle entre ses dents serrées, à personne en particulier.

Elle se tourne sur le côté et tente de respirer profondément, de se concentrer sur son système favori pour s'endormir – une rêverie où John entre dans la chambre, s'assoit sur le bord du lit et lui parle.

Elle vient d'arriver au point où elle imagine la tension de la couette sous son poids lorsqu'il s'assoit, quand ses yeux s'ouvrent brusquement. Son corps tout entier se cabre et elle s'enfonce les ongles dans les paumes. Recommence : elle entend la porte s'ouvrir, puis ses pas, elle l'entend respirer doucement, il fait le tour du lit, elle voit sa silhouette se découper sur la fenêtre…

Elle se dresse sur son séant. Elle serre si fort la mâchoire qu'elle a mal aux tempes. « Non, non, non. » Elle s'empoigne les cheveux et se met à pleurer de manière incontrôlable – de grands sanglots rauques qui la font tousser et l'asphyxient.

Depuis une huitaine de jours, elle a cet infime soupçon qu'elle réprime, qu'elle ignore, qu'elle repousse à l'arrière-plan de son esprit, refusant d'en prendre conscience.

Elle oublie son visage. Elle n'arrive plus à se représenter l'image exacte de ses traits. Le visage de John, qu'elle connaissait aussi bien que le sien, s'efface de sa mémoire.

Alice jaillit du lit, prise de panique, et dévale l'escalier. Dans le salon, elle ouvre brutalement des tiroirs et en sort des boîtes et des boîtes de photos. Dans sa hâte, elle en fait tomber une, et les photos répandent sur le tapis un éventail de rectangles brillants. Elle se jette dessus avec ferveur et ramasse des photos de John qui sourit en Espagne, à Prague, qui décore la maison, à leur mariage, au bord du canal de Camden. Elle les aligne et s'agenouille pour les examiner.

Lorsqu'elle entend le cliquetis électrique de la camionnette du laitier dans la rue, elle est assise immobile au milieu de la pièce, les genoux remontés jusqu'au menton, avec ses cheveux emmêlés qui lui couvrent la figure. Tout autour d'elle s'étale un précaire océan de photos.

Elle prend une profonde inspiration, ferme les yeux, et recommence en partant de la raie des cheveux de John. Elle a bien la frange, les rides du front, les plissements du front, la courbe des tempes – mais ensuite, rien à faire. Elle peut se rappeler parfaitement certains traits isolés – la proéminence de ses sourcils, la façon dont ses cheveux poussaient en volutes sur le dessus de sa tête, la profondeur noire de ses iris, le grain précis de sa joue là où repoussaient les poils, le renflement de sa pomme d'Adam, l'arc de ses lèvres ; mais dès qu'elle essaie de les assembler, l'image se trouble en un fouillis indistinct.

Comment cela a-t-il pu se faire ? Comment a-t-elle pu oublier son visage si vite ? Est-ce que c'est ça qui va arriver ? Il disparaîtra peu à peu de sa mémoire ?

Elle a froid. Ses pieds sont glacés. Elle les entoure de ses mains, mais au lieu de se lever elle commence à se balancer doucement d'avant en arrière. Le soleil avance en triangles de plus en plus allongés sur le sol. Le facteur glisse des lettres dans la boîte. À un moment de la journée, le téléphone sonne, mais elle ne bouge toujours pas lorsque Susannah, du bureau, laisse un message sur le répondeur : « Nous nous demandions juste si tu viendrais aujourd'hui, Alice. »

En fin d'après-midi, elle cesse de se balancer. Elle se redresse avec raideur, lentement, traverse les photos sans les regarder et retourne se coucher.

J'avançais avec circonspection sur le dallage du vestiaire du centre sportif Oasis, pieds nus sur les cannelures glissantes. L'air était humide et chaud, imprégné d'un parfum suffocant de talc et de déodorant. Le long des murs, il y avait des femmes à divers stades de déshabillage. Le bruit était un mélange de bavardages, de ruissellement d'eau, avec pas mal de rires, de cris diffus venant de la piscine, et des battements de musique provenant d'une classe d'aérobic, quelque part. Il était cinq heures passées et tous les bureaux de Covent Garden et de Bloomsbury s'étaient vidés de leurs employées ; et on aurait dit qu'elles étaient presque toutes là, à attendre leur cours de danse rythmique, à se préparer pour la gym, ou à enfiler tant bien que mal des maillots de bain.

Au bord de la piscine, j'ai relevé mes cheveux en chignon et descendu mes lunettes sur mes yeux. Tout est aussitôt devenu bleu cobalt : des têtes de sexe indéterminé et coiffées de bonnets de bain disparaissaient et reparaissaient le long des couloirs comme il était indiqué sur les panneaux – soigneusement dans le sens des aiguilles d'une montre – à l'exception d'un homme, qui labourait d'une violente brasse papillon le milieu du couloir réservé aux nageurs lents. Des baigneurs paisibles grimaçaient en recevant des paquets d'écume. Je me suis renfrognée. Je déteste les gens qui font ça.

Je suis descendue dans l'eau, en me tenant à l'échelle en aluminium. L'eau était froide, et j'ai senti sur ma peau le picotement minuscule de la chair de poule. Lorsque j'y ai été à mi-corps, j'ai lâché prise et me suis enfoncée lentement en effleurant de la main la céramique lisse du mur, pour couler dans l'eau turquoise. J'avais le cœur si lourd et si douloureux qu'il me semblait que j'aurais aussi bien pu sombrer jusqu'au fond. Toute la journée au bureau j'avais tout refoulé tandis que je parlais au téléphone avec le Conseil des arts, que j'avais un entretien avec Anthony, que je faisais visiter la bibliothèque à une femme de Manchester qui travaillait à un projet sur la littérature noire.

Les disques bleus de mes lunettes se sont emplis de larmes piquantes. Sans remonter à la surface pour respirer, je me suis retournée dans l'eau et éloignée d'un vigoureux coup de pied dans le mur. Après deux longues brasses, ma tête a brisé la surface et j'ai cherché à reprendre mon souffle, mais j'ai aveuglément forcé mon corps.

Cinq longueurs rapides plus tard, je me suis accroupie près des marches du petit bassin. Mes muscles étaient endoloris et le sang me martelait tout le corps, si vite que j'en avais le vertige. J'avais un violent point de côté. J'ai ôté mes lunettes et, cramponnée à la rampe, j'ai respiré à fond, inhalant à pleins poumons l'air chaud et javellisé. « Bonjour. » Une voix a fait intrusion dans ma rêverie et je me suis retournée, pour me trouver face à un homme roux et bronzé, avec une barbiche, qui me souriait de toutes ses dents blanches étincelantes. J'ai reconnu l'homme qui faisait de la vitesse dans le couloir réservé aux nageurs lents. Il avait les mains sur les genoux, avec le haut du corps redressé.

« Bonjour. » J'ai fait mine de régler l'élastique de mes lunettes.

« Ça va ?

— Ça va, ai-je dit de la voix particulièrement impassible et monocorde que j'avais mise au point pour ce genre de situation.

— Je vous ai déjà vue ici. Vous venez souvent, non ? »

J'ai haussé les épaules sans le regarder. Je pouvais percevoir que son corps était massif, avec des muscles saillants et durs sur le haut des bras ; il s'en dégageait une chaleur que je sentais sur ma peau rafraîchie. J'ai contemplé mon reflet morcelé dans l'eau agitée. J'avais les jambes marbrées de lumière réfractée, pointillées de bulles. Je voulais qu'il s'en aille, et je sentais les larmes revenir, juste sous la surface, prêtes à jaillir d'un instant à l'autre.

« Comment vous appelez-vous ? »

J'ai secoué la tête, incapable de parler.

« Hé, vous vous sentez bien ? » Il m'a touché le bras. J'ai tressailli, couvrant de ma main l'endroit qu'il avait touché. « Qu'y a-t-il ? Qu'est-ce que j'ai fait ?

— S'il vous plaît, laissez-moi tranquille. »

Sans remettre mes lunettes, je me suis écartée du mur et éloignée à grandes brasses inégales et nerveuses vers l'autre côté, où je me suis hissée hors de l'eau et j'ai pris ma serviette, que j'avais laissée sur un banc.

Plus tard, j'étais attablée dans la cuisine, les jambes enroulées autour des pieds de chaise, le menton posé sur les mains. Ma peau avait gardé une légère odeur d'eau de Javel, et j'avais les cheveux mouillés. Je savais que j'aurais dû aller rincer tout le chlore et bien me sécher les cheveux, mais je n'avais pas d'énergie. Je savais aussi que j'aurais dû manger quelque chose, mais à quoi bon, pour quoi foutre.

J'ai soupiré avec lassitude et pivoté pour regarder le jardin, par la porte de derrière. Le ciel commençait juste à s'assombrir, se teintait d'un indigo profond. J'ai pris la clé à un crochet, ouvert la porte et suis sortie dans le jardin. Il avait plu dans l'après-midi, et les arbres détrempés gouttaient encore avec une régularité affligée. Il flottait un parfum frais, vert, de terre mouillée, mêlé à l'odeur douce et entêtante des feuilles qui pourrissaient.

Je suis longtemps restée sous l'arbre, assise sur le banc, à regarder les lumières apparaître aux fenêtres de mes voisins, tandis que l'humidité imprégnait peu à peu la mince étoffe de ma jupe. À un moment, le chat est venu me rejoindre, sa queue en point d'interrogation émergeant des ténèbres.

Au-dessus de moi, le vent forcissait et agitait les branches des arbres, les ployait. Le chat tournait autour de mes chevilles en traçant des cercles étroits, le dos voûté. Des nuages d'un bleu sombre et profond galopaient dans le ciel. À un bruit derrière moi j'ai tourné la tête et, ce faisant, il s'est produit en moi une sorte de glissement, comme si des contacts électriques avaient été modifiés et que le grésillement d'un courant me parcourait maintenant suivant un nouveau trajet. Je me suis aperçue de quelque chose. Je me suis aperçue pour la première fois que l'incrédulité et le choc s'étaient usés, sans que j'en prenne vraiment conscience, pour établir un fait : il ne reviendrait jamais. Il était mort. Je m'étais appliquée à le croire et maintenant je le savais. Mon cœur le savait, ma tête le savait, mon corps le savait. Jamais il ne reviendrait.

Je suis restée longtemps assise là, insensible, comme si tout bruit et toute perception s'étaient éteints. Il ne restait plus qu'une étrange sorte de paix : je me sentais vide, comme si mon corps n'avait été empli que de fumée.

J'ai levé les yeux vers le ciel. Le violet avait sombré dans un crépuscule goudronneux et les oiseaux s'étaient posés sur le fil téléphonique qui courait entre la maison d'en face et l'avant-toit de la mienne. « La vie continue » : tant de gens me l'avaient dit. Oui, la vie continue foutrement, mais si vous ne voulez pas, vous, qu'elle continue ? Si vous voulez l'arrêter, ou même lutter à contre-courant pour retourner dans un passé dont vous n'acceptez pas qu'il soit passé ? « Tu t'en remettras » – encore une autre. Mais je ne voulais pas m'en remettre. Je ne voulais pas m'habituer à sa mort. C'était la dernière chose que je voulais.

Je me suis levée. Il faisait plus sombre. Lucifer m'a suivie jusqu'à la porte du jardin, que j'ai claquée, derrière moi. Je me suis élancée dans la rue, avec l'écho de mes pas qui rebondissait sur les maisons. Je n'avais pas la moindre idée d'où j'allais. Tout ce dont je me rendais compte, c'était ce trou, ce trou béant là où aurait dû se trouver mon cœur. J'ai lu un jour quelque part qu'on a plus ou moins le cœur de la même taille que son poing serré, mais ce trou me semblait beaucoup plus grand, comme s'il s'était répandu dans tout mon torse, froid, vide – la bise semblait le transpercer.

À l'approche de la station de métro, la foule est devenue plus dense. J'ai traversé la rue, en esquivant la circulation nocturne qui venait du centre et, pour éviter un groupe de gens qui avançaient vers moi en ordre dispersé, je me suis jetée dans une petite rue. Je ne sais pas du tout combien de temps j'ai marché cette nuit-là, ni où je suis allée. Je me souviens d'avoir croisé quelqu'un qui a crié dans mon dos : « Vous vous sentez bien, mon petit ? Vous vous sentez bien ? » et j'ai dû longer les abords de Regent's Park parce que je me rappelle les étranges braiments des animaux du zoo, que m'apportait le vent.

À un moment, je suis entrée dans un supermarché ouvert jour et nuit. Des gens longeaient les rayons et remplissaient des paniers métalliques de glaces, de vin, de fruits, sous l'œil indifférent d'un adolescent sous-payé qui s'ennuyait à la caisse. J'ai erré parmi eux, fascinée par les emballages colorés, les annonces de rabais, les étalages tape-à-l'œil. Je passais la main sur les rayons : morceaux de fromage jaune, fruits astiqués, gâteaux sous plastique. Lorsque ma main a rencontré quelque chose de doux, et pourtant dur, je me suis arrêtée. C'était une pelote de laine rouge vif, ses fils torsadés roulés en une balle bien serrée. Je l'ai soupesée. Ma main était humide et gluante de larmes essuyées, mais la laine a absorbé l'humidité, emmagasinant l'eau salée dans le labyrinthe de ses fils.

J'étais tendue dans le désir de l'avoir. Je ne pouvais pas sortir du magasin sans elle, mais je n'avais pas d'argent sur moi – j'avais quitté la maison si brusquement. J'ai lancé un regard attentif vers l'adolescent de la caisse : il avait les yeux fixés vers l'extérieur, sur l'entrée de la station de métro en face de la vitrine. J'ai jeté un coup d'œil autour de moi. Sur ma gauche, une femme était totalement absorbée par la variété des soupes en boîte. Et alors je l'ai fait. J'ai vite fourré la pelote sous mon pull et je me suis dirigée vers la sortie puis, regardant juste une fois pardessus mon épaule, j'ai laissé la porte automatique se refermer derrière moi.

Le vagissement de Jamie atteignit Kirsty à travers l'immensité d'un sommeil de zombie sans rêve. Pendant quelques instants, elle parvint juste à ouvrir les yeux et fixer les ténèbres du plafond. Ses membres refusaient d'obéir à son cerveau. À côté d'elle, Neil endormi se retourna, inconscient. Comment faisait-il ça ? Comment expliquer que son cerveau ne soit pas programmé pour le rythme du sommeil des enfants, comme l'était le sien ? Lorsque les pleurs de Jamie s'intensifièrent en braillements furieux et hoquetants, elle passa en pilotage automatique : position assise, pieds par terre, trébucher jusqu'au berceau sur les décombres de chaussettes tire-bouchonnées, de livres d'images en carton aux coins ramollis à force d'être sucés par des petites bouches, de jouets abandonnés, de soutiens-gorge d'allaitement en vrac, de biberons, et de chaussures de Neil.

De minuscules mains et pieds rouges gigotaient dans l'air. Jamie était couché sur le dos. En la voyant, il prit son souffle pour un méga-hurlement. Kirsty souleva son petit corps tendu et l'appuya contre son épaule, ce qui étouffa ses cris, puis elle transporta le paquet chaud et compact dans le salon où elle s'installa avec lui sur le canapé. « Allons, allons, murmura-t-elle en déboutonnant sa chemise de nuit. Qu'est-ce que c'est que tout ce vacarme ? »

Dès que le bout de sein fut dans sa bouche, il se tut. Il serra possessivement ses doigts sur l'un des siens et l'on n'entendit plus que sa respiration rapide et légère, et la succion affamée.

C'était une nuit tiède. Kirsty crispait et décrispait ses orteils nus au rythme de la tétée, adossée aux coussins. Elle commençait à sentir la drogue anesthésiante du sommeil l'envahir. Ses mains se détendaient, ses doigts s'ouvraient, et sa colonne vertébrale se relaxait. Elle glissait doucement vers la perte de conscience.

Ce qu'elle se rappela ensuite fut la sensation aiguë qu'il y avait quelqu'un d'autre avec elle. Sa tête se releva en sursaut, s'attendant à voir Neil en pyjama debout dans la faible lueur. La pièce était vide. Kirsty eut une impression bizarre. Son cœur battait à grands coups. Elle n'avait aucune idée du temps écoulé. Jamie dormait dans ses bras, et le tendre diamant de sa fontanelle palpitait au sommet de sa tête.

Alice. Alice était réveillée. Quelque part. Elle le savait. Depuis des semaines Kirsty n'arrivait pas à la joindre. Alice n'était apparemment jamais chez elle, ou bien elle ne décrochait pas le téléphone quand sa sœur l'appelait. Kirsty parcourut de nouveau la pièce du regard, juste pour s'assurer qu'Alice n'était pas là, par quelque irréelle coïncidence, puis elle se leva et souleva Jamie endormi contre son épaule.

Dans le couloir elle s'accroupit, avec Jamie sur les genoux, et composa le numéro d'Alice. La sonnerie retentit juste une fois puis elle entendit la voix d'Alice, crispée, tendue : « Allô !

— Salut. C'est moi. »

Elle entendit sa sœur inhaler puis s'effondrer en sanglots hystériques et déchirants. Les larmes ruisselaient sur le visage de Kirsty et tombaient sur le Babygro de Jamie tandis que, l'appareil collé à l'oreille, elle écoutait le chagrin d'Alice se déverser sur la ligne téléphonique et disait doucement : « Alice, il ne faut pas, Alice. Ne pleure pas. Ne pleure pas, Alice. Je t'en prie. »

Cela dura dix ou quinze minutes, peut-être plus. Et une pensée tournait et retournait dans la tête de Kirsty, comme sur une bande en boucle : ma sœur est à huit cents kilomètres, seule dans sa maison, et elle pleure toute seule au milieu de la nuit.

« Alice, dit enfin Kirsty. Pourquoi ne nous téléphones-tu pas, quand tu es dans cet état ? Je ne peux pas supporter de t'imaginer en train de pleurer comme ça toute seule. »

Alice se mit à parler par bribes de phrases hachées et hoquetées entre ses sanglots. « Je ne peux pas… peux plus… Kirsty… C'est comme un … toute ma vie… s'est défaite… j'étais… toujours tellement heureuse… aimais la vie… et maintenant rien ne vaut plus… trouve rien… pour me sentir mieux… plus rien n'a d'intérêt… sans lui… je me sens morte… je ne sens plus rien… j'aimerais mieux être morte… quelquefois je me dis que je vais… sens morte à l'intérieur… je ne sens plus rien. »

Lorsqu'elle raccrocha finalement, Kirsty regagna la chambre et déposa Jamie dans son berceau. Puis elle se glissa au lit et pressa sa joue au creux du dos de Neil pour s'endormir, les bras passés autour de lui.

Le magasin a une étroite porte à double battant, dont seul un côté s'ouvre. Alice doit s'y glisser en biais, et son sac s'accroche à la poignée.

« Re-bonjour », dit avec entrain la femme au comptoir. Alice entrouvre les lèvres pour une salutation muette et marche droit sur les larges rayonnages formant des boîtes, qui sont bourrées de pelotes de laine, une couleur par boîte. Derrière elle, la femme poursuit sa conversation au téléphone : « … et à l'époque je lui ai dit, si tu as un autre enfant, ça sera bien fait pour toi. Je me ficherais bien de ce qu'il veut. La meilleure chose à faire, c'est de se contenter d'un seul gosse, de se trouver un bon chirurgien, faire tout sauter là-dedans et se faire recoudre proprement. Mais tu sais comment elle est… »

Alice écoute sa respiration pour chasser la voix de la marchande, elle lit les mots serrés d'un modèle, serre les pelotes de laine entre ses doigts, frotte les fils contre sa joue pour en vérifier la douceur, et choisit une quantité de longues aiguilles à tricoter, fines, argentées, de divers diamètres et longueurs. Puis elle apporte le tout à la caisse. La femme dit au téléphone : « Excuse-moi, faut que j'y aille. Oui… oui… je te rappelle. » Elle se tourne vers Alice et tape la liste des articles sur les touches de sa caisse avec ses ongles vernis en rose comme des pétales confits. « Votre mari a de la chance, d'avoir quelqu'un qui lui tricote tous ces beaux lainages », dit-elle en glissant les objets dans un sac en plastique et en faisant tinter les aiguilles entre elles.

Alice tortille la fine alliance de platine qui lui encercle le troisième doigt de la main gauche. « Oui », dit-elle, et elle doit serrer les mâchoires pour être sûre de ne rien dire d'autre. Cela l'effraie, de se sentir aussi près de hurler quelque chose à cette femme trop maquillée, trop affable.

Dehors, Alice serre ses aiguilles à tricoter neuves sur sa poitrine au milieu du marché plein de monde, et elle doit s'appuyer au mur pour se rétablir. Elle a la tête qui tourne comme si elle avait grimpé plusieurs étages en courant.

Elle ne peut pas retourner au bureau maintenant. Elle ne peut pas. Elle sait qu'elle devrait les appeler et leur dire qu'elle rentre chez elle, mais elle n'y pense que dans le métro, déjà en route vers Camden Town. Et maintenant il est trop tard. Elle inventera quelque chose quand elle ira demain. Par exemple, qu'elle était malade.

À la maison, elle s'étend sur le lit pour un petit moment, toujours en manteau, toujours cramponnée au sac en plastique et à ses clés. Quand le ciel commence à se vider de sa lumière, elle s'assoit, cale un oreiller entre son dos et le mur, et sort ses achats du sac pour les étaler sur le lit. Elle pose le modèle à plat sur son genou et se penche au-dessus de la première pelote, pour chercher l'extrémité du fil. Puis elle se met à tricoter, en pressant les aiguilles fraîches dans les sillons à la base de ses paumes, et les pointes cliquettent, la laine glisse entre ses doigts à mesure qu'elle se tisse, se torsade, s'enroule en un réseau toujours plus grand de points compliqués. Ce rythme lui est un émerveillement : rentré, jeté, passé dedans, ressorti ; rentré, jeté, passé dedans, ressorti. Le vocabulaire qui vient avec le tricot est solide, bref, sans équivoque : à l'envers, à l'endroit, torsadé. Lorsqu'un rang est fini, l'aiguille porteuse change de main et celle qui est ainsi libérée plonge de nouveau dans le premier point tout neuf.

Quand elle a commencé elle était nulle, bien sûr. Les mailles perdues étaient comme un virus insidieux, qui détricotait l'ouvrage à partir du milieu. Ces tentatives-là, elle les jetait. Mais au bout d'une semaine ou deux, elle ne perdait plus de mailles et bientôt elle a même pu le faire sans regarder. Il y a quelque chose de tellement gratifiant à porter un vêtement qu'on a fait soi-même. Tandis que ses mains suivent le rythme régulier, rassurant, elle regarde les points entremêlés qui lui couvrent les bras : j'ai moi-même fait chacun de ces points.

Lorsqu'il y a une longue barbe de tricot pendu à une aiguille, elle s'arrête. Elle la met de côté, s'assoit au bord du lit, jambes pendantes, et regarde sans voir par la fenêtre. Parfois – quand elle est seule à la maison depuis plusieurs jours – elle est prise de terribles rages intérieures comme elle n'en a plus connu depuis son enfance : mais qu'est-ce qu'on fait quand, à l'âge de vingt-neuf ans, on perd l'unique personne avec qui on sait qu'on peut être heureux ? Aujourd'hui pourtant elle n'est pas dévorée par la rage. Aujourd'hui, elle veut juste le ravoir, elle veut juste le ravoir et ça lui fait un mal indicible.

Elle reste assise là, les mains calées sous elle, et les jambes qui se balancent, effleurant le sol. Elle n'éprouve rien pour personne – à part lui. Bien sûr. Toujours lui. Elle est soudée d'une seule pièce ; dure, cassante. Rien ni personne ne la touche. Elle est immuable et froide comme la pierre.

Quand elle l'avait appelée ce matin-là à son travail, Rachel avait dit que si Alice ne venait pas, elle ne lui reparlerait plus jamais. Alors, vers huit heures, Alice fit le tour du bureau désert pour éteindre les lumières et les ordinateurs. Elle se maquilla devant le miroir des toilettes, allongea les pointes des cils avec du mascara, se dessina un joyeux sourire rouge sur les lèvres, et descendit les cinq étages. Avant de sortir, elle remit en ordre les prospectus du concours sur le présentoir à côté de la porte.

C'était une soirée tiède. Neal Street était pleine de monde. Elle croisa tous ces gens, le long des vitrines éclairées au néon. Le bar où Rachel avait dit qu'elle serait se trouvait juste après Seven Dials, c'était un sous-sol où l'on accédait par des marches en spirale. En descendant, elle vit Rachel assise à une table du fond avec une autre femme. Elles parlaient avec animation.

« Alice ! Tu es venue ! » Rachel se leva et l'étreignit. « Je te présente Camille. » La femme eut un lent sourire compatissant et tourna vers Alice ses yeux d'un bleu pâle laiteux. « Alice, quelle joie de vous rencontrer, dit-elle d'une voix grave et confidentielle. Rachel m'a tout raconté. Comment allez-vous maintenant ? Vous vous sentez mieux ? »

Alice cessa de s'extirper de sa veste et regarda avec stupéfaction Rachel, qui, les joues un peu rouges, contemplait fixement la table.

« Je vais bien, merci, répondit Alice brutalement. Et vous ?

— Bien, bien. » Camille souriait radieusement.

Alice se sentait désincarnée ; il faisait une chaleur et un vacarme incroyables, après l'air embaumé de la rue. Les gens agglutinés au bar criaient et cherchaient à attirer l'attention du barman. La fumée des cigarettes s'envolait en volutes bleutées au-dessus de chaque table et tous les visages paraissaient florissants et pourtant désespérés, comme si l'essentiel était de se montrer en train de s'amuser. Par-dessus la table, elle regarda Rachel qui écoutait Camille, et eut l'impression de la connaître aussi bien qu'elle connaissait cette personne, Camille. Était-ce vraiment son amie ? Cela semblait faire des années qu'elles se connaissaient. Alice baissa les yeux sur ses mains posées sur ses genoux, puis but une gorgée pour tenter de se débloquer la gorge. Elle releva les yeux, tenta de se concentrer sur les deux visages en face d'elle, en essayant de se brancher sur leur conversation.

« Alors, où êtes-vous allés ? Comment était-il ? » disait Rachel. Elle vit qu'Alice les regardait et se pencha vers elle. « Camille vient de rompre avec quelqu'un au bout de… combien, Camille ?

— Un an et demi.

— Un an et demi, et hier soir elle est sortie avec un type, son premier rendez-vous depuis qu'elle a quitté son ex. »

Alice essaya de prendre un air intéressé.

« Eh bien, il m'a emmenée dans un bar à Islington.

— Lequel ? demanda Rachel.

— Celui en face du métro, le Barzantium, quelque chose comme ça.

— Je le connais. Et ensuite ? Continue.

— Nous avons pris un verre en bavardant, et il m'a exposé sa théorie.

— Qu'est-ce que c'est ?

— Eh bien, Manuel dit…

— Eh, minute, interrompit Rachel. Il s'appelle Manuel ?

— Oui.

— Quel drôle de nom !

— Ses parents sont sud-américains ou je ne sais quoi. Écoute, tu veux connaître sa théorie, oui ou non ?

— Oui, excuse-moi. Continue.

— Manuel a cette théorie que si une relation se termine, il ne faut pas, comment dire, hiberner – qui est un peu ce que je faisais, d'après lui. Ce qu'il faut, c'est commencer à voir quelqu'un d'autre le plus tôt possible. C'est la seule façon de se remettre.

— Pourquoi ?

— Il dit que ce n'est pas la peine de s'attarder sur toute cette souffrance, que ce qu'il faut, c'est une personne transitoire, une sorte d'anesthésiant humain. »

Rachel ricana. « Anesthésiant humain, mon cul. Dis-moi, est-ce que par hasard ton Manuel ne se proposerait pas généreusement d'être ton anesthésiant humain ?

— Non, non, ce n'était pas comme ça. Il dit que les gens ont besoin de quelque chose qui les fasse redémarrer, pour les ramener dans le courant.

— De mon point de vue, ça ressemble diablement à un numéro de baratin classique, dit Rachel en s'adossant confortablement et en faisant tourner le liquide dans son verre. Qu'en penses-tu, Alice ?

— Un anesthésiant humain ? » répéta Alice, toujours avec cette sensation d'être hors de son corps.

Camille avait le regard vide, troublé. Horrifiée, Rachel posa brusquement son verre sur la table et se mit à s'excuser. « Alice… Je ne pense pas que Camille ait voulu… C'est différent pour toi… Je veux dire… Bon Dieu, Alice, je suis désolée… Je n'arrive pas à croire que nous ayons pu parler de ça devant toi comme ça… C'est vraiment idiot, et… »

Alice se leva et prit sa veste sur la chaise. « Je crois que je vais m'en aller. »

En traversant Shaftesbury Avenue elle entendit des pas précipités derrière elle : Rachel la rattrapa et lui saisit le bras. Elle s'arrêta, mais sans regarder son amie.

« Alice. Je suis vraiment désolée.

— Tout va bien, Rachel. Je t'assure. Franchement. C'est juste que je n'avais pas envie de… de rester là.

— Bon, je ne peux pas te le reprocher. Je crois que j'ai gagné le grand prix de l'Amie merdique.

— Mais non, Rachel, pas du tout. Ne dis pas de conneries.

— Bon, j'aime mieux dire des conneries que parler d'anesthésiant humain. » Alice regarda Rachel, et elles éclatèrent de rire ensemble. Rachel passa les bras autour d'Alice et la serra contre elle. « Tu sais, Alice, je ne peux pas supporter ça.

— Supporter quoi ?

— Supporter de ne pas comprendre comment c'est vraiment pour toi.

— Tu ne t'en tires pas si mal, va.

— Non. » Rachel secoua la tête. « Ce n'est pas vrai. Pas du tout. Mais il n'y a personne d'autre au monde qui puisse réellement comprendre ce que tu vis. »

Alice n'avait même pas imaginé la réponse qui lui vint lorsqu'elle l'exprima, et elle en fut tellement surprise que cela lui tourna indéfiniment dans la tête : « Il y a son père. »

Elle n'eut aucun mal à trouver l'adresse. Elle avait fouillé les dossiers de John dans la chambre d'ami, et découvert au fond d'une boîte un carnet à la couverture rouge pâlie. Sur la page de garde, une version ronde et adolescente de l'écriture de John disait : « En cas de perte, prière de retourner ce carnet à », et puis l'adresse.

Pendant son heure de déjeuner, Alice était allée dans une papeterie pour acheter spécialement un nouveau bloc de papier à lettres. C'était un épais papier-cartouche bleu au grain en relief. Quand on l'élevait à la lumière, le logo du fabricant s'éclairait. C'était un vrai papier à lettres de grande personne. Pour des lettres sérieuses. Quand on soulevait le rabat, la première page était rayée d'épais traits noirs afin de guider le stylo pour écrire des lignes nettes et régulières.

Alice glissa les lignes noires sous le premier feuillet bleu et égalisa les côtés. Puis elle remplit son stylo. Plongeant la plume en or dans l'épais liquide noir, elle pressa le poussoir, puis le relâcha. Elle essuya la plume sur son pantalon – de toute façon il était noir, alors…

Dans l'angle en haut à droite, elle inscrivit son adresse. La plume crissait sur le grain du papier. Au-dessous elle nota la date, puis elle se recula un peu pour contempler son œuvre. Était-ce l'adresse qu'on regardait en premier, quand on recevait une lettre qu'on n'attendait pas ? Elle en doutait. Si c'était elle qui avait reçu cette lettre, elle aurait vite parcouru les pages pour déchiffrer la signature à la fin. Peut-être qu'il n'avait pas besoin de l'adresse, après tout.

Alice arracha le feuillet, le froissa à moitié puis, superstitieusement, le glissa dans le tiroir le plus proche. Elle voulait que rien ne vienne gâcher ça.

« Cher », écrivit-elle, puis elle s'arrêta. Comment fallait-il l'appeler ? Elle n'en avait aucune idée. « Daniel » était trop familier, trop intime, mais est-ce que « Mr Friedmann » ne lui donnait pas l'air d'une inspectrice du fisc ? Elle crispa ses doigts sur le stylo. Elle pouvait laisser ça pour la fin, quand elle aurait terminé.

« Je voulais vous écrire », commença-t-elle. « Voulais ». Trop passé. Elle voulait encore, après tout, c'était précisément pour ça qu'elle écrivait. Alice détacha le feuillet, le jeta dans le tiroir avec le premier, et resta là, les yeux fixés sur la nouvelle page vierge.

Que souhaitait-elle dire, exactement ? Tout ce qu'elle savait, depuis cette soirée passée avec Rachel, c'est qu'elle pensait à chaque instant de chaque jour à écrire cette lettre, à entrer en contact. Mais elle ne pouvait pas lui dire ça. Peut-être qu'elle ferait mieux de noter d'abord les raisons, au brouillon, et puis d'écrire la lettre.

Alice pressa la plume contre le papier. L'encre coula et fit une petite tache circulaire, avant que le stylo ne coure rapidement sur la surface bleu glacier. « Parce que je veux vous parler. » Puis : « Parce que je vous en veux. » « Parce que j'aimais votre fils. » Au milieu de : « Parce que John est mort maintenant, il est mort », elle s'enjoignit d'arrêter, elle s'était promis de ne pas faire ça, de ne pas devenir comme ça en essayant d'écrire au père de John. Et lorsqu'elle sentit venir les larmes, qui coulaient sur ses joues et le long de son cou et imbibaient son chandail, elle s'en voulut tellement qu'elle les essuya rudement avec ses manches. Puis elle vit que les larmes avaient éclaboussé le papier, elles le gondolaient et avaient délayé l'encre en un magma aqueux. Elle arracha la page, secouée de sanglots à présent, et s'aperçut que la page en dessous avait absorbé l'eau, et celle en dessous, et celle encore en dessous. Alice arrachait une page après l'autre, les jetant dans le tiroir jusqu'à ce qu'elle en trouve une plate et propre ; elle approcha sa plume en essayant de se maîtriser et de trouver d'autres raisons, en essayant de recommencer parce qu'elle savait que si elle ne se ressaisissait pas maintenant, dans quelques minutes il serait trop tard. Mais elle se rendit compte que tout ce qu'elle pouvait écrire, inlassablement, c'était le nom de John, et au bout d'un moment elle dut renoncer pour donner libre cours à ses pleurs, la tête posée sur ses bras, le corps enroulé autour du bureau de John.

C'est curieux de penser à mon corps étendu quelque part. J'y pense, et je pense aussi à son aspect. Je pense au fait que j'en connais la moindre marque, le moindre pore, les lignes de ma main, les cicatrices de mon enfance, les petits ronds de varicelle dépigmentés, et le tatouage sur mon omoplate. Je pense au jour où je l'ai fait faire – une journée torride et moite à Bangkok. Je m'étais réveillée sur le matelas de la chambre où je dormais, dans un hôtel infesté de cafards. Le drap était entortillé autour de mes membres humides, le grondement de la circulation s'entendait déjà, dix-neuf étages plus bas, et je me suis dit : « Aujourd'hui, je me fais tatouer. » Je suis sortie dans l'air brûlant avec mes lunettes de soleil, et la sueur coulait déjà dans le creux de mon dos comme des insectes lents, tandis que le mélange de pollution et de chaleur grésillait dans mes poumons. Au fil des rues, j'ai croisé des gens qui mangeaient devant les marchandes de nouilles sur les trottoirs, j'ai longé des étals de légumes dans d'étroites ruelles plongées dans l'ombre, je suis passée sous d'innombrables rangées de linge tendu sur des poteaux de bambou devant les fenêtres, j'ai traversé des avenues vrombissantes de circulation automobile, j'ai croisé des vendeurs de fausses montres de marque, j'ai traversé un parc où des vieillards en pantalon noir et gilet blanc faisaient les mouvements lents et hypnotiques du taï chi ou jouaient aux échecs, je suis passée devant des magasins de carrelage et de robinets, jusqu'à un petit atelier de tatouage que j'avais repéré quelques jours plus tôt. De l'extérieur c'était sordide, et les photos des gens à la peau rougie qui exhibaient fièrement leurs nouveaux ornements ont failli me faire changer d'avis. À l'intérieur, j'ai distendu l'encolure de mon T-shirt pour dégager mon épaule. « Là. »

L'homme a passé la main sur mon omoplate, en faisant murmurer ses doigts rêches contre ma peau. « Mais dragon chinois, a-t-il dit, peut-être pas bien pour vous. »

Je me suis retournée pour lui faire face. « C'est ça que je veux. »

Il a haussé les épaules et m'a tamponné l'épaule avec un antiseptique. Dans le coin, une radio braillait les accords flûtés et sirupeux d'une musique cantopop. Il fredonnait tout en dessinant le dragon. Je l'ai regardé remplir le pistolet d'encre vert bouteille. « Vous êtes sûre ? a-t-il demandé encore, le pistolet de tatouage en suspens, bourdonnant, au-dessus de mon épaule.

— Absolument. »

Cela ne m'a pas fait mal, ou plus exactement c'était une curieuse forme de douleur, comme une brûlure par la glace. Quand ç'a été terminé, je me suis contorsionnée en tournant le dos au miroir, pour regarder par-dessus mon épaule. C'était un dragon vert aux yeux dorés, avec une queue rouge et des vrilles rouges qui lui sortaient de la gueule.

« Je l'adore. Merci, ai-je déclaré en souriant. Merci. » Et j'ai replongé dans le brouhaha, la chaleur, l'agitation des rues, avec un dragon secret sur l'épaule.

Ben se lève le premier. Ann l'entend prendre son petit déjeuner avec Beth, en bas – le heurt des assiettes et des couverts, le murmure modulé de leur conversation. Ann sait qu'elle devrait se lever et descendre aussi, mais cette cuisine est si petite. Elle ne peut pas supporter l'idée d'eux trois se heurtant en faisant chauffer la bouilloire, en cherchant des sachets de thé dans les placards d'Alice, en essayant de faire marcher son grille-pain, en ouvrant et claquant la porte du frigo pour en sortir la margarine. Il y a quelque chose, dans le fait de manger la nourriture qu'Alice a achetée pour elle, qui met Ann mal à l'aise.

Elle s'assoit et s'adosse au mur. Elle n'a pas bien dormi. Le lit a encore l'odeur d'Alice, et Ann a passé une grande partie de la nuit à contempler fixement les creux et les bosses formés par son corps et celui de son mari dans la couette, en essayant de se rappeler de quel côté dormait Alice.

Ben a entrouvert les rideaux. Ann peut voir jusqu'à la maison d'en face. Ils paraissent incroyablement proches, leurs fenêtres sont à un jet de pierre de là où Ann est couchée. Comment Alice peut-elle supporter d'être aussi exposée ? Elle doit se sentir constamment observée.

Ann regarde autour d'elle dans la chambre, et elle est déconcertée de constater que de là où elle se trouve, au milieu de l'énorme lit d'Alice et de John, elle peut se voir de face dans le miroir, avec le lit presque entier. Elle tourne la tête, et s'aperçoit que le miroir de la penderie lui renvoie un angle latéral du lit ; et un miroir en pied, sur la droite de la chambre, complète cette vue à cent quatre-vingts degrés. Intriguée, Ann se demande pourquoi on pourrait vouloir se voir dormir, lorsque la raison de cette disposition la frappe de plein fouet. Le sang lui monte au visage et elle se trouve face à trois répliques d'elle-même, écarlate, en chemise de nuit, la main plaquée sur la bouche. Elle se lève en hâte.

Dans la salle de bains, elle essaie de ne pas regarder l'espèce de lézard immonde qui flotte dans l'aquarium. Ann espérait qu'il serait peut-être mort depuis sa dernière visite. Mais il est encore là, comme toujours, en suspension dans son eau, pattes écartées, à la dévisager de ses petits yeux stupides. Sa peau est de ce blanc rosâtre translucide qu'Ann associe à la maladie, et elle découvre avec répulsion qu'on peut voir ses organes internes et ses vaisseaux sanguins juste au-dessous de la surface. Elle est tentée de prendre un bain, mais l'idée de cette chose qui la contemplerait fixement l'en dissuade.

Ben l'appelle d'en bas pour dire que Beth et lui veulent aller à l'hôpital : est-ce qu'elle veut venir avec eux ? Ann leur crie de ne pas s'inquiéter pour elle, qu'elle ne veut pas les retarder, qu'elle prendra un taxi plus tard.

Après leur départ, Ann se repaît d'immobilité, de solitude. Elle n'a jamais pu s'habituer à être entourée de gens vingt-quatre heures sur vingt-quatre. Par terre, dans la chambre, traîne le petit sac à dos d'Alice. Ann s'assoit sur une chaise et l'ouvre, pour regarder à l'intérieur : des stylos, des lunettes de soleil, un prospectus pour la conférence d'un écrivain à South Bank, le Filofax d'Alice, une bombe de défense avec le mot « Galaad » inscrit en relief argenté, un petit mouton en plastique (Ann le scrute avec effarement, en le tenant par une patte arrière. Il a des cornes et d'ignobles mamelles roses. Elle le trouve dégoûtant et se hâte de le poser), une carte mensuelle de métro délivrée à la station de Camden Town et qui expire la semaine prochaine (la photo d'Alice la fait tiquer), un baume pour les lèvres (usé d'un côté), des comprimés de paracétamol enveloppés de papier d'aluminium. Ann étale tous ces objets à ses pieds et les contemple, comme pour un jeu de mémoire où quelqu'un ôterait un objet et elle devrait dire lequel. Puis elle ramasse le Filofax et l'ouvre. Il n'y a pas grand-chose noté dedans. Le 24 avril, Ann apprend que sa fille a eu une réunion de travail à quinze heures. Le 27 mai, Alice et Rachel sont allées à la séance de dix-neuf heures trente voir un truc intitulé *Le Temps des gitans*, au cinéma Riverside. Il n'y a rien d'écrit pour le week-end dernier. En novembre, Alice a tiré un trait en travers d'un week-end et écrit : « Norfolk ? » En arrivant à la fin de l'agenda, Ann fait tomber deux billets de train pour Édimbourg : l'aller et le retour. Seconde classe. Un adulte, sans enfant.

Ann remet tout en vrac dans le sac et se lève. Sans avoir bien conscience de ce qu'elle va faire, Ann ouvre la penderie d'Alice. Les vêtements sont sagement alignés le long de la tringle – d'un côté, ceux d'Alice, et de l'autre, ceux de John. Ann les touche. Des cintres métalliques s'entrechoquent. Les chemises de John sont suspendues, deux ou trois par cintre, par-dessus ses pantalons et ses jeans suspendus sur la barre au-dessus. Le côté d'Alice – qui occupe environ les deux tiers de la tringle – est plus compliqué, et offre un mélange de velours, de soie, de broderies, de gilets scintillants, de robes en dentelle. En bas, les chaussures sont en désordre – une tennis se niche entre deux sandales noires ; une chaussure ridiculement haute, avec des lanières, est posée sur une grosse botte tachée de boue. À l'endroit où les habits d'Alice rejoignent ceux de John, un fourreau rouge est accroché à côté d'une chemise en coton bleu légèrement froissée. Cela fait pleurer Ann, de voir leurs vêtements rangés ensemble, cela la fait pleurer tant et plus. Et elle ne sait pas trop sur qui elle pleure : sur sa fille, oui, dont l'éventualité de la mort crée en elle la sensation d'un gant qu'on retourne ; sur John, qui n'aurait jamais dû mourir ainsi, quand Alice l'aimait tant ; et elle pleure aussi sur elle-même, dont jamais les vêtements ne seront ainsi accrochés avec ceux de quelqu'un d'autre.

La porte du salon s'ouvrit lentement et Alice s'y glissa, en serrant un oreiller contre sa poitrine. C'était la fin de la matinée, mais elle n'avait pas encore ouvert les rideaux, la pièce était plongée dans la pénombre. La sonnerie du téléphone s'arrêta brusquement comme le répondeur se déclenchait : « Alice ? C'est Rachel. Je sais que tu es là, alors décroche. »

Alice ne bougea pas, le regard vide, figé au plafond.

« Allons, Alice, décroche… D'accord. Bon, c'est le… quoi ? … seizième ou dix-septième message que je te laisse. Est-ce que ton répondeur marche ? Sommes-nous fâchées à mon insu ? Es-tu encore en vie ? »

Alice entendit son amie marquer une pause et soupirer. La bande magnétique sifflait légèrement. « Bon. Comme tu veux. Je rappellerai plus tard. »

C'est seulement lorsque Rachel eut raccroché et que le répondeur eut terminé son petit rituel de rembobinage qu'Alice sortit à reculons et ferma la porte.

Rachel frappe encore à la porte, avec les os les plus durs de ses jointures.

« Qui est-ce ? demande Alice, de l'intérieur.

— C'est moi. Ouvre, bordel ! »

Il y a un temps de silence, puis elle entend le cliquetis et le grincement d'une serrure qu'on ouvre. La porte s'ouvre en grand. Les deux femmes se dévisagent, Rachel a une main sur la hanche et les lèvres pincées. Elle est déconcertée, mais sans bien savoir pourquoi. Alice paraît changée – enfin, plus paisible. Ses yeux sont plus brillants, ses joues plus colorées.

« Alors ? demande Rachel.

— Alors quoi ?

— Alors, qu'est-ce qui se passe ?

— Rien. » Alice la regarde d'un air de défi. « Qu'est-ce que tu veux dire ?

— Tu ne m'appelles pas, tu ignores mes messages. Alice, ça fait près de trois semaines que je ne t'ai pas vue.

— Ah ! bon ? » dit-elle d'un ton vague, en suivant des yeux une voiture dans la rue.

Rachel soupire, voyant que cela ne les mènera à rien. « Alors, je peux entrer ?

— Hum. » Une ombre de panique traverse le visage d'Alice, puis sa main crispée sur le montant de la porte se détend. « Oui, sans doute.

— Merci », ronchonne Rachel en pénétrant dans l'entrée.

Alice pianote sur le flanc de la bouilloire en attendant que l'eau soit chaude. Rachel s'assoit à la table et cherche des yeux un sujet de conversation.

« C'est un nouveau cardigan ?

— Quoi ?

— Ça. » Rachel désigne une veste en laine rouge pliée sur un dossier de chaise. « C'est nouveau ? »

Alice s'en empare, le replie, et le remet exactement au même endroit. « Oui.

— Il est vraiment joli. Où l'as-tu acheté ? »

Alice, le dos tourné vers elle, marmonne quelque chose d'inintelligible.

« Quoi ?

— J'ai dit, c'est moi qui l'ai fait.

— Tu l'as fait ? Vraiment ? Sérieusement, dis ?

— Oui.

— Quoi… ? Tu l'as *tricoté* ?

— Oui. Qu'y a-t-il d'étonnant à ça ?

— Eh bien, d'abord, je n'avais pas idée que tu savais tricoter. »

Alice pose une tasse de thé devant Rachel et s'assoit. « J'ai appris.

— C'est un peu bizarre. Pour quoi faire ?

— Pour quoi faire ? Comment ça, "pour quoi faire" ? Pourquoi tricote-t-on ?

— Bon, je ne sais pas. Les vieilles dames comme ma grand-mère tricotent pour s'occuper. Mais tu n'as pas vraiment besoin de meubler ton temps.

— J'aime ça.

— Quoi ? Tricoter ?

— Oui.

— Alice, est-ce que tu sais à quel point c'est triste, d'entendre ça ? C'est ça que tu faisais au lieu de m'appeler ? Tu passais tes soirées chez toi, à tricoter ?

— Peut-être. Qu'y a-t-il de mal à ça ?

— Ce qu'il y a de mal à ça ? Alice ! Pour l'amour du ciel… » Rachel interrompt sa tirade et scrute son amie assise en face d'elle. À la forte lumière du soleil qui entre à flots par la fenêtre de la cuisine, elle vient de voir que le nouveau teint d'Alice, si sain, est dû à une couche de maquillage appliquée avec soin.

Sachant qu'elle doit dire quelque chose, mais sans savoir encore quoi exactement, Rachel quitte sa chaise et attrape par les aiguilles un ouvrage en cours, qui est posé sur le siège près de la porte. C'est un grand chandail vert bouteille, ou plutôt ce sera, lorsque Alice aura fini les côtes du bas. En le levant à la lumière, Rachel observe le réseau de points compliqués. Celui-ci la trouble un peu, mais sans qu'elle comprenne pourquoi. Elle se retourne vers Alice, toujours assise à la table. « Celui-ci est un peu grand pour toi, non ? Pour qui est-ce ? »

Alice lève les yeux et l'expression de fureur horrifiée qui lui tord le visage désarçonne Rachel. « Ne touche pas à ça ! Pose-le ! » Alice se précipite et le lui arrache des mains.

Rachel regarde Alice enrouler tendrement le tricot sur lui-même. Quelque chose dans la couleur, l'encolure en V, évoque John infailliblement. Elle tricote ce chandail pour John, songe Rachel, elle tricote un chandail pour son amour mort.

« Alice. » Rachel se mordille l'intérieur de la lèvre. « Est-ce que tu te sens bien, enfin, comment ça va ? »

Alice hoche la tête avant de dire : « Je vais très bien. »

Alice compose le numéro, en vérifiant chaque chiffre dans le carnet ouvert à côté d'elle, attend, entend le déclic de la liaison, puis la sonnerie. Elle imagine l'appareil, ce doit être un modèle noir, ancien, avec une fourche, peut-être près de la porte d'entrée ou sur un bord de fenêtre, qui vibre de l'appel d'Alice. Elle l'imagine qui entend – il lit, peut-être, ou fait sa toilette, ou regarde la télévision –, qui lève la tête, quitte ce qu'il fait et traverse la pièce ou descend l'escalier – lentement, parce qu'il avait une démarche un peu pesante, non ? – pour décrocher.

Alice raccroche. Elle attend un peu. Elle se lève et fait le tour de la pièce, deux fois. Elle réarrange ses plantes près de la fenêtre, les tourne vers la lumière, ôte les feuilles mortes et les écrase dans sa main. Puis elle se rassoit près du téléphone. Recompose le numéro. Cette fois elle attend plus longtemps, en écoutant la lointaine sonnerie. Elle entend le déclic lorsqu'il décroche, mais, avant qu'il ait pu parler, elle repose l'écouteur. Elle n'a plus d'air dans les poumons. Une sensation de picotement et d'engourdissement lui gagne l'épine dorsale et le crâne.

Alice sort du taxi. La rue est étroite et s'arrondit en S. De hautes haies de troènes dissimulent les jardins et les maisons. Les numéros des maisons sont intégrés dans le fer forgé des grilles, que la masse verte des haies fait paraître naines. Le bruit de la circulation de la grand-route à trois voies, derrière elle, s'estompe. Les maisons sont différentes, comme en banlieue, en retrait de la rue, avec des garages qui les séparent de leurs voisines. À mesure que le numéro approche, quelque chose comme de l'excitation palpite dans la poitrine d'Alice.

Il y a une allée toute droite, dallée, qui coupe la pelouse en deux, depuis l'endroit où se trouve Alice jusqu'à la porte d'entrée. Un arroseur automatique lance des jets d'eau au-dessus d'une plate-bande : les dalles mouillées de l'allée sont plus foncées. C'est ici que John a grandi, se dit Alice, ici qu'il rentrait tous les jours de l'école, ici qu'il est venu pour la dernière fois parler de moi à son père. Les fenêtres ne sont pas éclairées, et elles ne donnent à voir que des reflets du jardin. Dans une pièce du bas les rideaux sont tirés. C'est grand, songe Alice, elle ne peut pas imaginer comment ce doit être d'y vivre seul. Près de la grille pousse un rosier. Des roses rouges trop ouvertes, qui devaient être parfaites il y a huit jours, ont perdu leurs pétales. Alice baisse les yeux et voit que le trottoir en est jonché à ses pieds. Il flotte une légère odeur douceâtre de pétales écrasés, qui lui rappelle des… des couronnes… et… Alice détourne les yeux, regarde la maison, regarde le ciel, regarde les arbres. La porte d'entrée s'ouvre et la silhouette d'un homme qui en sort et referme à clé derrière lui se brouille soudain dans les larmes d'Alice.

Elle s'enfuit et se cache au coin de l'allée voisine, le poing serré contre ses dents. L'a-t-il vue ? Que dirait-elle ? Elle n'est pas prête pour l'instant, elle n'est pas prête du tout. Elle ne peut pas organiser ses pensées, ne peut pas trouver quoi dire maintenant. En lançant un coup d'œil au-delà de la rocaille, elle le voit franchir la grille et la refermer. Il tient un sac à provision rayé à poignées en fil de fer, et change de main pour fermer la grille. Puis il s'éloigne.

Alice relève le capuchon de son sweat-shirt, horrifiée de s'apercevoir qu'il appartenait à John. Comment a-t-elle pu être aussi idiote ? Elle perd quelques secondes à paniquer, en essayant d'établir combien de temps John l'avait eu, et si Daniel risquait de le reconnaître. Puis elle quitte l'encoignure de l'allée et, en maintenant une distance entre eux, les yeux fixés sur son dos, elle suit le dos ciré de ses chaussures.

Il tourne à droite au bout de la rue, pour descendre vers les magasins et la station de métro qu'elle a vus du taxi, en venant. Il marche d'un pas lent et irrégulier, le dos un peu voûté ; Alice songe qu'il paraît bien plus âgé que ses parents à elle. Il s'arrête devant une épicerie avec des cageots de pommes à l'étalage. Elle se tapit derrière une cabine téléphonique, attendant qu'il se remette en route. Au carrefour il patiente, avec deux ou trois autres personnes, le temps que la circulation s'arrête. Elle s'attarde dans l'embrasure de la banque. La reconnaîtrait-il s'il la voyait ? Saurait-il qui elle est si elle l'approchait ? Comment se présenterait-elle ? Une fois qu'il a traversé la rue, et alors que les feux clignotent encore, elle s'élance à la dernière seconde, au moment où il gravit les marches de la bibliothèque publique.

C'est une bâtisse sombre et silencieuse. Le hall a un dallage rougeâtre et des lambris noircis. Il règne une odeur de livres, par milliers – cette odeur reconnaissable entre toutes, sèche, qui vous prend à la gorge. Par les portes battantes en verre, elle le voit approcher du comptoir où l'on rend les livres, et en sortir trois de son sac rayé. Il les empile un à un sur le comptoir et attend son tour, en les poussant à côté de lui à mesure qu'il progresse dans la queue.

Alice franchit les portes et se place derrière un présentoir de livres pour enfants. « Bonjour, Mr Friedmann », dit la bibliothécaire. Il fouille la poche intérieure de son manteau et en sort un étui à lunettes. Il acquiesce en marmonnant quelque chose qu'Alice ne peut pas entendre, puis il se détourne et traverse la salle.

Alice change de position. Elle savait qu'il était retraité. Est-ce là ce qu'il fait de ses journées ? Il ôte son manteau et le dispose sur le dossier d'une chaise. Puis il s'assoit et ajuste ses lunettes en demi-lune sur son nez. Il ouvre un journal enfilé sur une tige de bois et se met à lire.

Là, ce serait un moment parfait. Elle tire sur les cordons de réglage de son capuchon. S'il levait la tête, droit devant lui, il verrait ses yeux qui l'observent entre les rayonnages. Elle longe les murs de la salle, au risque de trébucher sur une mère qui fait la lecture à un petit enfant assis sur ses genoux. Elle vient si près de lui, si près, que si elle se penchait et tendait le bras elle pourrait lui taper sur l'épaule. Et puis quoi ? Il se retournerait, regarderait bien en face cette femme affublée du sweat-shirt de son fils mort, et puis quoi ?

Il se tient la nuque d'une main, laissant l'autre inerte sur la table. De là où elle est, Alice peut voir à travers les verres de ses lunettes les caractères d'imprimerie déformés et étirés. Elle n'a qu'à tendre le bras, ou dire quelque chose, c'est tout ce que ça demanderait. Une poussée d'adrénaline envahit son corps, lui résonne dans la tête. Elle va le faire. Elle va le faire tout de suite. Tout de suite.

À cet instant, une autre bibliothécaire, d'âge mûr, pâle sous une éruption de taches de rougeur, surgit de l'autre côté de la table. « Comment allez-vous, Mr Friedmann ? » dit-elle d'une voix flûtée.

Il sursaute. Lève les yeux. Sa main sur la table se crispe, ses ongles raclent le journal. « Je vais bien. Merci. »

Et Alice ne peut pas supporter ça, elle ne peut vraiment pas. Des larmes brûlantes lui montent aussitôt aux yeux. Une force élastique les maintient une seconde à la surface – brouillant devant elle la bibliothécaire penchée au-dessus de la table, son dos à lui, le journal, les piles de livres derrière eux, comme si la scène entière fondait – puis elles se répandent sur son visage. Sa voix. Sa voix ressemble tellement à celle de John. C'est celle de John. Elle a une légère intonation polonaise, mais le ton, l'inflexion, la tonalité sont identiques. Ça aurait pu être lui qui parlait, ça aurait pu être sa voix qui s'élevait dans cette bibliothèque. Mais ce n'était pas la sienne et elle ne le supporte pas.

Ses pieds s'activent sous elle, lui faisant contourner la table, passer devant la bibliothécaire qui la dévisage à présent, alors elle se cache le visage dans les mains et doit négocier le reste du bâtiment par les interstices entre ses doigts. Une fois dehors elle court, elle court si loin sans rien voir que lorsqu'elle s'arrête enfin elle n'a pas idée de l'endroit où elle est.

Vêtue en tout et pour tout d'un T-shirt, Beth rencontre sa mère dans le salon. Elle s'est réveillée tard, la tête en compote. Ann porte un tablier (Beth se demande d'où il vient et si sa mère l'a apporté – il ne peut pas appartenir à Alice) et des gants de caoutchouc, et elle tient un chiffon à poussière d'une main et l'aspirateur de l'autre. Beth sait que ça ne peut signifier qu'une chose : Ann s'apprête à accomplir un génocide de microbes.

« 'jour, dit Beth d'une voix lasse.

— Bonjour.

— Qu'est-ce que tu fabriques ?

— Il faut que je fasse un peu de ménage. » Ann marche droit sur le bureau et commence à répartir des papiers en vagues piles, puis époussette les zones dégagées. « Franchement, cette maison est un danger sanitaire. Je ne sais pas à quoi pensait ta sœur.

— Maman, je ne pense pas que tu…

— Enfin, *franchement*. » Ann ouvre brutalement un tiroir et commence à en sortir des bouts de papier bleu froissés et à les jeter dans un sac poubelle.

« Maman, ne fais pas ça. » Beth va jeter un coup d'œil sur les bouts de papier dans le sac. Certains portent des bribes d'écriture inintelligible. « Tu ne devrais pas faire ça. Alice ne serait pas d'accord. Tu ne peux pas jeter ses affaires comme ça. »

Ann s'éloigne et entreprend de pousser le canapé. « Aide-moi, Beth, veux-tu ? Je préfère ne pas savoir quand on a aspiré là-dessous pour la dernière fois. »

Beth veut essayer de l'empêcher de faire ça aussi, mais décide que sa mère n'est pas facile à décourager lorsqu'elle est d'humeur ménagère et que passer l'aspirateur est sans doute ce qu'elle peut faire de moins nocif, quand le téléphone se met à sonner.

« Téléphone », dit Beth.

Ann cesse de dérouler le tube de l'aspirateur d'Alice. C'est la première fois que le téléphone sonne depuis qu'ils sont ici. Comme Beth n'est pas assez vêtue pour aller et venir dans la maison à cette heure tardive, Ann traverse le vestibule et décroche l'appareil.

« Oui ?

— Bonjour. » C'est une voix d'homme. Pas jeune. Plutôt vieille. Hésitante. « Je ne suis pas sûr d'avoir composé le bon numéro.

— Non, dit Ann, un peu désarçonnée. Non, c'est-à-dire, ce n'est pas… Alice n'est… pas là.

— Je vois. » Il semble indécis. Ann est irritée. Pour l'amour du ciel, n'y passons pas la journée. « Peut-être pourriez-vous lui transmettre un message de ma part. »

Ann garde le silence. Qui est cette personne qui ne sait rien ? Elle se demande comment l'exprimer – est-ce un ami ? un collègue ? l'employé du gaz ?

« Si vous pouviez lui dire que… que je l'ai vue la semaine dernière, que je l'ai vue à la bibliothèque. Et j'ai essayé de… Je suis sorti derrière elle, mais elle s'est enfuie trop vite. J'ai cherché partout, mais je n'ai pas pu la trouver. Si vous pouviez lui dire… Je voulais l'appeler… il y a longtemps, mais… Je ne l'ai jamais fait. Et maintenant j'ai voulu l'appeler toute la semaine, mais je ne l'ai pas fait non plus… » Sa voix s'amenuise, puis il inhale de manière audible, rassemblant son courage. « Je crois que ce que je voulais lui dire, c'est… que j'aimerais beaucoup… lui parler. Je voudrais la voir.

— Qui êtes-vous ? questionne Ann.

— Je m'appelle Daniel. Daniel Friedmann. Je suis le père de John. »

Ann voit un homme dans la lumière blanche éclatante

du soleil, qui descend les marches avec les cendres de John, et le visage d'Alice qui le regarde. La fureur, inattendue, violente, surgit en elle.

« Je vois. » Elle relève la tête et aperçoit son image que lui jette à la figure le grand miroir doré accroché au mur. « Eh bien, Daniel Friedmann, je suis la mère d'Alice. Et je crains bien de ne pas pouvoir transmettre votre message à Alice. Voulez-vous savoir pourquoi ?

— Ah ? Je…

— Alice a été renversée par une voiture. Elle est dans le coma. Vous avez pour habitude de laisser traîner longtemps les choses, n'est-ce pas ? Alice est dans le coma. Et elle va sans doute mourir. Qu'est-ce que vous dites de ça ? »

Ann raccroche brutalement, coupant la communication, puis laisse tomber l'appareil, qui pend au ras du sol.

Ann se faufile entre les lourdes portes du service de réanimation. Il n'y a pratiquement personne alentour et les rares personnes qu'elle croise ne lui prêtent pas d'attention particulière.

Dans la chambre d'Alice, elle tire un siège contre le lit pour être tout près du visage de sa fille. Elle ôte son sac de ses genoux et le glisse sous sa chaise. Elle pose sa main sur celle d'Alice – étonnamment chaude et ferme – puis la retire précipitamment. Elle se demande ce qu'il est advenu des cheveux d'Alice quand on les lui a rasés. Les a-t-on incinérés ? Ann rapproche encore son siège et se penche contre l'oreille d'Alice : « Alice, je veux te dire quelque chose. »

Un mouvement sous la fenêtre interrompt Ann. Une infirmière passe, tenant par le bras un homme d'âge indéterminé. Il a la peau flasque, fripée, d'une texture de papier kraft, et il marche d'un pas laborieux d'astronaute. Sa tête pend d'un côté. « Très bien, dit l'infirmière d'une voix enjouée. C'est déjà plus loin qu'hier. »

Le regard d'Ann retourne à sa fille, puis se baisse vers ses genoux. Elle ôte quelques cheveux de son manteau et les laisse voleter dans l'atmosphère immobile de la chambre. Elle se penche de nouveau. « Je l'aimais », murmure-t-elle. L'hôpital bourdonne autour d'elles. « Je l'aimais vraiment. Je veux que tu saches que j'ai toujours... »

La porte s'ouvre, et Ben entre. Il porte deux tasses et trois livres. Il referme la porte avec son pied. « Bonjour. Je t'ai apporté du thé. »

Ann se redresse contre le dossier de sa chaise. « Merci.

— Ça te va ? demande-t-il en lui tendant la tasse.

— Oui. Très bien.

— Ou préfères-tu du café ?

— Le café me va aussi.

— J'ai pris du café pour moi. Mais je te le laisse si tu préfères.

— Ça m'est égal. L'un ou l'autre.

— Ah ! Thé ou café, alors ?

— Je te dis que ça m'est égal. Ce que tu veux.

— Ça m'est égal aussi.

— Ben. » Ann s'éclaircit la gorge. « Ben, il faut... que je te parle. »

Ben lui tourne le dos. Il met les livres sur la table de nuit. Il pose sa tasse dessus, puis se tourne vers Alice et dit « Bonjour » de sa voix spéciale pour parler-à-ma-fille-qui-est-dans-le-coma. « Comment vas-tu aujourd'hui ? »

Ann s'étonne qu'il puisse ainsi l'exaspérer dans un moment pareil. « Ben ? Tu m'as entendue ? »

Il ne réagit toujours pas, occupé à masser doucement le bras d'Alice.

« Ben, je te parle. Ou plutôt j'essaie. »

Il se retourne à demi. « Ann, si c'est à propos du dîner de ce soir, j'en ai parlé avec Beth et...

— Ce n'est pas à propos du dîner.

— Ah. » Il s'assoit.

« Ben. Il faut que je te dise des choses... sur Alice. Vois-tu, si Alice se réveille...

— Quand, corrige-t-il.

— Si, insiste Ann. Si elle se réveille... » Ann s'aperçoit que ses mains sont moites. Elle entrelace ses doigts. « Il faut d'abord que nous en parlions. »

Ben bondit. « Finalement, je pense que je vais boire le

café. » Il prend la tasse. « Tu es sûre que le thé te convient ?

— Tu vas la fermer avec ton foutu thé ? »

Il sursaute comme si elle l'avait giflé. Pendant un instant, cette chambre où les gens ne parlent qu'à voix basse semble choquée par cette explosion – palpitante de silence, d'attente. Puis le poumon artificiel se déclenche, la poitrine d'Alice retombe, et l'ensorcellement paraît rompu.

« La vérité, commence Ann d'une voix plus basse, c'est que je ne suis pas sûre qu'Alice soit…

— Non », murmure Ben. Ann le regarde par-dessus le corps d'Alice. Il a la main plaquée sur son front et ses yeux.

« Non quoi ?

— Ne le dis pas. Je ne veux pas que tu le dises.

— Tu ne sais pas ce que je vais…

— Si, je le sais. Évidemment que je le sais. » Il écarte sa main de son visage. « Tu dois vraiment me prendre pour un imbécile.

— Ben… Je… » Elle a conscience d'avoir perdu le contrôle. Elle sent quelque chose tourner en elle, quelque chose de très froid, qui gratte la substance des contours de son corps, pour ne lui laisser qu'une coquille de peau tirée sur les os. Ann se lève en vacillant, se retient au bord de la fenêtre, et fait tomber plusieurs des cartes envoyées à Alice. Comment sait-il ? Les a-t-il vus ? Elspeth le lui a-t-elle dit, finalement ?

« Depuis combien de temps le sais-tu ? demande-t-elle, dos tourné.

— Je l'ai toujours su.

— Depuis qu'elle est née ?

— Oui, soupire-t-il.

— Comment ? » Ann est incrédule, horrifiée. Elle se retourne pour lui faire face.

Il rit presque. « Tu n'as jamais vraiment compris comment fonctionne North Berwick, n'est-ce pas ? Tout le monde sait tout. Et il y a toujours des gens pour te le dire, et – il grimace à un souvenir enfoui – des gens qui prennent plaisir à te le dire. Mais quand Alice est née, et que je l'ai tenue… je l'ai tenue à l'hôpital quand elle avait deux heures, te souviens-tu ? Elle braillait, elle hurlait, elle se débattait. Tu étais très fatiguée, et je l'ai emportée dans mes bras jusque dans le corridor pour que tu puisses dormir, et je l'ai regardée, et je me suis rendu compte que ce que j'éprouvais pour elle n'était pas différent, ni moins farouche, ni moins intense, ni moins protecteur, que ce que j'avais ressenti pour Kirsty, et je me suis dit : Ben, n'écoute pas les ragots, ou elle est de toi ou c'est du pareil au même, et à long terme est-ce que ça comptera vraiment ? Et le doute m'a fait mal, Dieu sait, ça faisait bien mal quelquefois – surtout quand elle a grandi et que c'était de plus en plus évident –, mais chaque fois que ça menaçait de m'engloutir, je me rappelais qu'être père c'est bien autre chose que l'ADN. Pour moi elle est comme Beth et Kirsty.

— Pourquoi… pourquoi n'as-tu jamais rien dit ?

— Pourquoi ? Parce que… parce que, à quoi bon, Ann ? Je savais, tu savais. Cela aurait été… vindicatif… de sortir tout ça au grand jour. Alice et ses sœurs… quel effet cela aurait-il eu sur elles trois ? Et Elspeth… cela lui aurait brisé le cœur. Tu sais comment elles étaient ensemble. Elspeth t'en aurait voulu terriblement. Pourquoi aurais-je souhaité ça ? »

Ann contemple ses pieds. « Ben, je crois qu'elle le sait. Alice, je veux dire. Je crois qu'elle l'a découvert. »

Ben décroise les jambes, lève un pied sur le genou de l'autre jambe, serre sa cheville à deux mains. « Comment cela ?

— C'est-à-dire… à Édimbourg… quand elle est venue… je crois qu'elle a vu…

— Toi et lui ? »

Ann acquiesce.

« Vous êtes… ? » Les mots lui manquent, les rides de son front et de ses yeux se creusent. « Toujours… ? »

Ann acquiesce de nouveau.

Ben se mord la lèvre inférieure, déglutit et quitte des yeux sa femme pour fixer la silhouette sur le lit. « Je vois. »

Pour Mike, le plus déprimant, dans ces cas-là, c'est qu'au bout d'un certain temps les gens renoncent à eux ; le patient est relégué dans une chambre plus petite, dans un service plus reculé ; la question de la qualité de vie est soulevée, celle de l'euthanasie discutée ; on évoque le don d'organes, tout doucement pour commencer, auprès de la famille.

Les couloirs de l'hôpital vibrent sous ses pas, puis il tourne à droite sur la longue passerelle vitrée. Il y a encore des tests qu'il peut tenter. Il pourrait lui faire un nouveau scanner cérébral, une nouvelle ponction lombaire. Mais il se dit qu'il faut décider si c'est vraiment la peine, qu'il faut fixer, au moins dans sa tête, une date limite.

Devant lui marche un homme d'un certain âge qu'il a envie de dépasser depuis qu'il a franchi la porte de cette aile de l'hôpital, mais il y a tant de gens et de fauteuils roulants et de lits en sens inverse que Mike se sent dans l'impossibilité de foncer. L'homme avance juste assez lentement pour que Mike soit obligé de temps à autre de faire trois ou quatre pas plus petits, retenus, pour ne pas lui marcher sur les talons.

Il est consterné de voir que ce monsieur pénètre dans le service de réanimation. Mike soupire, puis se dit que maintenant ce n'est plus bien loin. Deux infirmières passent, leurs yeux se posent sur le type devant Mike, et s'arrêtent un instant de plus sur Mike.

L'homme fait halte devant la chambre d'Alice. Mike y est si peu préparé qu'il lui tombe presque dessus, en tournant la tête pour lire – en même temps que cet homme – « Alice Raikes » sur le petit écriteau blanc de la porte. L'homme fait peser son corps sur la porte, entre, la referme derrière lui. Mike s'approche de la fenêtre, couverte de ces lamelles réfléchissantes qui vous renvoient des éléments de votre visage entremêlés d'étroits aperçus de la chambre qui est derrière. Il voit l'homme tirer une chaise vers le lit et s'asseoir.

Je suis quelque part. J'erre. Je me cache. Des pensées qui courent en rond sur des pistes, au hasard, déconnectées comme des billes dans le circuit d'un flipper. Je pense à la fête où John et moi nous ne nous sommes pas rencontrés, où nous avons dû tourner autour de la pièce, papillons de nuit autour d'une ampoule. Je pense à ma grand-mère, qui avait fait son trousseau elle-même. Je l'imagine en train de tailler dans les reflets changeants d'une soie corail, avec la pression des ciseaux de couturière qui laissent des marques rouges sur son pouce et son index ; je l'imagine repliant les bords effilochés, cousant l'ourlet avec des points obliques infinitésimaux, et cousant par-dessus les longs filaments d'une dentelle. Je pense au jardin de North Berwick et à ma mère crevant le sol avec un déplantoir, arrachant des mauvaises herbes et secouant leurs racines emmêlées pour les dépouiller de la moindre particule de terre qu'elles auraient pu oser vouloir prendre avec elles. Je pense à ceci et cela et rien, quand j'entends quelqu'un dire, quelque part : « Bonjour, Alice. » Juste comme ça. Deux mots propulsés dans mon atmosphère. Et je connais cette voix. Je la connais si bien. C'est John. Et il me parle. Et soudain on dirait l'instant d'avant le tonnerre : l'air autour de moi semble vibrer et s'assombrir, et je ne contrôle plus rien, je suis entraînée vers quelque chose, ou à travers quelque chose, par une petite fissure étroite, dirait-on, et l'espace d'un instant je me demande si c'est ça, si le moment est venu, si je meurs, et une partie de moi rit, se moquant de toutes ces conneries qu'on nous raconte sur les tunnels et la lumière, parce que ce n'est pas du tout l'effet que ça fait, mais je ne ris pas vraiment beaucoup parce que je me concentre trop pour voir s'il va encore parler. Si j'avais des antennes elles frémiraient, étirées à l'extrême, cherchant à capter un son, et puis je l'entends encore : il s'éclaircit la gorge, et j'ai envie de pleurer et de crier : « Où étais-tu, salaud ? Comment oses-tu m'abandonner comme ça ? » Mais voilà que j'entends : « Il y a longtemps que j'ai l'intention de venir vous voir. Très longtemps. »

Ce n'est pas lui. Ce n'est pas lui et j'ai l'impression que mon cœur se brise de nouveau.

Mais je sais qui c'est. Il parle encore, il dit qu'il laisse toujours traîner les choses, et demande si je pourrai lui pardonner, et je me demande moi aussi si je pourrai, quand je sens que sa voix est près de moi, vraiment tout près, si près que je sens presque son souffle sur le côté de ma tête ; puis je me rends compte que pendant tout ce temps je suis emportée vers l'avant, ou le haut, et je ne suis pas sûre que ce soit ce que je veux et je panique à présent, ne sachant si je dois essayer de me laisser aller ou nager à contre-courant de cette force, mais il semble que je ne puisse rien faire, ma tête fonce vers une surface que je ne connaissais pas ou que j'avais oubliée, et je halète maintenant, mes poumons oppressés manquent d'air, et des chapelets de bulles jaillissent de ma bouche comme des perles.

Remerciements

Un grand merci à Alexandra Pringle, Victoria Hobbs, Geraldine Cooke, Kate Jones, Barbara Trapido, Elspeth Barker, William Sutcliffe, Flora Gathorne-Hardy, Saul Venit, Ruth Metzstein, Georgie Bevan, Jo Aitchison, Ellis Woodman, John Hole, Morag et Esther McRae.